W0282522

GISBERT HAEFS

DAS LABYRINTH VON RAGUSA

GISBERT HAEFS

DAS LABYRINTH VON RAGUSA

ROMAN

PAGE & TURNER

MIX
Papier aus verantwortungsvollen Quellen
FSC® C014496

Verlagsgruppe Random House FSC-DEU-0100
Das FSC-zertifizierte Papier *Munken Premium Cream* für dieses Buch liefert Arctic Paper Munkedals AB, Schweden.

Page & Turner Bücher erscheinen im
Wilhelm Goldmann Verlag, München,
einem Unternehmen der Verlagsgruppe
Random House GmbH.

1. Auflage
Copyright © 2011
by Page & Turner/Wilhelm Goldmann Verlag, München,
in der Verlagsgruppe Random House GmbH
Redaktion: Kerstin von Dobschütz
Gesetzt aus der Janson-Antiqua
Druck und Einband: GGP Media GmbH, Pößneck
Printed in Germany
ISBN: 978-3-442-20389-5

www.pageundturner-verlag.de

EINS

Ein guter Tag zum Sterben

Dies ist ein guter Tag zum Schreiben. Grauer Himmel, ein Herbststurm über der aufgewühlten Meerenge, Wind, der den Regen fast waagerecht gegen das Fenster weht – ein Tag für Feuer und warmen Würzwein. Auf dem Markt hieß es gestern, weiter nördlich auf dem Festland fürchte man, es werde bereits jetzt, Mitte Oktober, den ersten Schnee geben.

Vor Jahren hörte ich einen Dichter sagen, schreiben sei immer auch ein wenig sterben. Er könnte heute sagen, es sei ein guter Tag zum Sterben. Inzwischen ist er tot und weiß es vielleicht besser, falls es denn irgendein Jenseits gibt, in dem jemand noch etwas wissen kann. Ich habe getötet und bin mehrmals beinahe gestorben, und nun, da ich dies aufzeichne, glaube ich, der Poet war ein Trottel. Aber er schrieb ja, wie er sagte, mit Herzblut. Wahrscheinlich schrieb er auch nur auf gegerbter Hirnhaut. Und allein, um zu schreiben.

Ich nehme Papier und Tinte. Nur Narren schreiben für … nichts. Und da sie für nichts schreiben, kennen sie nichts, das wichtiger wäre. Schreiben für die Liebe einer Frau, für Geld, um Wissen zu hinterlassen, meinethalben zur Ehre eines mutmaßlichen Gottes, zum Ruhm der Sippe, der Stadt oder des Reichs, all dies, ja, aber schreiben, um zu schreiben? Und selbst wenn, wäre es dann nicht eher ein Zeugen als ein Sterben? Vielleicht bin ich einfach nicht Narr genug, oder zu sehr Trottel.

Schreiben vor dem Sterben, um etwas zu hinterlassen. Es

ist Mitte Oktober; mein Tod ist für den frühen November angekündigt. Sie werden kommen, das ist gewiß; irgendwann zwischen dem ersten und zehnten November, abhängig vom Wetter und den Straßen oder dem Seegang. Die Aussicht auf Wegelagerer oder einen Schiffbruch, die Hoffnung auf ein Messer in der Nacht oder über die Maßen gefräßige Bohrwürmer? Erdbeben, Schlangenbisse, stürzende Felsen, ein Schlagfluß? Nichts ist unmöglich, aber man kann den Zufall nicht berechnen – den Zufall, der auch den kostbarsten aller Schätze treffen müßte, der sich in der Gewalt des Feindes befindet. Daher hoffe ich, daß ein anderer Zufall diesen Zufall verhindern möge, und ich verlasse mich lieber auf die Verheißung, die berechenbare Drohung. Ich werde Vorkehrungen treffen, so gut es geht; mehr kann ich nicht tun.

Deshalb schreibe ich dies. Es gibt den ersten Bericht, den ich vor Jahren für Lorenzo Bellini und die Archive der Serenissima angefertigt habe; eine Abschrift davon liegt in einer Truhe des Hauses in Mestre. Dies hier ist nicht für Bellini und Venedig; es ist für Laura und natürlich für die Kinder, falls sie einmal wissen wollen, was ihr Vater tat und dachte. Warum er unter diesen Umständen starb. Gestorben ist. Sterben wird. So nah einer venezianischen Festung, so fern von ihnen. Der alte Goran hält mich für eine besondere Art von Trottel, den ehrenhaften Affen, wie er es nennt; er wird jedoch zusehen, daß dies hier in die richtigen Hände gelangt. Ich hoffe, ich habe ihm genug dafür bezahlt; aber das wird er mir schon mitteilen.

»Affe«, sagte er gestern abend, als wir übers Meer in den Sonnenuntergang blickten und tranken.

»Du wiederholst dich«, sagte ich.

Er rieb die Falten um seinen Mund, als wolle er sie vertiefen. »Was richtig ist, kann man nicht oft genug wiederholen.

Warum verbirgst du dich nicht? In Deutschland, Frankreich, England, wo auch immer?«

»Sie würden mich auch dort finden. Und auf dem Weg dorthin würden sie viele andere töten. Meine Frau, meine Kinder, dich.«

»Ah, sorg dich nicht um mich; ich sterbe sowieso bald. Hoffentlich reich. Und Frau und Kinder?« Er hob die Schultern. »Such dir eine andere Frau und mach mit ihr neue Kinder. Niemand ist unersetzlich.«

»Sie sind einzigartig, und sie hätten es nicht verdient, meinetwegen zu sterben.«

»Einzigartig?« Er kicherte. »Jeder ist einzigartig, du, sogar ich. Und deshalb sind wir auch alle gleich, in der Einzigartigkeit. Warum bist du nicht bei ihnen geblieben, statt diese dumme Reise anzutreten? Nur, um mich zu bezahlen?«

»Das habe ich dir doch schon erklärt. Fünfmal, zehnmal oder noch öfter.«

»Auch beim nächsten Mal würde es nicht sinnvoller.«

In dieser Nacht konnte ich kaum schlafen. Es lag sicher nicht an Gorans Äußerungen; die Fragen, die er aufwarf, hatte ich mir selbst schon zu oft gestellt, als daß ich deshalb schlaflos bliebe. Vielleicht lag es am Vollmond über der schmalen Wasserstraße, die Orebić, das die Venezianer (wie die ganze Halbinsel Pelješac) Sabbioncello nennen, vom immer noch venezianischen Curzola trennt. Goran sagt »Korčula« und verflucht Venedig. Venedig, trotz aller Rückschläge immer noch mächtig, drüben gewissermaßen zu sehen, in Reichweite und doch für mich unerreichbar.

Keine zwei Jahre sind vergangen, seit Bellini mich Anfang 1538 in der Druckerei aufsuchte. In der Geschäftsstube, genauer. Aus den Werkräumen drang das übliche Gemenge aus Gemurmel, Rascheln und Klappern. Es roch nach Staub, Leim und Farbe. Bellini schnüffelte, als wolle er die Gerüche zerlegen und feststellen, ob nicht darunter doch ein Hauch von Wein sei. Er musterte die Stapel frischer Bögen, die ich am Vortag mit dem Boot von der Papiermühle in Mestre hergebracht hatte, sah mich an und deutete auf einen Stuhl.

»Ist das der Platz für unerwünschte Gäste?«

»Wieso unerwünscht? Selten, aber nicht unwillkommen. Setz dich.«

»Du weißt ja nicht, was ich von dir will.«

»Ich habe es zu einer gewissen Geläufigkeit im Neinsagen gebracht.«

Er lachte und ließ sich nieder. »Das stimmt. Beim ersten Mal hier warst du nicht sehr gesprächig, aber dafür hast du prächtig geblutet.«

»Unsere Vorstellungen von Pracht sind ziemlich verschieden. Wein?«

Er nickte, und während ich zum Regal ging, dachte ich an jenen ersten Besuch – an die beiden Totschläger in der dunklen Gasse, an die Verletzungen, den Weg zu Lauras Druckerei, gestützt auf Bellini, der einen Brustpanzer trug, Lauras Hände und das blutbesudelte Papier auf dem Boden ... Ich zog den umwickelten Holzpfropfen aus der Flasche und goß zwei Becher voll.

»Was führt dich her?«

Bellini trank einen Schluck. »Sollen wir nicht zuerst noch ein bißchen um die Dinge herumreden?«

Ich schüttelte den Kopf. »Schluck den Wein und spuck die Wörter.«

»Na gut.« Er machte eine Pause, als müsse er Wörter wägen und zählen. »Die Serenissima ist in Gefahr und bedarf deiner Hilfe«, sagte er dann.

»Die Serenissima hat mehr als genug tüchtige Hände. Nicht zuletzt deine.«

Er grunzte leise. »Meine werden hier gebraucht. Und dort, wo deine kräftigen Finger viel Gutes tun könnten, haben wir keine Hände.«

Ich lehnte das Gesäß an die Tischkante. »Wo hättet ihr denn keine Hände? Eure Pfoten sind doch überall, von England bis Armenien.«

»Irgendwo dazwischen gibt es ein paar Gegenden, aus denen wir die Hände haben zurückziehen müssen.« Er betrachtete seine Finger; dann strich er sich mit der Rechten das üppige Haar aus der Stirn.

»Zum Beispiel wo?«

Er seufzte. »Kannst du dir wohl denken. Du weißt doch, was um das Meer herum geschieht.«

»Es war ja lange genug ruhig.«

Im Rückblick erscheint es mir beinahe unglaubwürdig, daß so lange so wenig geschehen sein soll und danach in so kurzer Zeit so viel. Als ich den ersten Bericht für Bellini beendete und mein Heim fand, war der Herbst des Jahres 1531 schon fast vorüber. Laura nahm mich auf, die Kinder mußten sich an mich gewöhnen – den Vater, den sie nie zuvor gesehen hatten. Und ich gewöhnte mich an waffenlose Seßhaftigkeit, an eine Familie, an Geschäfte und venezianische Umgangsformen.

Laura war damals achtundzwanzig, jung und strahlend; ich war siebenundzwanzig und fühlte mich wie fünfzig, aber mit jedem Monat in ihren Armen fiel ein Jahr der Plagen und des Mordens von mir ab – ein Vorgang der angenehmen Verminderung, der zum Glück endete, ehe ich rückwärts hüpfend das Knabenalter erreichte. Die Zwillinge wurden im Oktober 1531 zwei Jahre alt; ich habe irgendwann ausgerechnet, wann wir gleichaltrig sein würden, wenn meine innere Verjüngung weiterginge, weiß aber nicht mehr, zu welchem Datum ich gelangte.

Fast sechzigtausend Goldgulden hinterließ mir mein Vater bei den Fuggern und Welsern. Ich hatte alles von Augsburg nach Venedig übertragen; in Zechinen umgerechnet, waren mir nach den Jahren der Reisen und der Rache etwa zwei Drittel geblieben, an die fünfunddreißigtausend Zechinen. Alles andere, dazu mein Anteil an den Schätzen, die ich und ein paar Gefährten einer Mörderbande in den Wirren der Plünderung Roms abgenommen hatten, war aufgezehrt worden – leben, überleben, Bestechungen, Fahrten ... Da eine gewöhnliche Familie mit etwa hundert im Jahr bescheiden leben kann, fühlte ich mich immer noch reich und frei von der Pflicht oder Versuchung (falls es da einen Unterschied gibt), den Besitz zu mehren.

Das Haus auf dem Festland, in Mestre, hatte ich Jahre zuvor gekauft und Laura überschrieben, die nebenan die Papiermühle samt einem weiteren Haus und in Venedig die Drukkerei besaß. Wir haben nie ausgerechnet, wer von uns mehr wert sei; wozu auch? Ein kluger Mann hat einmal geschrieben, er wünsche an jedem Abend den Moment des vergangenen Tages zu wissen, da sein Leben den geringsten Wert hatte; das ist, wenn Reinheit der Absichten und Sicherheit des Lebens Geld wert seien, er am allermeisten würde gegolten haben. Wert sein, gelten – für wen? Für die Nachbarn? Die Steuereintreiber? Die Stadt? Die Kinder? Die Inquisition?

Um von dieser unbehelligt zu bleiben, ließen wir uns kurz

nach meiner Heimkehr trauen. Wir zahlten Steuern und Abgaben, bedachten die Armen und die Kirche – Laura tat letzteres, weil sie es wollte; ich tat es, um von den Schwarzröcken in Ruhe gelassen zu werden.

Ruhe: ein seltsames Gefühl, ein Zustand, an den ich mich erst gewöhnen mußte. Keine Rücksicht auf die Welt zu nehmen, die keine Rücksicht auf uns nahm ... Im Ghetto, wo ich einen jüdischen Geschäftsfreund besuchte, erfuhr ich 1532 vom »Religionsfrieden«, den Kaiser Karl und die deutschen Protestanten in Nürnberg eingegangen waren; er richtete sich nicht nach innen, sondern nach außen, gegen die Türken, und er nützte weder den Juden noch sonst jemandem innerhalb der Städte. Der Admiral Andrea Doria plünderte für den Kaiser die türkische Küste, und 1534 vergaßen die Venezianer, daß sie im Frieden mit dem Osmanischen Reich lebten: Sie überfielen osmanische Schiffe und klagten bald darauf laut, als die Türken nach den Inseln griffen, die Venedig im östlichen Mittelmeer zu besitzen wähnte. Der Tanz mit wechselnden Partnern ging weiter: Papst, Kaiser, Frankreichs Franz, Venedig, Englands Heinrich, heute miteinander, morgen gegeneinander verbündet. Des Sultans Admiral Khaireddin, den wir Barbarossa nannten, ließ neue Schiffe bauen und nahm Tunis ein; damit besaß der Sultan nun ganz Nordafrika. François I. schickte Jacques Cartier aus, Nordamerika zu erkunden; Karl V. und Andrea Doria eroberten 1535 Tunis; ein Jahr darauf unternahm der Kaiser einen Versuch, die Provence dem Reich anzugliedern, und François griff daraufhin die spanischen Niederlande an und besetzte Savoyen und Piemont. Zugleich schloß er – das hörten wir erst später – ein geheimes Abkommen mit dem Sultan; ein Jahr darauf besiegte Barbarossas Flotte die Flotte des Reichs und plünderte Italiens Küsten.

Venedig rüstete, weil der Seehandel, von dem die Serenissima lebte, fast zum Erliegen gekommen war; der Papst rüstete, François und Karl ebenfalls, die Kinder wurden größer, Lauras Geschäfte gingen trotz allem gut, wir verbrachten einige Monate in den Bergen, bis die Pest in Venedig abgeklungen war, ich spielte hin und wieder auf der Fiedel und focht mit seßhaft gewordenen Kämpfern, um nicht zu schnell alt und steif zu werden, und Laura beteiligte sich daran: Sie wollte mit Messer und Degen umgehen können, weil es ihr, wie sie sagte, Vergnügen bereitete; es sei eine Art Tanz, und da ich nicht gern tanzte, sei dies die einzige Möglichkeit, sich mit mir in einer Art Reigen aufrecht zu balgen. Dann lächelte sie auf jene Art, die mich immer dazu brachte, sie sofort zum waagerechten Reigen zu bitten. Am nächsten Tag beschaffte ich zwei der neuen spanischen Degen aus wunderbarem Toledo-Stahl – Stechdegen, deren Spitze durch ein Stückchen Kork oder einen Ball unschädlich gemacht werden konnte. Ich zog mein gutes altes Nahkampfschwert mit scharfer Spitze und scharfer Schneide vor, den Haudegen, aber für den aufrechten Reigen mit Laura nahm ich natürlich die neue, gesicherte Waffe.

Es war wenig geschehen für Laura und mich, nicht für die Welt; aber wen kümmert die Welt, wenn es ihm erträglich geht? Jener Dichter, den ich eingangs erwähnte, hat mir gesagt, er könne nur dann bewegende Verse schreiben, wenn er unglücklich sei. Hungrig, verzweifelt, aussichtslos verliebt. »Denk an Dante«, sagte er. »Wen interessiert sein Paradies? Ein langweiliger Ort; aber die Hölle ... Wir alle brauchen ein bißchen Hölle, auch wenn nur wenige darin so groß werden wie Dante.« Mag sein, daß er recht hatte. Rings um Venedig war in diesen für uns ruhigen Jahren jederzeit genug Hölle, aber wir konnten uns in einem kleinen alltäglichen Paradies aufhalten.

»Ruhig?« Bellini verzog das Gesicht. »Es mag dir so vorgekommen sein, aber ruhig war es nie, mein Freund.«

»Ich war lang genug in verschiedenen Gelassen der Hölle«, sagte ich. »Ich habe nicht die Absicht, freiwillig dorthin zurückzukehren und weitere Kammern zu erkunden.«

»Auch dann nicht, wenn dein behagliches Paradiesgärtchen nicht anders vor Wildschweinen und Plünderern geschützt werden kann?«

»Tja.«

Bellini verschränkte die Arme auf dem Tisch und sah mich schweigend an. Ich überlegte, wie alt er sein mochte; irgendwie schien er sich seit unserer ersten Begegnung vor zwölf Jahren nicht verändert zu haben. Damals war er wohl knapp über dreißig gewesen, ein eleganter junger Offizier, und so sah er immer noch aus. Die Zeit hatte allenfalls ein paar Schleifspuren um seine Augen hinterlassen. Seine Augen, die unvermindert scharf und durchdringend blickten.

»Bist du immer noch, was du warst – *capo*?«

Er hob eine Braue. »Solange es dem Rat der Zehn gefällt. Und Seiner Exzellenz.«

»Wie alt ist der Doge inzwischen?«

»Muß dieses Jahr achtzig werden. Ungefähr.«

Andrea Gritti, seit 1523 Doge, zuvor ein guter Generalkapitän und ein listiger Politiker, war einige Zeit vom jungen Lorenzo Bellini geschützt und bewacht worden; nach der Wahl zum Dogen hatte er ihn als Mann seines Vertrauens zum Unterführer der städtischen Ordnungshüter machen lassen.

»Und wenn er irgendwann stirbt? Meinst du, der nächste Doge übernimmt dich? Oder wird er einen neuen Mann suchen?«

»Irgendwann stirbt jeder; der Nachfolger ist ungewiß,

ebenso seine Absichten.« Bellini machte eine wischende Handbewegung. »Aber wir wollten nicht von meiner Zukunft reden, sondern von unser aller Gegenwart.«

»Meine Gegenwart ist hier.« Ich ging zur anderen Seite des Tischs und setzte mich auf einen Stuhl. »Die Druckerei, die Papiermühle in Mestre, die Familie.«

»Keine Gefühle von Dankbarkeit?«

»Dankbarkeit?«

Bellini kniff ein Auge zu und nickte. »Dafür, daß Venedig dir Zuflucht geboten hat.«

Ich lachte halblaut. »Meine Dankbarkeit dafür habe ich durch gründliche Beteiligung am Zoll- und Steueraufkommen der Republik bekundet. Und dadurch, daß ich einigen Leuten Brot und Arbeit gegeben habe.«

Er seufzte. »Schon recht. Willst du dir nicht wenigstens anhören, wozu wir dich brauchen?«

Ich zögerte.

»Oder fürchtest du, es könnte dich am Ende reizen? Irgendwie erscheint mir nach den Jahren des Suchens und Kämpfens deine Seßhaftigkeit ... unglaubwürdig.«

»Ich habe zu Ende gekämpft«, sagte ich. »Alles, was ich gesucht habe, ist hier. Und in Mestre.«

»Eine schöne Frau, der eine Papiermühle und eine Druckerei gehören? Zwei angenommene Kinder?«

»Ich will dir etwas verraten. Sie sind nicht angenommen.«

»Ah.« Er hob die Brauen und starrte mich an. »Sie war doch zweimal verheiratet, ehe du dich hier niedergelassen hast.«

»Ihr Vater hatte die Druckerei und Schulden, und dann ist er gestorben. Der Herr der Papiermühle hat Druckerei, Schulden und Laura ... übernommen, sagen wir mal, und dann ist er gestorben. Ich wollte sie heiraten, aber sie verlangte, daß ich, wie du sagst, seßhaft werde. Ich hatte aber noch etwas zu erledigen. Dann hat sie diesen Marco geheiratet. Er war gut zu ihr, er ist früh gestorben, und ich glaube, er hat bis zum Schluß nicht gewußt, daß die Kinder nicht von ihm sind.«

Bellini trank einen großen Schluck und setzte den Becher hart auf den Tisch. »Warum erzählst du mir das? Es ist doch euer Geheimnis.«

»Kein Geheimnis«, sagte ich. »Man muß es nur nicht jedem ins Ohr brüllen. Und ich sage es dir, damit du es verschweigst. Und damit du merkst, daß ich dir vertraue.«

»Vertrauen?« Er gluckste. »Das heißt, du erwartest, daß ich dir ebenfalls vertraue, wie? Und offen mit dir rede? Ohne Vorbehalte und Geheimnisse?«

Ich schüttelte den Kopf. »Herr der Ordnung und der Kenntnisse – halte mich nicht für einfältig.«

»Nicht? Wofür denn?« Dabei grinste er breit.

»Du bist nicht zu mir gekommen, um über die Sauberkeit der Straßen oder den Schmutz in den Kanälen zu reden. Auch nicht, um mich zum Leibwächter eines eurer Edlen zu machen.«

Er hob die rechte Hand. »In Venedig gibt es keine Edlen. Wie du wissen solltest.«

Ich zuckte mit den Schultern. »Nennt es, wie ihr wollt. Die Handelsfürsten sind auch Fürsten, selbst wenn sie sich nicht als edle Aristokraten, sondern nur als ›Vornehme‹ gebärden. Du bist gekommen, um mit mir über die Verwerfungen der Meeresfläche und die Wogen an Land zu reden. Daraus schließe ich, daß du nicht nur für die innere Ordnung der Republik zuständig bist, sondern auch für eure Spitzel überall.«

Er spitzte die Lippen, als wolle er pfeifen. »Nicht ›zuständig‹, das wäre ein zu großes Wort. Sagen wir, ich bin ein wenig beteiligt.«

»Dann sagen wir ferner, daß wir jetzt lange genug herumgeredet haben, o Unzuständiger. Was willst du von mir?«

Bellini beugte sich vor und stützte die Ellenbogen auf den Tisch. »Die Heilige Allianz«, sagte er. »Der Kaiser, der Papst, die Johannesritter, Venedig. Arg unheilig, wenn du mich fragst, aber ... Dieses Jahr wird es zum blutigen Tanz der Schiffe und Schwerter kommen. Wir stellen Schiffe und Soldaten, und wahrscheinlich wird der Kaiser wieder den alten Genuesen mit dem Befehl betrauen.«

»Andrea Doria? Ja, vermutlich. Und?«

Bellini bleckte die Zähne. »Wir alle zusammen gegen die Türken, und keiner weiß, was die Franzosen hinter unserem Rücken anstellen werden.«

Da er nicht weitersprach, sagte ich: »Willst du mich nach Frankreich schicken? Damit ich nette Zwiesprache mit François halte, der mir ohne Zweifel anvertrauen wird, was er zu tun beabsichtigt?«

Er knurrte leise. »Unsinn«, sagte er dann. »Kurz und klar: Wir haben viele Stützpunkte verloren, an die Osmanen. Und in den letzten Monaten hat sich unter unseren Kundschaftern das große Schweigen ausgebreitet. Die Republik wird in einen Krieg ziehen müssen, ohne etwas über die Gegenseite zu wissen.«

»Ah.« Ich überlegte einen Moment. »Willst du damit sagen, daß die Türken all eure Spione erwischt und geknebelt haben?«

Er lachte, aber es klang nicht fröhlich. »Geknebelt? Man könnte es anders ausdrücken, aber lassen wir es dabei. In Ragusa sind noch ein paar Kaufleute, wie immer, aber sie erfahren nichts. Und natürlich gibt es verwegene Männer in dem Gebiet, das man Venezianisches Albanien nennt, aber jenseits davon?« Er schüttelte den Kopf. »Einige unserer Kundschafter haben die osmanischen Lande verlassen können; von den anderen wissen wir nichts.«

Ich schloß die Augen. »Das heißt, die Türken haben eure Spione umgebracht. Und jetzt suchst du einen, der kein Venezianer ist, so daß man ihn nicht sofort für einen Spion hält. Und da hast du gedacht, Giacomo Spengler, dein alter Freund Jakko, heißt ja eigentlich Jakob und kommt aus einem vergessenen Flecken in Deutschland, und er könnte doch ein bißchen mit den türkischen Offizieren plaudern.« Ich öffnete die Augen wieder und schaute Bellini an. »So ungefähr?«

Er lächelte, als hätte ich ihm ein paar besonders nette Worte gesagt. »Man könnte es so ausdrücken.«

»Ihr müßt arg verzweifelt sein.«

»Die Serenissima ist nicht verzweifelt. Sie ist nie verzweifelt. Sie zweifelt nur ein wenig.«

»Sie haben euch die Hände abgehackt. Die Hände, die ihr in deren Angelegenheiten gesteckt hattet. Und jetzt willst du, daß ich mir den Kopf abhacken lasse?«

»Du mußt das nicht so finster sehen. Ein kluger, erprobter, waffentüchtiger Mann, der vieles überstanden hat, könnte zweifellos durch die Schluchten des Balkan reiten und heil wieder zurückkommen.«

»Vor allem, wenn er ein Deutscher ist, oder ein Finne, oder ein Isländer – alles, nur kein Venezianer?«

Er nickte.

»Nein.«

Er nickte wieder. »Ich habe es mir gedacht, aber ich mußte es versuchen. Und ich wollte dafür sorgen, daß du im nächsten

Jahr, wenn türkische Galeeren hier anlegen und die Janitscharen deine Kinder schlachten, nicht das Gefühl hast, du hättest beizeiten etwas tun können.«

Laura kam von ihren Erledigungen zurück, als Bellini gerade aufbrach. Er verneigte sich vor ihr, und sie wechselten die gewöhnlichen höflichen Worte.

»Was wollte der denn?« sagte sie, als er gegangen war.

»Wein.«

»Ich auch.« Sie lachte, holte sich einen Becher und ließ mich eingießen. »Nur Wein?« sagte sie dann.

»Und Wahn.«

Sie blinzelte. »Wein und Wahn? Welche Mischung. Magst du das erläutern?«

»Es geht um den Krieg. Die Heilige Allianz, dies unheilige Bündnis gegen die Türken. Offenbar sind ihnen, ah, uns, den Venezianern, meine ich, die Kundschafter abhanden gekommen.«

Sie schwieg einen Moment, trank, sah mich nachdenklich an. »Hat er wenigstens etwas geboten?«

»So weit sind wir gar nicht gekommen. Er hat etwas vom Schutz der Republik gesagt und von Dankbarkeit. Warum fragst du? Brauchen wir Geld? Soll ich mich dafür bezahlen lassen, daß ich die Wasseruhr meines Lebens anbohre? Einen schnellen Tod in der Ferne suche?«

»Heute ist kein guter Tag, um über das Sterben und den Weg dorthin zu reden.«

»Wann denn?«

»Wenn schon, dann lieber gar nicht.«

ZWEI

Venezianische Masken

Jahrelang hatte Laura sowohl die Druckerei in Venedig als auch die Papiermühle außerhalb von Mestre von den alten, erfahrenen Meistern leiten lassen. So hatte man den Gesetzen genügt, welche die Geschäftstätigkeit von Frauen einschränken; und auch die betreffenden Zünfte, die keine Frauen aufnehmen, konnten keine Einwände erheben.

Natürlich hatte Laura die beiden Meister gelenkt, die die Geschäfte leiteten. Mein Anteil an ihnen war gering, gewissermaßen läßlich. Ich hatte einige Einfälle beigetragen, zum Beispiel jenen, den Reichen und Mächtigen besonderes Papier anzubieten, mit ihren jeweiligen Wappen oder Emblemen als Wasserzeichen, in der ihnen gemäßen Schrift bedruckt mit Name, Wohnsitz und allem, was ihr Herz, ihre Eitelkeit oder ihre Gier zusätzlich begehren mochten. Und natürlich las ich hin und wieder etwas, von dem ich fand, es sollte gedruckt und verbreitet werden, oder ich zechte mit einem Dichter, der daraufhin beschloß, sein nächstes Werk – Verse, eine Komödie, ein paar Pamphlete – der ebenso ruhmreichen wie trinkfesten Druckerei Rinaldi zu übergeben.

Gelegentlich tat ich Handlangerdienste, war aber nach den Jahren des Reisens und Kämpfens durchaus fröhlich, in einiger Muße neue Künste zu erlernen: seßhaftes Eheleben, Kochen und Erziehung der Kinder. Natürlich befiel mich zuweilen etwas, das Rastlosigkeit sein mochte, Fernweh, Reiselust oder einfach Überdruß ob des Alltäglichen. Bei derlei Anfällen griff ich zur Fiedel, zum Wein, zu neuen Büchern, oder ich suchte Gegner für heftige Fechtübungen. Manchmal fragte ich mich, ob ich dieses Leben noch lange ertrüge, wenn nicht die Zwillinge – Laura und Giacomo – meiner (oder eines anderen) bedurft und mich durch ihre Liebe, ihre Neugier, ihren Witz und Einfallsreichtum im Übermaß belohnt hätten.

Durch einen seltsamen Zufall hatten die beiden alten Meister den gleichen Namen getragen, Giovanni; beide waren an die achtzig geworden und in diesem erstaunlichen Alter kurz nacheinander gestorben. Laura sorgte dafür, daß die bisherigen Vorarbeiter der beiden Werkstätten von der jeweiligen Zunft zu Meistern gemacht wurden, und ließ sie die Betriebe fortführen, mit denen sie bestens vertraut waren. Die einzige wirkliche Neuheit daran war, daß gewisse Einleitungen zu Gesprächen nicht mehr stattfanden (»Heute hat Giovanni gesagt …« – »Welchen meinst du?«). Der neue Meister der Druckerei hieß Angelo, und die Papiermühle unterstand Ezio.

An einem späten Vormittag hatten wir die täglichen Lese-, Schreib- und Rechenübungen beendet, und Giacomo fragte, warum eine Katze Katze heiße und ein Tisch Tisch, und Laura – Laurina – dehnte diese Frage auf die Namen von Personen aus. »Ezio – warum heißt er so? Und gibt es noch andere, die auch so heißen?«

Ich sagte, dies sei die italienische Form des lateinischen Namens Aëtius, und das sei ein berühmter Feldherr gewesen, der gegen die Hunnen gekämpft habe. Daraufhin wollte Laurina wissen, ob der Ezio aus der Papiermühle mit dem Feldherrn verwandt sei, wie sie und ihr Bruder mit Laura und mir, und ob es nicht eigentlich besser wäre, wenn alle Kinder so hießen wie ihre Eltern. Giacomo fragte sie, was denn Eltern mit sieben Söhnen und sieben Töchtern machen sollten.

Danach erkundigten sich beide, was es mit den Hunnen auf sich habe, ob Ezio auch gegen sie kämpfen müsse, und ob ich schon einmal gegen Hunnen oder sonst jemanden gekämpft hätte, und an dieser Stelle kam Laura zu uns.

Sie hatte die Nacht in Venedig verbracht, in der Druckerei, um die Geschäfte voranzubringen; eigentlich wollte sie bis zum nächsten Tag dort bleiben. Die Kinder stürzten sich auf sie, und es dauerte einige Zeit, bis sie auf meine Seite des Tischs gelangte und mir einen Kuß auf die Stirn gab.

»Hoffentlich nicht unangenehm überrascht?« sagte sie.

»Wir hatten dich erst morgen erwartet. Was hat dich so schnell aus der Lagune vertrieben?«

»Später«, sagte sie. Während sie sich mit den Kindern unterhielt, bereitete ich ein kleines Mittagsmahl. Danach verschwanden Giacomo und Laurina zum Spielen; Laura und ich begaben uns auf die überdachte Terrasse. Der Winter war mild. Bei warmem verdünnten Würzwein ließ es sich dort gut aushalten.

»Wir haben eine üppige Einladung erhalten«, sagte sie.

»Üppig? Wer gönnt uns so etwas?«

Sie hob den Becher. »Außer uns selbst, meinst du.«

»Die Üppigkeit deines Anblicks läßt mich an ein anderes Gemach als diese windige Terrasse denken.«

»Dann sollte ich schneller sprechen.«

»Oder später. Oder dabei. Magst du?«

»Immer.«

Wir nahmen die Becher mit. Dabei und ein wenig später und zwischendurch berichtete sie von der Einladung zu einem Ball. Sie war morgens in Venedig zugestellt worden, durch einen livrierten Boten. Das Papier, mit Wasserzeichen und Aufdruck, stammte aus unserer Druckerei. Einer unserer vornehmen Kunden ließ sich dazu herab, uns außerhalb des Karnevals (oder neben diesem) zu einem Fest in seinem Palazzo zu laden. Einem Fest mit Musik, Tanz, Speisen, einer kurzen Komödie – und Masken.

»Bis wann müssen wir annehmen oder absagen?«

Laura stützte sich auf den linken Ellenbogen und verhängte mein Gesicht mit ihrem Honighaar. »Ich habe schon zugesagt. Es ist nächste Woche; da wollten wir ohnehin die Kinder zu Gianna bringen und ein paar Tage in der Stadt bleiben.«

»Was immer du tust, ist wohlgetan, Liebste.«

»Das auch?«

»Sowieso. Uh. Tiefer.«

Gewöhnlich blieben die Vornehmen unter sich. Die Einladung an uns ließ jedoch darauf schließen, daß auf diesem Ball eine der zuweilen erwünschten »Vermengungen« der Stände stattfinden sollte: Vornehme, Künstler, erlesene Handwerker, wahrscheinlich ein paar Gesandte, sicherlich Venedigs teuerste Kurtisanen.

An diesem Abend peitschte ein weiterer Herbststurm das Wasser. Im kleinen Hafen von Orebić tanzten die Schiffe. Jenseits der Meerenge war nichts zu sehen außer tiefen Wolkenfetzen und Gischtspritzern. Nicht einmal das venezianische Wachboot, das sonst immer nach Türken oder Seeräubern Ausschau hielt, hatte den Hafen von Curzola verlassen.

»Bei diesem Wetter geht kein Hummer vor die Reusentür«, knurrte Goran. Er rührte in dem Gebräu aus Wein, heißem Wasser, Honig und Gewürzkräutern, das er uns bereitet hatte. »Mein Holzbein schmerzt. Das Leben ist widerlich. Und bei so einem Wetter soll ich das hier lesen?« Er ließ das letzte Blatt sinken.

»Was stört dich daran?« sagte ich. »Ich finde, es ist gute Lesekost für schlechtes Wetter.«

»Willst du jetzt allen Ernstes einen Ball beschreiben? Mit Masken und Tänzen und allem?«

»Und den vergoldeten Brustwarzen der Kurtisanen, den weiten Hosen der jungen Adligen, dem Glanz in den Augen meiner Liebsten.«

»Vergoldete Brustwarzen?« Er klackte mit der Zunge. »Ich bin zu alt für so was.«

Ich nickte. »Es stünde dir auch nicht.«

»Wirklich vergoldet?« Er blinzelte.

»Scheint dich zu fesseln, wie? Ja, vergoldet oder mit Silber überzogen. Auf dem Höhepunkt des Festes hat eine von ihnen in der Mitte des Saals eine Banane gegessen, als wäre es etwas anderes. Oder sie ein Schwertschlucker. Die Männer waren begeistert, einige der älteren Frauen entgeistert. Oder jedenfalls haben sie so getan als ob.«

»Schwertschlucker, wie?« Goran schmatzte. »Wie findest du so etwas?«

»Na ja, anregend.«

»Hm. Und was hat deine Laura gesagt?«

»Ich weiß es nicht; sie war woanders im Saal.«

»Hätte sie es auch anregend gefunden? Lehrreich?«

»Anregend vielleicht.«

»Nicht lehrreich? Nichts, was sie hätte lernen müssen?«

»Was stört dich denn an der Beschreibung eines venezianischen Maskenballs?«

Goran räusperte sich. »Masken.«

»Warum?«

»Ich glaube, die Venezianer tragen immer Masken. Vielleicht ist das, was sie bei solchen Bällen aufsetzen, ihr wahres Gesicht.«

Ich lachte leise. »Kann sein; man sollte es erwägen.«

»Außerdem gehört es nicht in deine Geschichte. Nutzloses Beiwerk. Schmückend? Kann sein, aber nutzloser Schmuck ist ... müßig.«

»Du erstaunst mich, Goran. Jetzt klingst du wie ein Lehrer der Schreib- und Redekunst. Nicht wie ein alter Schiffbauer und Fischer.«

»Wenn ich ein Schiff mit nutzlosem Schmuck behänge – was dann? Was wird es tun? Untergehen wird es. Bei Geschichten ist das genauso.«

Ich trank einen Schluck von dem Gebräu; inzwischen war es nicht mehr so heiß, daß es mir die Zunge verbrüht hätte. »Mag sein«, sagte ich dann. »Aber der Ball wäre nicht völlig nutzloser Schmuck. Auf diesem Ball habe ich ein paar Leute gesehen, die später noch eine wichtige Rolle spielen. Es wäre also eine gute Möglichkeit, sie unauffällig einzuführen.«

»Unsinn.«

»Inwiefern?«

»Wenn du sie einführst, ist das nicht unauffällig. Jeder aufmerksame Zuhörer, dem so eine Geschichte erzählt wird, fragt sich, warum diese Leute beschrieben werden. Und er wird sich sagen, entweder ist dies ein schlechter Märchenerzähler, einer, der unwichtiges Beiwerk einflicht, nur weil es ihm gefällt; oder er ist ein guter Märchenerzähler, dann kann das kein Beiwerk sein, sondern dient wahrscheinlich dazu, diese Leute einzuführen. Also nicht unauffällig.«

»Du vergißt, daß es auch eine, na ja, mindestens eine weitere Sorte Märchenerzähler gibt.«

»Nämlich?«

»Die, deren Weg aus Umwegen besteht. Eine Geschichte ganz aus Abschweifungen und Beiwerk, und am Schluß ergibt sich daraus plötzlich eine Geschichte. Oder wenigstens das Bild eines Menschen.«

Goran dachte ein paar Augenblicke darüber nach; schließlich schüttelte er den Kopf. »Mag sein, aber so einer bist du nicht. Oder wenn, dann will ich es nicht lesen.«

»Ich verspreche, ich werde dich nicht mit nutzlosem Tand langweilen.«

»Gut. Welche Leute tauchen denn auf diesem Ball auf? Ich habe ja einen Teil der Geschichte erlebt; kenne ich die, um die es da geht?«

»Dandolo«, sagte ich. »Und Karim Abbas.«

»Dandolo?« Er klatschte in die Hände. »Weißt du, an was er mich immer erinnert hat? Oder an wen? Eine Figur aus einer Komödie oder einem Schwank – der, der immer einen Scherz macht und zwischendurch anfängt, herumzuspringen. Und der dabei in der Luft die Hacken zusammenschlägt.«

Ich schloß einen Moment die Augen, dachte an Antonio Dandolo, den jungen Mann, der von Einfällen sprühte – Einfälle wie sein Haar, üppig, wallend und gelockt. Einfälle bis auf die Schultern, gewissermaßen, und oft auch bis zur Hüfte. Oder zum Gemächt.

»Und Karim Abbas?« Goran knurrte etwas. »Überhaupt, seltsame Namen haben die, oder? Karim ist ›der Großzügige‹, und ist er großzügig? Abbas ist ›der Düstere‹, und wie geht das zusammen? Kann man großzügig und düster sein? Düster großzügig? Großmütig im Verteilen von Finsternis? Bah.«

»Unsere Namen sind doch auch nicht besser.«

»Wie meinst du das?«

»Jakob heißt ›der Fersenhalter‹, und halte ich vielleicht Fersen? Und was ist mit Goran? Was bedeutet das?«

»Der Große.« Goran kicherte. »Oder ›der aus den Bergen‹. Ja, ja, ich bin nicht groß, höchstens innen, und ich komme von der Küste. Aber der nächste Berg ist nicht weit. Und hoch.«

Antonio Dandolo entstammte eine der ältesten und wichtigsten Familien Venedigs, die vier Dogen hervorgebracht hatte, dazu zahlreiche Seefahrer, Krieger und große Händler. Einer seiner Urahnen war jener Enrico Dandolo, der während des Vierten Kreuzzugs für die Verwüstung von Konstantinopel gesorgt hatte. Außerhalb Venedigs waren viele Gelehrte immer noch davon überzeugt, daß sich die Kaiser des Ostens ohne diese Schwächung der Osmanen hätten erwehren können.

»Das kannst du mir nicht vorwerfen«, sagte Antonio, als ich ihn darauf ansprach. »Weißt du denn, was deine Urahnen angerichtet haben? Rom verwüstet vielleicht?«

»Meine Vorfahren haben Blech bearbeitet.«

Er lachte laut. »Na, siehst du? Gutes Erz daran gehindert, anständiges Eisen zu werden; ist das denn besser?«

Er war sechs oder sieben Jahre jünger als ich und hatte eigentlich für das Handelshaus seines Vaters nach Alexandria reisen sollen – in jene Stadt, die alle Gewürze aus den fernen Ländern Asiens umschlug und weiterverkaufte. Vor allem, oder fast ausschließlich, an die Venezianer. Aber dann beschlossen die Osmanen, die Geschäfte ohne venezianische Beteiligung abzuwickeln, und Antonio saß untätig in einem der edlen Häuser, trank, würfelte, verfaßte muntere Spottverse und hatte sich das Ziel gesetzt, in den nächsten zehn Jahren alle Kurtisanen Venedigs mindestens einmal zu naschen, wie er es nannte. Manchmal nannte er es auch anders.

Sein Vater gehörte nicht dem angesehenen Hauptstamm der Dandolo-Familie an; vielleicht hatte er deshalb jene gewisse Eitelkeit entwickelt, die ihn dazu brachte, sich von der Druckerei Rinaldi eigenes Papier entwerfen zu lassen. Andere fanden, damit stelle er seine angemaßte Bedeutung zur Schau, was einen beklagenswerten Mangel an Vornehmheit und Zurückhaltung beweise. Und vielleicht war es dieser Mangel an Nobilität, der ihn dazu brachte, Handwerker und Kurtisanen zu seinem Fest zu laden.

Der Palazzo lag an einem der kleineren Kanäle. Eine Brücke endete beinahe vor dem Portal, nur wenige Schritte vom Ufer entfernt. Es wäre übertrieben, von einem Platz zu sprechen; es war eher eine Ausbeulung der Uferstraße.

Am verzierten Pfeiler des Brückengeländers lehnte Antonio. Er trug enge ockerfarbene Seidenstrümpfe, ein mit Goldstreifen besetztes Wams, eine ausladende schwarzrote Faltenhose, die unten mit grünen Bändern um die Oberschenkel endete. Der Hals steckte in einem Faltenkragen, ebenso weiß wie die bauchigen Ärmel des Seidenhemds, und auf den schwarzen Locken ritt etwas, das einer umgekehrten Gondel glich, aus deren Enden Flamingofedern ragten. Neben ihm stand ein Diener des Hauses mit einem Korb voller Masken.

»Armer Kleiner«, sagte Laura; sie küßte ihn auf die Wange. »Würgt dich der Kragen sehr?«

»Schönste der Frauen!« Antonio grinste sie an, dann mich. »Wenn dein Gemahl nicht dräuend neben dir stünde, schlüge ich vor, daß wir in eines der Gemächer schleichen, wo du mir den Kragen und den Rest entfernst und ich dich deines prächtigen Gewirks aus Seide und Leinen entledige. Da es dich aber trefflich kleidet und Jakko wohl Einwände erhöbe – ach, so will ich zagen und entsagen. Habt ihr Masken?«

»Haben wir«, sagte ich. »Bist du der Wächter der Verhüllung?«

»Da ich weiß, wer geladen ist und von denen zu unterscheiden wäre, die zufällig hier entlangwandern ...«

»Willst du den ganzen Abend draußen verbringen?«

»Wenn die Sonne untergegangen ist, werde ich drinnen aufgehen. Sagt, ihr geliebten Freunde – wann werden wir wieder trinken und über das reden, was wir zwei, o Holdeste, tun könnten, wenn du nicht diesen deutschen Barbaren vorgezogen hättest?«

Antonio war von seinem Vater vor Jahren mit der Auswahl und Gestaltung des Papiers betraut worden. So hatten wir ihn kennengelernt; seither behauptete er, unsterblich in Laura verliebt zu sein und aus schierer Verzweiflung zu den Kurtisanen zu flüchten.

Alle bisherigen Verhandlungen mit den Dandolos hatten wir in der Druckerei oder in einer der besseren Tavernen geführt. Für Laura und mich war dies der erste Zutritt zu ihrem Palazzo. Die Venezianer sind ja stolz darauf, eine Republik zu sein und keinerlei Aristokratie zu besitzen; tatsächlich ist dies eine fromme Lüge. Ob eine Sippe über Jahrhunderte dank angeblich besonderen Bluts Macht und Einfluß besitzt oder dank des von Vorfahren erworbenen und von den Nachkömmlingen gehegten Reichtums – es bleibt die Herrschaft jener, die sich für »die Besten« halten. Und die Besten lassen Minderwertige gewöhnlich nicht in ihren Palast, den sie schlicht *casa* nennen.

Das Gespräch wurde mehrmals unterbrochen, wenn festlich gekleidete Personen ohne Masken erschienen. Antonio schien sie wirklich alle zu kennen und hatte für jeden einen Gruß, einen Scherz, eine Erinnerung. Und eine Maske.

Selbst, wenn der Betreffende keine zu benötigen meinte, wie der ältere Mann in einer Soutane mit feinen Goldstreifen. Er nickte Antonio lächelnd zu und schien zur Tür gehen zu wollen.

»*Bon soir, mon père*«, sagte Antonio. »Ihr werdet doch nicht Venedigs holdesten Kurtisanen den Anblick Eures unverhüllten Antlitzes gewähren wollen?«

Der Priester fuhr mit der Hand seitlich über sein Gewand. »Was könnte denn eine Maske verbergen, was dieses Kleid nicht ohnehin offenbart, mein Lieber?«

Nur ein Hauch von Französisch war zu ahnen. Er hatte eine sanfte, volle Stimme, und eher die Stimme als das Gesicht erinnerte mich an etwas. Wollte mich an etwas erinnern, besser gesagt, aber die Erinnerung blieb verborgen. Ich war sicher, daß ich ihn schon einmal gesehen und gehört hatte, vor Jahren.

»Ihr werdet überrascht sein«, sagte Antonio, »wie viele vermeintliche Priester und Ordensleute sich im Haus aufhalten.«

»Nun denn – gebt mir eine Maske. Wenn es dem Himmel so gefällt, wie könnte es mir dann mißfallen?«

Der Diener hielt ihm den Korb hin; der Priester griff hinein, ohne hinzusehen, setzte die Maske auf, zupfte das Band, das sie hielt, hinter den Ohren zurecht und ging in den Palazzo.

»Kurtisanen und Priester?« sagte Laura. »Welch heitere Mischung. Damit hätte ich nicht gerechnet.«

»Ach, Schönste, du solltest dich öfter überraschen lassen. Zum Beispiel von mir.« Antonio zwinkerte übertrieben.

»Er kommt mir bekannt vor«, sagte ich.

»Pater Corgoloin?« Antonio schob die Unterlippe vor und legte den Kopf schief. »Er ist schon einige Male in Venedig gewesen. Bei der Gesandtschaft.«

»Der französischen?«

»Ah nein, er ist aus Burgund – bei der kaiserlichen.«

Als Laura und ich schließlich in den Palazzo gehen wollten, um uns irgendwo zu setzen, etwas zu trinken und die schweifenden Eitelkeiten zu betrachten, hielt Antonio mich am Arm fest.

»Laura«, sagte er, »ist wie immer unvergleichlich. Dieser Traum aus Leinen und Seide gleicht einer Kruste, vom allerbesten Bäcker zu schleunigem Verzehr bereitet. Und ich schlüge gern meine Zähne hinein.« Er seufzte theatralisch, und Laura kicherte. »Aber du, mein Freund – konntest du dich nicht mit etwas umgeben, was weniger türkisch ist?« Er lehnte den Oberkörper zurück; und wie ein Schneider flatternde Fetzen betrachten mag, musterte er mein rotes Wams, das weiße Hemd, die weite Hose und die flachen Stiefel aus weichem Leder, die ich den bei reichen Venezianern üblichen hochhackigen Schuhen vorzog.

»Wenn ich schon eine unbequeme Maske tragen muß, will ich es ansonsten behaglich haben.«

Das ärmliche Haus der Dandolos hätte auch eine Kleinstadt sein können oder ein Labyrinth. Anfangs versuchte ich, die Lage der Räume, Treppen und Geschosse zu erfassen, indem ich sie durchwanderte; ich gab jedoch bald auf. Alle Wände schienen gerade zu sein, trotzdem waren alle Räume unregelmäßig geformt. Einen viereckigen Saal fand ich nicht; die meisten waren drei- oder fünfeckig, und als ich Zugang zu einem elfeckigen Gemach gefunden hatte, stellte ich das Zählen ein.

Ich schätzte, daß etwa drei Zehntel von Venedigs Reichtum versammelt waren. Die Vielfalt der Speisen entsprach der Vorzüglichkeit der Gäste. Einige der Frauen mit entblößten Brüsten schienen mir keine Kurtisanen zu sein, vielmehr Gattinnen oder Töchter, die etwas zur Schau stellen wollten, wenn sie denn schon ihr Antlitz zu verbergen hatten. Einige ältere Männer – graues Haar lugte unter den Masken und Kopfbedeckungen hervor – hielten sich immer in ihrer Nähe auf, und ihre Gebärden verrieten eher Unruhe denn Begeisterung. Manche der jüngeren Männer trugen altmodische Beinkleider samt Schamkapsel; viele dieser Kapseln waren aus kostbaren Stoffen gefertigt, mit einer gewissen Wucht verziert und insgesamt Hochstapelei.

Ich streunte durch die Säle, um die einmalige Gelegenheit zu nutzen und den kargen Hausstand der reichen Familie zu betrachten. Ich sah goldene Kerzenhalter und solche aus Kristall, mit Kristalltrauben behängt, die das Licht vermehrten. Ich stand vor alten, unbezahlbaren Wandbehängen, die vermutlich Ahnherren und einige Ahnfrauen zeigten, bei der Jagd, bei Bällen, im Gespräch mit anderen Personen, die prunkvolle Gewänder vergangener Tage trugen. Ich versank in dicken Teppichen, betrachtete Gemälde unbekannter Meister, bestaunte kostbare Truhen aus Hölzern, die aus fernen Ländern stammten und deren Namen ich nicht kannte. Ich stellte alberne Mutmaßungen an, was die Truhen und die zahllosen, ebenfalls teuren Schränke enthalten mochten und wie lange die Tische, die sich unter Silberplatten voll erlesener Speisen bogen, ihre Last noch tragen würden.

In mehreren Räumen gab es Musiker. Eine Gruppe in gewöhnlicher Kleidung spielte ausgelassene Volkstänze, eine andere – deren Mitglieder ob der steifen Vornehmheit ihrer

Gebärden und Gewänder schwitzten – erging sich in etwas, was ihnen als feierliche Musik erscheinen mochte, mir jedoch eine entbehrliche Form hochtrabender Langeweile war.

Bemerkenswerter als die Musik war die Vielfalt der Masken. Laura und ich trugen gewöhnliche Stoffteile, die den Mund freiließen. Andere trugen wahre Gebäude, und viele (wahrscheinlich in der Absicht, sich entsprechend zu benehmen) traten als Tiere auf. Es gab erstaunlich viele Füchse, etliche Wildschweine, Pferde, Löwen, Wölfe, sogar einige Fische. Eine Kurtisane mit glänzend geschminkten Brüsten hatte ihr Haar mit Federn zu einer Art Pfauenrad verflochten und auch das Gesicht mit Pfauenaugen bedeckt.

Da und dort plauderte ich mit Unbekannten, unter deren Masken ich Bekannte vermutete, erkannte aber keine Stimme. Immer wieder zogen Diener durchs Gedränge und versprühten Duftwässer, die sich mit den Gerüchen der Speisen und den Aromen der Gäste vermischten.

Laura verlor ich irgendwann aus den Augen, als sie sich einem nicht ganz so feierlichen Tanz anschloß. Ich hatte ein wenig gebratene Gänsebrust geknabbert, lehnte an einer Säule, betrachtete das Quirlen und nippte an meinem Glas. Es war ein teures Glas, zweifellos von einem der Künstler aus Murano geblasen, und es enthielt einen leichten, perlenden Wein. Nicht weit von mir, umgeben von männlichen und weiblichen Masken, deren Träger unausgesetzt ihre Gesprächspartner tauschten, standen zwei dunkelgekleidete Männer, die sich ernsthaft zu unterhalten schienen. Oder nicht zu unterhalten, sondern halblaut zu streiten. Sie standen fast starr, während sich ringsum alles bewegte, und ihre Gesten hatten eine beinahe bedrohliche Intensität, befremdlich in all dem Flattern und Lachen.

»Fesselnder Anblick, wie?« Die leise Stimme hinter mir gehörte Lorenzo Bellini. »Oder betrachtest du etwa fremde Frauen, Jakko?«

»Da du meine üppige Maske mühelos durchschaust«, sagte ich, »wage ich die Frage, wer die beiden sind.«

»Deine Maske ist, nun ja, eine Maske; aber wer außer dir käme auf den Gedanken, in bequemen, weiten Hosen und einem Seidenhemd zu erscheinen, das nicht eng anliegt?«

»Ich hatte ja nicht vor, meinen Leib zu verschachern. Wer sind die beiden?«

»Ein Osmane und ein Franzose. Beide etwas hitzig. Mal sehen, wann sie sich schlagen.«

»Der Sultan und König François sind doch angeblich in Hitze oder Kälte verbündet.«

Bellini schnalzte. »Kein Grund für all ihre Untertanen, jederzeit miteinander zu schmusen.«

Einer der beiden hob plötzlich die Hand. Es sah aus, als wolle er den anderen schlagen; er schlug jedoch nicht, sondern riß ihm die Maske vom Gesicht, warf sie zu Boden und trampelte darauf herum.

Der Demaskierte trat einen halben Schritt zurück, verschränkte die Arme vor der Brust und sagte etwas, unhörbar in all dem Lärm. Seine Miene wirkte beherrscht, aber unter dieser anderen Maske glaubte ich, eine Mischung aus Hochmut und Ekel zu erkennen. Er mochte etwa in meinem Alter sein, hatte dunkles Haar, eine schmale Nase und strahlte eine gewisse Finsternis aus.

»Der Osmane?«

»Karim Abbas«, sagte Bellini. »Eine Art Sonderbotschafter, und ich wüßte gern, warum sie ihn geschickt haben.« Dann lachte er. »Venedigs Damen stehen angeblich Schlange vor seinem Bett, weil er so eine düstere Schönheit hat. Wie man sagt. Ich kann das nicht beurteilen. Männliche Schönheit ist nicht mein Gebiet.«

»Wir armen gewöhnlichen Männer … Sollten wir ihn beneiden?«

Bellini pfiff durch die Zähne. »Vielleicht später. Das ist noch nicht zu Ende.«

Die beiden redeten immer noch miteinander – kurze Wörter, vermutlich Beleidigungen. Plötzlich hatte der Franzose ein Messer in der Hand, das in seiner Hüftschärpe verborgen gewesen sein mußte. Karim wich dem Stich, der auf seine Brust gezielt war, mühelos aus, schlug dem Franzosen das Messer aus der Hand, packte ihn an Kinn und Hinterkopf und brach ihm mit einer schnellen Bewegung das Genick.

Aus anderen Räumen waren nach wie vor Musik, Gerede und Gelächter zu hören. In unserem Saal wirkte alles einen Moment wie erstarrt, in der Bewegung gefroren. Dann schrien ein paar Frauen auf, und mehrere Männer brüllten nach Dienern.

»Ach ja«, knurrte Bellini. »Ich hab's ja geahnt, daß das hier für mich mit Arbeit enden würde.« Er steckte zwei Finger in den Mund und stieß einen schrillen Pfiff aus.

Ich blieb an die Säule gelehnt stehen, trank und sah zu, wie Lorenzo und einige Männer, die unter den Gästen nicht weiter aufgefallen waren und nun zu ihm gelaufen kamen, den Toten und den Mörder abschirmten. Dabei dachte ich an die Kraft und Geschmeidigkeit dieses Karim Abbas, seine Bewegungen eines erfahrenen Kämpfers, und sagte mir, daß er den tödlichen Griff gründlich an zuvor Lebenden erprobt haben mußte, um ihn so gut zu beherrschen.

Diener kamen herbei. Auf Bellinis Anweisung hin hoben

sie den Toten auf und brachten ihn zu einem Wandbehang, der die Tür zu einem Nebenraum verbarg. Dann erschienen Antonio und sein Vater; beide hatten die Maske in der Hand. Sie wechselten einige leise, unhörbare Worte mit Bellini und Karim Abbas. Der Osmane verneigte sich vor dem Gastgeber; ich nehme an, daß er um Vergebung für die Störung des Fests bat. Bellini und seine Männer geleiteten ihn aus dem Palazzo, und ich machte mich auf die Suche nach Laura.

DREI

Abschied und Aufbruch

»Und dann haben sie ihn einfach so laufenlassen?« Goran spuckte aus und schüttelte den Kopf.

»Wen?«

»Diesen Karim.«

Ich seufzte und trat ihm sanft gegen das Holzbein. »Wenn du damit so hüpfen könntest wie mit deinen Gedanken …«

An diesem Morgen hatten wir einen milden Südwind, und das Meer war beinahe ruhig. Nach dem Morgenmahl war Goran zu einem Rundgang losgezogen; ich hatte das Schreiben nur zu gern unterbrochen und ihn begleitet. Man müsse doch wissen, was die anderen so trieben; vor allem der aufmüpfige Nachwuchs, der die Werkstatt – die kleine Werft – verkommen lasse.

Also machten wir einen Gang durch den Ort, plauderten mit Nachbarn, sahen Gorans Söhnen zu, wie sie das nächste Boot bauten; wir warfen Steine in die Bucht und stellten fest, daß das venezianische Küstenboot aus Curzola ausgelaufen war und Türken, Schmuggler oder Geister suchte. Danach tranken wir mit einem alten Fischer sauren Wein, und auf dem Heimweg sonderte Goran nun diesen Satz ab. Am Vorabend hatte er vom Maskenball im Hause der Dandolos gelesen; jetzt, siebzehn oder achtzehn Stunden später, kam die Frage für mich wie aus dem inzwischen wieder heiteren Himmel.

»Sie haben ihn laufenlassen.«

»Also, sie haben uns ja zweihundert Jahre lang beherrscht, deshalb wissen wir, welche Sorte von schwarzen Schweinen sie sind. Aber so einen einfach laufenlassen, das hätten sie früher nicht getan. Kein Wunder, daß sie nicht mehr das Meer beherrschen.«

»Das ist nicht die Frage.«

Er kicherte. »Das war keine Frage, sondern eine Feststellung.«

»Karim Abbas war gewissermaßen als Gesandter in Venedig«, sagte ich. »Gesandte sind, wie du weißt, unantastbar.«

»Und der Franzose? War der auch Gesandter?«

»Gewissermaßen.«

»Gewissermaßen, gewissermaßen!« Goran schnitt eine Fratze. »Was soll das heißen? Gesandte oder nicht?«

»Gewissermaßen.« Ich lachte. »Beide waren im Auftrag ihrer Herrscher in Venedig; ich weiß nicht, wie die Aufträge lauteten, und außer ihnen waren noch die gewöhnlichen Gesandten da, allerdings nicht auf dem Fest.«

Goran knurrte etwas. Dann räusperte er sich und sagte: »Also, der eine bringt den anderen um, und weil beide geheime Gesandte sind, unternimmt Venedig nichts?«

»So ähnlich. Keine Ahnung, was geschehen wäre, wenn Karim einen Venezianer umgebracht hätte. Aber so?«

»Was ist eigentlich dieser Bellini?«

»Hör zu, mein Lieber. Diese Teile – was du gelesen hast und was ich dir jetzt erzähle – wirst du bitte hinterher schnell vergessen.«

»Ich weiß jetzt schon nicht mehr, worüber wir gerade reden.«

»Gut so. Bellini hat die Büttel und Nachtwächter unter

sich. Ich nehme an, jemand aus dem Hohen Rat kümmert sich um Venedigs Spione. Spione sorgen für Unordnung in der Ferne, Bellini sorgt für Ordnung daheim. Wahrscheinlich kümmert er sich nur dann um Spione, wenn er aus dem Rat den Befehl dazu erhält.«

»Du, als Ausländer, hast du dich eigentlich in Venedig frei bewegen können?«

»Warum denn nicht?«

»Ich habe gehört, Ausländer, zum Beispiel Kaufleute, dürfen nur in bestimmten Häusern wohnen, und Venezianer, die mit ihnen Geschäfte machen, stehen unter scharfer Aufsicht.«

»Ja und nein. Es gibt Ausländer und andere Ausländer. Fremde Fremde und hiesige Fremde.«

»Sehr erhellend. Was bist du?«

»In Venedig? Anderer Ausländer. Das hat etwas mit Handel und Zoll und Steuern zu tun. Ein deutscher Kaufmann, der etwas kaufen oder verkaufen will, tut das gewöhnlich für ein deutsches Handelshaus. Dann unterliegt alles, was er tut, den venezianischen Handelsvorschriften. Um diesen Kaufmann besser beaufsichtigen zu können, besteht Venedig darauf, daß er nur in einem der deutschen Häuser wohnt. Den meisten ist das auch ganz lieb, weil sie da in Gesellschaft ihrer Landsleute sind, die eigene Sprache benutzen können, Nachrichten und Hinweise erhalten und so weiter. Ich bin ja damals, vor Jahren, allein nach Venedig gekommen … na ja, nicht allein, sondern mit anderen, aber nicht, um für ein deutsches Handelshaus zu arbeiten.«

Inzwischen hatten wir sein Haus wieder erreicht. Mit dem Holzbein stieß er die Tür auf; dabei sagte er: »Dieses Gerenne und Gerede macht mich mürbe. Ich habe Hunger. Und vor allem habe ich Durst.«

»Das verblüfft mich. Du trinkst doch sonst nie.«

»Sehr witzig.«

Mit Brot und verdünntem Würzwein setzten wir uns an den großen Tisch. Durchs Fenster schaute ich auf das Meer und fragte mich, wie ich den Anblick beschreiben sollte, wenn ich ihn denn beschreiben wollte. Gestern hatte das Meer gezürnt; nun schien es sich zu tummeln, bald würde es wohl schmachten und schließlich nur noch herumliegen.

Beim Essen begann das Gespräch zu streunen. Goran erzählte von all den Schiffen, die er gebaut und gesegelt und meistens in Dubrovnik verkauft hatte. Dann erkundigte er sich nach der Druckerei, und ich erzählte ihm von dem Drukker aus Speyer, der bei Johannes Gutenberg in Mainz gelernt hatte und dann nach Venedig gewandert war, um dort mit der neuen Kunst Geld zu verdienen. Lauras Großvater hatte mit ihm zusammengearbeitet, Geld in das Geschäft gesteckt und dieses schließlich übernommen. Als Lauras Vater das Erbe antrat, gab es in Venedig über einhundertfünfzig Druckereien, die Bücher, Einladungen, Gesetzestexte, amtliche Verlautbarungen und alles mögliche andere druckten – schöne, gut gestaltete Bücher aus Venedig waren in ganz Europa begehrt, aber schließlich gab es mehr Angebot als Nachfrage, die Preise sanken, manche Drucker gaben das Geschäft auf, andere machten Schulden und hofften auf bessere Tage …

»Und das, was du da schreibst, willst du das in eurer Drukkerei zum Buch machen lassen?«

»Nein.«

»Warum nicht?«

»Wen würde denn kümmern, was ich zu berichten habe? Die, die solche Geschichten mögen, können nicht lesen; und die lesen können, wollen schöne Ausgaben von Cicero,

Plato, Aristoteles, Dante oder der Heiligen Schrift. Außerdem …«

»Ja, ja, ja, ich weiß, du wirst hier sterben.«

»Und wenn es dir gelingt, alles nach Venedig zu schicken, zu meinen Kindern, wird man wahrscheinlich feststellen, daß ich einiges geschrieben habe, was nicht bekannt werden darf.«

»Bellini und die Spione?«

»Dies und anderes. Und selbst wenn meine Kinder es später einmal drucken lassen wollen, werden sie es nicht drucken dürfen.« Ich leerte den Becher und stand auf.

»Und jetzt willst du, wie ich das sehe, weiter das schreiben, was eigentlich keiner lesen darf?«

»So ist es, mein Freund. Ich hoffe, du weißt es zu schätzen, daß du es lesen darfst, bevor es den venezianischen Aufsehern in die Hände fällt.«

Goran schüttelte den Kopf. »Ich darf nicht.«

»Nein?«

»Nein – ich muß.«

Ein paar Tage nach dem Maskenball traf ich Bellini zufällig auf dem Markusplatz. Da er keineswegs in Eile zu sein schien, lud ich ihn in eine Schänke ein, die ein schmackhaftes Getränk anbot, das keinen eigenen Namen hatte: Zitronensaft, Wasser, Zimt, Honig, ein wenig Wein. Bellini kannte es noch nicht; nach dem ersten Schluck setzte er den Becher ab, starrte hinein und nickte.

»Gut, sehr … neuartig. Nicht billig, nehme ich an.«

»Für einen alten Freund und ein paar neue Auskünfte ist mir nichts zu teuer.«

Er grinste. »Hätte ich mir ja denken können. Was willst du wissen?«

»Was machen eure Spione?«

»Kummer und Sorgen.«

»Also nichts Neues?«

Er schüttelte den Kopf.

»Dann sag mir doch, was aus diesem Türken geworden ist.«

»Karim Abbas? Der ist Araber.«

»Habt ihr ihn heimgeschickt?«

»Wir haben ihn gebeten, möglichst schnell die Lande der Serenissima zu verlassen und nicht bald wiederzukehren.«

»Und?«

Bellini zuckte mit den Schultern. »Er ist abgereist – natürlich. Aber nicht so, wie wir es erwartet hatten.«

Ich überlegte. »Ihr habt angenommen, daß er das nächste Schiff zu einem türkischen Hafen nimmt oder nach Ragusa?«

»Statt dessen ist er nach Mailand geritten. Keine Ahnung, was er da will.«

»In der Lombardei ist doch sicher wie immer etwas los.«

»Nicht viel. Nicht so viel wie sonst, sagen wir mal so. Die Spanier haben dort irgendwelche Regimenter aufgelöst und neue zusammengestellt, die in den nächsten Tagen herkommen und von hier aus nach Süden gebracht werden. Zur Flotte, die sich für den Krieg bereitmacht. Und sonst? Keine Ahnung.«

»Vielleicht will Karim Abbas den Spaniern zuschauen. Wenn die zur Flotte sollen, geht's ja gegen die Osmanen, und da könnte er vielleicht etwas Wichtiges sehen.«

Bellini nickte. »Mag sein; aber darum sollen sich die Spanier selbst kümmern. Nicht mein Gebiet.«

»Ich grüble immer noch, wo ich diesen Pater Corgoloin schon gesehen haben könnte.«

»Deine Neugier ist erbaulich.« Er lachte. »Deshalb will ich

dich ja nach Ragusa schicken. Neugierige Männer, die mit der Waffe umgehen können, sind selten geworden.«

»Wo steckt Corgoloin jetzt? Kann man ihn irgendwo treffen?«

»Willst du ihn fragen, ob er sich an dich erinnert? Da wirst du reiten müssen; er ist mit Karim Abbas und ein paar Händlern aufgebrochen.«

Ich schnalzte leise. »Verwunderlich.«

»Was?«

»Ein burgundischer Priester, der für den Kaiser arbeitet? Ein Edelmann im Dienst des Sultans? Zusammen in der Lombardei unterwegs?«

Bellini leerte seinen Becher. »Was ist schon gewöhnlich in diesen Tagen? Da wir – Venedig, meine ich – Schiffe rüsten, gegen die Türken, um sie dem Kaiser zu unterstellen, dessen Admiral Andrea Doria aus Genua kommt, der Stadt unserer guten alten Feinde … Soll ich mich da über merkwürdige Reisegefährten wundern?«

»Ich weiß nicht, ob du es sollst, aber du tust es.«

»Ach, tue ich das?«

Ich klopfte ihm auf die Schulter. »Wenn es dich nicht bekümmerte, wüßtest du es nicht.«

»Ich könnte es auch zufällig gehört haben.«

»Dann hättest du es dir nicht gemerkt.«

In den nächsten Monaten herrschte in der Stadt und der Umgebung eine gewisse Unruhe. Man rüstete zu einem nicht erklärten Krieg, der vielleicht in der Ferne, vielleicht in der Nähe stattfinden würde – wahrscheinlich zu Wasser, vielleicht auch auf dem Land. Wenn man mehr gewußt hätte, wäre die Unruhe vielleicht geringer gewesen.

Venedig, hieß es, würde etwa fünfzig Galeeren stellen, ein gewaltiges Aufgebot; dazu kämen Versorgungsboote, Frachter, Verbindungsschiffe. Die Spanier, der Papst, die Johanniter, die eine oder andere Stadt ... wahrscheinlich würden es an die hundertfünfzig Galeeren und noch einmal so viele kleinere Schiffe werden. Und Kanonen und Pulver und Kugeln. Und Soldaten – mehr Soldaten, schien es, als für die Schiffskämpfe benötigt wurden.

Ich nahm an – nehme noch heute an –, daß die Zuständigen mehr wußten, aber ausnahmsweise gelang es ihnen, die Rinnen zu verstopfen, aus denen gewöhnlich solches Wissen, durch Mutmaßungen verdünnt und mit den Abwässern der Gerüchte vermischt, zu uns Sterblichen hinabrieselt. Wir haben zu bezahlen und zu kämpfen, wenn nötig zu sterben; angeblich kann man dies besser, wenn man nicht von nutzlosem Wissen belastet ist.

Der Mangel an Kenntnissen führt jedoch unweigerlich zu wüsten Phantasien; und wie sich im Umgang mit den Herrschenden gezeigt hat, sind die wildesten und dümmsten Annahmen meistens entweder zutreffend oder gar noch zu harmlos. Im Sommer 1538 hörte ich (und dies wurde von den Klügsten mit Nachdruck verworfen), der Kaiser als Haupt der Heiligen Liga beziehungsweise Teil des Doppelhaupts, diesmal verwachsen mit dem Papst, habe keineswegs die Absicht, die Bedrohung der Küsten Italiens und Siziliens zu beenden oder gar Venedig zu helfen – o nein, er wolle mit einem gewaltigen Sieg die Osmanen ganz ins östliche Mittelmeer zurückdrängen und überdies Landtruppen auf den Balkan schicken, um all jene Lande, die früher einmal zum Imperium Romanum gehört hatten und nun türkisch waren, wieder dem Reich einzugliedern. Ein Kriegszug bis nach Konstantinopel.

Inzwischen wissen wir, daß dies tatsächlich seine Absicht war. Selbst wenn der Volkskopf betrunken ist, kann der Volksmund nicht so irrsinnig plappern, daß es die mit angeblich kühler Vernunft ausgeheckten Pläne der Herrscher an Wahn überträfe.

Aber, wie gesagt, das wußten wir nicht. Wir sahen, wie Schiffe gebaut, wie alte Schiffe überholt und neu ausgerüstet wurden; wir hörten überall im Hinterland die Trommeln der Werber; wir betrachteten die erstaunlichen Mengen spanischer, lombardischer und burgundischer Soldaten, die zu venezianischen und anderen nahen Häfen marschierten, um dort an Bord von Lastschiffen zu gehen – und so oft es möglich war, verließen wir Venedig und sogar Mestre, um Zuflucht in den ruhigeren Bergen zu suchen.

Das war jedoch nicht immer möglich; manchmal muß man sich um die Geschäfte kümmern. Anfang Juli waren wir wieder in Venedig, konnten aber nach ein paar Tagen die Druckerei und alle Aufträge dem neuen Meister Angelo überlassen und uns nach Mestre begeben. Auch mit Hilfe hochgestellter Freunde und Rechtsgelehrter war es uns nicht gelungen, von den zuständigen Magistraten die Erlaubnis zum Druck der neuesten Stücke von Angelo Beolco zu erhalten. Schon wegen des gleichen Vornamens hatte Angelo sich ebenso darum bemüht wie Laura und ich. Aber sie seien, hieß es, nicht zur Veröffentlichung auf Papier geeignet.

»Haben die das irgendwie begründet?«

Laura rührte in ihrem Kräuteraufguß. »Derb und obszön«, sagte sie. »Einem gebildeten Publikum nicht zuzumuten, nur für das derbe, obszöne Volk. Also für Leute, von denen die meisten nicht lesen können. Wenn es aber nur für Leute ist, die nicht lesen, wozu dann drucken? So ähnlich.«

Es war ein frischer, windiger Tag; der Sommer schien eine gründliche Pause machen zu wollen. Immerhin regnete es nicht.

Die Kinder befanden sich zum Unterricht bei Lauras Base, wie fast jeden Tag. Morgens hatten wir in der benachbarten Papiermühle gearbeitet und uns am frühen Nachmittag mit einem kargen Mahl im Innenhof des Hauses niedergelassen. Aber es war zu kühl für lange Seßhaftigkeit. Laura schlug vor, ein wenig zu fechten, um uns aufzuwärmen. Wir taten dies und füllten den Innenhof mit Geklirr und Gelächter, als Lorenzo Bellini auftauchte.

»Wie ich sehe«, sagte er, »hast du nicht nur dich, sondern auch die Herrin des Hauses gewappnet. Alles gegen mich?«

»Wundert dich das? Seit deinem letzten Besuch ...«

Bellini wandte sich an Laura. »Fürstin, hat er dir gesagt, was ich will?«

»Er hat.« Laura ging zu dem kleinen Tisch, auf dem die Scheiden lagen, nahm den Kork von der Spitze des Degens und verstaute die Waffe. »Laßt uns ins Haus gehen«, sagte sie. »Wenn man sich nicht bewegt, ist es zu kalt hier draußen.«

Wir begaben uns in den großen Wohnraum. Ich fachte das Feuer an, während Laura in der Küche heißen Würzwein bereitete.

Wieder fragte Bellini mich, ob nicht der Aufenthalt in den sicheren Landen der Serenissima eine Gegenleistung wert sei, und wieder sagte ich ihm, diese hätte ich bereits erbracht und erbrächte sie durch Arbeit und Beschäftigung anderer und das Entrichten von Abgaben immer neu.

»Du magst also nicht zu einer kleinen Unternehmung aufbrechen?«

»Ich mag nicht.«

»Er mag nicht«, sagte Laura. »Und ich mag ihn um so lieber, je weniger er in den Krieg zieht.«

»Ach was, Krieg.« Bellini runzelte die Stirn. »Der Krieg wird woanders stattfinden. Er soll nicht kämpfen, nur ein paar Fragen stellen und Antworten beschaffen.«

»Ihr habt doch genug andere reisende Spione – wozu brauchst du da mich?«

Er stellte seinen Becher ab und starrte mich an. »Die Nachrichten, auf die wir angewiesen sind ...«

»Warum sind wir auf sie angewiesen?« sagte Laura.

»Wir müssen wissen, was der Sultan unternehmen wird. Ausnahmsweise lassen der Papst und der Kaiser uns an ihren Ratschlüssen teilhaben, aber ohne Kenntnis dessen, was der Feind beabsichtigt?« Er hob die Schultern.

»Lorenzo«, sagte ich, »du bist ein schlechter Lügner.«

»Wann hätte ich je gelogen?« Er grinste. »Ich erzähle jeden Tag hundert verschiedene Wahrheiten.«

»Willst du heute noch zurück in die Stadt?« Laura blickte zum Fenster. »Bald wird es dunkel.«

»Wenn ihr ein hartes Lager und altes Brot hättet ...«

Die Kinder kamen heim. Beim Essen redeten wir über andere Dinge; danach brachte Laura die Kinder ins Bett.

»Also, all eure Kundschafter sind verstummt?« sagte ich, als Bellini und ich allein waren.

Er nickte.

»Seit unserem vorigen Gespräch nichts?«

»Überhaupt nichts.«

»Das klingt wie dauerhaftes Schweigen.«

»Wie klingt dauerhaftes Schweigen?«

»Wie mangelnde Beweglichkeit einer abgeschnittenen Zunge. Die Gebärden abgehackter Hände.«

»Das mag so sein.«

»Und in eine Gegend, in der Hände und Zungen verschwinden, willst du mich schicken?«

Er starrte auf seine Finger, dann in den Becher, dann hob er den Blick. »Es gibt da noch etwas. Neben den offensichtlichen Gründen.«

»Offensichtliche Gründe? Welche sind das? Ihr braucht Kenntnisse, und ich bin kein Venezianer, also nicht sofort gefährdet. Noch etwas?«

»Du hast einige Gefechte überlebt, aus denen die meisten anderen nicht zurückgekommen wären.«

Ich lachte, nicht besonders fröhlich. »Deshalb glaubst du, ich könnte auch da überleben, wo eure anderen Kundschafter gestorben sind?«

»Wenn sie gestorben sind. Was wir nicht wissen.«

»Ich weiß die Wertschätzung zu würdigen. Aber du hast gesagt, es gäbe da noch etwas.«

Er nickte. Ohne mich anzusehen, sagte er: »Unter den letzten Nachrichten, die wir aus Konstantinopel noch bekommen haben, war der Name eines Mannes, den der Sultan zum Amselfeld schicken will. Ein kluger Mann, der das Hinterland ordnen und die Versorgung der Kämpfer sichern soll.«

Eine kalte Hand tastete nach meinem Herzen. »Welcher Name?« sagte ich schwach, aber ich ahnte die Antwort schon.

»Kassem ben Abdullah.«

Als Laura wieder zu uns kam, saßen wir schweigend da. Ich glaube, Bellini verzichtete auf jede Form spöttischen oder triumphierenden Gesichtsausdrucks; ich weiß, mein Gesicht war leer. Laura blickte mich an, dann Lorenzo, dann wieder mich; sie ließ sich auf einen Stuhl sinken, hob die Hände vor die Augen und sagte dumpf: »O nein.«

Kassem. Mein Vater. Mein Herr. Mein Feind. Er hatte jenen Befehl überbracht, der zur Auslöschung eines ganzen Dorfs führte, nur um meinen leiblichen Vater verstummen zu lassen. Vater. Mutter. Zwei Schwestern. Der kleine Bruder. Ich war im Wald gewesen und hatte alles aus der Ferne gesehen. Kassem ben Abdullah, Überbringer des Todesurteils und – ebenfalls vom Wald aus – Beobachter der Ausführung. Er und seine später freigelassenen Sklaven Jorgo und Avram, meine Brüder, meine Freunde, hatten mich mitgenommen, mir alles beigebracht, was ich zum Überleben brauchte. Und alles, was nötig war, um Rache an den vier Hauptleuten zu nehmen und an dem widerwärtigen Priester, der sie begleitet und angeleitet hatte.

Kassem, den ich geliebt und verehrt und vermißt und gehaßt hatte. Der Beherrscher meiner schlimmen Träume, in denen ich ihn immer wieder fragte, warum. Warum mußte mein Vater sterben, warum die Familie, warum das ganze Dorf? Wenn ich wach war, kannte ich die Antwort, aber im Traum wußte ich sie nicht. Im Traum erflehte ich von ihm eine Offenbarung, die Antwort auf die Frage, warum er mich geliebt und geleitet, die anderen aber getötet hatte. Ausgebildet zur Rache an jenen, die von ihm beauftragt worden waren. Im Traum gab es keine Erhellung, im Wachen nur diesen endlosen Teufelskreis.

Seit meiner »Heimkehr« nach Venedig und zu Laura waren die Träume seltener und milder geworden, aber von Zeit zu Zeit suchten sie mich nachts immer noch heim. Und nun hatte Bellini sie geweckt; vermutlich ahnte er, was in mir vorging, konnte aber nicht wissen, wie drängend der Traum wurde, wie sehr er das Wachen überschwemmte.

Daß Bellini es ahnte, entnahm ich dem Umstand, daß er zunächst darauf verzichtete, mir Geld für die Dienste als Spion anzubieten. Vielleicht sollte ich sagen: Er verzichtete darauf, mich zu beleidigen, indem er von Geld redete.

Ich brütete. Am Abend des fünften Tages faßte Laura mich an beiden Ohren. »Das ist unerträglich«, sagte sie. »Entweder du reist, oder du hörst auf zu grübeln.«

Ich sah mein Spiegelbild in ihren Augen; dann beschlug der Spiegel. Vielleicht war es auch mein Auge.

»Morgen fahre ich nach Venedig und rede mit Bellini.«

Sie blinzelte und ließ meine Ohren los. »Gut.« Dann weinte sie ein wenig. »Nicht gut«, sagte sie schließlich. »Wer wegen einer alten Rache Frau und Kinder verläßt, der ist auch nicht besser als einer, der wegen einer anderen Frau fortgeht.«

»Ich ... Wirst du mich in Gnade entlassen und wieder aufnehmen – später? Oder verstößt du mich aus deinem Herzen?«

»Ich habe es dir vor Jahren gesagt. In meinem Herzen ist kein Platz für dich *und* deine Rachegedanken. Komm zurück, wenn die Rache nicht mehr ist. Oder wenn wenigstens deine Gedanken daran aufgehört haben.«

Es gab einiges zu bereden. Bellini wirkte nicht besonders überrascht, als ich ihn aufsuchte.

»Komm«, sagte er, »es ist besser, wesentliche Dinge bei gutem Essen zu besprechen als mit knurrendem Magen.«

»Deshalb komme ich zur Mittagszeit.«

Er klopfte mir auf die Schulter. »Und deine vortreffliche Gattin? Hat sie dich verflucht?«

»Nur halb.«

Wir schwiegen, bis wir die Garküche erreicht hatten, in der er und andere Diener der Stadt oft ihre Mahlzeiten einnahmen. Vor dem Eingang blieb er stehen, wandte sich um und starrte auf den Großen Kanal, der unter grauem Sommerhimmel wie geschmolzenes Blei wirkte. »Das allerbeste Reisewetter«, murmelte er.

»Wann kann ich reisen?«

Er kniff die Augen zu Schlitzen. »Laß mich rechnen.«

Er rechnete, bis wir die Vorspeisen vertilgt hatten. Dann faltete er die Hände hinter dem Kopf, sah jedoch nicht mich an, sondern blickte hinter dem Schankdiener her, der uns gedünsteten Fisch in einem Muschelkranz gebracht hatte und mit der leeren Vorspeisenplatte verschwand.

»Wahrscheinlich in ein paar Tagen.« Er schien mit der niedrigen Decke des Raums zu reden. »Ich erwarte ein seetüchtiges Schiff, das von hier nach Ragusa gehen wird. Sie sollten dich mitnehmen können, wenn nichts dagegenspricht. Was weißt du von Ragusa?«

»Was jeder so weiß. Eine Handelsrepublik wie Venedig, also von Gaunern geleitet. Zweihundert Jahre unter eurer Herrschaft, dann unabhängig, mehr oder minder jedenfalls …«

Er knurrte etwas, dann sagte er: »Reden wir nicht von Tributzahlungen an den König von Ungarn und den von Serbien; nennen wir es Unabhängigkeit.«

»Und heute sind sie Teil des Osmanischen Reichs, freiwillig, ohne erobert worden zu sein. Für die freiwillige Unterwerfung haben sie gewisse Sonderrechte.«

Er legte die Hände auf den Tisch, musterte seine Finger, den Fisch, die Tischplatte, dann sah er mich an. »Du kriegst von mir alles, was du brauchst – Namen, Beschreibungen, Hinweise. In Ragusa, uh, Dubrovnik, wie sie es nennen, wirst du vielleicht mit meinem … nennen wir ihn Gegenspieler zu tun haben. Ein Ungar namens Katona. Was willst du dort sein?«

»Ich dachte, wandernder Musikant wäre nicht schlecht. Fiedelspieler können überall auftauchen und spielen, in Hütten und Palästen.«

Er lächelte kurz. »Kein ganz ungewöhnlicher Gedanke. Könnte gehen.«

»Willst du zulassen, daß der Fisch sich erkältet?«

»Ich will die wichtigen Dinge klären, ehe mir Gräten in der Kehle stecken. Wieviel?«

»Gräten?«

»Trottel. Wieviel Geld.«

»Was sind eure Spione gewöhnlich wert?«

»Die gewöhnlichen hundert Zechinen. Im Jahr.«

»Und die ungewöhnlichen?«

Er seufzte. »Hundertfünfzig. Und alles, was dringend zu bezahlen ist.«

»Ich will kein Geld.«

Er nickte. »Du willst Kassem, nicht wahr?«

»Ja.«

»Ich zahle dir zweihundert. Damit du über deiner Rache nicht vergißt, gewisse Erkundigungen für uns anzustellen.«

»Gut. Ich glaube aber, du hast noch dies und das vergessen. Oder jedenfalls nicht gesagt.«

»Was denn, zum Beispiel?«

»Es gab da ein paar Männer, von denen du angeblich nicht viel weißt.«

Bellini bleckte die Zähne. »Es gibt viele, von denen ich gar nichts weiß. Wen meinst du?«

»Erstens diesen Araber. Karim Abbas.«

»Hm.«

»Ein, uh, handgreiflicher Sondergesandter, wie? Kann es sein, daß er andere Geschäfte betreibt? Über die du mir jetzt, da ich sozusagen zu deinen Leuten gehöre, etwas erzählen solltest?«

»Du hast recht. Und zweitens?«

»Der französische Priester.«

»Fällt alles irgendwie zusammen.« Er setzte ein schräges Lächeln auf. »Kameraden, gewissermaßen.«

»Deine? Meine? Ihre?«

»Unser aller.«

»Das heißt?«

»Corgoloin ist undurchsichtig. Er arbeitet zweifellos für den Kaiser, möglicherweise für den Papst, vielleicht für den französischen König. Aber das weiß ich nicht genau.«

»Und Karim?«

Bellini nickte. »Ja, Karim. Hüte dich vor ihm. Auch da weiß ich nicht genau, wie die Dinge liegen. Er war bei der Gesandtschaft, die in Paris den inzwischen nicht mehr geheimen Vertrag zwischen Süleyman und François ausgehandelt hat. Seitdem hat er sich vor allem auf dem Balkan ... vergnügt.«

»Vergnügt? Was erheitert ihn? Wie vergnügt er sich?«

»Wir sind ziemlich sicher, daß er das Messer ist, das unsere Hände und Ohren da unten abschneidet.«

Ich pfiff leise. »Und den laßt ihr laufen?«

Bellini rieb sich die Nase. »Er war als Teil der Gesandtschaft hier«, knurrte er. »Wenn wir ihn ... sagen wir so: Der Dank der Serenissima und ein Haufen Gold sind dem sicher, dem es gelingt, dieses Raubtier außerhalb unserer Gebiete zu erlegen.«

»Habt ihr das schon versucht?«

»Sieben- oder achtmal. Die es versucht haben, sind langwierig und unangenehm gestorben. Hüte dich vor ihm.«

»Was soll er gegen mich haben?«

»Er hat uns zusammen gesehen, auf dem Ball.« Bellini hob die Brauen. »Sieh dich vor.«

»Wirst du lange wegbleiben?« Laurina betrachtete mich mit einer Mischung aus Neugier und Betrübtheit.

»Ich hoffe nicht. Es kann ein bißchen dauern, aber ich bin bestimmt wieder hier, bevor ihr erwachsen seid.«

»Wann ist man erwachsen?«

»Das ist bei jedem anders. Manche schaffen es nie, bei anderen geht es schneller.«

Laurina versteckte das Gesicht an meiner Brust. »Ich beeil mich«, sagte sie undeutlich. »Beeilst du dich dann auch?«

»Ich verspreche es.«

»Manche Väter sind lange weg«, sagte Giacomo. »Unterwegs erleben sie wilde Abenteuer, und dann bringen sie ihren Frauen Schmuck und den Kindern feines Spielzeug mit. Machst du das auch so?«

»Ich will es versuchen. Schmuck und Spielzeug, das sind gute Vorschläge. Aber die Abenteuer müssen nicht so wild sein.«

»Aber wild genug, daß du hinterher viel zu erzählen hast?«

»Ich will sehen, was sich machen läßt.«

Die Kinder blieben bei Gianna; Laura und ich verbrachten die beiden letzten Nächte in der kleinen Wohnung über der Druckerei.

»Ich komme nicht mit«, sagte sie, als ich mich im Morgengrauen anzog. »Ich hasse solche Abschiede.«

»Ich nehme deinen Anblick mit«, sagte ich, »deinen Geschmack, deinen Geruch, die Erinnerung an die letzten Nächte und die Hoffnung auf viele weitere.«

»Und was mache ich mit meinen Nächten, wenn du fern von mir bist?«

Ich setzte mich auf die Bettkante, beugte mich vor und küßte sie. Es war ein langer, anstrengender Kuß; danach schnappten wir beide nach Luft. »Du schmeckst nach gestern und nach morgen und überhaupt nach allem«, sagte ich.

»Und wenn mir dein Geschmack fehlt?« Sie schloß die Augen; unter den Lidern sickerten ein paar Tränen heraus.

»Wenn deine Nächte allzu hohl sind«, sagte ich, »hoffe ich, daß du jemanden findest, der die Leere vertreibt. In dieser Stadt der Kurtisanen wäre es albern, Treue zu überschätzen. Ich weiß ja nicht, wann ich zurückkomme. Zurückkommen kann.«

Sie nickte kaum merklich. Leise sagte sie: »Laß dir das Fleisch wärmen, Liebster, wenn die Nächte kalt und öde werden. Nur das Fleisch, nicht die Seele.«

VIER

Schiffe und Fische

Bellini erwartete mich am Ende des Großen Kanals. Er redete mit einem Mann in dem kleinen Ruderboot, das neben der Uferkante schaukelte. Zwischen den Häusern hatte ich den leichten Wind nicht bemerkt, der dem öligen Wasser zu einer Art Dünung verhalf. Die Ruderer waren bärtig und von der Sonne verbrannt; die meisten trugen bunte Halstücher, einer hatte eine Augenklappe, und beim Anblick der Männer dachte ich, daß ich sie im Falle eines Streits lieber auf meiner Seite wüßte.

»Dein Schiff«, sagte Bellini. Er wies auf die Karavelle, die vielleicht eine halbe Meile entfernt ankerte.

»Danke für die Beschaffung. Spanier?«

»Sie kamen zufällig vorbei.«

»Muß ich das glauben?«

Unter dem linken Arm hatte Bellini zusammengerollte Papiere.

Nun reichte er sie mir mit einer kleinen Grimasse. »Lesen«, sagte er, »merken, verbrennen, hörst du?«

»Die letzten Lebenden?«

Er nickte. »Namen, Beschreibungen, falsche Namen. Auch von einigen, die nichts mit uns zu tun haben. Solche, vor denen man sich hüten muß.« Er legte mir die Hand auf die Schulter. »Sieh dich vor. Ich hoffe auf deine Fähigkeit, in schwierigen Lagen zu überleben.«

»Ich auch. Weniger, weil ohne mich die Serenissima etwa verloren wäre.«

Bellini gluckste. »Ob du für dich oder für uns überlebst – komm heil zurück.« Leiser setzte er hinzu: »Mein Freund.«

»Ist dir noch etwas zu diesem Ungarn eingefallen?«

»Katona? Nein. Nur, was ich dir schon gesagt hatte: Er ist gut, sehr gut, aber das heißt auch, er ist sehr hart. Ich weiß nicht, zu welcher Seite er sich neigen wird, wenn er muß.«

Der Mann, der im Heck des Ruderboots stand, räusperte sich. »*Señores*!« sagte er.

»Ich komme.«

Einer der Ruderer stand auf, nahm mein Gepäck entgegen und verstaute es zwischen den Duchten und den Füßen.

Ich wandte mich noch einmal an Bellini. »Wirf gelegentlich ein Auge in die Druckerei«, sagte ich.

Er nickte. Dann grinste er. »Eine so schöne Frau sollte man eigentlich nicht lange allein lassen.«

»Welches schwarze Schwein zwingt mich denn dazu?«

Er hob die Schultern. »Das schwarze Schwein der Pflicht.«

»Man sollte es schlachten und braten.«

»Dieses Fest werden wir feiern, wenn du wieder hier bist.«

Die Karavelle hatte Matrosen, die sich wie Soldaten benahmen, und neue Kanonen. Da Khaireddin Barbarossas Flotte das Meer beherrschte, fuhren Schiffe jener Mächte, die die Heilige Liga bildeten, möglichst in großen Verbänden, um sich notfalls der Osmanen erwehren zu können. Die *Santa Barbara* segelte allein.

»Pulver, Blei, Arkebusen und dergleichen mehr«, sagte der Kapitän, als ich mich vorsichtig nach der Ladung des Handelsschiffs erkundigte.

»Ich nehme an, Ihr wollt damit einen schwunghaften Handel betreiben, nicht wahr?«

Don Pelayo de Gómara lächelte. Es war ein unverbindliches Lächeln, ebenso unverbindlich wie der Name; ich nahm an, daß es neben Pelayo noch mehrere Vornamen und hinter de Gómara noch die Namen etlicher edler Sippen gab. Im Gespräch blieben sie mir aber ebenso verborgen wie seine Zähne beim Lächeln.

»Es gibt für so etwas immer Bedarf«, sagte er. »Besonders im Krieg.«

»Erzählt mir von Ragusa – wenn ich Bellini recht verstanden habe, wart Ihr schon häufiger dort.«

Er hob eine Braue; etwas wie Respekt klang mit, als er sagte: »Gerissene Lumpen, die Herren von Ragusa.«

»Inwiefern?«

»Ihr wißt ja, daß sie sich vor vielen Jahren den Osmanen unterstellt haben?«

Ich nickte. »Zweifellos klug. Wen man nicht besiegen kann, dem sollte man sich anschließen.«

Natürlich war einiges von dem, was er mir erzählte, allgemein bekannt, und einige andere Einzelheiten hatte ich von Bellini erfahren. Aber es schadet nie, mehr über das Ungeheuer und seine Höhle zu wissen, ehe man diese betritt.

Ragusa, sagte er, sei der alte Name der befestigten Stadt auf einer felsigen Halbinsel, und in dem Namen stecke ein altes Wort für »Klippe«. Als vor Jahrhunderten slawische Stämme die Küste erreichten, hätten sie auf dem Festland einen Ort unter Eichen angelegt, und Eiche heiße *dubrov* oder so ähnlich, und deshalb hätten sie den Ort Dubrovnik genannt. Inzwischen heiße der ganze Ort so, »außer bei uns und bei euch«.

»Und die Republik Ragusa?«

»Ich weiß nicht, wie die bei denen heißt. Das ist ein Stückchen Küste und ein paar Inseln; auf einer wächst übrigens ein guter Wein. Jedenfalls – sie haben sich den Türken unterstellt. Sie haben damals eine Gesandtschaft zum Sultan geschickt und gesagt, sie wollten sich unter seinen Schutz begeben und seien bereit, dafür gut zu zahlen; als Gegenleistung möge er auf Besatzungstruppen verzichten, die ja unter Freunden unnötig seien, und wenn Venedig wieder einmal die Finger nach Ragusa ausstrecke, werde man sich unter seinem wohlwollenden Schutz sicher fühlen.«

»Wißt Ihr, wieviel sie zahlen? Für diesen Schutz?«

»Ich glaube, zwölftausendfünfhundert Golddukaten im Jahr.« Er lachte. »Es heißt, die Gesandtschaft habe sechseinhalb geboten, der Sultan habe zwölfeinhalb verlangt, und insgeheim hätten sie mit fünfundzwanzig gerechnet. Bei zwölfeinhalb haben sie ein bißchen geweint, bis sie Konstantinopel verlassen hatten; dann haben sie ein bißchen gelacht. Sie sind Teil des Osmanischen Reichs; deshalb dürfen ihre Schiffe bis ins Schwarze Meer fahren und überall Handel treiben. Und über Ragusa kann der Sultan jederzeit, auch im Krieg, seinen Westhandel abwickeln.«

Sie seien aber noch gerissener, sagte er später. Wenn Venedig oder der Papst begehrliche Blicke auf Ragusa würfen, winke man dort mit dem türkischen Säbel; und um ganz sicher zu sein, daß die Osmanen nicht doch Truppen in die Republik verlegten, seien dort oft, natürlich rein zufällig, ein paar spanische Kriegsschiffe. »Ihr wißt schon, zum Ausbessern und um Wasser aufzunehmen.«

»Und Eure Ladung?«

Don Pelayo schüttelte den Kopf. »Welche Ladung? Nichts

für Ragusa; wir werden dort unsere Vorräte ergänzen und ein paar Briefe aushändigen.«

»Wohin fahrt Ihr, wenn Ihr die Briefe abgegeben habt?«

»Weiter nach Süden.«

»Man könnte meinen«, sagte ich leise, »daß es in Ragusa, eben weil Ost und West dort zusammenkommen, von Spionen und Kundschaftern wimmeln müßte.«

De Gómara hob die Brauen. »Wie kommt Ihr denn auf solch einen absurden Gedanken?«

Ich war natürlich kein Venezianer, sondern Deutscher. Der Kaiser mochte hin und wieder lästig sein, aber er hatte viele andere Anliegen und, anders als die Venezianer, nicht fast zwei Jahrhunderte lang hier die Herrschaft beansprucht. Viele Tage verbrachte ich in der umwallten Stadt, genoß den Wein von der langen Halbinsel Pelješac – Don Pelayo hatte nicht übertrieben – und versuchte, ein Gefühl für die Leute und den Ort zu entwickeln. Die meisten sprachen Italienisch, einige Latein, hier und da hörte ich auch spanische Brocken, Türkisch und sogar Deutsch; es war mir aber bald klar, daß ich Kroatisch würde lernen müssen, um wirklich zu erfassen, was hier geschah und wie die Leute dachten.

Etwa bis zu dieser Stelle habe ich gestern abend bei Wein und dem Licht einer Öllampe dem alten Goran teils erzählt, teils vorgelesen.

»Halt ein«, sagte er plötzlich. »Das geht so nicht.«

»Was meinst du?«

Er ächzte und verschob das Kissen unter seinem Holzbein. »Da fehlt zuviel.«

»Was denn? Mehr über den Abschied von Laura? Eine Zählung der Tränen der Kinder?«

Goran winkte ab. »Das kann man sich denken. Außerdem ist das immer so; also muß man es nicht berichten.«

»Soll ich das streichen, was ich darüber geschrieben habe?«

»Nein, nein. Es ist …« Er blickte an mir vorbei, auf etwas über meinem linken Ohr. Leise, fast ergriffen sagte er: »Es ist ein schöner Abschied. Eine bemerkenswerte Frau.«

»Was hättest du denn gern?«

»Dies und das. Andere wichtige Dinge, die du nicht einfach auslassen darfst.«

Ich goß die Becher voll. »Trinken«, sagte ich. »Soll ich jeden Becher erwähnen oder jeden Mundvoll Speise? Die Planken der *Santa Barbara* beschreiben?«

»Wie kommt es, daß ein spanisches Schiff gerade dann in Venedig ist, als du aufbrechen willst? Und wie bist du in Dubrovnik an Land gegangen?«

»Ich habe das Schiff verlassen.«

»Ah bah, das meine ich nicht.« Er beugte sich vor und starrte mich beinahe grimmig an. »Spanien, also das Reich, und Venedig sind eigentlich Feinde; dann habt ihr dieses heilige Bündnis, und ein Spanier fährt zufällig die ganze Adria hoch nach Venedig und dann wieder hinunter nach Dubrovnik. Ha. Und wenn einer in Dubrovnik nicht auffallen will, sondern unauffällig lauschen, geht er nicht unter aller Augen von Bord eines notdürftig getarnten Kriegsschiffs. Also, wie war das wirklich?«

»Du hast recht.« Ich lachte leise. »Ich wollte es weglassen, weil ich dachte, es ist nicht so wichtig.« Eine nette Lüge. Tatsächlich hatte ich es weggelassen, weil ich meinte, bestimmte Dinge nicht dem Papier und schon gar nicht Goran anvertrauen zu sollen. Andererseits …

»Es ist wichtiger als die Tränen des Dogen und der Beifall der Fische. Deine Nahrung und Entleerungen, deinen Kummer und deine Beilager kann man sich denken; das sind Vorgänge, die jeder kennt. Aber: Was führt einen spanischen Kriegskapitän in die Lagunenstadt? Und wie kommt ein Spion ungesehen von Bord?«

»Das weißt du wohl. Du bist doch beinahe der erste Mensch, den ich diesseits des Meers getroffen habe.«

Goran gluckste. »Abends, ziemlich spät, und das einzige, was du auf Kroatisch sagen konntest, war: ›Guten Abend. Welche Stadt ist das, Herr Freund?‹ Zu deinem Glück kann ich Italienisch. Aber daß ich dort war und dies und das weiß, ist für deinen Bericht unerheblich. Wenn jemand, der nicht dabei war, ihn lesen soll.« Dann zwinkerte er. »Vielleicht wäre es aber erbaulich zu lesen, wie wir uns getroffen haben.«

»Erbaulich für dich?«

»Wenn du bei der Wahrheit bleibst und mich nicht in Tinte und Hohn ertränkst.«

Nun denn. Don Pelayo und einer seiner Offiziere berieten mit mir. »Wir könnten Euch«, sagte der Offizier, »in Matrosenkleider stecken und mit den anderen Seeleuten im Hafen von Bord gehen lassen. Natürlich ohne Gepäck – Seeleute, die sich ein paar Stunden die eigenen Beine vertreten und die der Hafenmädchen untersuchen wollen, schleppen nicht viel herum.«

»Eine der kleinen Buchten nördlich von Ragusa«, sagte Don Pelayo. »Ihr müßtet dann aber noch ein wenig wandern.«

»Ich nehme an, es wäre die sinnvollste Möglichkeit, nicht wahr?«

Die beiden Spanier nickten. Der Offizier kicherte leise. »Es sei denn«, sagte er, »Ihr wollt an Bord bleiben, bis es gegen die Burg geht, und dann von Süden nach Ragusa wandern.«

»Welche Burg?«

Don Pelayo preßte die Lippen zu einem schmalen Strich. »Das war schon zuviel gesagt. Weiter südlich ist die Küste ungeeignet. Dort, wo man landen kann, sind zu viele Menschen. Und wo keine sind, ist das Ufer schroff.«

»Habt Ihr eine Karte der Gegend, wo Ihr mich an Land setzen wollt?«

»Sie ist nicht gut, aber … Kommt mit.«

Ich folgte Don Pelayo vom Achterdeck in seine Kajüte. Der Offizier blieb zurück und begann, hinter dem Rudergänger auf und ab zu gehen.

Der Kapitän holte eine der üblichen Küstenkarten aus einer eisenbeschlagenen Kiste und breitete sie auf dem Kajütentisch aus.

»Ihr werdet länger wandern müssen«, sagte er.

Ich beugte mich über das entrollte Blatt, das er an den Seiten mit Bechern und polierten Steinen beschwert hatte. »Näher an Ragusa kommt man kaum heran, wie es aussieht.«

Er berührte mit der Fingerspitze nacheinander mehrere Inseln vor der eigentlichen Küste. »Überall Fischer und Soldaten«, knurrte er. »Wir werden hier bei Nacht und hoffentlich ungesehen ankern und Euch mit einem Beiboot an Land bringen. Wenn Ihr ein Adler oder eine Krähe wärt, hättet Ihr von dort aus noch vier *leguas* oder ein wenig mehr zurückzulegen. Aber …« Er klopfte auf zwei Stellen. Dort waren Buchten eingezeichnet, die auch Flußmündungen sein konnten und tief ins Land schnitten. »Es wird die Strecke verdoppeln. Mindestens. Ihr werdet sicherlich zwei, wahrscheinlich drei Tage brauchen.«

Tatsächlich brauchte ich fast fünf Tage, um Ragusa zu erreichen. Abgesehen von den beiden großen Buchten gab es mehrere kleine zu umrunden, und die alte Handelsstraße führte über Berge und durch Täler. Außerdem ließ ich mir Zeit; nach den Jahren der Seßhaftigkeit mußte ich gewissermaßen meine Beine neu kennenlernen und mich auf all das besinnen, was nötig ist, um in einer unwirtlichen Gegend allein und ohne Obdach zu überleben.

Kurz vor Mitternacht brachte mich das Beiboot zu einer kleinen Bucht etwa auf halber Strecke zwischen den zur Republik Ragusa gehörenden Orten Trsteno und Orašac. Die *Santa Barbara* lag mit einem Treibanker nahe der bewaldeten Nordwestspitze der Insel Lopud.

»Habt Ihr alles, was Ihr braucht?« sagte der Offizier, der mich zum Strand begleitet hatte.

»Ja – bis auf Glück, das nach und nach dazukommen sollte.«

Er berührte meine Schulter mit der Fingerspitze. »Dann wünsche ich Euch mehrere Frachterladungen davon.«

»Nicht gar so viel; ich will ja nicht darin ertrinken.«

Es war eine feuchtkalte Nacht, bewölkt und ohne Mond; nicht ungewöhnlich für August, aber nach langem Wohnen in Städten und Häusern doch ein herber Beginn. Ein finsterer Anfang dazu, ohne Mond und Sterne; ich blieb zunächst einfach stehen, lauschte dem Schwappen der geringfügigen Brandung, hörte das Eintauchen der Ruder und wartete darauf, daß meine Augen sich ans Dunkel gewöhnten. Ein Dunkel, aus dem nicht einmal Waffen und Augäpfel hervorstachen.

Nach einiger Zeit begab ich mich vorsichtig, immer wieder mit den Füßen tastend, senkrecht weg vom Wasser. Dabei fühlte ich mich, als bestünde ich nur aus fast blinden Augen und meinem Gepäck. Ein lederner Reisehut mit Krempe, ein schwerer Mantel, der mir auch als Decke dienen mußte, der Beutel über der Schulter, darauf festgebunden der kleine Lederkasten mit der Fiedel. Ein Sattler in Venedig hatte ihn mir mit Riemen, Schnallen und einer Scheide versehen, damit ich ihn am Beutel befestigen konnte und bei langem Wandern den Degen nicht um die Beine baumeln lassen mußte. Am Gürtel ein Messer, den kleinen Beutel mit Münzen, ein wenig Wegzehrung sowie Feuerstein, Stahl und Zunder – eine Hand konnte ich ausstrecken, um Hindernisse zu erfühlen, die andere war nötig, um den Riemen des Beutels zu halten, damit er mir nicht von der Schulter glitt. Ich wußte, daß ich einige Zeit brauchen würde, mich wieder an diese Art des Lebens und Reisens zu gewöhnen. Und daß ich die Gewöhnung in ein paar Tagen schon wieder unterbrechen mußte. Oder durfte.

Eher tastend denn sehend fand ich eine sandige Mulde zwischen den Bäumen. Ich wollte kein Feuer machen. Nachbarn, von denen man nichts weiß, soll man nicht auf sich aufmerksam machen. Wer in Trsteno oder Orašac nicht schlafen konnte, würde wahrscheinlich das Feuer sehen. Ich trank Wasser aus der Lederflasche, legte die Waffen griffbereit und wickelte mich in den Mantel.

Aber ich konnte nicht schlafen. Die Erde unter mir war allzu ruhig; nach den Tagen an Bord der *Santa Barbara* vermißte ich das Schaukeln, die Geräusche des Wassers, die Musik von Wind, Tauen und Segeln, das Knirschen der Planken. Nachtvögel und ein gelegentliches Rauschen in den Baumwipfeln konnten all das nicht ersetzen. Ich weiß nicht, ob die unbewegte Erde und die ungewohnten Geräusche den Schlaf vertrieben; jedenfalls brachten sie Gedanken. Erinnerungen an hunderte ähnlicher Nächte in den Jahren des Reisens. Unnütze Erinnerung an Feuer, Gespräche, Gefechte. Schmerzliche Erinnerungen an den Abschied von den Kindern und an Lauras bittere Worte. Vielleicht hatte sie ja recht mit der Feststellung, ein Mann, der Frau und Kinder wegen einer Rache verlasse, sei auch nicht besser als einer, der zu einer anderen Frau gehe. Damals, vor Jahren, als ich die Rache nicht hatte aufgeben wollen, war sie frei gewesen; nun war sie durch Gelübde vor der fragwürdigen Welt und einem zweifelhaften Gott gebunden. An mich, den Vater der Kinder, den treulosen Gemahl, der Weib und Kinder verlassen hatte.

Die Nacht. Der Schlaf, der nicht kommen wollte. Die Gedanken, Gespenster, die aus der dichten Nacht sickerten. Ich wollte nicht an Laura denken und begann, eine Liste möglicher Nächte anzufertigen, ein Bauwerk aus abgestuften Dunkelheiten. Als ich bei Lauras Nächten angelangt war, versuchte ich, an Bellinis Nächte zu denken. Und an die von Kassem. Ich bildete mir ein, sein Gesicht im Dickicht der Nacht sehen zu können – das Gesicht des Mannes, der Zerstörer und Retter gewesen war, Mörder und Vater, vertrauter Verräter. Die Nachricht war aus Konstantinopel gekommen: Kassem werde bald zum Amselfeld reisen, ohne genaue Angaben. Vielleicht war er noch beim Sultan, oder unterwegs, oder bereits angekommen. Dies hoffte ich in Ragusa zu erfahren, wo man angeblich immer alles wußte, was die Osmanen taten. Weshalb Bellini mir noch zahlreiche weitere Fragen mitgegeben hatte, leere Gedankenhülsen, die ich füllen und nach Venedig bringen oder schicken sollte. Aber ich dachte nicht an diese Fragen, denn die Nacht war Kassems Gesicht, und ich bildete mir ein, seine Augen zu sehen. Als ich einen kräftigen Luftzug verspürte, begriff ich, daß ein Frühwind die Wolkenschicht zu zerreißen begann; die vermeintlichen Augen waren die ersten Sterne, die sich blicken ließen.

Morgens sammelte ich ein wenig Reisig und ein paar Kienäpfel, machte Feuer und füllte den kleinen Topf, der mir zum Waschen, Kochen und als Eßgeschirr diente, mit dem restlichen Wasser aus meiner Lederflasche. Als es zu sieden begann, streute ich ein paar mitgebrachte Kräuter hinein, nahm ihn vom Feuer und wartete, bis der Sud sich ein wenig abgekühlt hatte. Heißer Kräutersud und Brot, das der Koch der *Santa Barbara* am Vortag gebacken hatte – ein üppiges Morgenmahl. Der Wind hatte sich gelegt; der Himmel über dem Meer war klar, und so weit ich jenseits der Bäume die Küstenberge sehen konnte, waren auch sie deutlich und scharf umrissen. Als die Sonne endlich aufging, packte ich meine Sachen zusammen und suchte mir einen Weg landeinwärts, den waldigen Hang hinauf; irgendwo dort oben mußte die Straße sein.

Als ich sie erreichte, war ich vom Steigen außer Atem. Ungewaschen, dachte ich, demnächst wieder hungrig, ohne Vorräte und vom guten Leben in der Stadt geschwächt. Ich erinnerte mich an steilere Hänge, die ich mühelos und ohne Keuchen bewältigt hatte – damals, in einem anderen Leben. Ich sagte mir, daß ich in den nächsten Monaten viele Meilen gehen und vielleicht mein Leben mit der Waffe würde schützen müssen. Zweifellos konnte ich den Degen gut genug führen – aber reichte die Kraft aus, ihn lang genug zu halten?

Ein Spielmann muß nicht so oft kämpfen, sagte ich mir; es sei denn, er stellt zu viele Fragen.

Die Straße – ein breiter, nur hier und da befestigter Karrenweg – lief oberhalb des Hangs am Fuß der eigentlichen Küstenberge nach Nordwesten und Südosten. Ich blieb stehen, bis das Keuchen endete, und blickte hinaus aufs Meer und auf die Inseln. Offenbar hatten mich die spanischen Seeleute nachts weiter nordwestlich abgesetzt als vorgesehen; so, wie die Inseln dort lagen, befand ich mich nicht zwischen Trsteno und Orašac, sondern nordwestlich von Trsteno.

Nach etwa einer halben Stunde erreichte ich den kleinen Ort. Es war noch früh, zu früh für Musik. Für ein paar kleine Münzen kaufte ich frisches Brot und ein paar Früchte, füllte meine Flasche am Brunnen und hockte mich auf einen Baumstumpf, um ernsthaft zu frühstücken. Dann brach ich nach Südosten auf, dorthin, wo etwa zwanzig Meilen entfernt Ragusa lag, oder Dubrovnik, wie die Leute hier sagten. Der Bäcker und der andere Händler verfügten über ein paar italienische Brocken, aber wenn ich wirklich wissen sollte, was in der Gegend und in der Umgebung geschah, würde ich die hiesige Sprache lernen müssen.

Ich ließ mir mehr Zeit als nötig, verzichtete auf jeden Versuch, Unterschlupf in Scheunen oder Häusern zu finden, stieg immer wieder von der Straße auf den nächsten Berg oder steil hinab in eine der engen Buchten. Allmählich minderte sich das Keuchen bei solchen Gängen, und meine nach allzu langer Schonung zum Dienst gepreßten Muskeln begannen, die verlangte Arbeit widerstandslos zu leisten. Als ich die Stadt erreichte, hatte ich das Gefühl, wieder im Besitz meiner selbst zu sein.

Und ich hatte von Bauern, Händlern und Kindern die ersten kroatischen Brocken aufgepickt. Zu wenig fürs Überleben oder gar für Gespräche, aber genug, um an diese erstaunliche Stadt nicht mehr als »Ragusa«, sondern als »Dubrovnik« zu denken.

Da die Sonne bereits unterging, als ich die lange schlauchartige Bucht umrundet hatte und wieder an der eigentlichen Küste war, verbrachte ich die Nacht in Gruž. Gravosa – wie auch immer der italienische Name des Orts zustande gekommen sein mag – liegt nicht ganz zwei Meilen nordwestlich von Dubrovnik, und diese zwei Meilen wollte ich lieber bei Tageslicht am nächsten Morgen zurücklegen. Es war gerade noch hell genug, um in der von einer vorspringenden Halbinsel gebildeten Bucht die Fischerboote und an Land die Hütten und kleinen Werkstätten zu sehen. Es roch, wie es in solchen Orten immer riecht: Wasser, Salz, Fisch, Tang, Tauwerk, nasse Hölzer, ein Hauch von Pech. Und Herdfeuer mit all den Ausdünstungen von Menschen und Haustieren und dem, was abends zum Essen bereitet wird.

Am Kopf einer aufgeschütteten Mole fand ich eine Art Taverne, die wohl auch als Gemeinderaum diente. Der große Saal war von zwei stinkenden Fackeln kaum erhellt, und abgesehen vom Wirt hielten sich nur zwei alte Männer darin auf. Sie saßen an einem Tisch neben einem offenen Fenster, starrten hinaus auf die Bucht, die immer dunkler wurde, und hielten sich an großen Bechern fest. Alte Seeleute, dachte ich, die ihre Erinnerungen vertrinken und einander beredt anschweigen.

Der Wirt stand vor dem gemauerten Herd und rührte mit einem langen Holzlöffel in einem Topf. Er drehte sich nicht zu mir um, wandte nur den Kopf, als ich *dobra večer* sagte und fragte, ob er ein wenig Italienisch verstehe.

»Venezianische Halunkensprache?« sagte er. »Was willst du?«

»Essen«, sagte ich, »trinken, ein Nachtlager, eine Waschgelegenheit.«

»Waschen will er sich?« Nun drehte er sich ganz um, redete aber nicht zu mir, sondern laut in den Raum, zu den beiden Alten.

Einer der beiden sagte etwas auf Kroatisch; dann setzte

er hinzu: »Damit die schönen Frauen der Stadt nicht gleich umfallen, wenn er sich ihnen nähert?«

Der zweite musterte nicht mich, sondern mein Gepäck, das ich an einen Tragepfosten gelehnt hatte. »Was ist das? Violine?« Mit etwas, das eher wie Holz denn wie Fleisch aussah, deutete er auf den kleinen Kasten.

»Meine Fiedel«, sagte ich. »Wenn Musik hilft, meine Wünsche zu erfüllen, will ich gern spielen. Wenn Stille hilft, will ich es gern unterlassen.«

»Fischsuppe, Brot und Wein.« Der Wirt rührte wieder in dem Topf und wandte mir den Rücken zu. »Und keine Musik, sondern Münzen.«

»Venezianisches Geld?«

»Was hast du?«

»Ein paar silberne *grossi* und viele *piccoli*.«

»Ah. Kein Gold?«

»Wenn ich Zechinen hätte, um für Suppe zu bezahlen, könntest du denn wechseln?«

Er wandte mir das Gesicht zu; im Flackerlicht der Fackeln sah ich ein schräges Grinsen und schadhafte Zähne. »Wenn ich den Gegenwert festsetze … Sonst müßtest du sehr viel Fischsuppe essen.«

»Er will nicht bis nächstes Jahr bleiben, nehme ich an«, sagte einer der Alten. Er klopfte auf den Tisch. »Komm, setz dich zu uns. Was wir einander zu erzählen haben, kennen wir seit Jahren auswendig. Vielleicht weißt du ja etwas Neues. Wie heißt du, Fremder? Und woher kommst du? Venedig?«

»Jakko. Oder Jakob, Jacobus, Giacomo.« Ich setzte mich zu ihnen. »Ich war länger in Venedig, das stimmt, aber eigentlich komme ich aus Deutschland.«

»Wir haben unser Leben mit Wasser und Holz verbracht«,

sagte der Mann mit der Holzhand. »Deswegen trinken wir jetzt kein Wasser, aber das Holz werden wir nicht los.«

Er hieß Velimir, der andere Goran. Beide waren um die sechzig und hatten ihr Brot mit dem Bau kleiner und größerer Schiffe verdient.

»Sägen, weißt du«, sagte Goran; er deutete auf Velimirs linke Hand. »Und andere Unfälle.« Er zupfte an seinem rechten Hosenbein. Als ich mich vorbeugte, sah ich, daß darunter kein Fleisch war. Vom Knie abwärts hatte er dunkles poliertes Holz.

»Gibt es hier mehr solche wie euch? Schiffbauer und Holzträger?«

Goran gluckste. »Einige. Aber ich bin nicht von hier. Ich bin aus dem Norden, aus Orebić. Gegenüber von Korčula.«

Velimirs Hand war ein wenig dunkler als sein Gesicht. Beide Ersatzglieder hatten längere Geschichten; bis der Wirt uns Näpfe mit Fischsuppe brachte, kannte ich die gröberen Einzelheiten und wußte auch, daß Gorans hoher Norden, kaum sechzig Seemeilen von Gruž beziehungsweise Dubrovnik entfernt, »nicht richtig lustig« sei: Venezianische Schiffe ließen die Boote der Republik Ragusa nicht aufs offene Meer hinaus. »Jedenfalls da oben«, sagte Goran. »Hier ist das anders; Dubrovnik wird nicht gesperrt, aber bei uns könnte jeder Fisch ein Türke sein.«

»Gibt es hier viele? Türken, meine ich.«

Velimir hob die Schultern. »Wir gehören ja zum Osmanischen Reich, deshalb sind dauernd Händler und Gesandte unterwegs.«

»Gesandte?«

»Anderes Wort für Spione. Aber davon gibt's in Dubrovnik immer genug.«

»Ich will ein paar Tage in der Stadt bleiben«, sagte ich. »Gibt es Schänken, in denen man Musik hören mag? Anders als hier?«

»Musik?« Velimir spitzte den Mund. »Also, hier mag überhaupt niemand Musik. Sie ist laut und lästig und meistens schlecht. Die Venezianer, die Goran so gründlich am Auslaufen gehindert haben, wie du siehst, haben uns jahrelang mit schlechter Musik gequält. Jetzt quälen uns die Türken mit einer anderen Art von schlechter Musik. Wenn du dich in Dubrovnik umschaust, wirst du feststellen, daß die meisten Leute keine Ohren haben. Besonders den Mädchen werden die Ohrmuscheln gleich nach der Geburt abgeschnitten, damit sie es später einmal leichter haben als wir.«

»Ah. Fesselnde Gepflogenheiten scheint ihr zu haben. Dann werden Sänger wahrscheinlich entmannt, oder?«

»Nicht nötig.« Goran machte ein überaus ernstes Gesicht. »Die meisten Sänger sind sowieso Eunuchen.«

Ich hob mit dem Holzlöffel ein Stückchen Fisch aus der Suppe. »Und der hier? Hat er noch etwas gesagt, ehe ...?«

Velimir hob den Kopf und brüllte: »Branko! Hat der Fisch geplaudert, als du ihn gerupft hast?«

Der Wirt näherte sich mit kleinen Schleichschritten. Er brachte einen Krug und einen weiteren Becher mit. »Alle Fische singen, wenn man sie rupft«, sagte er.

Ich wartete, bis er sich zu uns gesetzt und alle vier Becher gefüllt hatte.

»Gibt es hier denn auch Drachen?« sagte ich.

»Drachen?« Goran blinzelte. »Ich bin ja nicht von hier; wißt ihr mehr?«

»Die haben unsere Ahnen, die am Busen des Herrn ruhen mögen, in den Kanal gelockt.«

»Welchen Kanal?«

»Nicht in Venedig, wenn du das meinst. Den Kanal, der früher den Eichenhain Dubrovnik mit dem Felsen Ragusa verband. Sie haben sie hineingelockt und dann alles zugeschüttet, und heute ist das die Hauptstraße zwischen den beiden Toren – Stradun, klar?«

Gewaschen, ausgeruht und mit frischer Kleidung begab ich mich am Morgen auf den Weg zur Stadt; Goran begleitete mich, um sicher zu sein, daß ich mich nicht verirrte. Unterwegs erzählte er von Türken und Venezianern, von den monatlich wechselnden Rektoren der Republik Ragusa, die erst zwei Jahre danach wieder zur Wahl antreten durften, von den Fehden zwischen reichen Sippen und dem ewigen Tanz am Rande des Abgrunds, den Dubrovnik vollführte, um nach innen frei und von außen unbedroht zu sein.

»Lassen wir jetzt mal die singenden Fische und die fiedelnden Drachen beiseite«, sagte ich. »Wie sieht es denn wirklich mit der Unabhängigkeit aus? Zum Beispiel zwischen Orebić und Korčula?«

Er grinste und murmelte etwas; dann sagte er: »Korčula gehört den Venezianern; angeblich ist ja deren großer Märchenerzähler Marco Polo dort geboren ...«

»Das sieht man in Venedig anders.«

»Mag sein. Ich sage ja auch ›angeblich‹. Die Türken haben uns angewiesen, nur über die Hauptstadt, also Dubrovnik, mit dem Westen Handel zu treiben. Und natürlich halten wir uns daran. Keiner von uns da oben käme je auf den Gedanken, etwa die Meerenge zu überqueren und Verwandte oder Freunde in Korčula zu besuchen.«

»Niemals?«

»Sicher nicht öfter als einmal alle paar Tage. Wie du siehst, sind wir gute Untertanen des Sultans.«

»Habt ihr denn etwas von seiner … seinem Schutz?«

»Er sorgt dafür, daß Venedig nicht allzu gierig ist, was unsere Ländereien und Häfen angeht.«

Ich betrachtete die Leute, die auf den Straßen unterwegs waren. Alle sahen wie gewöhnliche Anwohner der Mittelmeerküsten aus; niemand trug Turban oder andere fremdartige Gewänder.

»Gibt es denn viele Türken hier?«

Goran seufzte leise. »O deine Neugier, Jakko. Nein, nicht viele – es gibt den Gesandten, der hin und wieder so tut, als ob er uns Anweisungen geben müßte. Und natürlich Händler und Spione, wie schon gesagt. Aber keine Soldaten. Wir sind eben freie Untertanen des Sultans. Er hat anderswo genug Bedarf an Truppen und Kanonen; warum sollte er welche zu uns schicken, die wir doch brav gehorchen, indem wir nicht weiter auf ihn achten?«

Dann endlich sah ich die vielbesungenen Mauern der alten Stadt: ein helles Band, eine Schärpe, die aufwärts- und abwärtswogte, den Erhebungen und Senkungen des Bodens folgend, hier und da von Festungstürmen überragt, links der steile Berg, dem heiligen Sergius geweiht, und auf der anderen Seite das blaue Meer.

Vor dem Pile-Tor klopfte Goran mir auf die Schulter. »Hier verlasse ich dich«, sagte er. »Ich habe noch mit ein paar Händlern zu sprechen, ehe ich heimreisen kann. Es wird dauern; sie alle sind ebenso begierig darauf, Waren nach Orebić schaffen zu lassen, wie sie begierig sind, ihre Münzen nicht dafür auszugeben. Man wird sehen.«

Ich deutete eine knappe Verneigung an. »Ich danke für die

erbaulichen Reden und die guten Ratschläge. Ich wünsche dir große Geschäfte, Goran.«

»Ah, du wirst mich noch sehen. Zehn Tage wird es wohl noch dauern, bis ich die Waren und die Münzen habe, und dann muß ich meine Seeleute suchen, die sich in irgendwelchen weiblichen Buchten verbergen. Ich werde abends dem Klang der Fiedel folgen und deinen Wein trinken, während du spielst und dich nicht wehren kannst.«

FÜNF
Musik und Mord

»Bist du zufrieden mit der Art, wie ich dich eingeführt habe?« sagte ich, als Goran am nächsten Mittag die neuen Ausführungen gelesen hatte.

Er schob mir die Blätter hin und lächelte. »Haben wir wirklich so viel Unsinn geredet, Velimir, du und ich?«

»Wenn mich die Erinnerung nicht trügt, haben wir. So oder so ähnlich.«

»Ah, die Erinnerung! Wenn man jung ist, hält man sie für zutreffend; wenn man älter wird, stellt man irgendwann fest, daß sie sich selbst dauernd ändert und ergänzt. Sie trügt immer, sage ich dir. Aber meistens bei wichtigen Dingen; deshalb kann es durchaus sein, daß dieser unwichtige Unsinn stimmt.«

»Unsinn oder nicht – bist du zufrieden? Oder jedenfalls weniger unzufrieden als mit der alten Fassung?«

»Du hättest noch etwas über die Schönheit meiner Seele schreiben können oder die Balken in Velimirs Augen. Abgesehen davon mag es angehen.«

Er stand auf, ging mit unseren Bechern zum Herd und füllte sie aus dem großen Topf wieder auf: Kräutersud mit Honig und ein wenig Wein. Ich starrte aus dem Fenster auf die Meerenge und überlegte, welche Gesänge die Fische unter den Wellen gerade anstimmen mochten, im Chor oder einzeln.

Als Goran sich wieder gesetzt hatte, tippte er mit der Fingerspitze auf den Papierstapel. »Am Anfang dieses Teils«, sagte er, »hast du hingeschrieben, was ich dir gestern abend gesagt habe. Willst du das wirklich so machen?«

»Deine klugen Reden niederschreiben?«

»Ja.«

»Zuerst einmal. Vielleicht streiche ich hinterher alles so zusammen, daß ich deine klugen Reden nicht brauche. Dann muß ich aber das vorige Stück auch teilweise wegstreichen, und dazu habe ich noch keine Lust.«

Goran schlürfte aus seinem Becher. »Heiß«, knurrte er. »Jetzt stehe ich also neben all den anderen auf deinem Papier. Und wenn es doch irgendwann gedruckt wird, kann man in Venedig lesen, daß es mich gegeben hat? Ich weiß nicht, ob mir das gefällt.«

»Mach dir keine Sorgen«, sagte ich. »Sie werden dir sowieso nicht glauben.«

Es war nicht schwierig, in die Stadt zu gelangen. Am Tor standen zwei recht gelangweilt dreinblickende Posten, die mich nicht beachteten. Ich nahm an, daß es in Kriegszeiten anders sein würde.

Jenseits des Tores, am Anfang der Stradun, füllte ich meine Flasche am Brunnen des Baumeisters Onofrio; dann machte ich mich auf die mehrfache Suche; eine Herberge, eine Schänke, in der man Musik nicht gleich ablehnte, und Kenntnisse.

Das erste, was ich zu lernen hatte, war eine Art gezieltes Herumirren. Die umwallte Stadt ist ein Labyrinth der ärgsten Sorte; eines, das den Wanderer nicht durch Biegungen, Hindernisse und Unübersichtlichkeit verwirrt, sondern ein Labyrinth der geraden Linien, der verblüffenden Ähnlichkeiten, der undurchdringlichen Klarheit. Natürlich gibt es dort Gebäude, die man sofort wiedererkennt, wenn man zum zweiten Mal vor ihnen steht: Kirchen, Klöster, der Palast des Rektors. Aber alles andere? Rechtwinklige Straßen wie die Linien auf einem Spielbrett; Häuser aus beinahe fleischfarbenem Stein, die zweifellos für den Kundigen gut zu unterscheiden sind. Aber kundig ist man erst, wenn man all dies gründlich kennt, und ich kannte nichts. Es gab Häuser mit seltsamen Bildtafeln, die Wappen sein mochten; es gab Schänken unter Mauerbogen, in Erdgeschossen und auf Dachterrassen. Hier und da schien an einer der rechtwinkligen Kreuzungen ein Haus zu fehlen, und dort gab es auf den freien Flächen – kaum groß genug für das Wort »Platz« – einen Markt mit Tüchern, an anderer Stelle Stände mit Früchten, Brot, Fisch oder Wein. Ich sah kostbar gekleidete Männer, denen die anderen auswichen, wobei sie sich ein wenig verbeugten, und grell gewandete Frauen, denen niemand auszuweichen schien außer den Priestern. Mönche gab es auch – ich glaubte, Franziskaner und Dominikaner zu sehen, und hin und wieder Grüppchen von Nonnen.

Als armer Musikant hatte ich alles zu meiden, was nach teurem Gasthaus aussah, und im Lauf des Vormittags fragte ich die Wirte aller Schänken (vielleicht habe ich auch mehrmals in der gleichen Taverne gefragt, die sich nicht von den anderen unterschied), ob ich abends in ihren Räumen die Fiedel spielen dürfte. Bei einer Schänke in einer Nebengasse nicht weit vom Palast des Rektors versuchte ich es gewissermaßen umgekehrt: Ich aß gebratenen Fisch, Brot und Lauch, trank verdünnten Wein, zahlte und fragte dann erst, was man von Musik halte. Der Schankdiener verwies mich an den Wirt; der Wirt hob die Brauen und musterte mich von Kopf bis Fuß.

»Spielst du so gut, wie ich koche?« sagte er.

»Das Essen war vorzüglich; wie könnte ich mir anmaßen, deine Gäste durch allzu gute Musik von den Speisen abzuhalten?«

Er verzog den Mund. »Dann spielst du wahrscheinlich so schlecht, daß es einem das Essen verdirbt, wie?«

»Herr«, sagte ich, »deine Speisen sind so gut, daß nichts sie verderben kann. Und du brauchst dich auf kein Wagnis einzulassen. Wenn es dir oder den Gästen mißfällt, schick mich weg. Wenn das, was ich spiele, gefällt, essen und trinken sie vielleicht mehr und bleiben länger. Wenn sie mir danach eine Münze in den Hut werfen – nachdem sie dich bezahlt haben, versteht sich –, verlierst du nichts. Am Ende gewinnen alle.«

Er stemmte die Fäuste in die Hüften und schüttelte den Kopf. Aber er lächelte ein wenig, als er sagte: »Alle Musiker und Bettler sind gleich; jeder erzählt eine andere Lüge – aber sei's drum. Wir wollen es versuchen.«

Ich konnte meinen Beutel, den Mantel und die Fiedel in einem Verschlag neben der Küche lassen, bis zum Abend. Danach fühlte ich mich leichter, ohne Gepäck und ohne den Zwang, weitere Wirte zu behelligen. Bis kurz vor Sonnenuntergang lief ich durch die Stadt – nicht kreuz und quer, was die rechtwinklige Anlage mir nicht erlaubte. Hinter der Kathedrale, an der Seeseite, wollte ich einen der Aufgänge zur Mauer nehmen, aber anders als am Pile-Tor stand hier ein keineswegs gelangweilter Wächter. Er schüttelte den Kopf, hielt seine Pike quer und sagte etwas.

»Mein Kroatisch reicht eben dazu, dir einen guten Abend zu wünschen«, sagte ich.

Er grinste. »Fremde nicht auf Mauer.«

»Ah. Schade. Ich hätte gern ...«

»Nix. Fremde nicht auf Mauer. Weggehen.«

Ich legte eine Hand auf die Brust und machte kehrt. Es war nicht eben eine Überraschung; dennoch fragte ich mich, was man von dort oben sehen könnte und nicht sehen sollte. Da man ungehindert durch die Stadt laufen konnte, in der es nichts Geheimnisvolles zu sehen gab. Oder doch?

Als ich die Schänke erreichte, war etwa die Hälfte der Plätze besetzt. Es mochten an die fünfzehn Männer und drei Frauen sein, die sich leise unterhielten, tranken und auf das Essen warteten. Der Wirt wies mir einen Schemel gleich neben der Eingangstür zu und stellte mir einen Becher mit verdünntem Wein hin. Ich holte die Fiedel, packte sie aus, stimmte und begann zu spielen.

In den langen Jahren der Kriegszüge und der Rache hatte mich das Instrument, meine Freundin, oft gerettet, zerstreut, ernährt und geheilt. Blutrünstige, verrohte Krieger hatten darauf verzichtet, mir die Kehle durchzuschneiden, um sich zu den Klängen zu betrinken oder Lieder zu grölen; an anderen Tagen, in Gegenden, in denen es nichts Eßbares zu kaufen gab (oder zu Zeiten, da ich kein Geld zeigen durfte, wenn ich leben wollte), hatte die Musik mir Brot, dünnes Bier, oft auch ein Nachtlager eingebracht. Im ärgsten Elend, als mein Körper eben noch heil war, die Seele sich jedoch zu Fasern und Fransen auflösen wollte, hatte ich unbewußt die Stränge mit Bändern aus Musik umwickelt (oder, besser, umranken lassen – zugelassen, daß Musik etwas tat, wozu ich, der ich sie hervorbrachte, nicht fähig war). Hinter Klängen hatte ich mich verbergen können, oder sie waren imstande gewesen, im schlimmsten Durcheinander das Gegenteil von verbergen zu bewirken, jene Aufmerksamkeit zu verschaffen, deren ich gerade bedurfte. Diesmal aber hatte die Musik nichts mit mir zu tun. Ich spielte ein paar schnelle, muntere Tänze, dann langsamere, fast schwermütige Melodien, beobachtete die Gäste der Schänke, las aus ihren Blicken und Bewegungen und

Mienen, was sie hören oder nicht hören wollten, und machte nach etwa einer halben Stunde eine erste Pause.

Es gab die üblichen Beifallsgeräusche – Klopfen und Fußscharren. Der Wirt kam auf dem Rückweg von einem der Tische vorbei und sagte leise: »Recht so. Laß sie ein wenig essen und trinken, und dann mach weiter.«

Ich trank einen Schluck aus dem Becher und ging kurz hinaus, um frischere Luft zu atmen; die Schänke war übervoll von Essensgerüchen, den Schwaden des Kochfeuers, Wein, Bier und den Ausdünstungen der Menschen. Vor der Tür standen in einem lockeren Halbkreis drei Männer etwa meines Alters oder ein wenig jünger. Sie hatten offenbar der Musik gelauscht und nickten mir zu. Ein paar Schritte entfernt, an der Wand des Hauses gegenüber, saß ein Mann auf dem Boden; ein anderer klopfte ihm eben auf die Schulter und ging weg, ohne aufzublicken. Er hinkte.

»Gute Musik«, sagte einer der drei im Halbkreis. »Woher kommst du?«

»Venedig, aber eigentlich aus Deutschland. Und ihr?«

»Von hier. Aber außerhalb.«

Der zweite Mann schnitt eine Grimasse. »Wer kann sich die Stadt schon leisten?«

»Ich nicht«, sagte ich. »Vielleicht finde ich nachher ein paar Münzen in meinem Hut, aber das wird nicht für ein weiches Bett genügen. Wo könnte ich so etwas finden?«

»Darf es auch härter sein?«

»Solang es weicher ist als das Pflaster hier.«

Der dritte deutete zum Ende der Gasse; wenn ich in diesem geradlinigen Labyrinth nicht völlig die Orientierung verloren hatte, mußte in der Richtung das Pile-Tor liegen. Das Tor und die Vorstadt außerhalb der Mauern.

»In ungefähr einer Stunde«, sagte er, »gibt es gute Musik in Valerios Schänke. Er ist Italiener, aber trotzdem brauchbar.« Die anderen lachten. »Wenn du hier fertig bist, komm dorthin; alles weitere wird sich schon finden.«

»Ich danke euch«, sagte ich. »Wie heißt ihr? Falls ich nach euch fragen muß.«

»Jadranko, Daniel und Antun. Wie lange wirst du hier noch spielen?«

»Ah, mindestens noch eine halbe Stunde.«

Antun hob die Schultern. »So lange mag ich nicht hier draußen stehen. Und drinnen? Kann ich mir nicht leisten.«

»Dann sehen wir uns später; draußen.«

Der vierte Zuhörer saß immer noch an die Hauswand gegenüber gelehnt; er hatte den Hut tief ins Gesicht gezogen und schien zu grübeln oder zu dösen.

Ich ging zurück in die Schänke und begann wieder zu spielen. Als ich kaum das zweite Stück beendet hatte, gab es draußen auf der Gasse plötzlich Lärm und Geschrei. Ich achtete nicht weiter darauf und spielte einen kleinen Rundtanz, danach ein langsameres Stück, bei dem ich immer an eine dicke Fürstin dachte, die sich umständlich auszieht, ehe sie zu Bett geht. Gegen Ende des Stücks bemerkte ich, daß die Aufmerksamkeit der Gäste nachließ, beziehungsweise sich etwas anderem zuwandte, etwas, das draußen geschah.

Ein Mann in prächtiger Uniform stand wie aus der Luft gesickert im Eingang und stampfte den Schaft seiner Lanze auf den Boden. »Um Vergebung, die edlen Esser«, sagte er sehr laut. »Hat einer von Euch etwas gesehen, was zur Erhellung der Rätsel beitragen könnte?«

»Was ist los?« Der Wirt kam zum Eingang und versuchte wohl, an dem Uniformierten vorbeizuschauen.

»Ein Mann ist gestorben.«

»Gestorben?« sagte ein gewichtiger Gast am zweiten Tisch. »Wenn's die Pest ist, sollten wir in Ruhe zu Ende essen, solange es uns noch schmeckt. Und wenn er einfach so gestorben ist, hätte er vielleicht mehr essen sollen.«

Der Uniformierte – es handelte sich, wie mir der Wirt zuflüsterte, um den obersten Nachtwächter – trat beiseite, als einige der Gäste zur Tür kamen, um hinauszuschauen. Ich legte den Bogen auf den Schemel, klemmte mir die Fiedel unter den Arm und trat ebenfalls hinaus auf die Gasse.

Der Mann saß immer noch an der Hauswand gegenüber; neben ihm standen oder knieten sechs andere, zwei von ihnen Nachtwächter, wenngleich nicht so prächtig gewandet wie ihr Anführer, die anderen wahrscheinlich gewöhnliche Bewohner des Viertels, die auf dem Heimweg oder einem kleinen Nachtspaziergang gewesen waren und den Sitzenden arg reglos gefunden hatten.

»Du warst doch draußen«, sagte der Wirt. »Hast du etwas bemerkt?«

»Da hat er schon so dagesessen«, sagte ich. »Ich habe mir nichts dabei gedacht.«

»Dann werden wir dich mitnehmen«, sagte der Nachtwächter.

»Warum? Weil ich mir nichts gedacht habe?«

»Weil du ihn gesehen hast. Und vielleicht fällt dir ja noch mehr ein, wenn wir dich gründlicher befragen.«

Der Wirt bot an, meine Sachen bis zu meiner Rückkehr zu hüten, aber davon hielten die Nachtwächter nichts. »Ich werde nach dir fragen«, sagte der Wirt schließlich; er klang ein wenig besorgt. »Und falls es hier Münzen für dich gibt, hebe ich sie auf.«

SECHS

Die Wächter von Dubrovnik

Es blieb mir nichts anderes übrig, als den Bewaffneten zu folgen. Unterwegs versuchte ich, mit ihnen zu sprechen, aber sie waren etwa so redselig wie tote Fische.

Ich nahm an, daß sie mich zu irgendeinem Nebenraum im Palast des Rektors bringen würden, wo vermutlich der hiesige Ordnungshüter saß, vielleicht auch ein Richter. Aber welcher Richter sollte lange nach Sonnenuntergang nichts besseres zu tun haben?

Tatsächlich gingen wir zum Palast; aber dort führten sie mich durch eine bewachte Pforte in ein Nebengebäude und eine Treppe hinab. Wir mußten uns irgendwo zwischen dem Palast und der Hafenfestung befinden, und zwar unterhalb der Wasserlinie. Allmählich begann ich mir Sorgen zu machen.

Am Ende eines Gangs traten wir in eine Art Wachstube, wo ein paar halbuniformierte Männer auf Holzbänken dösten. Dahinter befand sich eine Schreibstube, von zwei Fackeln und mehreren kleinen Öllampen erhellt. Ein Mann saß dort und schrieb auf große Bögen einzelne Zeichen und Ziffern – Listen vielleicht. Frachtlisten würden es wohl nicht sein, sagte ich mir.

»Herr«, sagte der oberste Nachtwächter. »Ein Toter in der Gasse, gegenüber von Franjos Schänke. Dieser hier hat in der Schänke Musik gemacht und ist zwischendurch auf die Gasse gegangen; vielleicht hat er etwas damit zu tun.«

»Wo ist der Tote?« Der Mann blickte nicht von seiner Schreibarbeit auf; seine Stimme war dunkel und kräftig. »Und warum sprechen wir Italienisch?«

»Damit der Fremde uns versteht.«

»Aha. Der Tote?«

»Wird gebracht, müßte bald eintreffen.«

Der Mann nickte und sagte etwas auf Kroatisch; er blickte nach wie vor nicht auf. Zwei der Nachtwächter nahmen mir die Beutel und den Fiedelkasten ab und betasteten mich, fanden aber nichts außer dem Schwert und dem Messer, die ich am Beutel befestigt hatte.

Sie sagten etwas – wahrscheinlich »sauber« oder »sonst nichts«; der Mann nickte wieder und entließ sie mit einer Handbewegung. »Setz dich«, sagte er dann; mit dem Kinn deutete er auf einen Schemel an der Wand.

»Was soll ...«

»Sei still. Du redest erst, wenn ich dich frage.«

Ich setzte mich auf den Schemel und befaßte mich mit einer oder zwei der vielen Möglichkeiten sinnlosen Wartens. Der Mann schrieb weiter, trug hier etwas ein, strich dort etwas, machte Haken oder andere Kürzel. Nach einiger Zeit war aus der Wachstube etwas zu hören. Einer der Nachtwächter trat ein und machte Meldung. Offenbar war der Tote hergebracht worden; der Mann hinter dem Schreibtisch grunzte, legte den Federkiel beiseite, stand auf und ging hinaus. Der Nachtwächter blieb neben der Tür stehen und beobachtete mich, indem er an mir vorbeischaute.

Es dauerte länger, mindestens zweihundert Atemzüge, bis der andere wieder hereinkam, den Posten entließ und sich hinter den Tisch setzte. Diesmal griff er nicht zur Feder, sondern betrachtete mich, ohne etwas zu sagen.

Ich erwiderte seine Blicke. Er mochte um die vierzig sein, hatte dunkles Haar, das sich zu entfärben begann, ein Gesicht ohne jeden Ausdruck, stechende Augen, einen schmalen Mund und sehr große Ohrläppchen.

»Ich bin Katona«, sagte er plötzlich. »Zuständig für die Ordnung der Dinge.«

»Ein ungarischer Name?«

»Wer bist du?«

»Ich bin Jakob Spengler, wandernder Spielmann, geboren in einer kleinen Stadt am Rhein, in Deutschland, und ich habe heute abend in Franjos Schänke für die Gäste gespielt.«

»Kennst du den Toten?«

Ich schüttelte den Kopf. »Ich wußte nicht einmal, daß er tot ist. Ich habe ihn nur sitzen sehen, an die Hauswand gelehnt.«

Katona stand auf. »Komm mit.«

Ich folgte ihm durch die Wachstube in einen Nebenraum. Dort brannte nur eine Fackel. Auf einem rohen Tisch lag der Tote. Sie hatten ihn ausgezogen; die Kleider und was er sonst bei sich getragen hatte, bildeten einen formlosen Haufen auf dem Fußboden.

»Schau ihn dir an. Kennst du ihn?«

Ich seufzte. »Ich bin hier fremd«, sagte ich. »Wie soll ich ihn kennen?«

»Schau ihn dir trotzdem an. Gründlich. Und sag mir, was du siehst.«

Ich zögerte einen Moment. Ich war nicht sicher, ob ich überzeugend den Entsetzten spielen konnte. Deshalb verzichtete ich darauf und beugte mich über den Leichnam. Während ich ihn betrachtete, schilderte ich halblaut, was ich sah.

Der Mann lag auf dem Rücken. Die Füße waren schmutzig und besaßen eine dicke Schicht Hornhaut. An den muskulösen, stark behaarten Beinen gab es nur eine kahle Fläche im linken Oberschenkel, wo eine schillernde Narbe von einer alten, nicht vernähten Stichwunde geblieben war. Das Gemächt war gewaltig und mußte zu Lebzeiten im Zustand der Erregung furchteinflößend gewesen sein. Bauch und Brust, ebenso behaart wie die Beine, wiesen zahlreiche vernarbte Wunden auf. Der Tote war massig, ich konnte aber kein Fett entdecken, nur Muskeln und Sehnen. Am Mittelfinger der rechten Hand fehlte das vordere Glied. Neben dem linken Schlüsselbein gab es eine kleine Wunde, aus der ein Glasstück ragte.

»Schlechte Zähne«, sagte ich schließlich. »Die Wangen hat er sich zuletzt vor vier oder fünf Tagen geschabt. Ein erfahrener, starker Kämpfer, um die vierzig. Muß ich ihn jetzt auch noch umdrehen und von hinten betrachten, oder genügt dir das?«

Katona knurrte und bedeutete mir, ihm zu folgen. Als wir wieder in seiner Schreibstube saßen, rieb er den Rücken an der Wand und verschränkte die Arme.

»Wir können es kurz und schmerzlos machen«, sagte er. »Oder, wenn du das vorziehst, langsam und gründlich. Wer bist du, und was willst du wirklich in Dubrovnik?«

»Wie meinst du das?«

Er rümpfte die Nase. »Vor ein paar Tagen war ein spanisches Kriegsschiff hier. Kurz. Vorher hat es nördlich von Lopud in der Nacht ein Boot ausgesetzt, das ans Ufer gerudert und gleich wieder zurückgekommen ist. Am nächsten Tag war ein Fremder mit Fiedel in Trsteno. Jetzt ist er hier, und er hat offenbar schon viele Tote gesehen, so daß er sich vor ihnen nicht fürchtet. Spielmann, Krieger, Spion, Spanier, Deutscher, Venezianer – was bist du?«

»Lebendig«, sagte ich, »anders als der da.«

»Das ist nicht viel und kann sich schnell ändern. Hast du etwas gesehen, Spielmann?«

Ich zögerte nur kurz. Dieser Mann ohne Vornamen, Katona, von dem Bellini gesagt hatte, daß er hart und gut sei, war offenbar ziemlich gut; wie sollte ich mich verbergen, da ich bereits in seiner Gewalt war? Und Bellinis Frage, zu welcher Seite Katona sich neigen würde, ließe sich, wenn überhaupt, nur durch ein wenig Offenheit beantworten. Falls es eine eindeutige Antwort gab.

»Ich habe einen Mann gesehen«, sagte ich. »Als ich aus der Schänke kam, um Luft zu schnappen, standen ein paar Zuhörer vor der Tür. Der da saß an der Wand des Hauses gegenüber, und ein Mann, der neben ihm gehockt hatte, hat ihm auf die Schulter geklopft, wie zum Abschied, und ist gegangen.«

Katona zupfte an einem seiner Ohrläppchen, als wolle er es noch länger machen. »Was für ein Mann? Kannst du ihn beschreiben?«

»Sein Gesicht nicht; er hatte einen Hut auf, in der Gasse war es dunkel, bis auf ein wenig Licht aus der Schänke. Und er hat nicht aufgeschaut, als er gegangen ist. Aber er hat den linken Fuß schleifen lassen. Und er geht wie – wie ein Seemann oder einer, der sein halbes Leben auf dem Pferd verbracht hat.«

Katona machte mit beiden Händen etwas, was wie die Andeutung bogenartiger Beine aussah. »So etwa?«

»Ja.«

»Wie, meinst du, ist es geschehen?«

Ich hob die Schultern. »Vielleicht hat der Mann, der jetzt tot nebenan liegt, sich hingesetzt, um auszuruhen oder der Musik zu lauschen. Vielleicht hatte der andere ihn schon länger verfolgt; aufgelauert haben wird er ihm nicht gerade in dieser Gasse, und zufällig wird er kaum dort vorbeigekommen sein.«

Katona legte den Kopf schief. »Hm. Kann sein. Weiter.«

»Ich nehme an, er hat ihn verfolgt und auf eine Gelegenheit gewartet. Eine Gelegenheit, ihn ohne Zuschauer abzustechen. Oder jedenfalls ohne aufmerksame Zuschauer. Vielleicht kannte der Tote ihn. Sagen wir, er hat da gesessen und der Musik gelauscht, und weil noch mehr Leute da waren, ist er nicht so aufmerksam gewesen, wie er hätte sein sollen. Der Mörder hat gesehen, daß die anderen nicht auf ihn, sondern auf die Musik geachtet haben. Das, was der Tote in der Schulter stekken hat, ist ein Glasdolch. Ein Stich von oben ins Herz. Ein Ruck mit dem Handgelenk. Die Klinge bricht ab und bleibt stecken, deshalb fließt kaum Blut. In dem Augenblick komme ich aus der Schänke. Der Mörder klopft dem Toten auf die Schulter, steht auf und geht. So etwa?«

Katona schob die Unterlippe vor. »Ein gewisser Lorenzo würde dir jetzt etwas zu trinken anbieten, nicht wahr?«

»Ich würde es sogar annehmen. Und mich dabei an zwei oder drei andere Dinge erinnern.«

»Zum Beispiel?«

»Zum Beispiel daran, daß ein Mann, dem die Kuppe des rechten Mittelfingers fehlt, ein alter Freund von Lorenzo war.«

Katona klatschte in die Hände. Als einer der Männer aus der Wachstube den Kopf hereinsteckte, befahl er ihm, Wein und zwei Becher zu bringen.

»Ich nehme an«, sagte ich, »daß du nicht jeden Leichnam, der irgendwo herumliegt, einsammeln und herbringen läßt.«

Der Ungar wartete, bis der Mann mit einem Krug und Bechern gekommen war und sich wieder verzogen hatte. Er goß beide Becher voll und schob mir einen hin; dabei sagte er: »Einsammeln ja, aber nicht herbringen. Den haben sie hergebracht, weil sie ihn kennen.«

»Hast du ihn beobachten lassen?«

Katona lächelte flüchtig, schwieg aber.

»Dann hat er also nicht nur für Bellini, sondern auch für dich gearbeitet.«

Katona trank einen Schluck; er stellte den Becher nicht ab, sondern sprach über ihn hinweg und gewissermaßen an mir vorbei. Seine Augen richteten sich auf die Tür, die nicht ganz geschlossen war. »Spitze Ohren gibt es überall.«

Ich stand auf und schloß die Tür. »Er hat also auch für die Osmanen gearbeitet?« sagte ich.

»Das haben sie jedenfalls geglaubt. Und vielleicht haben sie begonnen, daran zu zweifeln.«

»Kennst du den Mann mit Säbelbeinen und schleifendem Fuß?«

»Es gibt einen, der so ähnlich geht.« Er stellte den Becher auf den Tisch und beugte sich vor. »Was ist deine Aufgabe hier?«

»Ich soll versuchen, ein wenig Trost für Bellini zu beschaffen.«

»Trost?«

»Er grämt sich, weil er nicht genug weiß.«

»Ah. Und da schickt er dich, einen Spielmann? Wie man sagt, spielst du gut, bist also wirklich Musikant. Oder?«

Ich beschloß, daß wir das Abtasten längst beendet hätten und einigermaßen offen reden sollten. Offen, aber leise. »Das Heilige Bündnis«, sagte ich.

Katona kratzte sich den Kopf. »Die unheilige Verbindung von Papst, Kaiser und Venedig? Was ist damit?«

»Sie sind besorgt, jedenfalls in Venedig, weil in den vergangenen Monaten alle langen Ohren abgeschnitten worden sind, die für sie Geräusche und Gerüchte bei den Osmanen belauscht haben.«

Er nickte. »Ich habe so etwas gehört.«

»Der Krieg wird bald beginnen«, sagte ich. »Und ohne Kenntnis dessen, was der Feind plant, kann man selbst nicht gut planen.«

Er lachte leise. »Das ist nur ein Teil. Es ist auch nicht einfach, wenn man nicht weiß, was die eigenen Verbündeten tun wollen. Die Heiligen und Unheiligen.«

»Auch das. Die Spanier, zum Beispiel.«

»Oder die Venezianer. Warum hat Bellini ausgerechnet dich hergeschickt?«

»Das kann ich dir sagen. Er hatte nicht mehr viel Auswahl, nachdem die Türken fast alle anderen beseitigt haben.«

»Hat er dir das gesagt?«

»So ähnlich.«

»Don Pelayo hat mir etwas anderes erzählt.«

»Du machst mich neugierig.«

»Er sollte mir von Bellini ausrichten, daß Venedig, also Lorenzo, seinen besten Mann schickt.«

»Klingt gut«, sagte ich. »Ist aber eine nette Lüge.«

»Noch einmal: Wer bist du? Und was hast du bisher gemacht?«

Ich seufzte. »Es wird spät; ich habe noch eine Verabredung mit anderen Musikern, und die ganze Geschichte mag ich jetzt nicht erzählen.«

Katona spitzte den Mund. »Eine Kurzfassung. Damit ich

weiß, was ich von dir zu halten habe. Wie weit ich dir vertrauen kann.«

»Als ich fünfzehn war, haben Söldner mein Dorf überfallen und alle getötet. Meine Familie und alle anderen. Ich war zufällig außerhalb des Dorfs, am Waldrand, und mußte alles sehen. Ich habe mir die Gesichter der Hauptleute eingeprägt, Als ich zwanzig war, habe ich angefangen, sie zu suchen.«

»Und? Hast du sie gefunden?«

»Es hat einige Jahre gedauert, und sie waren nicht besonders heiter, als ich sie schließlich fand. Jetzt sind sie, wo auch immer man ist, wenn man nicht mehr ist.«

»Wo hast du sie erwischt?«

»Im deutschen Bauernkrieg. In Rom, beim Sacco di Roma. In Wien. In Santo Domingo. Und den, der alles angeordnet hat, in Deutschland.«

Katonas Gesichtsausdruck änderte sich nicht; es kam mir jedoch so vor, als ob seine Augen jetzt anders blickten. Wärmer vielleicht, oder mit einer Art Achtung.

»Und dabei warst du in Venedig? Zwischendurch?«

»Zwischendurch und danach. Meine Frau ist Venezianerin.«

»Gut.«

Da er nicht weitersprach, sagte ich: »Was heißt ›gut‹?«

Katona grinste plötzlich. »Niemand ist unsterblich. Man sagt aber, wer größere Gefahren überlebt, ist vom Schicksal oder von Gott begünstigt. Und einer, der den Bauernkrieg, den Sacco *und* die Belagerung Wiens überstanden hat?« Er richtete den Blick auf meinen Beutel. Vielleicht betrachtete er den Kasten mit der Fiedel; ich glaube aber, er schaute auf das Messer und den Degen.

»Armer harmloser Spielmann«, sagte er nach kurzem

Schweigen. »Du kannst mit dem schärferen Spielzeug auch Musik machen, nehme ich an.«

»Nicht so klangvoll, aber wirksam.«

»Der Tote, nennen wir ihn Milan, sollte dich suchen. Ich nehme an, er hat dich zuerst beobachten wollen, um sicher zu sein, daß du der bist, um den es geht. Er sollte dich zu mir bringen. Jemand hat ihn daran gehindert.«

»Weißt du, wer der andere ist?«

Katona runzelte die Stirn. »Könnte sein, aber ich bin nicht sicher; so genau ist die Beschreibung ja nicht. Was weißt du von der Lage in Dubrovnik?«

»Ich weiß, daß ihr euch dem Sultan unterstellt habt, um nach innen die Freiheit zu behalten. Wenn es jetzt zum Krieg kommt, was werdet ihr dann tun?«

Er lachte kurz. »Gute Frage. Das werden der Rat und der Rektor entscheiden.«

»Dann laß mich anders fragen. Du, als Hüter der Ordnung und guter Untertan des Sultans – was wirst du mit einem tun, der für Venedig arbeitet?«

»Ich werde ihm bei der Arbeit zusehen.«

»Ihn nicht behindern?«

Der Ungar beugte sich wieder ein wenig vor. »Solange er die Anliegen der Stadt, die mich bezahlt, nicht gefährdet.«

Ich leerte meinen Becher. »Ich habe nicht vor, Dubrovnik zu schaden«, sagte ich. »Kann ich jetzt gehen?«

»Bleib sitzen; wir sind noch nicht fertig.«

»Was denn noch?«

Er schien nach Worten zu suchen. Oder zu überlegen, wieviel er mir sagen sollte. Sagen durfte.

»Diese Stadt«, sagte er leise und langsam, als müsse er sowohl Lauscher als auch den eigenen Drang meiden, mir zuviel zu sagen, »diese Stadt ist ein Vipernnest. Wir unterstehen dem Sultan, aber es kann ja sein, daß er den Krieg verliert. Wir müssen mit allen Handel treiben, sonst verhungern wir. Deshalb gibt es viele Vipern in Dubrovnik. Und ich werde nicht dauernd auf dich aufpassen können. Hüte dich vor Schlangenbissen.«

»Ein rechtwinkliges Labyrinth voller Giftschlangen?«

Er kicherte. »Natterngezücht auf einem Spielbrett, ja.«

»Du wirst gleich wahrscheinlich behaupten, die schlimmsten Giftschlangen seien die aus fernen Ländern, oder?«

Er runzelte die Stirn. »Die Wirksamkeit eines Gifts ändert sich nicht, wenn das Behältnis eine Grenze überquert.«

»Dann habe ich mich also nicht nur vor französischen, türkischen, englischen und päpstlichen Vipern zu hüten, sondern auch vor einheimischen?«

»Überall sind Dolche unter dem Umhang. Wir haben die üblichen kleinen Verbrecher, wie jede Stadt, aber gefährlicher sind die großen.«

»Du redest von den Reichen und Mächtigen?«

»Es gibt Händler und Gesandte. Den Botschafter – nun ja, den Beauftragten der Pforte, auf dessen Flüstern hin wir eigentlich hüpfen müssen. Murad Effendi. Ein kluger Mann; sonst hätte ihn der Sultan nicht geschickt. Es gibt andere, die übrigen Gesandten und natürlich Spione. Die meisten kenne ich; ich kann aber nie sicher sein, ob nicht einer oder zwei neu sind oder sich so geschickt tarnen, daß …«

»Ich verstehe. Ich sollte jederzeit auf meinen Rücken achten.«

»Und auf deinen Bauch.«

Ich stand auf. »Es war mir ein Vergnügen, mit einem klugen Mann zu sprechen. Kann ich jetzt gehen?«

Er blinzelte zu mir auf. »In ein paar Tagen gibt es ein Fest auf dem Platz vor dem Palast. Wenn die Musiker gut sind, mit denen du noch verabredet bist, könnte ich dafür sorgen, daß ihr bei diesem Fest spielen dürft. Es wäre eine Möglichkeit, alle wichtigen Leute zu sehen.«

»Um sie hinterher nicht mit anderen zu verwechseln?«

»Zum Beispiel.«

»Man hat mir gesagt, ich soll mich zu Valerios Schänke begeben. Da sind angeblich die anderen Musiker. Wahrscheinlich wirst du mich dort finden.«

Katona bleckte die Zähne. »Keine Sorge; ich finde dich überall. Valerios Schänke? Ich sehe, du bist in der richtigen Gesellschaft.«

»Was meinst du damit?«

Er schüttelte den Kopf und stand auf. »Du wirst es schon herausfinden. Geh – und sieh dich vor.«

»Bleib – und sieh dich vor«, sagte Goran, als er bis hierhin gelesen hatte. »Das kannst du keinem in Venedig zeigen.«

»Meinst du wegen der Namen?«

Er schob die Unterlippe vor. »Weißt du, wie sie Katona hin und wieder nennen? ›Die Schwarze Klinge‹, so nennen sie ihn. Und du nennst seinen Namen, und alles liest sich, als wäre er ein gewöhnlicher Mensch. Das kannst du nicht machen. Sie werden dich an den Füßen aufhängen, Jakko; sie werden dir den Bauch aufschlitzen und Salz und Schlangengalle hineinreiben.«

»Du vergißt etwas«, sagte ich.

»Was denn?«

»Wenn das hier Venedig erreicht, bin ich sowieso tot. Meinst du, dann kümmert mich Schlangengalle noch?«

»Ah, dann werden sie fragen, wer dafür gesorgt hat, daß das alles nach Venedig kommt. Und das steht ja hier irgendwo – der alte Goran aus Orebić soll es befördern. Dann wird die Schwarze Klinge mich holen lassen, mich zerschlitzen und die kleinen Teile, die übrigbleiben, an die Fische im Hafen verfüttern.«

»Ich dachte, du magst Fisch.«

»Nur gebraten oder gekocht.«

»Ich sehe schon, wir werden darüber noch gründlich zu reden haben.«

SIEBEN

Klänge und Fragen

Valerios Schänke lag einige hundert Schritte außerhalb der Mauern in einer Nebenstraße. Es waren auch zu dieser späten Stunde noch genug Leute unterwegs, die ich danach fragen konnte. Von Katona war ich zunächst zurück zu der Schänke gegangen, in der ich gespielt hatte; kein Grund, Münzen liegen zu lassen. Der Wirt schien erleichtert, mich zu sehen. »Sie haben dich nicht festgehalten? Gut. Hier, das haben die Gäste für deine Musik gegeben.«

Kleine Münzen, aber immerhin. Ich steckte sie ein, dankte dem Wirt, ließ mir von ihm einen Teil des Wegs beschreiben – »wenn du an der Ecke angekommen bist, mußt du noch einmal fragen« – und brach auf. Bis ich Valerios Taverne erreichte, war es kurz vor Mitternacht.

Aber die Brüder der Musikantenzunft waren verläßliche Nachtschwärmer. Sie machten keinen Lärm; die Klänge, die ich hörte, als ich mich dem freistehenden Haus näherte, waren gedämpft, und sie waren gut.

Sie waren aber auch – schräg? Seltsam? Was sie gerade spielten, als ich eintrat, klang nach den Bergen und Steppen des Ostens, zugleich wild und wehmütig, und es gab Tonfolgen, Abstände und Übergänge, die ich so noch nie gehört hatte.

Antun konnte ich nicht entdecken, wohl aber Jadranko und Daniel. Sie hockten mit Bierbechern an einem Tisch. Sie winkten mich zu sich, und während ich mir einen Weg zwischen den Schemeln, Stühlen und Tischen suchte, betrachtete ich die Musiker.

Einer war dabei mit einer kleinen, lederbespannten Trommel. Neben ihm saß einer mit einer Sackpfeife, die eine Melodieflöte und zwei Dauerbässe hatte. Ein dritter Mann spielte etwas, was ich ein Krummholz genannt hätte, wenn es denn krumm gewesen wäre – eine lange Holzflöte, wie ich sie nie gesehen und deren tiefe, heisere Töne ich nie zuvor gehört hatte. Der letzte der Musiker schließlich spielte eine große Laute, deren voller Klang zusammen mit den Trommeln eine Art Teppich bildete, auf dem die Töne der übrigen Instrumente tanzen konnten.

Ich hatte mich kaum zu den beiden jungen Männern gesetzt, als eine Schankmagd neben mir auftauchte und »*Pivo? Šunka?*« sagte.

Daniel wollte übersetzen, aber für Bier und Schinken reichte mein mühseliges Kroatisch durchaus.

»*Vino, molim*«, sagte ich.

Sie erwiderte mein Lächeln, nickte und ging.

»Oh, er kann ›bitte‹ sagen!« Daniel grinste Jadranko an. »Wenn er länger bleibt, schafft er am Ende noch ganze Sätze.«

Das Musikstück endete; die Zuhörer trampelten. Der Trommler folgte der Schankmagd mit den Augen, und als sie mir einen Becher mit Wein reichte, rief er durch das Stimmengewirr: »He, Fiedel, komm zu uns!«

Ich hätte lieber noch ein Weilchen zugehört, um die fremden Intervalle und Sprünge besser zu erfassen. Aber wenn Zunftbrüder einen auffordern, sollte man sich nicht zieren.

Ich nahm die Fiedel aus dem Kasten und schob mit dem Fuß einen Schemel in den Kreis der Musiker. Nachdem ich sie reihum angelächelt hatte, wandte ich mich an den Mann mit der Sackpfeife. »Gib mir deinen Grundton«, sagte ich. »Und um Vergebung für mein fehlendes Kroatisch.«

»Macht nichts«, sagte der Trommler. »Die venezianischen Halunken sind seit Jahrhunderten hier, also werden wir wohl verstehen, was du sagst.«

Nachdem ich die Fiedel gestimmt hatte, sah ich, daß die anderen etwas von mir erwarteten. Ich spielte einen schnellen Tanz, den ich vor Jahren in Frankreich gehört hatte; beim zweiten Durchgang fielen die übrigen Instrumente nach und nach ein. Die Laute übernahm, spielte Verzierungen und wandelte die Melodie ab. Dann kam das Krummholz, und plötzlich waren in dem mir vertrauten Stück diese seltsamen Sprünge. Die Sackpfeife hatte bis dahin nur ihr Dauerbrummen beigetragen; nun spielte der Mann auf seiner Melodieflöte das Stück, wie ich es begonnen hatte, verkehrte dann plötzlich Höhen und Tiefen und nahm uns mit – wohin? Ich wußte es nicht, aber ich schaffte es irgendwie, die Reise mitzumachen. Der französische Tanz hatte gewissermaßen in einem satten grünen Tal begonnen; das Krummholz hatte uns aus dem Tal in eine weite Steppe geführt, und nun beschrieb die Sackpfeife einen wilden, einsamen Berghang.

Der Lautenspieler sagte etwas, als das Stück zu Ende war; ich sah die anderen grinsen und wappnete mich. Er spielte eine vertrackte Melodie mit merkwürdigen Tonsprüngen und Rhythmuswechseln – langsam, nachdrücklich, als wolle er sagen: Paß gut auf, gleich bist du dran. Dann spielte er das Stück schneller, und als er den zweiten Durchgang beendete, nickte er mir zu. Ich übernahm; wieder fielen nach und nach die anderen ein, und als wir fertig waren, klopfte mir der Krummholzspieler auf die Schulter.

So ging es weiter. Einer gab etwas vor, die anderen wiederholten, veränderten, beschleunigten. Irgendwann stand eine junge Frau hinter dem Sackpfeifer; er ließ die Baßpfeifen dröhnen und errichtete auf diesem Sockel ein luftiges Gebäude aus Tönen der Melodieflöte. Ich schlich mich mit der Fiedel leise ins Untergeschoß dieses Hauses, und die Frau begann zu singen. Sie hatte eine klare, warme Altstimme, die das Tongebäude von oben bis unten erkundete und ausfüllte. Ich verstand nicht, was sie sang, war nicht einmal sicher, daß es sich um kroatische Worte oder Verse handelte, aber alles fügte sich wunderbar zusammen, und ich genoß es.

Dann stand der Wirt neben uns und klatschte in die Hände. »Schluß für heute, Freunde«, rief er. »Die Nachbarn wollen schlafen.«

Die Sackpfeife quittierte die Anweisung mit einem trüben Quäken, aber alle gehorchten.

»Du klingst nach Rom, Valerio«, sagte ich.

Er nickte. »Und du – Venedig?«

»Ich habe die Sprache von einer schönen Venezianerin gelernt.«

»Die beste Art, eine Sprache zu lernen.« Er grinste. »Und vorher warst du stumm?«

»Vorher habe ich Deutsch gesprochen.«

Er verzog das Gesicht. »Ich habe Rom verlassen, als da nur noch Deutsch und Spanisch gesprochen wurde«, sagte er. »Seitdem mag ich beides nicht mehr so richtig.«

»Warst du beim Sacco?«

»Ich bin mühsam entkommen. Die ganze Familie nicht.«

»Und seitdem bist du hier?«

»Ich wollte nur noch weg aus Italien. Seit wann bist du hier?«

»Erst heute angekommen. Kann man in deinem Haus die Nacht verbringen?«

Er hob die Schultern. »Wenn man zahlen kann.«

Der Trommler hatte die letzten Sätze gehört und schüttelte den Kopf. »He, Fiedel«, sagte er, »bis du was besseres findest, kannst du bei uns schlafen.«

»Danke, Bruder – aber wer ist ›uns‹?«

»Na, wir.« Er lachte. »Ein halbverfallenes Haus, nicht weit von der Straße nach Gruž, gerade richtig für Fiedler, Trommler und anderes Gelichter.«

Tatsächlich war das Haus gar nicht so verfallen, nur etwas heruntergekommen. Es gab einen kleinen Hinterhof mit gemauertem Brunnen, daneben einen unordentlichen Haufen Feuerholz. Die Treppe zum Obergeschoß hatte kein Geländer, schien aber noch eine Weile alle Lasten tragen zu wollen. In der Küche stand ein Eisenherd; im Haus verteilt gab es ein paar Tische und Stühle, ansonsten Strohmatten, strohgefüllte Matratzen und allerlei Geschirr. Hinter dem Hof, ein paar Schritte den wüsten Hang hinab, hatte jemand eine Grube für Abfälle und jene Ausscheidungen angelegt, die mit Bottichen dorthin zu befördern waren.

Abgesehen von der Küche gab es unten drei und oben vier Zimmer. Türen schien der Erbauer des Hauses für sinnlosen Überfluß gehalten zu haben. Es mochte aber auch sein, daß man sie im Winter verfeuert hatte.

Zwei der oberen Zimmer waren leer oder frei; eines davon durfte ich mir aussuchen. Dank meiner Fiedel und ihrer Fähigkeit – oder der meiner Finger und Ohren –, sich ungewohnten Läufen und Intervallen anzupassen, war ich vorläufig und ohne weitere Fragen in die Bruderschaft der Musikanten aufgenommen. Der auch die Sängerin angehörte, Ardiana. Sie kam aus den albanischen Bergen; von dort stammte auch das Lied, das sie gesungen hatte und dessen Wörter mir vollkommen unverständlich gewesen waren.

Da wir nachts noch eine Weile geredet hatten, stand die Sonne weit früher auf als wir. Es war bereits mittlerer Vormittag, als ich den Weg treppab in die Küche fand. Dort saßen Ardiana und der Krummholzspieler am Tisch.

»Möge euch immer die Sonne scheinen«, sagte ich. »Darf ich mich zu euch setzen?«

Der Krummholzspieler blinzelte mich an und stand auf. »Vorher sollte jemand dir vielleicht zeigen, wo hier was ist. Und damit du schneller lernst, machen wir das zweisprachig.«

»Dazu bin ich noch nicht wach genug.«

Die Frau lachte. »Davon wirst du schneller wach. Zlatko sorgt schon dafür.«

Er zeigte mir die wichtigen Dinge, für die es nachts zu dunkel gewesen war; den Brunnen, die Abfallgrube, die Vorräte, Geschirr und andere Kleinigkeiten. Und er bestand darauf, daß ich die kroatischen Wörter wiederholte, ehe wir zum nächsten Gegenstand kamen.

Ich spritzte mir ein wenig Wasser aus dem Brunnen ins Gesicht, um schneller wach zu werden, und trug einen Eimer in die Küche. Das Morgenmahl bestand aus gestrigem Brot, ein paar Schinkenfetzen und einem bitteren Kräuteraufguß. Als ich mich nach dem ersten Schluck schüttelte, stand Ardiana auf und holte Honig und einen Holzlöffel.

»Wie macht ihr das mit Essen und Trinken und allem?« sagte ich. »Besorgt jeder das, was er selbst braucht, oder gibt jeder Geld dazu, und alles wird gemeinsam erledigt?«

»Mal so, mal so«, sagte Zlatko. »Hast du denn Geld?«

»Nicht viel. Aber hoffentlich genug, um mich zu beteiligen. Ich will nicht auf eure Kosten leben.«

Es gab offenbar keine festen Regeln. Jemand schlug etwas vor, die anderen gaben Münzen dazu, dann wurden die nötigen Dinge beschafft. Zlatko sagte, es sei auch schon vorgekommen, daß niemand Vorschläge machte, alle an etwas anderes dachten – Musik oder Frauen – und morgens nichts zu essen im Haus war.

»Wem gehört das Haus eigentlich?«

»Das steht hier so herum.«

»Gibt's das? Häuser, die herumstehen oder herumlungern und niemandem gehören?«

Ardiana lachte. »Du klingst ungläubig.«

»Bin ich. Seit man uns aus dem Paradies gescheucht hat, ist doch immer jemand Eigentümer gewesen.«

»Auch im Paradies«, knurrte Zlatko. »Der Eigentümer des Paradieses hat seine säumigen Mieter verjagt.«

»Es gehört einem Händler«, sagte Ardiana. »Er kommt manchmal vorbei, sieht sich um, überlegt, was es kosten würde, alles richtig herzurichten, sammelt von uns ein paar Münzen ein und geht wieder.«

Zlatko kam aus einem Dorf in der Nähe von Split. Der Sackpfeifer hieß Konstantinos, ein Grieche aus den thessalischen Bergen. Der Lautenspieler, Boboko, war Zigeuner, und Tomislav der Trommler kam aus Bosnien, aus einem Dorf bei Mostar.

Italienisch konnten sie alle; die jahrhundertelange Vorherrschaft der Venezianer an der Adria und nicht zuletzt auch die Verbindungen zum Papst sorgten dafür. Untereinander sprachen sie meistens Kroatisch – niemand außer den Albanern, heißt es, kann Albanisch –, also sagte ich mir, daß es für mich kaum eine bessere Umgebung gäbe, um die Sprache des Landes zu lernen und mich mit allem vertraut zu machen, was ein guter Spion wissen, kennen und können muß. Es kam hinzu, daß ich mich als Spielmann weit besser fühlte denn als reisender Händler oder als Söldner auf der Suche nach Anstellung. Schließlich war mir die Fiedel Freundin, nicht Verkleidung – sofern man sich eines Instruments als Maske bedienen kann.

Anfangs hatte ich gewisse Zweifel hinsichtlich der Lage des Hauses. Wenn ich etwas über die Pläne der beteiligten Mächte und über die allfälligen Ränke herausfinden wollte, sollte ich, wie ich mir sagte, wohl besser in der eigentlichen Stadt leben. Aber das kam nicht in Frage. Zwar besaß ich im Gürtel, eingenäht in den Kleidern, im doppelten Boden des Fiedelkastens genug Geld, um einige Zeit in einer besseren Unterkunft zu verbringen, aber wie wäre das mit der Person eines wandernden Spielmanns zu vereinbaren?

Außerdem zeigte sich bald, daß die Lage unweit der Straße nach Norden durchaus Vorzüge hatte. Über diese Straße kamen alle, die zwischen Dubrovnik und den nördlichen Teilen der Republik Ragusa reisten oder weiter, zwischen der immer noch venezianischen Küste Dalmatiens und Venezianisch Albanien, aber auch dem osmanisch beherrschten Hinterland, Bosnien, Serbien oder Ungarn; manche der Reisenden zogen die schäbigen, aber erschwinglichen Schänken und Gasthäuser wie Valerios Taverne den teuren Unterkünften in der eigentlichen Stadt vor. Weitere Schänken gab es in Gruž, wo sich ein zweiter Hafen entwickelte – einfacher anzulaufen als das enge Hafenbecken von Dubrovnik und nicht so streng bewacht. Zwar hielten wir uns abends zuweilen in dem Haus auf, in dem wir wohnten, aber an den meisten Abenden waren wir entweder bei Valerio oder in einer der Tavernen von Gruž, und wenn wir gerade keine Musik machten, sondern lediglich tranken und redeten und lauschten, konnten wir dort in Nachrichten oder zumindest Gerüchten beinahe baden.

Von den anderen Musikern hörte ich viele Geschichten über ihre jeweilige Heimat. Die meisten hatten immer noch Verwandte und Freunde dort, von denen sie hin und wieder etwas erfuhren; manchmal kamen sogar Briefe. Nach und nach besserten sich meine Sprachkenntnisse; nach einigen Wochen war ich durchaus imstande, einem gewöhnlichen Gespräch zu folgen und – immer wieder von den anderen geduldig verbessert – daran einigermaßen teilzunehmen.

Die verheißene Aufforderung Katonas, bei irgendeinem größeren Fest in der Stadt zu spielen, erging allerdings nicht an uns. Manchmal lungerte ich vormittags in Dubrovnik herum, versuchte mich in dem rechtwinkligen Labyrinth zurechtzufinden und hörte den Leuten zu. Beim Zuhören und Beobachten sah ich viele Dinge und Vorgänge, die ich nicht recht einzuordnen wußte, und bald begann ich mir Fragen zu stellen.

Zum Beispiel diese: Was trieb den Sackpfeifer Konstantinos in ein Haus, das an einer der steilen Straßen nordöstlich des Franziskanerklosters lag? Was hatte der Lautenspieler Boboko vor dem Ploče-Tor nördlich des Hafens so lange mit einem Mann zu besprechen, der danach im Hafen an Bord eines Wachschiffs ging, und wieso verließ bald darauf ein Mann dieses Boot, den ich später in ernster Unterhaltung mit dem Ungarn Katona sah?

Natürlich konnte ich die beiden nicht befragen. Aber als ich Möglichkeiten erwog, auf Umwegen Antworten zu suchen, stellten sich weitere Fragen. Nach Frauen, zum Beispiel. Ardiana und Zlatko schien eine Art Liebschaft zu verbinden; da es im Haus keine Türen gab, waren nicht nur die hier und da von Musikinstrumenten hervorgebrachten Klänge gewissermaßen Allgemeingut. Die anderen verbrachten manchmal eine Nacht außerhalb des Hauses; selten, vielleicht einmal in zehn Tagen, brachte jemand eine Frau oder ein Mädchen mit. Die meisten dieser Gäste blieben gesichts- und namenlos und kamen nur ein einziges Mal. Bei wandernden Musikanten wäre dies nicht verwunderlich gewesen; die Truppe schien aber seit langem hier zu hausen, so daß engere Verbindungen möglich und gewöhnlich gewesen wären. Aber keiner, abgesehen von Ardiana und Zlatko, schien auf derlei Wert zu legen. Andererseits war keiner der anderen Eunuch oder der Knabenliebe ergeben.

Es wurde auch kaum darüber geredet. Natürlich gab es, wenn wir zusammensaßen, die eine oder andere Geschichte, aber es handelte sich immer um Dinge aus der Vergangenheit.

»Ich weiß nicht«, sagte ich eines Abends, »ob ihr etwas dagegen hättet, wenn eine Frau bei mir die Nacht verbrächte.«

Ardiana musterte mich beinahe erstaunt. »Wer sollte etwas dagegen haben? Vögel und Bienen tun es, sogar die Päpste, wie man hört; warum dann nicht auch Musikanten?«

»Ich frage nur, weil Nachtbesuch so selten ist bei euch.«

Tomislav machte ein trauriges Gesicht. »Selten, fürwahr«, sagte er. »Aber man weiß ja nie, ob man nicht morgen aufbrechen muß.«

»Das ist kein Grund.«

»Was meinst du, Jakko? Was wäre denn ein Grund?«

Ich hob die Schultern. »Keine Ahnung. Die Treue gründlich verheirateter Männer zu abwesenden Gattinnen?«

»Ist das bei dir so?«

»Tja.«

Tomislav lachte und wandte sich an Boboko. »Was sollen wir aus diesem ›Tja‹ schließen?«

Boboko legte die Laute beiseite und faltete die Hände. »Herr im Himmel«, sagte er mit salbungsvoller, um nicht zu sagen schleimiger Stimme, »wende den nelkenförmigen Kelch der Versuchung von mir.« Er entfaltete die Hände wieder, lachte und setzte hinzu: »Oder hast du ein Keuschheitsgelübde abgelegt?«

»Ich habe geschworen, meinen Geist rein zu halten; solange mir das gelingt, hat es keine Bedeutung, was mit meinem Leib geschieht.«

Konstantinos ließ seine Sackpfeife quäken. »Mehr ist nicht dazu zu sagen.«

»Wie ist das denn bei euch? Mit Gelübden und ähnlichem Unsinn?«

»Ein wenig Unsinn muß hin und wieder sein.«

Ardiana kicherte. »Ich kann bezeugen, daß die Jungs alle im Schlaf reden. Du auch, Jakko? Wann wollen wir beide das untersuchen?«

Ich streifte Zlatko mit einem Seitenblick; er schien weder gekränkt noch sonstwie berührt zu sein von Ardianas Äußerung. »Wann, wie und so oft du willst«, sagte ich. »Wenn Zlatko deshalb nicht zum Messer greift.«

»Ich werde mein Krummholz solange anderswo spielen lassen.«

ACHT

Bronze, Zimt und Hemmnisse

An meinem vierten oder fünften Abend in Valerios Schänke tauchten Goran und Velimir auf. Soweit ich dies sehen konnte, aßen und tranken sie überaus gründlich, was sie nicht daran hinderte, der Musik zu lauschen. In einer der Pausen setzte ich mich zu ihnen.

»Wirklich nicht schlecht«, sagte Velimir.

Goran nickte. »Man könnte dich tatsächlich für einen Musiker halten.«

»Was sollte ich denn sonst sein?«

»Ach, Trinker, Wanderer, Sterngucker, Baumeister von Luftschlössern, Söldner, geselliger Einsiedler, Spion, fahrender Totengräber – reicht das, oder soll ich weitermachen? Such dir was aus.«

»Fahrender Totengräber?« Ich lachte. »Mit schweifender Schaufel und Klappsarg?«

»Na ja«, sagte Velimir, »Trinker gibt's hier reichlich, wie an jedem Ort; Totengräber auch, das ist schließlich ein sicheres Gewerbe. Aber Spione ...« Er schüttelte den Kopf und ließ die Mundwinkel sacken.

»Was ist mit Spionen?«

Goran räusperte sich. »Davon gibt es hier jede Menge. Mehr als sonstwo auf der Welt, nehme ich an.«

»Das muß wohl mit der Lage von Dubrovnik zusammenhängen. Und mit der Lage der Dinge.«

In der nächsten Pause fragte ich ihn, ob er nicht vorhabe, demnächst heimzukehren.

»Da kenne ich doch alles; was soll ich da?

»Wartet denn keiner auf dich?«

»Wer sollte auf mich warten? Die Frau ist tot, die Kinder sind groß, das Haus bleibt stehen, auch wenn ich es nicht stütze.«

»Irgendwann demnächst«, sagte ich leise, »würde ich gern einmal deine Segelkünste erproben.«

Velimir kicherte. Goran rümpfte die Nase. »Einfach so? Oder mit einem bestimmten Ziel?«

»Die Bucht von Kotor soll sehr schön sein.«

»Das stimmt. Da schwimmen aber Venezianer herum. Und reichlich Türken.«

»Lassen die sonst keinen durch?«

Goran und Velimir wechselten Blicke. »Doch, schon«, sagte Goran dann. »Sie stellen nur manchmal blöde Fragen.«

»Dann müßte man sich blöde Antworten einfallen lassen.«

Velimir lachte. »Darin sind wir Meister.«

Goran kniff ein Auge zu. »Wann willst du denn diesen kleinen Ausflug machen?«

»Weiß ich noch nicht. Wie lange wirst du denn wohl noch hier sein?«

»Ah, vielleicht einen Monat. Der Wein hier ist gut, und Velimir behauptet, wir hätten noch nicht alle Tavernen besucht.«

Tatsächlich waren es weniger die Tavernen, die Goran an der Heimkehr hinderten. Und zwar nicht nur für einen Monat. Eines Abends erschien er ohne Velimir bei Valerio, lauschte unserer Musik und trank mit einer gewissen Verbissenheit. Als wir die Instrumente eine Weile ruhen ließen, setzte ich mich zu ihm und füllte meinen Becher aus dem Krug, der vor ihm stand.

»Wenn du unsere Melodien schlürfst«, sagte ich, »will ich dafür deinem Wein lauschen.«

Er blinzelte; seine Augen waren ein wenig glasig. »Söhnchen, wenn die Musik verschollen ist, sollte der Krug leer sein.«

»Sie ist noch nicht ganz verschollen; wir machen bald weiter. Und ob wir beide bis dahin den Krug leeren können?«

Er legte die Hände um seinen Becher, als müsse er sich an etwas festhalten, um nicht von den Gezeiten des Weins fortgespült zu werden.

»Ebbe oder Flut?« sagte ich.

Er schnaufte. »Ich weiß, daß es das woanders gibt; hier schwappt es ja nur ein bißchen. Du bist auf dem richtigen Ozean gewesen, nicht wahr?«

»Bis auf die schlappen Gezeiten ist der hier, dieser Arm des Mittelmeers, für mich aber ozeanisch genug. Was plagt dich? Die Leber? Das Herz?«

»Die Schwären des Gemüts.«

Ich lachte. »Eiterbeulen, die man aufstechen sollte, damit der Sud zu allgemeiner Ergötzung hervorsprudelt?«

Er füllte seinen Becher auf. Dabei gelangten ein paar Tropfen auf die Tischplatte. Goran stippte die Spitze seines Zeigefingers in einen der Weintropfen und zog eine Linie zum nächsten. Dann sah er mich an und sagte: »Zimt.«

»Zweifellos; warum nicht Zimt?«

»Bronze.«

»Von mir aus auch Bronze.«

»Pfeffer.«

Ich ächzte leise. »Dein Gemüt, die Schwären, Zimt, Bronze

und Pfeffer? Das verstehe ich. Aber ich weiß nicht, was du damit sagen willst.«

»Siehst du? Du verstehst es eben nicht.«

»Verhilf mir zu tieferem Verständnis, ehrwürdiger alter Mann.«

Er nickte. »Alt.« Dann schüttelte er den Kopf. »Ehrwürdig? Bah. Ehrlos und ...« Er sprach nicht weiter.

Ich versuchte zu ergänzen. »Ehrlos und ohne Zimt?«

Er lächelte. »Du näherst dich der Sache. Überleg mal.«

Ich spitzte den Mund und summte leise. Schließlich sagte ich: »Alt, ehrlos, kein Ozean, weder Zimt noch Bronze noch Pfeffer ... Kann es sein, daß dich die schwarze Flut der Schwermut gepackt hat, die manchmal aus Weinbechern klimmt? Und daß du nun all das erwägst, was du versäumt hast und jetzt gerade nicht auftreiben kannst?«

»Wenn wir in ein paar Wochen so ein Gespräch auf Kroatisch führen können, mein Kleiner, wirst du wahrlich furchterregende Fortschritte gemacht haben.«

»Ich wollte, es wäre schon so weit. Aber was ist mit deinem Gemüt?«

»Es macht Rückschritte«, sagte er in einem etwas wehleidigen Tonfall. »Ich denke, wie du so treffend festgestellt hast, über Dinge nach, die mir fehlen. Und woran es liegen könnte, daß sie mir fehlen. Und was sich aus dem ergibt, was fehlt, und aus dem Grund für das Fehlen. Ein Überfluß an Mangel, gewissermaßen.«

»Ich bin nur ein armer fahrender Musikant«, sagte ich. »Wenn ich so viel wüßte, wie ich Durst habe, wäre ich erheblich klüger als betrunken. Denn betrunken bin ich noch gar nicht, und mit der Klugheit ist es auch nicht weit her.«

»Soll ich dich erhellen?«

»Alles wäre mir lieber, als weiter in deinen rätselhaften Wortreusen herumirren zu müssen.«

»In Reusen irrt man nicht herum; man steckt fest.«

»Ja, das auch. Also?«

»Der Krieg.«

Ich kratzte mir den Kopf. »Ah ja. Und deshalb ein Ozean ohne Zimt?«

»Der Ozean hat damit nichts zu tun; der fiel mir nur so nebenbei ein. Zimt, Pfeffer, Kardamom und Bronze.«

»Mangel an Gewürzen aus Indien?«

Er nickte.

»Ah«, sagte ich. »Der Handel, den die Venezianer von Alexandria aus betrieben haben. Und jetzt haben die Türken ihnen den Handel genommen, liefern aber selbst nicht. Sie haben ihnen den Handel genommen, weil Krieg ist, und deshalb liefern sie selbst auch nicht. Ist es das?«

»Du näherst dich.« Er lächelte mich an; es war eine gewisse Freundlichkeit darin, jedoch auch einige Herablassung. »Aber noch bist du nicht da.«

»Ich habe ja auch nichts zu tun, als deine Rätsel zu lösen.«

»Die paar Töne, die du deiner Fiedel entlockst ... Also, machst du weiter?«

»Über den Ozean, den Atlantik«, sagte ich, »bringen die Portugiesen Pfeffer, Zimt und Kardamom aus Indien. Aber seit die türkischen Flotten die Adria beherrschen, kommen keine Frachtschiffe mehr aus Lissabon.«

Er starrte in seinen Becher; dann nahm er einen tiefen Schluck und rülpste. »Das mit dem Ozean ... mit dem Ozean hat es noch eine andere Bewandtnis; aber das kannst du als weitgereister Krieger nicht verstehen.«

»Ich bin jetzt gerade kein weitgereister Krieger, sondern

ein ziemlich seßhafter wandernder Musikant. Was ist mit dem Ozean?«

»All die Jahre«, sagte er, und zur Abwechslung klang er fast bitter, »habe ich Schiffe gebaut. Einige Männer sind mit ihnen durch die Meerenge auf den Ozean hinausgesegelt und haben Kabeljau aus dem Norden und Tuch aus England mitgebracht. Und ich, der ich diese Schiffe gebaut habe – und man hat mir versichert, daß sie den Wellen des Ozeans trotzen, daß sie auf ihnen reiten wie auf schlecht zugerittenen Fohlen – ich, der ich sie gebaut habe, bin selbst nie so weit gekommen.«

»Ah, die Versäumnisse der Jugend.« Ich lachte leise. »Manche kann man im Alter beheben. Willst du das?«

»Im Moment will ich ganz etwas anderes. Pfeffer, Zimt, Kardamom. Und Bronze.«

»Was zum Teufel hat die Bronze damit zu tun?«

Er leerte seinen Becher, füllte ihn auf, schielte in meinen, fand ihn aber noch ausreichend voll und stellte den Krug wieder hin. »Du solltest schneller trinken; bald ist nichts mehr da.«

»Ich glaube und hoffe, daß Valerio genug für viele weitere Krüge hat. Was ist mit der Bronze?«

»Bronzeplatten.«

»Inwiefern?«

»Schiffbauer, o Jakko, brauchen Bronzeplatten. Bronze rostet nicht, oder nur ganz langsam. So langsam, daß man es erst in Jahrhunderten bemerkt.«

»Das kann uns gleich sein. Keiner von uns wird lange genug leben, um deinen Bronzeplatten beim Rosten zusehen zu können.«

»Das ist es ja – es gibt keine Bronze.«

»Ah. Jetzt verstehe ich. Du willst Zimt, um die Bitternis

deines Alters mit etwas zu versüßen, das an die Haut junger Frauen erinnert. An den Duft der Haut. Pfeffer, um deine Fische und Suppen zu würzen. Kardamom – wozu nimmt man Kardamom? Für Gebäck? Pasteten? Gleichviel – all das fehlt dir, und außerdem fehlt dir Bronze für den Schiffbau, den du angeblich aufgegeben hast. Und bei alledem schwappt dir der ferne Ozean, auf dem du nie gesegelt bist, ins Gemüt.«

Er legte die Hand auf meinen Unterarm und drückte; es konnte aber auch eine Art Streicheln sein. »Du verstehst mich«, sagte er mit einem breiten Lächeln. »Ich habe es gleich gewußt, als ich dich das erste Mal gesehen habe. Daß du mich verstehen würdest. Ich glaube, ich kann dich gut leiden.«

»Das freut mich. Ich mag dich nämlich, Goran, weil du so verrückt bist, wie ich es hoffentlich in deinem Alter auch sein werde. Bis dahin ist noch ein langer Weg, aber ich kann mich ja beim Verblöden etwas beeilen.«

»Spute dich, mein Junge.«

»Schleunig will ich mich sputen und den Fohlen meiner Jahre die Sporen ins Weiche rammen. Aber sag, bist du nicht wegen der Tavernen hier? In den Tavernen gibt es Pfeffer und Zimt.«

»Noch. Aber das wird immer teurer.«

»Warum bleibst du wirklich so lange in Dubrovnik? Warum bist du nicht längst zurückgefahren nach Orebić? Ich dachte, du hättest den Schiffbau deinen Söhnen übergeben und wolltest jetzt nur noch mit Velimir und anderen trinken.«

»Ja, ja, die Söhne. Sie bauen mit ihren Frauen, die mich nur mühsam anlächeln, Kinder, und außerdem zeugen sie Schiffe. Boote. Aber ich habe Anteile am Geschäft behalten, verstehst du? Und deswegen ist es mir nicht gleichgültig, ob sie Bronze haben oder nicht.«

»Anteile, von denen du dein Greisenbrot kaufen mußt?«

»Eben solche. Deshalb.«

Ich beugte mich vor. »Noch einmal: Warum bist du hiergeblieben? Und bitte, bitte, ehrloser Greis, sag es mit weniger Umwegen als bisher, sonst verliere ich dich aus den Augen.«

Goran rümpfte die Nase. »Deine Augen? Diese blauen Knöpfe? Nun ja. Ich habe ein Schiff hergebracht. Mein letztes. Das letzte, das ich größtenteils selber gebaut habe. Ich will es verkaufen, gut verkaufen, aber im Augenblick mag niemand das zahlen, was ich verlange.«

»Hat das mit dem Krieg zu tun?«

»Es hat. Wer will denn ein Schiff kaufen, wenn er nicht weiß, ob er es nicht morgen oder übermorgen der Republik und den Türken übergeben muß, damit die es von den Spaniern oder Venezianern versenken lassen? Und um weitere Schiffe zu bauen, an deren Verkauf ich beteiligt wäre, brauchen meine Söhne Bronze. Bronzeplatten für den Rumpf, damit die Bohrwürmer nicht zu laut schmatzen, sondern hin und wieder weinen, weil ihnen die Zähnchen wehtun.«

»Das habe ich jetzt endlich verstanden.« Ich leerte meinen Becher, goß den Rest Wein aus dem Krug hinein und winkte der Schankmagd. »Auffüllen, o Holde, wenn's beliebt«, sagte ich. Dann wandte ich mich wieder an Goran. »Nur, damit du weiter weinen und denken kannst. Ich werde dir dabei helfen.«

»Mußt du nicht mehr spielen?«

»Ich weiß nicht. Vielleicht. Kann sein, daß ich keine Lust haben werde, wenn die anderen weitermachen. Die können das auch gut ohne mich. Sag, wie bist du hergekommen? Mit dem einen Schiff? Und wenn du Bronze und Zimt kaufen könntest, würdest du das auf Eseln über Land nach Orebić bringen?«

»Zwei Schiffe«, sagte er. Plötzlich klang er völlig nüchtern. »Das neue haben wir geschleppt. Jetzt liegen beide im Hafen von Gruž.«

»Und die Leute? Was ist mit der Mannschaft?«

Er seufzte. »Sie hatten Heimweh. Einige jedenfalls. Ein paar Tage saufen und huren, schön, aber dann wollten sie wieder zu den heimischen Töpfen und Röcken. Sieben waren wir, und das ist gerade genug, um ein Schiff zu segeln und das zweite zu schleppen; es muß ja gesteuert werden. Zwei sind noch da; die anderen fünf sind zu Fuß heimgereist. Und ich sitze hier und warte darauf, daß jemand mir das Schiff abkauft. Damit ich mit dem Erlös Zimt und Bronze kaufen kann. Mit dem Erlös, den es nicht gibt. Zimt und Bronze, die es nicht gibt. Und ich bin noch nie auf dem richtigen Ozean gewesen. Wundert es dich da, daß ich schwermütig bin und saufe?«

NEUN

Neue Fragen und eine Botschaft

Nach und nach gediehen meine Sprachkenntnisse. Und ganz allmählich war ich imstande, aus all den Gerüchten und Geschichten und Behauptungen, die ich in den Schänken und auf den Straßen hörte, ein wiewohl noch lückenhaftes Bild zusammenzusetzen. Beim Ausfüllen der Lücken half mir Katona; er half mir aber auch bei einer unerwarteten Schwierigkeit.

Irgendwann in den ersten Septembertagen trieb ich mich wie so oft durch die Vorortgassen in Hafennähe, außerhalb der Wälle. Ich verspürte eine gewisse Unruhe, verbunden mit dem Gefühl, übernommene Pflichten nicht oder nur mangelhaft zu erfüllen. Dabei verfluchte ich Bellini, der mir Geld angeboten, und mich, der ich es angenommen hatte. Ohne die Verpflichtung, etwas für die Zechinen zu liefern, hätte ich in Ruhe Kroatisch lernen, Musik machen, Wein trinken und in der erwähnten gewissen Unruhe auf Nachrichten über Kassem warten können. Zweifellos hatte Bellini, der wußte, daß ich nicht auf sein Geld angewiesen war, auf diese Weise dafür sorgen wollen, daß ich seiner gedachte.

Ein Zufall kam mir zu Hilfe, aber ohne die Erinnerung an Worte und Gebärden hätte ich ihn nicht nutzen können. Am Hang des Sergius-Bergs, am Ende einer der Gassen oberhalb des Hafens gibt es eine alte Kapelle, und aus dieser sah ich zwei Priester kommen. In der Nähe standen noch einige dunkelgekleidete Männer; einer von ihnen kniete vor den Priestern nieder und dankte für die guten und anrührenden Worte bei der Beerdigung. Als er schließlich aufstand und ging, machten die Geistlichen sich auf den Weg hinab zur Stadt, und nun konnte ich ihre Gesichter sehen. Wie ich hinterher erfuhr, war einer der zuständige Pfarrer, der den anderen, einen Gast im Kloster der Dominikaner, gebeten hatte, ihm bei der Trauerfeier für eine wichtige Familie der Vorstadt zu helfen.

Der andere war Pater Corgoloin, der Burgunder, der vor Monaten Venedig zusammen mit Karim Abbas in Richtung Lombardei verlassen hatte. Ich blieb im Schatten des hohen Baums stehen und zog die Hutkrempe tiefer ins Gesicht; dann folgte ich ihnen. Ich konnte nicht hören, was sie unterwegs sagten. Die wenigen Fetzen, die ich aufschnappte, waren lateinisch. In der Nähe des Klosters verabschiedeten sie sich voneinander; Corgoloin ging nach links, zum Platz vor dem Rektorenpalast, der andere geradeaus, und seine letzten Worte lauteten: »*Ave atque vale*, Pater Larbo.«

Larbo? Vielleicht der französische Name Larbaud? Ich ging langsam hinter dem Burgunder her, bis der andere Priester weit genug entfernt war. Dann lief ich ein paar Schritte, holte Corgoloin ein, schob meinen Arm unter seinen und sagte: »Auf ein Wort, *mon père* – Larbaud oder Corgoloin oder wie auch immer.«

Er zuckte nicht zusammen, aber ich hörte, wie er nach Luft schnappte. »Was wollt Ihr von mir?«

»Ein Wort, wie gesagt, und vielleicht einen kühlen Trank, zu dem ich Euch aber einladen möchte.«

Er seufzte leise. »Wenn es denn sein muß …«

Ich zog ihn am Arm zu einer Schänke, vor der ein paar

Tische und Bänke standen. Ein Schankdiener, der eben Geschirr von einem der Tische entfernte, fragte nach unseren Wünschen.

»Eine kühle Erfrischung«, sagte ich, »die uns nicht den Kopf leicht und die Beine schwer macht.«

Wir ließen uns nieder und musterten einander schweigend, bis der Diener uns zwei Becher mit einem Gemisch aus Wein, Wasser, Kräutern und Saft gebracht hatte. Dann sagte ich: »Auf Euer Wohl, *mon père*. Und nun sagt mir, wie es kommt, daß Ihr als Corgoloin Venedig verlaßt und als Larbaud in Dubrovnik auftaucht.«

Er trank, sah mich an, sah dann in die Luft über meinem Kopf. »Manchmal ist es nötig und hilfreich, mehrere Namen zu haben.«

»Zweifellos. Ich frage mich nur, wozu es hier dienen mag. Mögt Ihr mich erhellen?«

Der Priester schien zu zögern; wahrscheinlich suchte er eine glaubwürdige Ausrede, und während er nachdachte, faßte er sich mit der rechten Hand ans linke Ohrläppchen. Dabei drehte er den Kopf ein wenig zur Seite.

Plötzlich wußte ich, wo ich ihn gesehen hatte. Die seltsame Gebärde ... So lange her, dachte ich, aber Gesten und Gerüche erschließen das Gedächtnis. Ich roch ihn nicht, hatte auch keine Erinnerung an Gerüche, wußte aber, daß ein Priester sich mehrmals mit der Rechten ans linke Ohrläppchen gefaßt hatte, als Kassem sich mit ihm unterhielt. Anfang 1524 in Paris, ehe wir – Kassem, Jorgo, Avram und ich – nach Flandern und ins Rheinland geritten waren, hatte Kassem irgendwo in der Nähe der Sorbonne mit diesem Priester geredet. Der damals natürlich jünger war und weder Corgoloin noch Larbaud hieß, sondern Durand. Und er hatte mit Kassem über Angelegenheiten des französischen Königs gesprochen, jedenfalls bis zu dem Moment, da Kassem uns andere fortschickte.

»Ehe Ihr mit der zweifellos beträchtlichen Geschmeidigkeit Eures Geistes Umwege und Ausreden erfindet«, sagte ich, »will ich Euch dieses sagen. In Venedig stand ich neben Antonio Dandolo, als er Euch eine Maske gereicht hat. Und vor etwas mehr als vierzehn Jahren hörte ich in Paris Pater Durand über geheime Geschäfte von König François sprechen.«

Diese »geheimen Geschäfte« erfand ich – aber offenbar hatte es sie gegeben, denn diesmal zuckte der Priester sichtlich zusammen.

»Wer … wer seid Ihr?«

»Ein wandernder Musikant mit vielen Fragen und einigen Antworten.«

»Wie alt wart Ihr, als Ihr in Paris gewesen seid?«

»Zwanzig.«

Er kniff die Augen zusammen. »Ihr wart nicht allein, oder doch? Nein; ich kann mich nicht erinnern, mit einem so jungen Mann …« Dann preßte er die Lippen zusammen. »Kassem ben Abdullah!« Es klang wie ein Stoßseufzer – eher einer der Erleichterung denn der Klage. »Ihr und – ah, zwei andere, nicht wahr?«

»Euer Gedächtnis ist bewundernswert.«

»Was bringt Euch nach Dubrovnik? Und steht Ihr noch in Verbindung mit meinem alten Freund Kassem?«

»Ich hoffe, in den nächsten Tagen von ihm zu hören.« Ich beugte mich vor. »Aber Ihr, Pater – Kassems und also der Türken Freund, als Franzose die Geschäfte von François, als Burgunder die Anliegen des Kaisers, als Sohn der Kirche die

Wünsche des Papstes? All dies? Oder noch mehr? Und wie soll ich Euch nennen?«

»Larbaud, in Dubrovnik.« Er lächelte und faltete die Hände auf dem Tisch. »Aber Pater genügt, falls Ihr ein treuer Sohn der Kirche und nicht etwa reformierter Apostat seid.«

»Na gut, Pater – und für wen arbeitet Ihr?«

»Die Kirche, mein Sohn, steht über den Dingen. Sie ist, könnte man sagen, einerseits hin und wieder Partei, andererseits unparteiisch.«

»Könnte man sagen, gewissermaßen.« Ich nickte. »Was könnte wohl Katona sagen, gewissermaßen, wenn er all Eure Namen erführe? Zum Beispiel von mir?«

Larbaud löste die gefalteten Hände voneinander; wieder zupfte er mit der Rechten am linken Ohrläppchen. »Katona?« Er runzelte die Stirn. »Katona kennt mich als Priester, der hin und wieder zufällig etwas hört, was Dubrovnik betreffen könnte. Mehr wäre … unerfreulich.« Er lächelte. »Gewissermaßen. Könnte man sagen.«

»Dann laßt uns ein wenig über das nachdenken, was mich daran hindern könnte, Katona gegenüber unerfreuliche Dinge zu erörtern.«

»Was wollt Ihr? Geld?«

»Kenntnisse.«

Er lachte. »Billig, mein Sohn. Und was, wenn sich die Kenntnisse später als allzu billig oder unzutreffend erweisen?«

»Dann«, sagte ich langsam, »werden ich, Kassem, Katona und Bellini Wege finden, Euch zu einer … Nachzahlung der unerfreulichen Art zu zwingen.«

»Bellini?« Larbaud ließ die Mundwinkel hängen. »Also Venedig, wie? Was Euch betrifft, meine ich.«

»Was mich betrifft, bin ich Musikant. Meine Frau lebt in Venedig, weshalb ich der Serenissima Unheil ersparen möchte. Und ich habe länger keine verläßlichen Nachrichten von Kassem erhalten.«

Er schüttelte den Kopf. »Von Kassem weiß ich nur, daß er bald zum Amselfeld reisen soll, aber weder wann noch wozu. Venedig? Hm, laßt mich nachdenken.«

Ich ließ ihn überlegen. Dabei sagte ich mir, daß ich eigentlich nichts zu verlieren hatte. Außer, möglicherweise, meine ohnehin zweifelhafte Unbescholtenheit in den Erwägungen der Kirche. Aber ob Pater Durand-Corgoloin-Larbaud es für tunlich befände, meinen Namen ins linke Ohr eines Inquisitors zu flüstern? Ich könnte ja ein paar Namen ins rechte Ohr brüllen.

»Hört zu«, sagte er schließlich. »Ein Rat gegen Schweigen?«

»Das kommt auf den Rat an.«

»Natürlich. Sagen wir so. Es gibt gewisse Absichten – man könnte auch Vorkehrungen sagen –, von denen ich weiß, die ich aber nicht unbedingt billige. Wenn sie durchkreuzt würden, hielte sich mein Leid in Grenzen.«

Ich lachte leise. »Die Wünsche der Herren sind nicht immer vereinbar mit denen der Diener; ich kenne das.«

»Das nehme ich an. Aber vergeßt bei allem nicht, daß der Arm der Kirche notfalls sehr lang ist.«

»Ich werde es nicht vergessen, *mon père*.«

»Gut, mein Sohn.« Er lächelte und klang plötzlich sehr salbungsvoll. »Es gab einmal, ich weiß nicht mehr wo und wann, eine Schlacht, bei der ein Fürst die besten Truppen der Bundesgenossen in die erste Reihe gestellt hat. Vielleicht, um den Feind zu besiegen, aber auch, um den Verbündeten zu schwächen. Soll ich dich zum Abschied segnen, mein Sohn?« Er stand auf.

»Danke, Pater, aber das wäre der Güte zuviel. Laßt mich einfach den erfrischenden Trank bezahlen.«

Ich begab mich nach kurzem Bedenken zu Katona und bat ihn um Papier, Feder und Tinte. »Und verläßliche Zustellung«, sagte ich.

Er zog die Brauen zusammen. »Wenn ich als Kurier dienen soll, will ich wissen, was ich befördere.«

»Du sollst zwei Schreiben übermitteln lassen. An Bellini in Venedig, und an den Admiral Vittore Capello bei Korfu.«

Katona verschränkte die Hände hinter dem Kopf und starrte an die Decke. »Ah. Capello befiehlt die venezianischen Schiffe bei der Flotte der Heiligen Liga. Und um was geht es?«

»Kann ich davon ausgehen, daß dir eine Übermacht … sagen wir, ein Ungleichgewicht der Mächte in diesem Teil des Meeres unlieb wäre?«

Er löste die Verschränkung der Hände und beugte sich vor. »Weißt du etwas, was ich nicht weiß?«

»Es könnte sein, daß dem Kaiser eine Schwächung Venedigs wichtiger ist als ein Sieg über Khaireddins Flotte.«

Katona schloß einen Moment die Augen, öffnete sie dann wieder und nickte. »Könnte sein. Soll ich der Sache noch ein wenig Nachdruck verleihen?«

Ich zögerte. »Bellini gegenüber? Nicht nötig. Aber Admiral Capello könnte zweifeln.«

Katona grinste. »Ich kenne jemanden, der ihm alle Zweifel zerstreuen kann.«

»Du wirst mich sicher nicht sagen, wer das ist.«

»Nein, das behalte ich für mich.«

»Du sollst auch deine kleinen Geheimnisse haben.«

Er lachte. »Schwein«, sagte er.

Ich grunzte laut und beendete das Schreiben an den Admiral. Während Katona es las, schrieb ich an Bellini, ein französischer Priester habe mir erzählt, manchmal sollten sich Verbündete, die nicht geschwächt werden wollten, nicht in die erste Reihe stellen.

Bisher habe ich mich mehr oder minder an die Abfolge der Dinge gehalten; um den Fortgang nicht allzu unübersichtlich zu machen, will ich nun kurz bei den wichtigen Ereignissen bleiben und mich danach wieder den unwichtigen, meinen eigenen Erlebnissen, zuzuwenden.

Am 22. September kam es vor Preveza – vor der Bucht von Actium, in der einst Octavian und Agrippa die Flotte von Marcus Antonius und Kleopatra besiegten; seltsam, wie sich an manchen Stellen Geschichte selbst zitiert – zur Seeschlacht zwischen der Heiligen Liga und dem Osmanischen Reich. Es war insofern ein türkischer Sieg, als die Liga ihr Ziel, die Türken aus der Adria zu vertreiben, nicht erreichte. Beide Seiten erlitten Verluste, und es wurde verbissen gekämpft. Später war zu hören, man habe sich über das Zaudern des alten Andrea Doria gewundert, der sein Admiralsschiff und einige andere Einheiten nicht oder kaum einsetzte; man pries die Kampfkraft spanischer Infanteristen unter einem Hauptmann Machín de Munguía, die im Gefecht Bordwand an Bordwand die türkische Übermacht zurückschlugen; und man stellte fest, daß die in der zweiten Reihe fahrenden Venezianer nur zwei Galeeren verloren hätten.

Ich schlenderte durch Dubrovnik und machte weite Wanderungen in der Umgebung, immer in der Hoffnung auf Nachrichten über Kassem. Außerdem gab es Musik und Wein, und mein Kroatisch wurde allmählich recht geläufig.

Ende Oktober machten plötzlich Gerüchte über ein spanisches Landungsunternehmen die Runde. Ich erinnerte mich an die von Kapitän de Gómara getadelte Nebenbemerkung eines Offiziers der *Santa Barbara* über eine Burg und suchte Katona auf. Natürlich wollte ich wissen, ob er Neues über Kassem gehört habe; und ich hoffte, von ihm mehr über diese Gerüchte zu erfahren.

Katona grinste. »Hat Pelayo dir nichts gesagt?«

»Nicht einmal Andeutungen.«

»Guter Mann. Aber das Schweigen hat jetzt keine Bedeutung mehr. In ein paar Tagen wissen es ohnehin alle. Was weißt du von Venezianisch Albanien?«

Ich zögerte. »Nicht viel«, sagte ich dann. »Ein Stückchen flache Küste und bergiges Hinterland, nicht weit südöstlich von hier. Ein paar venezianische Soldaten, ein paar Festungen, ein vornehmer Provveditore, der alles befehligt. Ich nehme an, die Türken sind nicht begeistert darüber, daß es ihnen bisher nicht gelungen ist, dieses Stück Land einzunehmen.«

»Sie sind betrübt. Weinerlich, könnte man sagen. Ah, warte, das geht besser ... so.« Er langte unter die Tischplatte, wo es offenbar ein unverschlossenes Fach gab, und zog eine dicke Papierrolle hervor. Als er sie entrollt und die Seiten mit einem Stein, einem Federkasten und seinem Tintenfaß beschwert hatte, sah ich, daß es sich um eine Landkarte handelte. Ich stand auf und ging auf seine Seite des Tischs, um seinem Finger und seinen Ausführungen besser folgen zu können.

Nicht weit südöstlich von Dubrovnik endet das Land der Republik Ragusa. Flache Küste, eine Bergkette, das Tal dahinter gehört schon zum Osmanischen Reich. Eine Straße durch die Berge endet an einer Bucht, die sich nach Osten, landeinwärts, weiter ausdehnt und an ein großes Dreieck erinnert; daneben ein zweites; an dessen Nordspitze führt ein schmaler Wasserarm zu einer weiteren ausgedehnten Bucht – zwei Dreiecke nebeneinander. Ungefähr jedenfalls.

»Zwei große Dreiecke«, sagte ich, »darüber zwei kleinere. Was wohl Euklid dazu gesagt hätte?«

Katona gluckste. »Er hätte es begeistert berechnet, nehme ich an. Also, die Straße vom oberen kleinen Dreieck nach Norden verbindet die türkische Festung Risan mit dem Hinterland. Und die Straße vorn, ehe die Bucht zum ersten großen Dreieck wird, ebenfalls nach Norden, ist die einzige wirklich gute. Wo sie die Bucht erreicht, liegt die Festung Herceg Novi – Castelnuovo, sagt ihr. Von da geht nach Norden, nach Trebinje, noch eine Straße in die Berge. Seit fünfzig Jahren ist Herceg Novi türkisch, wie die Küste der Bucht bis Risan. Die innere Bucht – die beiden kleinen Dreiecke oberhalb – und die Küste weiter südöstlich, das alles gehört euch, eh, den Venezianern. Am rechten der beiden kleinen Dreiecke« – er legte die Fingerspitze auf einen kleinen Punkt – »sitzt der Provveditore, in der Festung Kotor. Cattaro, für euch. Und in der Bucht gibt es ein paar venezianische Kriegsschiffe. Meistens jedenfalls.«

Ich hatte in Venedig bereits Karten der Gegend betrachtet, aber keine, die so reich an Einzelheiten war; ich bemühte mich, mir so viel wie möglich einzuprägen.

»Also, Castelnuovo ist für die Türken der einzige Hafen in dieser Gegend. Und?«

»Was würdest du tun, wenn du den Krieg an Land fortsetzen wolltest?«

Ich zuckte mit den Schultern. »Die Bucht sperren?«

»Schwierig. Die Türken beherrschen das Meer.« Er lächelte boshaft. »Wie nicht nur die Herren der Serenissima zu ihrem Leid haben erfahren müssen.«

»Wollen die Spanier die Festung Castelnuovo belagern? Das ist ohne Unterstützung vom Meer aber sehr schwierig.«

»Gestern kam ein Bote«, sagte Katona. »Vor zwei Tagen hat auf Befehl des Kaisers das Regiment aus Neapel Herceg Novi eingenommen.«

Ich war einen Moment sprachlos. »*El viejo tercio*«, sagte ich dann leise. »Die Härtesten der Harten.«

»Die Besten der Besten, wie man sagt.« Katona rollte die Karten wieder zusammen. »Befehligt wird die Sache von Francisco Sarmiento.«

»Was soll das denn werden? Will der Kaiser wirklich den halben Balkan erobern?«

Katona blinzelte. »Vielleicht. Wahrscheinlich. Es wird ihm aber nicht gelingen.«

»Und wenn doch?«

»Dann müßte sich Dubrovnik sehr schwierigen Überlegungen hingeben.«

»Venedig auch.«

Er grinste. »Nein. Eure Überlegungen wären noch schwieriger.«

ZEHN

Ein alter Freund

Dies trug sich, wenn ich mich nicht irre, am 30. Oktober zu. Nun will ich zu meiner eigenen, gelegentlich ein wenig albernen Geschichte zurückkommen und zu der Zeit zwischen Anfang September und Ende Oktober.

Irgendwann in den frühen Septembertagen hörte ich, ein neuer Mann sei aus Konstantinopel zum Amselfeld geschickt worden, um in Priština die Dinge zu regeln, die Verwaltung zu ordnen, Vorräte anzulegen und – wie sich natürlich erst später ergab – den Gegenangriff auf Herceg Novi vorzubereiten. Man sagte, er heiße Kassem ben Abdullah, sei kein Türke, sondern Araber (Syrer, sagten die einen; andere behaupteten, er stamme aus den fernen Wüsten und habe Zähne aus Stahl – ich wußte, daß er ursprünglich aus der Gegend um Tunis kam), ein sehr alter, fähiger und überaus erfahrener Mann, nicht mehr gut zu Fuß, auch nicht mehr gut und gern im Sattel, aber von lichtem Geist und klarer Sprache.

Kassem in Priština, jenseits mehrerer Bergketten und weiter Täler, und er ordnete das Amselfeld neu, auf dem die Türken vor hundertfünfzig Jahren die Serben und vor achtzig Jahren die Ungarn besiegt hatten. Eine fruchtbare Hochebene, wie ich wußte, zu der mehrere Straßen führten, allesamt beschwerlich. Und unmöglich zu reisen, wenn man nicht die nötigen türkischen Freibriefe hatte.

Natürlich konnte ich statt der Straßen und Wege unwirtliches Gelände begehen – steile Berge, Karst, weitgehend unbewohnte Gegenden, in denen man mit niemandem reden, mit niemandem feilschen und von keinem Nahrung kaufen konnte.

Ich war ein wenig ratlos, sagte mir aber, daß ich noch zu wenig in Erfahrung gebracht hatte. Warten. Friede, hat jemand einmal gesagt, ist Krieg ohne Waffen, und Krieg ist, wie ich allzu gut weiß, endloses Warten darauf, die Waffen einsetzen zu können. Einsetzen zu müssen. Nun wartete ich darauf, mehr zu erfahren. Genaueres. Und während ich wartete und meine Kroatischkenntnisse ergänzte, machte ich abends Musik mit den anderen, und tagsüber streifte ich oft durch die Umgebung, um die Gegend besser kennenzulernen.

Nicht nur die Gegend, auch ihre Bewohner. Nachmittags hatte ich in der östlichen Vorstadt, die zwischen den Mauern und dem Hang des hohen Sergius-Bergs liegt, mit einigen Leuten über alles und nichts geredet; danach ging ich weiter nach Süden, zur äußersten kleinen Vorstadt Ploče, wo ich am Strand ein paar Fischern zusah, die ihre Netze flickten und Wundergeschichten über den Einsiedler auf der etwa eine halbe Meile entfernten Insel Lokrum erzählten. Am Ende dieses friedlichen und milden Tages, als die Sonne eben über dem Meer gesunken war, wanderte ich den Weg zurück nach Nordosten, um die anderen in Valerios Schänke oder im Haus zu treffen.

Zwischen den niedrigen Häusern außerhalb der Mauern kam mir ein Mann entgegen. In der beginnenden Dunkelheit sah ich zunächst nur seine Umrisse. Er war groß, hielt sich gerade, und als wir aneinander vorbeigingen, ahnte ich eher, als daß ich gesehen hätte, daß sein Gesicht dunkel war und seine Kleidung fast schwarz. Zwischen den Häusern tauchten plötzlich drei Männer auf, die sich mit Knüppeln auf ihn stürzten. Da ich sozusagen neben ihm ging, wenn auch in Gegenrichtung, fühlte ich mich natürlich ebenfalls angegriffen.

Aber das ist nicht wahr. Nichts von *ich fühlte*. Eigentlich nicht einmal *ich*, sondern *es*. So lange her, aber nicht verschwunden, nur verschüttet. All das, was mich in den Jahren des Krieges ausgemacht und mir zu überleben geholfen hatte, war plötzlich da, und irgendwie übernahm es mich. *Es* fühlte sich angegriffen, *es* bewegte meine Muskeln und Sehnen, *es* ließ in meinen Ohren das tonlose Lied von herrlichem Grauen rauschen, auf meiner Zunge jenen unvergleichlich köstlichen und gräßlichen Geschmack entstehen: des Lebens an der äußersten Grenze, die Gier nach dem Töten, dringend und innig wie die Gier nach dem Leib der Geliebten. Und *es* bedauerte, daß ich keine Waffe trug.

Ein Knüppelschlag verfehlte meinen Kopf nur knapp. Aus den Augenwinkeln sah ich in der Hand eines der Angreifer eine Klinge blitzen; von irgendwo muß wohl karges Licht auf uns gefallen sein. Der Hochgewachsene duckte sich, um einem Stich auszuweichen. Ich hörte etwas klirren – offenbar trug er einen gut gefüllten Beutel am Gürtel. Ich rammte dem anderen, der mich beinahe mit seinem Knüppel getroffen hätte und zu einem weiteren Schlag ausholte, den Kopf in die Achselhöhle; dabei klatschte ich die flache Hand von unten gegen sein Gemächt. Er krümmte sich und stöhnte, ließ den Knüppel fallen und kroch zur Seite. Der Hochgewachsene hatte die Messerhand des zweiten gepackt und rang mit ihm; es sah aus wie ein seltsamer Tanz. Der dritte Angreifer versuchte seinen Knüppel einzusetzen, aber dem Angegriffenen gelang es, den zweiten immer so zu drehen, daß der Knüppel diesen getroffen hätte. Als ich dem dritten meinen Ellenbogen seitlich in den Nacken stieß und die Kante der anderen Hand auf sein Handgelenk hieb, ließ er den Knüppel fallen, jaulte auf und rannte fort. Gleichzeitig hörte ich ein Knacken und einen Schrei und sah das Messer aus der Hand fallen, die fast rechtwinklig vom Arm abstand.

Ein paar Augenblicke später waren der Fremde und ich allein zwischen den Häusern. Inzwischen hatten sich meine Augen ans geringe Licht gewöhnt; ich sah, daß er mich musterte, als wolle er sich mein Gesicht einprägen.

»Danke«, sagte er; nach einer winzigen Pause setzte er hinzu: »Soldat.«

Ich deutete eine knappe Verbeugung an. »Jederzeit. Aber man sollte nicht mit so vielen klirrenden Münzen durch den Abend gehen.«

Er nickte. »Manchmal ist es nicht zu vermeiden. Hüte dich vor krummen Wegen, Freund.« Er hob die Hand und wandte sich zum Gehen.

»Manchmal ist es nicht zu vermeiden«, sagte ich.

Abgesehen von diesem Zwischenfall folgte ich meistens jedoch den Linien des rechtwinkligen Labyrinths namens Dubrovnik, redete mit Marktbauern und Tuchverkäufern, Mönchen und Schankmägden. Und begegnete einem alten Bekannten, den ich niemals in Dubrovnik erwartet hätte.

Antonio Dandolo saß in der Sonne vor einer Schänke. Der Platz vor dem Rektorenpalast war wie gewöhnlich voller Menschen: Einheimische und Seeleute von Schiffen, die im Hafen lagen; Reiche – kenntlich an der Kleidung und jener Haltung, die zu sagen schien: »Mach einen Bogen um mich; ich bin besser als du« – und gewöhnliches Pack wie ich. Ich sah Antonio, aber ich schaute mehrmals hin, bevor ich meinen Augen zu trauen bereit war. Danach beobachtete ich die Umgebung, bis ich einigermaßen sicher war, daß außer mir niemand dem jungen Venezianer Aufmerksamkeit widmete. Schließlich ging ich nah an den Häusern zu der Schänke, vor der er saß. Er schien mißmutig in einen großen Glasbehälter zu starren, der vor ihm auf dem Tisch stand. Fruchtstückchen schwammen darin, Minzeblätter – soweit ich das aus der Entfernung sehen konnte –, und die Flüssigkeit schien aus Wein und Saft zu bestehen. Säften wahrscheinlich.

»Sag bitte nicht laut meinen Namen«, murmelte ich, als ich hinter ihm stand.

Er fuhr herum, starrte mich an, begann zu lächeln und sagte leise: »Ein vertrautes venezianisches Antlitz in der barbarischen Fremde. Was hat dich hergetrieben, Jakko?«

Ich setzte mich zu ihm. »Was trinkst du da?«

»Ein Gemenge aus diesem und jenem, ganz trinkbar. Nun sag schon, wie kommst du her?«

»Das wollte ich dich gerade fragen.«

Antonio hob die Hände über den Kopf und rang sie in der Luft. »Mein Vater«, sagte er klagend. »Das edle alte Haus, die Sippe, die Geschäfte. Bah.«

»Du hattest doch nach Alexandria reisen sollen.«

»Eben.« Er ächzte dramatisch. »Alexandria, Pforte des Morgenlands, Erbe des Altertums, Hort der Gewürze, Heimstatt der schönsten Buhlinnen. So sagt man. Aber die Türken haben uns ja ins Meer geworfen, gewissermaßen; und da kam mein Vater auf die zauberhafte Idee, den blöden Knaben, der endlich etwas Sinnvolles tun soll, hierhin zu schicken, nach Ragusa, um den Handel des Hauses Dandolo zu fördern und Kenntnisse zu horten. Kenntnisse, fürwahr!«

»Du klingst begeistert.«

Er trank von seinem Gemenge. »Die Männer sind abweisend, die Frauen hochmütig, die Söhne anmaßend, die Töchter weggeschlossen, die Geschäfte erledigt ein alter Mann, der sich darin bestens auskennt, weil er seit tausend Jahren nichts anderes getan hat. Was also soll ich hier?«

»Dich entspannen und deiner Jugend beim Entschwinden zusehen.« Ich lachte. »Und wie lange sollst du hier bleiben?«

»Bis ich etwas Großes getan habe. Oder mein Vater mich zurückruft. Oder stirbt. Oder bis ich sterbe. Ich glaube, ich stürbe gern.«

»Nichts überstürzen, mein Freund.«

»Nichts ist so eilig, daß es nicht durch Warten eiliger werden könnte.« Dann pfiff er leise durch die Zähne. »Was macht *der* denn hier?«

Ich folgte seinen Blicken. Auf der anderen Seite des Platzes, vor dem Rektorenpalast, gingen zwei Männer rasch nach links, zum Tor, das neben dem Hafen zum Berghang, der südöstlichen Vorstadt und der Straße nach Süden führte. Einer war groß und, wie die Verfasser hübscher Novellen wohl schreiben würden, von edler Gestalt und Haltung. Er trug dunkle Kleidung, wirkte aber eher wie ein Soldat denn wie ein Priester. Seine Haut war ebenfalls dunkel – nicht schwarz wie die Kleider; es war ein lichtes Dunkelbraun, wie ich es von Mauren und Berbern kannte. Abends nach dem Überfall, im kargen Licht nach Sonnenuntergang, hatte ich ihn nicht so deutlich betrachten können. Der Mann neben ihm war, wenn ich mich nicht irrte, einer von Katonas Nachtwächtern, aber ohne Uniform.

»Wer ist das?«

Antonio wartete, bis die beiden den Weg zum Tor betreten hatten und hinter einer Gebäudeecke verschwunden waren. »Ein venezianischer Offizier«, sagte er leise, fast flüsternd. »Oder besser: Offizier im Dienste Venedigs. Ein Maure. Heißt al-Tahir oder at-Tahir oder so; sie nennen ihn der Einfachheit halber Otero.«

»Ich nehme an, du kennst ihn aus Venedig, ja? Aber was verblüfft dich daran, daß er hier ist? Du bist ja auch hier.«

»Er ist vor ein paar Monaten mit Nachschub nach Cattaro geschickt worden. Was will er in Ragusa?«

Da Antonio den anderen Mann offenbar nicht kannte, wußte er wohl nicht, wer und was Katona war und daß es durchaus Gründe für die Anwesenheit dieses Mauren geben konnte. Die Türken hielten ja zu diesem Zeitpunkt noch im Norden der verzweigten Bucht von Kotor ihre Festung Herceg Novi, die Seeschlacht von Preveza stand noch bevor, Venedigs Truppen an der Bucht waren zwangsläufig Teil der Heiligen Liga; da mochte ein Offizier gute Gründe haben, Dubrovnik aufzusuchen – die Stadt, die Teil des Osmanischen Reichs war; die alles tat, um dabei irgendwie unabhängig zu bleiben; die vermutlich die größte Anzahl von Spionen und Ränkeschmieden aller Länder an der Adria, wenn nicht gar am gesamten Mittelmeer barg. Nachschub, Kenntnisse, Gespräche, was auch immer.

Ich zögerte nur kurz, ehe ich mich entschied, Antonio nichts von Katona zu erzählen. »Vielleicht will er sich umsehen«, sagte ich. »Um in Erfahrung zu bringen, ob man hier weiß, wann die Türken gegen die Flotte der Liga losschlagen. Die Venezianer in Cattaro stehen ja auch in der Schlachtlinie.«

»Mag sein. Aber du? Was tust du hier?« Dann zwinkerte er. »Hat es etwas mit, hm, Lorenzo Bellini zu tun?«

»Wie kommst du darauf?«

»Ich habe euch beim Fest gesehen. Ihr habt geredet wie alte Bekannte. Du bist ein erfahrener Krieger und Reisender. Bellini braucht gute Leute hier, um nicht von den Türken überrascht zu werden. Also!«

Ich klopfte ihm auf die Schulter. »Ich glaube, du bist nur halb so töricht, wie dein Vater meint. Natürlich stimmt nichts von alledem. Ich bin einfach nur hier, verstehst du?«

Er nickte; mit einem strahlenden Lächeln sagte er: »Gewiß, Herr Spion; von mir erfährt keiner etwas. Was hält denn die köstliche Laura davon? Wenn ich gewußt hätte, daß du nicht da bist, hätte ich schwere Belagerungsgeschütze vor ihrer ehelichen Anmut in Stellung gebracht, um zu sehen, ob sie auch unehelich anmutig sein kann.«

»Seit wann bist du hier?«

»Zehn Tage. Und wie lange noch? Bis Eisschollen durch die Hölle treiben.«

»Was weißt du von Eisschollen?«

»Man hat mir erzählt, daß es so etwas im Norden gibt.« Er lachte. »In den barbarischen Gefilden, denen du aus zweifellos guten Gründen entronnen bist. Laß uns darauf trinken.«

»Worauf?«

Er ächzte. »Auf die Hölle des Nordens, die du verlassen hast, und die Hölle des Ostens, in die man mich schicken zu müssen wähnte.« Er wandte sich um, klatschte in die Hände und brüllte: »Noch solch einen Kelch des Unheils für einen alten Freund!«

»Der alte Freund hat eine Bitte.«

»Sie ist schon gewährt. Sprich.«

»Ich habe in Venedig auf einem deiner Feste die Fiedel gestrichen«, sagte ich. »Daher kennen wir uns. Falls jemand dich fragt. Nichts von Druckereien und ähnlichen Dingen. Ein Musiker, hörst du? Und eben auch ein Venezianer. Oder beinahe.«

Antonio betrachtete die finster behaarten Hände des Schankdieners, der ein Glasgefäß vor mir auf den Tisch stellte.

»Wie zwischen den Schenkeln einer uralten Kurtisane«, murmelte er.

»Ich hatte keine Ahnung, daß du Damen ehrwürdigen Alters kennst.«

Antonio runzelte die Stirn. »Unterschätz mich nicht. Und – wenn ich dir einen Gefallen tun soll, will ich eine Gegenleistung.«

»Und zwar?«

»Wissen, was du hier treibst. Und wo. Und mit wem. Und ob ich mich beteiligen kann.«

»Dich scheint die Langeweile zu plagen.«

»Überdruß«, sagte er. »Überdruß und Ödnis. Verödung des Leibes und der Seele. Mein Gemüt ist verätzt. Mein Herz ...«

Ich unterbrach ihn. »Mach's etwas weniger üppig, Junge. Hast du heute abend etwas vor?«

»Ich beabsichtige, mich unbändiger Langeweile zu ergeben. Warum? Weißt du bessere Formen der gesammelten Zerstreuung?«

»Du solltest keine Spottverse schreiben, sondern dramatische Epen. Komm heute abend in Valerios Schänke.«

»Wo ist das?«

»In der Vorstadt, auf halbem Weg nach Gruž.«

Er nickte. »Werde ich finden. Und was gibt es da? Noch mehr unwegsame Frauen? Abwiegelnde Gattinnen? Abstoßende Tugend und die anmaßende Geschäftigkeit der Herren?«

»Musik«, sagte ich. »Wein. Gewöhnliche Menschen, die nicht zwischen Herrenhaus und Kontor wie ein Weberschiffchen zappeln, sondern hin und wieder lächeln.«

»Du träufelst mir den Honigseim des Hoffens ins Gehör. Ich werde kommen. Kann man da auch ungestört reden?«

»Eben deshalb.«

Goran schob mir den Blätterstapel hin. »Ich hatte mich schon lange gefragt, woher du ihn plötzlich geholt hast«, sagte er.

»Er war einfach da, und er ist zu brauchbar, um ihn ungenutzt zu lassen.«

Goran kicherte. »Ungenutzt? Ich glaube, du verstellst dich, Söhnchen. O Krieger und Erörterer von Nützlichkeit – kann es sein, daß du ihn einfach gern hattest?«

Ich zuckte mit den Schultern. »Wollen wir jetzt gefühlige Erörterungen anstellen? Empfindsamkeiten wägen? Das paßt nicht zu dir.«

Er blähte die Wangen. »Du beleidigst mich.«

»Im Gegenteil, ich preise dich ob deiner Geschäftstüchtigkeit.«

Er klopfte auf den Tisch; beinahe empört sagte er: »Und warum habe ich dich hier aufgenommen?«

»Aus Neugier.«

»Neugier? Worauf denn?«

»Du willst sehen, wie das ist, wenn jemand an einem anderen einen angekündigten Tod vollzieht.«

»Ha! Als ob ich nicht genug Tote gesehen hätte. Habe ich dich vielleicht aufgenommen, weil du einen blinden Flecken in meinem Herzen gefunden und besetzt hast?«

»Nein.«

»Nein? Sondern?«

»Weil ich dich gründlich bezahlt habe.«

Goran sah mich traurig an. »Wie betrüblich. O wie unsagbar finsterlich.«

»Was, o Goran, ist so trübe?«

»Deine Menschenkenntnis und Wahrheitsliebe. Kannst du nicht ein wenig angenehm lügen? Mir zuliebe?«

»Ich könnte, aber ich will nicht.«

ELF

Die Geheimnisse der Musiker

Nikola Sorkočević.« Jemand flüsterte den Namen, als der kleine alte Mann erschien, sich nach allen Seiten verbeugte und an einem Tisch neben einem Fenster Platz nahm. Für diesen Abend hatte uns der Besitzer einer Schänke unweit des Dominikanerklosters verpflichtet; es gebe eine kleine Feier, wichtige Leute, gute Musik, aber bitte nicht zu laut ...

Der Name hatte auf den Blättern von Bellini gestanden und war mit diesen zu Rauch geworden. Ein bedeutender Mann aus einer der alten, reichen Familien; er hatte in jungen Jahren ein wenig Handel getrieben, sich von öffentlichen Ämtern ferngehalten, viel gelesen, mit Künstlern und Wissenschaftlern in ganz Europa Briefe gewechselt. Es hieß, er sei allgemein geschätzt – ein einflußreicher Mann ohne unmittelbaren Einfluß, ein Mächtiger ohne Macht. Während wir spielten, beobachtete ich ihn unauffällig. Er lächelte viel, unterhielt sich mit den drei anderen, die an seinem Tisch saßen, und gelegentlich schien er der Musik zu lauschen.

Sorkočević erinnerte mich an irgendein Tier; ich konnte mich aber nicht entscheiden, ob Eichhörnchen, Uhu oder Frettchen. Auf seltsame Weise waren alle drei in seinem Gesicht und seiner Haltung, und je nachdem, wie er saß oder sich bewegte, lächelte oder ernst dreinblickte, kam eines dieser Tiere zum Vorschein, ohne die anderen ganz zu verdrängen. Dann dachte ich an die Mörder, die ich einmal gejagt und mir als Tiere eingeprägt hatte – Wiesel, Falke, Bär und ... nun ja, der »Moloch« war kein Tier, und die ganze Tiersucherei war ohnehin müßig.

Ehe Sorkočević aufbrach, sprach er länger mit Zlatko, danach mit den übrigen Musikern. Er nahm jeden einzelnen beiseite und wechselte mit ihm einige leise Worte, die einen Schritt weiter im allgemeinen Lärm der Schänke nicht mehr zu verstehen waren. Mit Ardiana redete er ein wenig länger; zum Schluß kam er zu mir, lächelte und sagte: »Es freut mich, in den Genuß deines Spiels gekommen zu sein. Ich hoffe, wir können das wiederholen. Übrigens sind Lorenzos Freunde auch meine Freunde.«

Ich dankte mit einer knappen Verbeugung. »Große Ehre, Herr«, sagte ich. »Ich will jederzeit gern für dich spielen – aber wer ist Lorenzo?«

Der Alte schnalzte leise, sagte: »Ah ah ah«, zwinkerte und ging.

Ein paar Tage danach tauchte er abends bei Valerio auf, als wir noch gar nicht mit der Musik begonnen hatten.

»Ich brauche einige Auskünfte zu Venedig«, sagte er. »Magst du mich auf einen kleinen Spaziergang begleiten?«

Wir gingen hinaus, zur Straße nach Gruž, und wanderten dort eine Weile auf und ab.

»Lassen wir das Versteckspielen«, sagte er; »ich werde Lorenzo nicht erwähnen, dafür gibst du mir ein paar ehrliche Antworten.«

»Wenn ich antworten kann«, sagte ich. »Um Ehrlichkeit kann ich mich bemühen, aber fehlendes Wissen kann ich nicht aus der Luft saugen.«

»Ach, ich nehme an, du wirst mich wissen lassen, was du nicht weißt.«

Ich lachte. »Ich werde dich wissen lassen, daß ich etwas nicht weiß.«

Er stellte einige Fragen über die Stimmung in Venedig, ob man dem Dogen vertrauen könne, ob dort in letzter Zeit Bücher erschienen seien, die er unbedingt lesen sollte; schließlich, wie nebenher, erwähnte er den beklagenswerten Mangel an guten Buchdruckern in Dubrovnik und fragte, ob ich wüßte, welche der vielen Druckereien möglicherweise bereit sein könnten, einen Zweigbetrieb in Dubrovnik zu eröffnen. Ich nannte ihm einige Namen, darunter auch die Druckerei Rinaldi.

»Na, hat er dich gründlich ausgequetscht?« Konstantinos musterte mich mit einem Lächeln; dabei drückte er mit dem Ellenbogen Luft aus dem Sack in die Baßflöten. Sie quäkten.

»Jedenfalls hat es versucht. Ich brauche jetzt dringend Wein.« Ich setzte mich an den Tisch und trank gründlich. »Ein bißchen anstrengend, wenn man nicht darauf vorbereitet ist.«

»Das macht er immer.« Zlatko wackelte mit dem Kopf. »Er sagt, Wissen gewinnt man, indem man seine Fragen von anderen beantworten läßt.«

»Indem man kluge Fragen von Dummen beantworten läßt«, sagte Boboko. »Von solchen Sätzen hat er einen großen Vorrat. Meistens passen sie, und wenn sie nicht passen, klingen sie wenigstens gut.«

»Hat er das mit euch auch gemacht?«

Ardiana lachte. »Nicht nur das; wir sind ja schon länger hier, und ich glaube, jeden von uns hat er mindestens fünfmal befragt. Einige auch zehnmal.«

»Wenn du länger bleibst«, sagte Konstantinos, »bist du auch demnächst wieder fällig.«

Zlatko kniff die Augen zu Schlitzen. »Natürlich muß man sich ein wenig vorsehen. Man will ihm ja nicht alles verraten.«

»Haben wir denn Geheimnisse?« sagte ich.

»Geheimnisse?« Tomislav trommelte einen schnellen Wirbel. »Was ist das?«

Zlatko blähte die Wangen. »Ich habe keine Geheimnisse. Aber es gibt Dinge, über die ich nicht gern rede.«

»Zum Beispiel?«

»Soll ich dir jetzt alles aufzählen, was ich nicht aufzählen will? Über das reden, worüber ich schweigen möchte?«

»Worüber man nicht reden möchte», sagte Boboko, »davon sollte man schweigen.« Er legte die Laute weg, kniff ein Auge zu und starrte mit dem anderen in seinen Becher.

»Bla bla bla.« Ardiana streckte ihm die Zunge heraus.

Zlatko grinste. »Worüber man schweigen möchte, davon sollte man nicht reden.«

»Abermals bla bla.«

»Für manche Leute gilt aber: Worüber sie reden möchten, davon sollten sie besser schweigen.«

»O Zlatko«, sagte Tomislav. »Was manche Leute nicht verschweigen können, ist ja nicht zu sagen.«

Ardiana klatschte in die Hände. »O unsägliches Schweigen! O unsagbare Verschwiegenheit!«

Ich sah sie der Reihe nach an, schüttelte den Kopf und griff zur Fiedel. »Wollen wir nicht statt dieses blöden Geredes noch ein wenig spielen?«

»Man kann gewisse Dinge zerreden«, sagte Boboko; »kann man sie auch zerschweigen?«

Tomislav drehte die Trommel um und sprach in die Öffnung. Seine Stimme hallte hohl, als er sagte: »Euer lautes Schweigen zerreißt mir das Herz.«

Ardiana stand auf, kam um den Tisch und küßte mich auf die Stirn. »Jedenfalls bist du jetzt endgültig angekommen.« Sie trat hinter mich und stützte sich mit den Unterarmen auf meine Schultern.

»Wo? Hier? Bei Valerio? In Dubrovnik? In der Musik?«

»Sowohl als auch.«

»Oder weder noch«, sagte Zlatko. »Aber das ist gleich.«

»Armer Junge.« Ardiana blies mir ins Haar. »Lassen sie dich mit Andeutungen verschmachten?«

»Wie es sich gehört.« Boboko keckerte. »Erst anfüttern, dann abhungern.«

Konstantinos schaute mich an, dann die anderen. »Venedig, wie?«

»Das ist doch klar«, sagte Tomislav.

»Sowieso Venedig.« Ardiana knabberte an meinem rechten Ohrläppchen und kicherte dabei.

»Wovon redet ihr eigentlich?«

»Sei doch nicht so stur.« Boboko blickte mich beinahe vorwurfsvoll an.

»Er ist nicht stur«, sagte Ardiana. »Entweder hat er es noch nicht begriffen, oder er mag nicht darüber reden.«

Zlatko nickte. »Kann schon sein. Aber dann sollten wir darüber schweigen.«

»Ich will aber nicht schweigen.« Konstantinos hieb mit der flachen Hand auf den Tisch. »Ich will reden. Ich will trinken. Ich will essen. Ich will lieben.«

»Alles gleichzeitig?« Ardiana rieb meine Haare mit dem Kinn.

»Sowohl gleichzeitig als auch nacheinander. Und voreinander auch.« Tomislav schloß die Augen; seine Miene verriet erhabene Zufriedenheit mit der Vorstellung, deren vielfältige Durchführung er sich offenbar gerade ausmalte.

»Ich will Geld«, sagte Boboko.

»Wollen wir das nicht alle?« Zlatko zwinkerte. »Alle wollen wir das, nicht wahr?«

»Am liebsten gern, ja.« Boboko machte ein trauriges Gesicht. »Aber mit Musik und den anderen Künsten ist es manchmal schwierig, genug Brot zu beschaffen.«

»Deswegen hat ja ein kluger Mann gesagt, die Kunst läuft hinter dem Brot her.« Konstantinos klang ganz ernst, aber einer seiner Mundwinkel zuckte.

»Außer manchmal«, sagte Zlatko, »wenn der Verwalter der Nahrungsmittel mit steinhartem Brot nach einem wirft.«

»Magenknurren ist auch eine Form von Musik, oder?« Ardiana lachte; ich spürte ihre Brüste an meinen Schultern.

»Kannst du deinen Magen rhythmisch knurren lassen?« sagte Tomislav.

Ich knirschte mit den Zähnen, was aber im Lärm der Schänke niemand hören konnte. »Ihr macht mich wahnsinnig. Was habe ich denn noch nicht begriffen?«

»Er mag nicht schweigen, wie ihr hört.« Ardiana hatte das Kinn auf meinen Kopf gelegt; ich weiß nicht, ob ich ihre Worte mit den Ohren oder der Schädeldecke hörte.

»Ein Glück«, sagte Konstantinos. »Wenn er schwiege, könnte man ja nichts hören, nur sein Schweigen.«

»Ich glaube, er ist wirklich stur.« Boboko schnitt eine furchterregende Fratze, mit deren Hilfe er notfalls eine gutbesuchte Kirche hätte leeren können. Die Schankmagd, die einen frischen Krug brachte, sah es, grinste und sagte: »Ups.«

»Stur?« Ardiana zupfte an meinem linken Ohrläppchen.

»Nein, glaube ich nicht; ich fürchte, er hat es wirklich noch nicht begriffen.«

»Sollen wir es ihm sagen?« Zlatko lächelte flüchtig und hob die Brauen.

»Sag du es ihm.«

»Ich? Wieso ich?«

»Wieso nicht?« sagte Tomislav. »Wer, wenn nicht du?«

Zlatko bleckte die Zähne. »Anders gesagt, wieso überhaupt?«

Konstantinos hob den Krug, den die Magd eben gebracht hatte. »Möchtet ihr noch etwas trinken?«

»Trinken ist besser als schweigen«, sagte Ardiana.

Zlatko hüstelte. »Aber gut schweigen ist besser als schlecht trinken.«

»Ach, gieß uns doch noch ein paar Becher Schweigen ein«, sagte Boboko, »damit wir besser reden können.«

»Ihr seid alle verrückt«, sagte ich. »Worum geht es eigentlich, außer um nichts?«

Ardiana stützte die Ellenbogen wieder auf meine Schultern. »Meister Nikola befragt alle«, murmelte sie. »Besonders gründlich befragt er jeden, den er für einen Spion hält.«

»Aha.«

»Eben«, sagte Tomislav.

»Und dich hält er für einen Spion der Serenissima.«

Konstantinos grinste mich an. »Bist du ja auch, oder etwa nicht?«

»Wie kommst du denn darauf?«

»Es wird allmählich langweilig«, sagte Zlatko. »Können wir das hier abschließen und von etwas anderem reden? Oder schweigen?«

Konstantinos hob einen Zeigefinger, als wolle er uns belehren. »Das Gewerbe ist ziemlich heruntergekommen. Gesandte spionieren, wie allgemein bekannt ist; weil sie aber auch andere Aufgaben haben, spionieren sie oft nicht gründlich genug.«

Ardiana schnaubte in meine Haare. »Sie schnüffeln sozusagen, ohne das, was sie riechen, wirklich einzuatmen.«

»Die nächste Gruppe, die spioniert«, sagte der Sackpfeifer, »ist die der reisenden Händler. Aber die wollen ja auch Geschäfte machen, und manchmal steht das eine dem anderen im Weg.«

»Ein Geheimnis, das im Weg steht, ist aber schon ziemlich offenkundig, oder?« Boboko feixte. »Also nicht so richtig geheim.«

»Sei still«, sagte Zlatko.

Boboko verneigte sich im Sitzen. »Vernimm mein lautes Schweigen.«

»Ah bah.«

»Laß den Griechen reden«, sagte Tomislav. »Damit wir endlich zum Ende kommen.«

»Dann gibt es gerissene Kerle«, fuhr Konstantinos fort, »die nur vom Spionieren leben und das richtig gut können.«

»Leben oder spionieren?« sagte ich.

»Beides. Und beides endet manchmal ziemlich plötzlich.«

Zlatko nickte. »Und zwar, wenn sie sich erwischen lassen.«

»Tja, und was geschieht dann?« sagte Konstantinos.

Ich beschloß, die Rolle des Dummen noch ein Weilchen weiterzuspielen, da ich immer noch nicht wußte, worauf alles hinauslaufen sollte. »Keine Spione mehr?«

»Ach was. Andere.«

»Inwiefern andere?«

»Andere, die nicht so gerissen sind, oder noch gerissener. So gerissen, daß man sie für dumm genug hält, um sie nachts vor einer Taverne zu befragen.«

»Ah«, sagte ich. »Heißt das, Meister Nikola, der euch ja alle gelegentlich zur Brust genommen hat, hält uns alle für Spione?«

Ardiana gluckste, ließ mich los, richtete sich auf und ging zurück zu ihrem Stuhl. »Jetzt hat er es begriffen.«

»Aber zugeben will er es noch nicht«, sagte Boboko. Er schnalzte. »Dabei ist es nicht so schwer. Und nicht so unerhört.«

Plötzlich begriff ich. Und ich begann zu lachen. Was hatte Bellini gesagt, als ich ihm mitteilte, die Maske des wandernden Musikanten erschiene mir brauchbar? *Kein ganz ungewöhnlicher Gedanke.*

»Aber das kann doch nicht wahr sein!« sagte ich, als ich meinen Lachanfall endlich durchgesessen hatte.

»Doch, Süßer, so ist es«, sagte Ardiana. »Schön, daß du es endlich weißt. Seit du ins Haus gekommen bist, haben wir auf diesen Augenblick gewartet. Und gewettet, wann er kommt.«

Ich stöhnte. »Und? Wer hat gewonnen?«

»Keiner.« Boboko grinste. »Du hast länger durchgehalten, als selbst der größte Menschenfreund unter uns angenommen hatte.«

Rückblickend kam ich mir reichlich dumm vor. Andererseits – wer käme denn auf den Gedanken, daß mehrere Spione, die von verschiedenen Mächten bezahlt werden, allesamt nicht nur Musiker sind, sondern dies auch noch als Tarnung nutzen? Daß sie irgendwann beginnen, gemeinsam zu spielen, mag bei Musikanten vorkommen; und daß sie schließlich alle im selben heruntergekommenen Haus wohnen … Ich war verblüfft, dann ärgerte ich mich über mich selbst, dann über Bellini, der das offenbar gewußt (oder geahnt) hatte; dann fand ich es eine Weile albern bis zur Grenze des Schwachsinns. Und als wir viel später, bis zum Morgengrauen, um den Tisch in der Küche des Hauses saßen und redeten, kam es mir nur noch unerträglich vor.

»Das muß aufhören«, sagte ich.

»Es fängt doch gerade erst an. Wenn du den Tag meinst.« Tomislav wies mit dem Daumen hinter sich, zum Fenster. Das Morgengrauen war schon ziemlich hell.

»Den meine ich nicht. Ich meine – das hier. Das Konklave der Spione.«

»Sei vernünftig.« Zlatko rieb sich die Augen und versuchte, gleichzeitig zu gähnen und zu lächeln. »Es macht doch alles viel einfacher, als es sonst wäre. Wir brauchen uns nicht voreinander zu verstecken. Die Herren von Ragusa wissen, wo wir zu finden sind; also müssen sie uns nicht suchen. Wir können uns austauschen, was es für alle leichter macht. Habe ich etwas vergessen?«

Ardiana hob die Hand. »Eines, ja. Indem wir uns austauschen, sorgen wir dafür, daß keine der Mächte mehr weiß als die anderen. Und wenn keiner einen Vorteil hat, schlägt vielleicht keiner einfach los.«

»Wahre den Frieden, indem du für den Krieg spionierst?« sagte ich. »Das ist … vollkommen blödsinnig. So wichtig ist Ragusa nicht, daß wir hier wirklich etwas bewirken könnten, indem wir uns austauschen. Und – was denn austauschen? Ich habe bisher nichts erfahren, was man nicht auch anderswo wüßte.«

»Anderswo heißt in Venedig, wie?« Tomislav stand auf und

räkelte sich. »Das reicht mir jetzt; ich mag nicht mehr, ich will schlafen. Bis später, Spitzelbrüder. Und Schwester.«

»Warte noch. Du meinst also, ich arbeite für die Venezianer? Und du, für wen arbeitest du?«

Der Trommler gähnte. »Das wäre doch langweilig. Das mußt du schon selber herausfinden.«

Ich blickte die anderen an. »Also, ihr wißt voneinander, für wen ihr arbeitet, oder?«

Zlatko sagte: »Natürlich.«

Boboko sagte: »Vielleicht.«

Konstantinos lachte. »Vielleicht auch nicht. Ich arbeite auch für Venedig, weißt du. Und für Kreta. Und Ardiana für China und Kreta. Zlatko für Schweden, Kreta und Venedig. Boboko für Kreta, Portugal und – ah, wie heißen die Leute, mit denen sich Cortés herumgeschlagen hat? Ah ja, Boboko arbeitet für die Azteken.«

»Und für Kreta arbeitet ihr alle, weil es Kreta gar nicht gibt, als Macht, oder? Kreta gehört Venedig.«

Konstantinos zuckte mit den Schultern. »Für Kreta arbeiten wir alle, weil alle Kreter lügen. Und wir sind Kreter.«

Ich ging noch einmal kurz hinter das Haus, um mich zu erleichtern und frische Luft zu atmen. Der Morgen verhieß einen klaren, warmen Spätsommertag. Vielleicht würde es auch ein Frühherbsttag. Vielleicht arbeiteten alle für Venedig. Oder für die Türken. Oder für den Papst, den Kaiser, den französischen König, Genua, einen deutschen Kurfürsten. Ich war so müde, daß mir schwindlig wurde. Vielleicht schwindelte mir aber nicht vor Müdigkeit, sondern vor Schwindelei.

Jemand räusperte sich. Als ich die Augen öffnete, sah ich Boboko vor mir stehen.

»Und du, Zigeuner«, sagte ich. »Bist du auch Kreter?«

Er verdrehte die Augen. »Gibt es auf Kreta Zigeuner? Wahrscheinlich. Ich wollte dir aber noch einen Rat geben.«

»Einen kretischen Rat?«

»Einen Zigeunerrat.« Er reckte den Kopf vor und flüsterte: »Ardiana.«

»Was ist mir ihr?«

»Ein Zigeunerrat unter Männern, Jakko: Laß die Finger von ihr.«

»Bisher hatte nur sie ihre Finger an mir. An meinen Ohren.«

Er nickte. »Dabei solltest du es belassen.«

»Warum? Zieht Zlatko sonst das Messer?«

»Ah, nein; er würde nur lachen. Ardiana hat's auf dich abgesehen. Wie sie dich ›Süßer‹ genannt hat. Und dies Getätschel. Aber ...« Er zögerte, oder tat so; dann sagte er etwas lauter, aber immer noch kaum hörbar: »Ich weiß nicht, ob sie *für* die Franzosen arbeitet; sie hat aber wohl mal *mit* einem Franzosen gewerkelt.«

»Das heißt ...?«

»Die französische Krankheit, Jakko. Die Lustseuche. Zlatko hat sie auch.«

»Danke, Freund, aber – bist du sicher?«

Boboko grinste. »Natürlich. So sicher, wie ich Kreter bin und alle Kreter lügen.«

ZWÖLF

Einladung zu einem Fest

Als wir gestern nachmittag unsere gewöhnliche Runde machten, erfuhren wir von einem Fischer, daß er am frühen Morgen einige Meilen weiter südlich einer türkischen Galeere begegnet sei. Er sagte, man habe ihn zum Beidrehen gezwungen und ihm Fragen gestellt. Unter anderem habe sich der türkische Offizier danach erkundigt, ob sich ein Franke namens Jakko oder Yakub in Orebić aufhalte.

»Was hast du gesagt?«

Der Fischer verzog den Mund. »Wenn du nicht gesagt hättest, wir sollten den Türken ruhig erzählen, daß du hier bist …«

»Du hast es ihnen also gesagt?«

»Ungern.« Er lachte kurz, ohne wirkliche Freude. »Wer redet schon gern mit fremden Soldaten? Den Venezianern würde ich auch nichts sagen.«

Goran knurrte den ganzen Heimweg vor sich hin. Als wir wieder in seinem Haus waren, machte er Feuer im Herd, schob Töpfe hin und her, stieß plötzlich einen Fluch aus und trampelte mit seinem Holzbein.

»Was betrübt dich, ehrloser alter Mann?« sagte ich.

Er verließ Herd und Töpfe und kam zu mir. Ich hatte mich bereits an den Tisch gesetzt; er bückte sich zu mir und packte mich am Hemd. »Du alberner Haufen Eselmist«, sagte er – sehr laut, nicht weit vom Brüllen entfernt.

»Du ehrst mich über Gebühr. Womit habe ich das verdient?«

»Dieses Warten hier, bis dein Mörder kommt. Und dann auch noch dafür sorgen, daß nur ja alle wissen, wo du bist.«

»Das haben wir doch nun so oft beredet«, sagte ich. »Es gibt keinen anderen Weg.«

»Weg? Wege führen nach irgendwo. Dein Weg, so wie du ihn dir bahnst, führt nach nirgendwo. Und nirgendwann.«

»Mag sein. Man muß eben manchmal etwas Neues versuchen, und diesen Weg bin ich noch nie bis zum Ende gegangen.«

»O deine Sturheit! Und das, was du unter Ehre verstehst!«

Ich seufzte. »Goran, Goran, zeig mir einen Ausweg. Einen gangbaren Ausweg. Wenn ich einen wüßte, würde ich ihn sofort beschreiten.«

Er trampelte zurück zum Herd. »Fischsuppe«, knurrte er. »Eigentlich stehen einem, der sein Leben so sinnlos wegwirft, nur Fischköpfe und Gräten zu.«

»Ist es sinnlos, das Leben meiner Frau und meiner Kinder zu schützen?«

»Dazu muß es doch andere Möglichkeiten geben!«

»Nenn sie mir, dann ...«

Er ächzte und klapperte mit Deckeln, »Wie lange noch?«

»Keine Ahnung. Anfang November. Wie ich dir schon hundertmal gesagt habe.«

»Wir könnten das Dorf bewaffnen. Unsinn; bewaffnet sind sowieso alle. Aber wir könnten sie zusammentrommeln.«

»Und dann? Die Türken würden kommen und euch alle auslöschen. Nein, es gibt keinen anderen Weg.«

Er schwieg eine Weile, arbeitete am Herd. Ich schaute durchs Fenster auf die Meerenge, über der eine von der sinkenden Sonne bereitete Goldschicht lag.

»Du hast mir seit drei Tagen nichts mehr zu lesen gegeben«, sagte er. Es klang wie der mühsame Versuch, ein sinnloses Gespräch nicht in endlosem Schweigen enden zu lassen.

»Ich werde dir gleich, zwischen Fisch und Suppe, erzählen, was ich in den letzten Tagen geschrieben habe.«

»Alles?«

»Fast alles.«

»Warum nicht alles? Warum kann ich es nicht selber lesen?«

»Du selbst hast mich darauf hingewiesen, daß es gefährlich sein könnte.«

»Ah.« Er schwieg einen Augenblick. »Geheime Dinge?« sagte er dann. »Die mich den Kopf kosten könnten?«

»Geheime Dinge. Und andere, die ich für mich behalten möchte.«

»Andere? Unerträgliche Tugendhaftigkeit oder derlei?«

Gegen meinen Willen mußte ich kichern. »Nett gesagt. Nein, ein paar Albernheiten, die ich wahrscheinlich später streichen und verbrennen werde. Sie sollen nach meinem Tod auch nicht nach Venedig gelangen.«

»Warum schreibst du sie dann überhaupt auf?«

»Weil ich mich zuerst all dessen … sagen wir, ich will mich aller Dinge versichern, ehe ich einige von ihnen verwerfe. Erst, wenn ich sie alle greifbar habe, kann ich sie tilgen. Entscheiden, welche aufzubewahren sind.«

Er drehte sich halb um und schnitt eine Grimasse. »Machen das alle Schreiber so?« Es klang höhnisch.

»Wenn sie gut beraten sind. Man sollte nichts hinterlassen, was andere später gegen einen verwenden können. Zum Glück bin ich ja kein Dichter; ich habe nur eine schlichte Geschichte zu erzählen. Und in den nächsten Tagen werde ich zwei oder drei Dinge aufschreiben, an die zu erinnern mir Freude machen wird. Und die ich später ebenfalls verbrennen werde, weil sie niemanden etwas angehen.«

»Eselmist.«

»Wenn du meinst.«

»Hat es mit den anderen Musikern zu tun?«

»Teilweise.«

»Hm. Teilweise. Und die anderen Teile? Ah, ich ahne etwas. Es wird vielleicht auf den zu verbrennenden Blättern eine Frau geben, und davon müssen deine Frau und die Kinder nichts wissen – ist es so?«

»Wenn es so wäre, müßtest du auch nichts davon wissen.«

»Ich will es ja nicht lesen. Du könntest es mir vielleicht andeuten. Um die Neugier eines alten Mannes zu befriedigen.«

»Keine Andeutungen, Goran.«

»Wirklich gar keine?« Nun klang er enttäuscht. Aber dann lachte er. »Nein, keine Frau; davon könntest du mir erzählen, unter ehrlosen Männern. Geht es um Geld? Um Verrat? Um einen feinen Mord?«

»Wenn ich alles verbrannt habe, wirst du die Asche lesen dürfen, mein Freund.«

Nach den Enthüllungen … aber eigentlich waren es ja gar keine Enthüllungen, allenfalls eine Entblößung meiner Einfalt. Ich war verärgert, sagte mir aber, daß ich nur über mich selbst Ärger verspüren durfte. Das Nest der Spione, von Dubrovnik und den Türken und wem auch immer sonst gut zu beobachten. Lächerlich. Albern. Dumm von mir, daß ich nicht längst so etwas vermutet hatte. Und eigentlich hatte sich nichts geändert. In der Nacht – aber bis ich auf mein Lager sank, war es ja bereits Morgen. Ehe ich einschlief (und immer, wenn ich aus dem unruhigen Schlummer erwachte), erwog ich die Lage und war entschlossen, nach dem Aufstehen meine Sachen zu packen und zu gehen. Spätestens am folgenden Tag.

Aber wozu? Ein paar Musiker spielen miteinander und erzählen Lügengeschichten. Einige davon mochten sogar wahr sein, aber das war nicht festzustellen. Oder jedenfalls nur mit großem Aufwand. Hatte es denn wirklich eine Bedeutung, daß es nun andere Lügen waren als vorher? Waren es überhaupt Lügen, oder einfallsreiche, wenn nicht gar kluge Aus- und Umwege? Gestern hatten wir über unsere Herkunft und unsere Abenteuer gelogen, heute würden wir über Geheimnissen lügen, die wir angeblich herausgefunden oder übersehen hatten. Ein Grund, im Ärger fortzulaufen?

Also blieb ich. An der Stimmung änderte sich nichts; es gab nur eine neue Art von Anspielungen. Wir unterhielten uns, waren albern, machten Musik, stellten Fragen, gaben wahrhaftige oder erlogene Antworten. Alles wie vorher. Die anderen wußten – oder nahmen an –, daß ich für Venedig arbeitete; wenn man es denn Arbeit nennen konnte. Ich versuchte herauszufinden, von wem sie bezahlt wurden. Ardiana von den Franzosen? Aber vielleicht hatte Boboko das erfunden; vielleicht hatte er auch ihre ansteckende Krankheit erfunden.

»Sag, holde Blume dieses wilden Gartens, ein Vöglein hat mir etwas ins Ohr gesungen, und ich wüßte gern, ob es wahr ist.«

Ardiana lutschte an einem Stück ältlichen Brots; undeutlich sagte sie: »Waf 'enn?«

»Daß dich ein schmucker französischer Offizier mit einem argen Übel angesteckt hat.«

Sie nahm das Brot aus dem Mund und lachte. »So, wie du

das sagst, klingt das nicht wie ein Leiden, sondern wie eine Wonne.«

»Stimmt es denn?«

»Willst du mich endlich nachts zu dir bitten und vorher wissen, worauf du dich einläßt?«

Zlatko hockte auf der Tischkante und spielte auf dem Krummholz gefährliche Sprünge. Keine Tonleitern – und wenn, dann waren es Leitern, die sehr schräg an einer unsichtbaren Wand lehnten und an unerwarteten Stellen zusätzliche Sprossen hatten. Nun setzte er das Krummholz ab und grinste. »Vielleicht will er dein Instrument neu stimmen.«

»Dein Instrument ist zweifellos gut gestimmt«, sagte ich. »Und wer weiß schon, worauf er sich bei Frauen einläßt? Oder bei Männern?«

»Eben.« Ardiana stand auf, kam zu mir, küßte mich auf den Mund und sagte: »Rück mal vom Tisch weg, damit ich mich auf deinen Schoß setzen kann.«

»Es ist noch sehr früh am Tag; ich bin nicht wach genug für einen solchen gegenseitigen Genuß.«

»Ich würde dich schon wecken.«

»Sie weckt besonders gut«, sagte Zlatko um das Mundstück seines Krummholzes herum.

»Es war ja nur die reine Neugier«, sagte ich. »Die ich befriedigen wollte, ehe ich aufbreche. Ich bin mit einem wichtigen Mann verabredet, der vielleicht Geld für Musik ausgeben will.«

»Befriedigen?« Ardiana zupfte an meinem Ohrläppchen und ging zurück zu ihrem Stuhl. »Ach so, die Neugier. Tja, Süßer, das mußt du irgendwie allein erledigen.«

»Wie denn?«

Sie lachte. »Laß dir was einfallen. Aber erwarte doch von

mir nicht, daß ich ja oder nein sage, wenn es so viele verschiedene Formen von vielleicht gibt. Das wäre doch langweilig.«

Gespräche mit den anderen verliefen ähnlich. »Boboko, kann es sein, daß du als Zigeuner für die Türken arbeitest?«

»Das kann schon sein. Muß aber nicht.«

»Tomislav – welche Sorte Rhythmus ist für deine Trommeln eigentlich am besten: kaiserlicher, französischer, päpstlicher, türkischer?«

»Mein eigener.«

»Konstantinos, magst du mir sagen, für wen du arbeitest? Wenn ihr schon alle annehmt, daß es bei mir Venedig ist, will ich auch etwas anzunehmen haben, was euch angeht.«

»Ich mag es dir nicht sagen; dann hättest du doch nichts mehr, was du einfallsreich annehmen kannst.«

»Zlatko, und du?«

»Jakko, und ich?«

»Für wen?«

»Gegen die übrigen.«

Mutmaßungen anzustellen war durchaus erheiternd, führte aber zu nichts. Hin und wieder redeten wir über Gerüchte oder Nachrichten, die eine der möglichen Mächte betrafen. Aber nach Lage der Dinge betrafen alle Meldungen jeden, und alle Gerüchte sowieso.

Ein paar Tage lang versuchte ich herauszufinden, was der edle Maure mit seinem Geld in dem schäbigen Vorort getan haben könnte. Oder an einer Stelle, von der aus er durch diese Vorstadt gehen würde. Aber es gelang mir lediglich, unweit der Stelle des Überfalls einen Mann zu finden, der ein gebrochenes Handgelenk hatte. Er sei von einem Pflaumenbaum gefallen, behauptete er; als ich sagte, es sei zu früh im Jahr für Pflaumen, erhielt ich zur Antwort, man müsse ja nicht nur ernten, sondern manchmal auch Bäume beschneiden. Der Mann mit dem gebrochenen Handgelenk mochte durchaus der Messerstecher sein, aber ich hatte an jenem Abend sein Gesicht nicht deutlich genug gesehen. Er meines auch nicht, wenn er es tatsächlich war; jedenfalls gab er nicht zu erkennen, daß er mich schon einmal gesehen haben könnte. Als ich ihm Geld bot für Auskünfte über den Mauren – ich begann mit einer Zechine und gab bei zehn auf –, sagte er nur, er habe genug Geld und müsse Fremde nicht an andere Fremde verkaufen.

So ging alles weiter wie zuvor. Allmählich wurde ich unruhig, was die Möglichkeiten betraf, nach Priština zu gelangen. Unruhig, aber noch nicht sehr. Ich hatte viele Leute befragt, um festzustellen, ob man als wandernder Musiker, Lohnschreiber oder notfalls Maultiertreiber zum Amselfeld reisen könne. Ein Musiker, hieß es, brauche einen *ferman*, aber Murad Effendi, Vertreter des Sultans, sei mit solchen Reisepapieren nicht freigebig. Ein Lohnschreiber müsse dort natürlich das Türkische in Wort und Schrift beherrschen, und an Maultiertreibern herrsche kein Mangel.

Also weiter warten und bei Valerio spielen. Oder zwischendurch woanders – bei Tanzfesten, Vorstadtmärkten, hin und wieder im Haus eines Reichen, der Gäste sammeln und zugleich zerstreuen wollte. Antonio Dandolo besuchte Valerios Schänke, wo wir einander gewissermaßen kennenlernten, so daß wir unauffällig ein paar Worte wechseln konnten. Zufällig waren an diesem Abend auch Goran und Velimir dort. Sie saßen in einer Ecke, tranken, lauschten nebenbei der Musik und würfelten. Antonio setzte sich zu ihnen. Ich beachtete die drei zunächst nicht weiter. Später sah ich, daß sie offenbar gut miteinander auskamen und daß Antonio einige Münzen an sie verloren hatte. Dies wiederholte sich, so daß Antonio plötzlich irgendwie zur Truppe gehörte.

Eines Abends ergab es sich, daß wir fast gleichzeitig eintrafen, vor den anderen. Wir setzten uns mit Wein und Dörrfisch an einen Tisch und plauderten. Antonio erging sich in schwelgerischen Beschreibungen der Nutzlosigkeit seiner Untaten im Kontor; als er von bereits dreimal überprüften Handelslisten redete, die er als vierter zu sichten habe, fragte ich ihn, ob überhaupt noch Handel mit dem Hinterland stattfinde.

»Hinterland?« Er grunzte. »Was meinst du? Bergdörfer in der Einöde?«

»Ich dachte eher an die alten Handelsstrecken. Du weißt schon – Mostar, Priština, Belgrad, Sofia, so etwas.«

»Kaum. Wir haben ja Krieg, auch wenn man nicht viel davon bemerkt.«

»Falls jemand etwas nach Priština oder Sofia zu schaffen hätte, wäre es denn möglich?«

»Willst du dich da irgendwo umschauen? Berge zählen? Mit einsamen Schafen tändeln?«

»Könnte sein. Irgendwann wird mir das hier zu langweilig, fürchte ich.«

Er zwinkerte. »Langeweile für Bellini? Reisen für Venedig? Oder so?«

»Oder anders.«

»Wenn ich etwas höre, sage ich dir Bescheid. Aber ohne *ferman* kommt man nicht weit.«

An einem anderen Abend bei Valerio kam ein Bote, der uns der Reihe nach betrachtete und dann Zlatko einen versiegelten Brief aushändigte.

»Seit wann kannst du lesen?« sagte Boboko.

»Wenn ich nicht lesen könnte, wer würde mir dann schreiben?«

»Oh, viele. Einer, der es nicht weiß. Oder der es weiß, den es aber nicht kümmert. Oder einer, der dich foppen will.«

Ardiana schielte über Zlatkos Schulter. »Was ist es denn?«

»Eine Einladung. Wir sollen morgen abend spielen.«

Die Einladung war unterzeichnet von Meister Nikola. Wir sollten uns bei Sonnenuntergang im Innenhof eines Hauses in der Nähe des Dominikanerklosters einfinden.

»Schreibt er, wen wir unterhalten sollen?« sagte ich.

»Er hat es unterlassen.«

»Ausgerechnet in der Nähe der Dominikaner. Giftschlangen. Natterngezücht.« Tomislav rümpfte die Nase und machte mit Zunge, Lippen und viel Luft einen lauten Pferdefurz.

»Der Abt«, sagte Konstantinos. »Neulich habe ich gehört, daß sie ihn auch die ›Große Spinne‹ nennen.«

»Bastelt er Netze?«

»Solche, in denen sich viele verfangen, die dann Ärger mit der Inquisition bekommen.«

Ob es der Wein war, das Essen, die besonders wüste Musik an diesem Abend oder das Gespräch über die Einladung – in dieser Nacht träumte ich von einer Grube, in der Flammen züngelten, die zugleich Schlangen waren. Über der Grube stand oder schwebte eine Eule; dann rüttelte sie wie ein Raubvogel, öffnete den Mund, sagte etwas, das für mich bestimmt war, aber ich konnte es nicht verstehen. Sie stürzte sich in die Flammen, löste sich jedoch auf, ehe sie den Knäuel der Schlangenflammen erreichte.

DREIZEHN

Seltsame Spiele

Den ganzen Tag über kroch ein klebriger Seenebel um die Stadt, über die Küste und durch die Straßen. Erst als wir uns kurz vor Sonnenuntergang auf den Weg machten, lichtete er sich ein wenig, allerdings nur außerhalb der Stadt. In Dubrovnik selbst konnte man nur mühsam bis zur nächsten Ecke sehen, kaum mehr als zwanzig Schritte.

»Wunderbarer Tag für Diebe und Meuchelmörder«, sagte Konstantinos.

»Meinst du Dominikaner?«

Das Haus, das offenbar Meister Nikola gehörte, erwies sich als von außen bescheiden, von innen üppig. Ein Palast mit gewissermaßen verschlossenem Antlitz. Über den Innenhof hatte man einen großen Baldachin gespannt; darunter versuchten Fackeln, den Nebel zu verdünnen oder wenigstens zu durchlöchern.

In den Räumen des Erdgeschosses – straff gespannte Stoffbänder sperrten die Treppenzugänge – standen überall große und kleinere Tische, beladen mit Platten, Krügen und allerlei Trinkgefäßen, vom schlichten Becher bis zum kostbaren Glas. Diener, die aus den Tiefen des Hauses wie Korken auftauchten, räumten leere Platten und benutztes Geschirr ab und sorgten unaufhörlich für Nachschub an Nektar und Ambrosia.

Wir spielten im Hof, ein wenig seitlich, wo man uns Schemel bereitgestellt hatte, dazu einen Tisch mit Bechern, Wein,

Bier und Wasser. In den Pausen, die wir nach jeweils fünf oder sechs Stücken einlegten, holten wir uns Leckereien aus dem Haus, betrachteten die Gäste und versuchten, aus ihrer Kleidung auf ihre Bedeutung zu schließen.

Ich wunderte mich allerdings, daß man uns im nebligen Vorhof spielen ließ statt dort, wo Musik den einen oder anderen Gast erbauen mochte. Zwischen dem zweiten und dritten Stück fragte ich Boboko, der neben mir auf einem Schemel saß, ob er eine Erklärung dafür habe.

»Vielleicht wollen sie uns nicht in ihrem edlen Haus haben«, sagte er.

Zlatko hatte offenbar zugehört; er lachte und schüttelte den Kopf. »Wenn Meister Nikola zuständig ist? Der hält Musiker nicht für Abschaum. Er hat sich aber bestimmt etwas gedacht.«

»Was denn?«

»Schon vergessen, wie er dich befragt hat? Vielleicht will er sicher sein, daß wir alle Gäste sehen. Damit wir ihm später über den einen oder anderen etwas sagen können.«

Da ich den Geldadel der Republik Ragusa nicht kannte, flüsterten die anderen mir hin und wieder einen Namen oder einen Rang zu. Der Rektor gehörte zu den ersten Eintreffenden, der Reeder X, der Handelsherr Y, der Oberste Richter, der Besitzer der besten Weinberge der Halbinsel Pelješac … Über einen Mann, der eine Weile mit mildem Lächeln unserer Musik gelauscht hatte und später mit Meister Nikola und einigen ehrenwerten grauen Herren Gespräche führte, sagte mir Konstantinos, es handle sich um Murad Effendi, den Vertreter der Hohen Pforte. Antonio erschien kurz nach dem Rektor, mit einer verschleierten jungen Frau. Ich nahm an, daß es sich um eine Tochter des eigentlichen Kontorleiters handelte. Antonio zwinkerte uns zu und ging mit der Frau ins Haus.

Als ich mich eben fragte, ob der edle Maure al-Tahir oder at-Tahir, den sie – wie ich inzwischen wußte – nicht nur Otero, sondern manchmal auch Attaro oder Attairo oder Altairo oder Atello nannten, ebenfalls zu den Geladenen gehören mochte, griff Boboko auf seiner Laute daneben. Der Mißklang war geringfügig; wahrscheinlich konnte nur ein Musiker ihn bemerken. Ich hatte zum Portal geblickt, durch das eben ein besonders unförmiger Mann gegangen war, in einer Mischung aus Trippeln und Rollen. Um Boboko anschauen zu können, mußte ich den Kopf wenden; dabei streifte ich mit dem Blick die Leute, die eben den Hof betreten hatten. Es gelang mir, die nächsten Töne zu treffen und nicht aus dem Takt zu geraten.

Drei Türken gingen durch den Hof zum Portal. Oder genauer: zwei Türken und ein Araber, Karim Abbas. Halblaut sagte ich zu Boboko: »Mag deine Laute Karim nicht?«

»Wen?« Aber sein Lächeln war arg aufgesetzt.

Als ich das nächste Mal ins Haus ging, um etwas zu essen zu holen, sah ich Antonio, der mit einem Glas in der Hand an einer Säule lehnte und zu einem Durchgang blickte, in dem Katona stand und mit Karim Abbas sprach. Der »Großmütige Düstere« – wann mochte er in Dubrovnik angekommen sein – wann, woher, wozu?

Beim nächsten Stück trafen weitere Gäste ein, bei deren Anblick ich die Augen schloß und mich bemühte, die Fiedel nicht fallen zu lassen.

Es waren vier Venezianer, Handelsherren, die ich vom Sehen her kannte. Und Laura.

Boboko zischte neben mir. »Bist du seekrank?«

»Ich dachte, es hätte ein kleines Erdbeben gegeben.«

»Laß deine Saiten beben.«

Laura und die anderen Venezianer wurden am Portal von einem Mann begrüßt; später hörte ich, er sei der Sekretär des Rektors. Laura stand so, daß sie die Musiker sehen konnte. Ich wußte, daß sie mich sah; ich bildete mir ein, zu sehen, daß sie stutzte; ich war sicher, daß sie einen Mundwinkel hob, in einer Art geheimen Lächelns.

Ardiana sang. Bei diesem Stück hatte ich nur im Hintergrund ein wenig zu fiedeln, und ich glaube, das war gut so.

Bis zur nächsten Pause zerbrach ich mir den Kopf. Dann ging ich ins Haus.

Ich fand Laura in einem Gang zwischen zwei erhellten Sälen, in denen sich die Gäste drängten.

»Wir können hier nicht reden«, flüsterte sie.

»Wann und wo?«

»Das Gästehaus des Rektors.«

Ich nickte; bei einem der gemeinsamen Züge durch Schänken hatte Dandolo mir das Haus gezeigt.

»Wo da?«

»Wenn das hier zu Ende ist, wird dort weitergefeiert«, sagte sie. »Bring am besten noch einen oder zwei Musiker mit.«

Als ich zum Innenhof zurückging, kam ich an einer halb geöffneten Seitentür vorbei. Dahinter befand sich, nicht so strahlend erhellt wie die Säle, ein Raum, in dem Diener und Wächter saßen, standen und tranken. Ein Mann ging eben zu einem Tisch, um seinen Becher nachzufüllen. Sein linker Fuß schleifte ein wenig, und seine Beine waren gebogen.

Als das Fest sich aufzulösen begann, kam der oberste Diener oder Haushofmeister zu uns.

»Ihr könnt jetzt aufhören. Wer nimmt das Geld entgegen?«

»Notfalls jeder«, sagte Zlatko.

»Und außerhalb eines Notfalls?«

»Notfalls ich.« Zlatko grinste.

Während wir die Instrumente wegpackten, berührte ich ihn an der Schulter. »Ich brauche deine Hilfe«, flüsterte ich.

»Gefährlich? Oder musikalisch?«

»Vielleicht beides. Und verschwiegen.«

Er nickte.

Als wir auf der Straße standen, wandte er sich an die anderen. »Ich habe noch etwas zu erledigen«, sagte er. »Ich hoffe, es dauert nicht lange. Wir sehen uns bei Valerio.«

Bis wir das Gästehaus erreichten, hatte ich ihm auseinandergesetzt, daß es um eine Frau ging, mit der ich ein Weilchen zu verschwinden hoffte.

»Aber ich kann da nicht allein auftauchen«, sagte ich, »ich nehme an, wir sollten uns unauffällig unter die anderen mischen und einfach in einer Ecke zu spielen beginnen. Oder in der Vorhalle, falls es so etwas gibt. Wenn ich verschwinde, spielst du weiter. Oder du läßt es.«

»Kann ich verschwinden, wenn du verschwindest?«

»Ich glaube schon. Es sei denn, jemand hält dich fest.«

Wir spielten ein paar Stücke im großen Eingangsraum des Gästehauses. Laura, ein anderer Venezianer und mehrere beleibte ältere Frauen – wahrscheinlich Gattinnen hochrangiger Ragusaner – saßen an einem Tisch im nächsten Raum. Sie nippten an Pokalen, unterhielten sich, zuweilen wurde gelacht.

Aber es war inzwischen nach Mitternacht. Die Damen von Ragusa erhoben sich bald, fingen ihre Gatten ein (oder wurden von diesen eingefangen) und gingen heim. Andere Gäste, die im Haus wohnten, verließen ebenfalls den Saal und ließen sich von Dienern den Weg durch einen langen Korridor zu einer entlegenen Treppe zeigen. Einer der Diener kam zu uns und sagte: »Es ist spät, Freunde; was schulden wir euch?«

Ich achtete nicht auf das Feilschen, mit dem Zlatko und der Diener sich eine Weile vergnügten, denn eben kam Laura aus dem Saal. Sie schaute mich nicht an, aber ich sah, wie sie mit einem Auge kaum merklich zuckte; dann ging sie zum Korridor. Ich packte meine Fiedel in den Kasten. Der Diener streifte die daran angebrachte Scheide samt Degen mit einem Blick, kümmerte sich jedoch nicht weiter darum.

»Ich würde mich gern noch schnell erleichtern, ehe wir gehen«, sagte ich.

Ohne mich anzuschauen, sagte der Mann: »Die Bottiche sind am Ende des Gangs, links.«

Der Korridor war leer. Als ich die Treppe erreichte, sah ich den Saum von Lauras Kleid oben auf dem Absatz verschwinden. Ich huschte treppauf und folgte Laura durch einen von zwei Öllämpchen kaum erhellten Gang zu einer Tür. Sobald ich eingetreten war, legte ich den Fiedelkasten auf ein Tischchen; sie schloß die Tür und schob den Riegel vor. Im Zimmer brannten zwei Kerzen; eine war etwas länger als die andere.

»Leise«, hauchte Laura. »Die Wände sind sehr dünn.«

Ich nahm ihre Hände. »Wie kommt es«, flüsterte ich, »daß du hier bist?«

Sie ließ meine Hände los, damit sie die Arme um meinen Hals legen konnte. »Willst du mich nicht zuerst begrüßen?«

Ich küßte sie, aber aus dem Begrüßungskuß wurde Wiedersehensfreude, dann Erkundung, Forschen und Gier. Ich zupfte an der Schleife, die über der linken Schulter das Kleid zusammenhielt, und spürte Lauras Finger an meinem Gürtel.

»Wir müssen uns beeilen«, flüsterte sie.

»Soll ich gleich wieder gehen?«

Sie schob mich von sich und lächelte. Es war ein ganz eigenes, ganz bestimmtes Lächeln, bei dem mir die Beinkleider noch enger wurden und das pochende Herz weit.

»Erst kommen, dann reden, dann gehen«, sagte sie leise.

»Das hat mir gefehlt«, flüsterte sie später; sie biß mir sanft ins Ohr.

»Göttliche«, murmelte ich, »es war köstlich. Und dringend. Wird das Bereden von Dingen auch köstlich sein?«

Sie kicherte. »Nein, aber dringend. Es kam ein Schreiben an den Rat, vom Rat der Stadt Ragusa. Dubrovnik.«

»Mitten im Krieg?«

»Der geht ja irgendwie nicht richtig weiter. Und es geht auch darum. Alte Verbundenheit, Fortdauer des Handels trotz gelegentlicher Schwierigkeiten, und so weiter.«

»Das übliche Geschwätz der Mächtigen?«

»Eben dieses. Es gab einige Vorschläge. Darunter war die Frage, ob die berühmte Druckerei Rinaldi ein Zweigunternehmen hier aufmachen könnte.«

Ich schwieg einen Moment. Dann flüsterte ich: »Seltsam. Und unsinnig.«

»Sag warum; dann sag ich dir, was ich denke.«

»Sie können jederzeit irgendwo einen erfahrenen Drucker finden. Kaufen. Gießer und Setzer und Gautscher und was man sonst braucht. Wann ist das Schreiben angekommen?«

»Ich habe es vor zehn Tagen erfahren. Kann sein, daß es schon länger da war, bis der Rat sich an mich gewendet hat.«

»Drei Tage höchstens, bei ganz schlechtem Wetter vielleicht fünf braucht ein Schiff. Vor ungefähr fünfzig Tagen hat ein einflußreicher alter Mann mich nach Druckereien gefragt, und natürlich habe ich den Namen Rinaldi erwähnt.«

Sie nickte. »Könnte hinkommen. Ich hatte den Eindruck, daß der Rat ein wenig ratlos war. Vermutlich aus dem gleichen Grund – warum wollen sie in einem Augenblick, in dem sie als Teil des Osmanischen Reichs mit uns im Krieg sind, oder jedenfalls fast, ausgerechnet aus Venedig etwas über Druckereien wissen? Wir sind bestimmt gut; aber Buchdruck ist ja keine Geheimwissenschaft.«

»Hast du Lorenzo ...«

Sie gluckste. »Natürlich. Bellini war bei der Besprechung. Die edlen Herren haben darauf bestanden, daß Angelo die Druckerei vertritt. Frauen können ja keine Geschäfte führen. Dann haben sie aber mit mir geredet, nicht mit ihm, und Bellini hat stumm zugehört. Hinterher ist er mit uns zur Druckerei gegangen, um einen Wein zu trinken und ein paar Ratschläge zu geben.«

»Welcher Art?«

»Ich soll dir sagen, die meisten Musiker spielen falsche Töne. Verstehst du das? Ich nämlich nicht.«

»Ich verstehe das sogar sehr gut. Ich erkläre es dir gleich. Sonst noch etwas?«

»Zwei Namen. Priština und Sarmiento.«

»Darüber muß ich nachdenken.«

»Was hat es mit den Musikern auf sich?«

Ich versuchte, ihr mit möglichst knappen Worten die Zusammenhänge zu erklären; und ich fand es anstrengend, flüsternd zu lachen, was wegen der Albernheit der Hintergründe unvermeidlich war.

»Und Kassem?« sagte sie schließlich.

»Ist in Priština.«

»Ah, deshalb. Wer oder was ist Sarmiento?«

»Ein spanischer Hauptmann. Der Herr von Castelnuovo.«

»Sag, ist Karim Abbas schon lange hier?«

»Ich habe ihn heute abend zum ersten Mal gesehen, vorher auch nichts von ihm gehört. Ich hatte schon überlegt, ob er mit euch hergekommen sein kann.«

Sie schüttelte den Kopf. »Nachdem er diesem Franzosen das Genick gebrochen hat, haben sie ihn höflich, aber eindringlich zur Abreise bewegt.«

»Nun sag«, flüsterte ich, »warum du wirklich gekommen bist.«

»Vielleicht gibt es ein Geschäft für die Druckerei, vielleicht nicht, aber man muß es versuchen. Übrigens wollten sie vor allem Erz und Gewürze von uns kaufen.«

»Die sind knapp, das weiß ich. Und weiter? Deine Gründe?«

Sie richtete sich halb auf und stützte den Kopf auf die rechte Hand. »Ich wollte dich sehen.«

»Das ist tugendhaft und förderlich.« Ich rutschte ein wenig weiter zum Fußende des Betts, damit ich ihre Brüste mit der Zungenspitze erreichen konnte.

»Außerdem«, murmelte sie, »wollte ich sehen, ob es mir Vergnügen bereitet, bei eurem Spiel ein wenig mitzumachen.«

»Und?« Ich glitt weiter abwärts und vergrub die Zunge in ihrem Nabel.

Sie legte eine Hand auf meinen Kopf. »Es macht Vergnügen.« Dann seufzte sie. »Wenn die kleinere Kerze niedergebrannt ist, mußt du gehen, Liebster. Man darf uns, ah, dich nicht sehen, fürchte ich.«

Ich richtete mich auf, um nach der Kerze zu schauen. »Ein wenig Zeit bleibt uns noch. Du willst also mitspielen?«

»Dabei? Ein bißchen. Hierbei? Du bist so weit weg; gib mir etwas zum Spielen.«

VIERZEHN

Die Vorzüge der Flucht

Im großen Saal kämpften immer noch einige unermüdliche Trinker und Redner um jene Erschöpfung, die es ihnen erlauben würde, sich selbst zuzugeben, daß sie müde waren. Zwei Diener dösten im Stehen, an die Wand gelehnt. Ich schaute mich um, als hätte ich etwas vergessen oder wollte jemanden suchen, aber keiner achtete auf mich. An einem der Tische blieb ich einen Augenblick stehen, leerte einen halben Becher und schlenderte wie beiläufig zum Ausgang. Niemand in diesem Saal, in der Eingangshalle oder auf den Gängen schien einem der neugierigen Berufe anzugehören.

Als ich das Haus verließ, hatte ich das Gefühl, beobachtet zu werden. Ich sah mich um, konnte aber nichts entdecken, was dieses Gefühl ausgelöst haben mochte.

Der Nebel, in den Gebäuden fast vergessen, kroch immer noch zäh und klebrig durch die Straßen. Der Hall meiner Schritte durch die Straßen klang, als sei er in Tücher gewickelt – wenn man denn Hall einwickeln kann.

Um zur Straße nach Gruž und zu Valerio zu gelangen, mußte ich das Pile-Tor durchqueren; es sei denn, ich wollte einen langen Umweg machen. Zum Tor führen aus der Stadt einige Stufen hinauf. Außerhalb des Tores und ein wenig höher gibt es eine mächtige Mauer, die es Belagerern erschweren soll, das Tor unmittelbar anzugreifen. Eine Treppe führt zu einem Absatz in halber Höhe, von dort im rechten Winkel weiter zum eigentlichen Ausgang. Auf dem Absatz, unter einer knisternden Fackel, lehnten an der Wand zwei Männer.

»Der Mann mit der Fiedel«, sagte einer der beiden. Der andere löste sich von der Wand und trat mitten auf den Absatz. Sein linker Fuß schleifte.

»Zu spät für Musik«, sagte ich. Dabei versuchte ich, an ihm vorbeizugehen.

»Ein Jammer.« Der Krummbeinige versperrte mir den Weg. Er hatte eine Hand an den Griff eines langen Messers gelegt, das an seinem Gürtel hing. »Unser Herr möchte von dir gerne noch ein paar Töne hören. Vielleicht nimmt er ja mit deiner Stimme vorlieb.«

»Wer ist euer Herr?«

»Du wirst ihn kennenlernen.«

»Sagt mir lieber, wo ich ihn finde; ich will ihm gern morgen meine Aufwartung machen.«

»Du wirst jetzt ganz fügsam mitkommen, Musiker, hörst du?«

Ich seufzte sehr laut und hielt mir den Fiedelkasten vor die Brust, die rechte Hand zwischen ihm und der Jacke. »Ach, sagt doch eurem guten Herrn, ich sei zu müde gewesen.«

»Kläglich, wie?« sagte der Krummbeinige; der andere nickte und löste sich nun ebenfalls von der Wand – widerstrebend, wie es schien. Er bewegte sich seitwärts, um hinter mich zu gelangen.

Ich tat einen Schritt nach hinten und drehte mich, so daß ich beide im Auge behalten konnte. »Ihr tapferen Krieger«, sagte ich einigermaßen jämmerlich, »wollt ihr euch wirklich an einem wehrlosen Musiker vergreifen?«

Zwischen Jacke und Fiedelkasten legten sich meine Finger

wie eigenständige Wesen um den Degengriff. Jakko der Musiker löste sich auf; wie vor Wochen, als ich mich angegriffen fühlte und dem Mauren al-Tahir beistand, war Jakko der Krieger plötzlich da. Wann immer ich über ihn nachdenke, weiß ich nicht, ob ich ihn mag, ob ich ihn überhaupt noch kenne oder kennen will. Aber der Musiker hätte sich nicht so schnell und sicher bewegen können.

Der Krummbeinige zog das Messer. Der andere Mann hob die Arme, um mich zu packen. Mit der linken Hand rammte ich ihm den Fiedelkasten ins Gesicht, während die rechte mit dem Degen den ersten Messerstich abfing. Hinter mir hörte ich ein Schnaufen, wirbelte herum, durchbohrte den Mann mit der Klinge, riß den Degen aus dem taumelnden Körper, duckte mich und sprang zur Seite. Der nächste Messerstich verfehlte mich knapp. Im Gesicht des Krummbeinigen sah ich etwas wie Besorgnis, wahrscheinlich das Begreifen, daß er es nicht mit einem wehrlosen Musiker zu tun hatte.

Aber er war gut; trotz des schleifenden Beins bewegte er sich wie ein Tänzer. Zweimal entging ich nur durch schnelle Kopfbewegungen einem Stich, der mir den Hals aufgerissen hätte, einmal traf er mich mit der Schneide am Oberarm. Eigentlich wollte ich ihn entwaffnen und befragen, aber er war gefährlich und wendig und offensichtlich erfahren. Blut rann mir heiß den Arm hinunter, und dann beendete die Degenspitze in der Brust des Mannes den Kampf.

Wie immer kam die Hilfe zu spät. Wenn es denn Hilfe war. Schritte näherten sich von der Stadt her; gleichzeitig kamen zwei bewaffnete Männer aus der Vorstadt und blieben am Kopf der Treppe stehen. Einen hatte ich schon einmal gesehen; er gehörte zu Katonas Leuten.

Sie sahen mich, sahen im Fackellicht den blutdurchtränkten

Stoff an meinem Oberarm, sahen die beiden Leichen, und dann sahen sie einander an.

»Es gibt offenbar Leute, die man nachts nicht überfallen sollte«, sagte der, den ich bei Katona gesehen hatte.

Der andere stieß ein häßliches Lachen aus. »Es gibt aber auch Leute, von denen ich nachts nicht überfallen werden möchte.« Er kam die letzten fehlenden Stufen herab, bückte sich und drehte den Krummbeinigen um. »He, Tonko, das ist Mehmet«, knurrte er. Dann richtete er sich wieder auf, steckte zwei Finger in den Mund und stieß drei gellende Pfiffe aus.

Die Schritte, die von der Stadt her kamen, endeten kurz hinter uns. Ich drehte mich um und sah Antonio. Er schien nicht überrascht, mich in dieser Lage und Begleitung vorzufinden.

»Du siehst nicht so aus, als ob du Hilfe brauchtest, Jakko«, sagte er.

»Nicht mehr. Wolltest du etwa eingreifen?«

Er hob die Schultern. »Zu spät.« An seinem Gürtel hing ein Degen. Er berührte ihn mit der Handfläche und sagte halblaut: »Ich habe die beiden herumstreichen sehen, und irgendwas hat mir gesagt … Nun ja, hat sich erledigt. Wir sehen uns später?«

Ich nickte. Dabei sagte ich mir, daß ich diesen Antonio nicht kannte, der ohne seine üblichen üppigen Gebärden und Reden in die Nacht lief, in Richtung Gruž. Und wozu schleppte er neben dem Degen auch noch einen Reisebeutel mit sich?

Zwei weitere Nachtwächter kamen herbei. »Einer von euch holt Katona«, sagte Tonko. »Zwei bleiben hier und passen auf, daß die Schufte nicht auferstehen. Du da, Jakko oder wie immer du heißt, kommst mit. Verbinden und ein paar Fragen beantworten.«

»Wo finden wir euch?« sagte einer der anderen.

»Bei mir; das ist am nächsten.«

Ich folgte ihm zu einem Haus in der ersten Seitenstraße. In einem Raum gleich neben der Tür machte er Licht und deutete auf einen Stuhl. Ich setzte mich folgsam und legte den Fiedelkasten samt Waffe auf den Tisch. Dort standen ein Wasserkrug und eine Kiste mit Tüchern. Offenbar war ich nicht der erste, der hier versorgt wurde.

Tonko war schweigsam und geschickt. »Erst verbinden«, sagte er, »dann alles übrige.« Er half mir aus der Jacke, zerschnitt den Ärmel des Hemds, nickte und begann, die Wunde zu säubern. Sie tat weh, war aber nicht tief.

»Du und der andere«, sagte ich. »Au. Hattet ihr die Wache vor dem Tor?«

»Und nach Mitternacht in der Vorstadt. Wir waren auf einem Rundgang. Halt still.«

Als er eben begonnen hatte, mich zu verbinden, erschien Katona. Er übernahm »alles übrige«, stellte jedoch nicht viele Fragen. Er wirkte weder erbost darüber, daß ich den Frieden seiner Stadt gestört hatte, noch schien er überrascht.

»Mehmet zu erledigen, dazu gehört etwas.« Er sog Luft durch die Schneidezähne. »Offenbar bist du wirklich gut.«

»Für wen haben sie gearbeitet? Karim Abbas?«

»Hätte ich mir denken können, daß du den kennst. Es sind Leute der Türken«, sagte er. »Wenn sie dir aufgelauert haben, wissen die übrigen, nach wem sie suchen müssen.«

»Dann werden sie mich auch schnell finden.«

»Trübe Wahrheit.« Einen Augenblick lang schob er die Unterlippe vor. Dann sagte er: »Die Leichen kann ich bis zum Morgen so aufbewahren, daß man sie nicht findet. Nicht länger.«

»Das heißt?«

»Verschwinde«, sagte er. »Mit etwas Glück wird man erst eine Stunde nach Sonnenaufgang Fragen stellen. Ich werde keine Antworten wissen, aber ich kann dich nicht schützen.«

»Eine Bitte.«

»Was denn?«

»Es sind ein paar Venezianer, mehrere Männer und eine Frau, im Gästehaus des Rektors.«

Er nickte. »Was ist mit ihnen?«

»Wir sind für morgen zu einem kleinen Stadtrundgang verabredet«, sagte ich. »Könntest du ihnen mitteilen, der Mann mit der Fiedel habe überraschend abreisen müssen?«

Er seufzte. »Soll ich es allen sagen?«

»Nein.«

»Aber der Frau?«

Ich klopfte ihm auf die Schulter.

»Eine Messerstecherei«, sagte ich. »Ich muß eine Weile verschwinden.«

Ardiana blinzelte und drehte sich wieder zur Wand. Zlatko setzte sich auf und kratzte sich den Kopf.

»Die anderen schlafen; soll ich es ihnen sagen?«

»Tu das bitte. Nach dem Aufwachen.«

Beinahe geräuschlos trotz aller Eile packte ich meine Sachen.

Als ich Velimirs Haus erreichte, sah ich zu meiner Überraschung noch Licht. Oder schon; inzwischen konnte das Morgengrauen nicht mehr fern sein. Ich klopfte und versuchte die Tür zu öffnen, aber sie war versperrt. Von innen näherten sich Schritte; ein Riegel wurde zurückgeschoben, und Velimir blinzelte mich an.

»Na endlich«, sagte er. »Wir dachten schon, du kämst nicht mehr. Oder Katona hätte dich festgehalten.«

Er ging voran, in den einzigen großen Wohnraum seiner Hütte. Dort saßen Antonio und Goran.

Ich blickte Antonio an. »Hat er euch schon alles erzählt?«

»Nicht alles – nur das, was ich weiß.«

»Das reicht wahrscheinlich. Ich bin überfallen worden. Die wollten mich angeblich zu ihrem Herrn bringen, wer immer das sein mag. Ich habe mich gewehrt, beide sind tot. Und ich muß verschwinden.«

Goran und Velimir wechselten einen Blick. »Weißt du einen Namen?« sagte Velimir.

»Mehmet. Krumme Beine, eines schleift immer ein bißchen nach.«

»Ui.« Velimir betrachtete mich, als sähe er mich zum ersten Mal. Oder erstmals wirklich. »Mehmet? Über den gibt es viele schöne Geschichten. Und den hast du ...?«

»Wer könnte der Herr sein, zu dem sie mich bringen wollten?«

Goran räusperte sich. »Wenn du verschwinden mußt, sollten wir wohl nicht lange herumreden, oder?«

»Du hast recht.« Ich lehnte mich an die Tischkante. »Könnt ihr mir helfen?«

»Helfen?« Goran schnalzte. »Du meinst, ob wir unsere Hälse in die für deinen bestimmte Schlinge stecken mögen.«

»Zwanzig Zechinen, Goran? Für eine Fahrt in deinem wurmstichigen Kahn?«

»Zwanzig? Für zwanzig venezianische Goldstücke soll ich mein Leben wegwerfen?«

»Wir können jetzt lange reden und feilschen, alter Mann. So lange, bis die Türken kommen. Die werden dann aber nicht nur mich holen, sondern euch auch. Weil ihr mich beherbergt habt.«

»Dumm von uns, was?« Velimir bleckte sein schadhaftes Gebiß.

»Vierzig«, sagte Goran.

Antonio ächzte und schlug mit der Hand auf den Tisch. »Für vierzig Zechinen kannst du ein halbes Jahr lang Wein trinken und Rindfleisch essen!«

»Dreiundzwanzig«, sagte ich.

»Krumme Zahl.« Velimir neigte den Kopf zur Seite, als ob er von draußen Geräusche gehört hätte.

»Siebenunddreißig«, sagte Goran.

Antonio stöhnte abermals und schloß die Augen; mit dem Hinterkopf stieß er wieder und wieder gegen die Hüttenwand.

»Fünfundzwanzigeinhalb«, sagte ich.

»Wohin soll es denn überhaupt gehen?« sagte Velimir.

»Nach Herceg Novi. Zu den Spaniern.«

»Spanier?« sagte Goran. »Bah. Dreiunddreißig. Eigentlich müßtest du für Spanier noch etwas drauflegen.«

»Dreißig. Letztes Wort.«

»Wirst du schwimmen, wenn ich nein sage?«

»Ich werde wandern.«

»Die holen dich schnell ein.«

»Dann komme ich mit ihnen auf dem Rückweg hier vorbei.«

»Na gut, dreißig.« Goran lächelte. »Hast du denn so viel bei dir?«

»Habe ich. Wir sollten uns jetzt aber beeilen. Wir müssen dein Boot klarmachen, und können wir es zu zweit …«

Antonio unterbrach mich. »Zu dritt.«

»Du? Was willst du denn auf dem Meer?«

Antonio strich sich über den Hinterkopf; vielleicht war der letzte Rammstoß ein wenig zu hart gewesen. »Ich will mich zur Abwechslung auf dem Wasser langweilen statt immer nur an Land.«

»Ich will dich da nicht hineinziehen, Junge«, sagte ich. »Und bei aller Freundschaft – ich fürchte, ich kann mich nicht auch noch um dich kümmern.«

Antonio nickte. »Das ist auch nicht nötig. Ich kümmere mich um mich selbst.«

Velimir keckerte hohl. »Nett, die jungen Leute, wie?«

Von draußen waren Schritte zu hören. Jemand klopfte an die Tür. Velimir ging und öffnete, sprach leise mit dem frühen Besucher, wandte sich dann an uns und sagte: »Es ist angerichtet, ihr Herren.«

»Was ist angerichtet?« sagte ich.

Goran bückte sich, langte nach etwas und stand auf. In der Hand hielt er einen Reisebeutel, den er sich über die Schulter warf. Antonio erhob sich ebenfalls und ging zum hinteren Fenster. Im fahlen Frühlicht sah ich, wie er sich nach seinem Beutel, dem Degen und einer Mantelrolle bückte.

»Was ...«, sagte ich.

»Als er uns geweckt hat«, sagte Goran, »haben wir uns die Freiheit genommen, alles vorzubereiten. Das Schiff ist bereit zum Auslaufen, und wir sind sechs. Wir müssen ja, wenn wir euch abgesetzt haben, irgendwie wieder zurückkommen.«

Ich war einen Augenblick sprachlos. Gerührt und zugleich beinahe wütend. »Ihr Schweine«, sagte ich. »Soll ich euch jetzt küssen oder verfluchen?«

»Deine Flüche haben wahrscheinlich wenig Wirkung«, sagte Antonio. Er tastete in seiner Jacke nach etwas. »Und deine Küsse? O bitte nein; heb sie für Laura auf. Ich hoffe, es war angenehm mit ihr.«

»Los«, sagte Velimir. Er blies das letzte Öllämpchen aus. »Aufbrechen, ihr Männer! Und ihr Jungs.«

»Und du willst wirklich …?« sagte ich zu Antonio.

»Ich weiß, ich bin von üppiger Nutzlosigkeit.« Er grinste mich an und zog ein gefaltetes Papier aus einer Innentasche seiner Jacke. »Aber schau, was ich da habe.«

Ich warf einen Blick auf das Papier, das er vor meiner Nase entfaltete. Auch ohne Lampen war es inzwischen hell genug, um die größeren Schriftzeichen entziffern zu können.

»Das ist …« Ich schüttelte den Kopf. »Ich glaube es nicht.«

»Glaub's ruhig. Ein *ferman*, mein Freund. Ich sollte doch nach Alexandria reisen, erinnerst du dich? Man hat mir den *ferman* ausgestellt, und dann haben sie beschlossen, dort keine Venezianer mehr zu wollen. Ich habe irgendwie vergessen, ihn zurückzugeben. Er gilt für das ganze Osmanische Reich.«

FÜNFZEHN

Der Weg nach Herceg Novi

Zwei seiner Leute, hatte Goran mir vor einiger Zeit erzählt, seien noch nicht nach Orebić heimgekehrt. Als Antonio mit einer halben Geschichte bei Velimir erschien und die Alten weckte, war Goran losgezogen, um seine beiden Seeleute aus feuchten Armen oder weichen Träumen zu reißen. Sie hatten das Boot schnell bereitgemacht, notdürftig Wasser und Vorräte an Bord gebracht – und als die Sonne aufging, befanden wir uns bereits westlich der Seemauer von Dubrovnik. Aus der Bucht von Gruž hatten wir ein wenig rudern müssen; draußen ging ein kräftiger Nordost, der uns schnell nach Süden trieb.

An Bord eines Seglers ist vielerlei zu flicken; deshalb gab es natürlich Nadel und Faden. Goran stand am Steuer des einmastigen Schiffs – es war seines, nicht das neue, für das er immer noch keinen Käufer gefunden hatte – und sah mit sichtbarem Wohlgefallen zu, wie ich unterhalb der aufgenähten Degenscheide den Bezug des Fiedelkastens auftrennte und einen mehrfach gefalteten Lappen herausholte, in dem hundert Zechinen steckten.

»Ich habe mich von dir zu weit herunterhandeln lassen, wie ich sehe«, sagte er.

»Wie du siehst«, sagte ich, »gibt es einen kleinen Rest, den ich dir nicht in den Rachen stopfen kann, weil ich ihn für Brot und Schuhsohlen brauche.«

»Man kann barfuß gehen.«

Ich faltete den Lappen mit den verbliebenen siebzig Münzen wieder zusammen und vernähte den Bezug. Die goldenen Dukaten lagen auf den Planken neben mir, und die Sonne ließ den geringen Hort gleißen wie einen Staatsschatz.

Als ich mit dem Nähen fertig war, stand ich auf und brachte Goran die Münzen. Er hielt das Steuer mit einer Hand und genoß ganz offensichtlich den Anblick der anderen Handfläche. Dann seufzte er, steckte die Münzen in eine Hosentasche und sagte: »Magst du nicht mein Schifflein jeden Tag mieten? Es wäre gut für mein armes altes Herz. Von den Augen gar nicht zu reden.«

Ich legte Nadel und Faden zurück in die Kiste mit dem Flickzeug und kleinen Gerätschaften. »Dein Herz und deine Augen mögen sich anderswo laben. Wie lange, meinst du, werden wir bis zur Bucht brauchen?«

Goran kniff die Augen zusammen, warf einen Blick auf die langsam vorüberziehende Küste, dann auf die gut gefüllten Segel und wackelte mit dem Kopf. »Wenn der Wind hält – drei, vier Stunden?«

Antonio und ich hatten, so gut es ging, beim Segelsetzen und anderen Verrichtungen geholfen, deren Bezeichnungen wir ebenso wenig kannten wie die Namen der Gegenstände, die wir dabei anzufassen hatten. Nun gab es nichts für uns zu tun. Er saß am Fuß des größeren der beiden Masten und schaute aufs Meer hinaus.

»Willst dich mit dem Dogen streiten, wer von euch sich mit dem Wasser vermählen darf?« Ich setzte mich zu ihm.

Er schnalzte leise. »Ich dachte eben darüber nach, wie es kommt, daß man so lange am Gestade lebt und nichts von dem weiß, was auf dem Wasser geschieht.«

»Möchtest du im nächsten Leben ein Fisch sein?«

»Und von solchen wie Goran und Velimir gefangen und gegessen werden? Ah, nein. Aber wir sollten über meine Beteiligung an der – nennt man das Heuer? Also, die Miete dieses Fuhrwerks. Darüber sollten wir reden.«

»Darüber und über alles andere laß uns reden, wenn wir heil irgendwo angekommen sind. Es wäre sinnlos, jetzt mit Geld herumzuspielen, wenn wir nicht wissen, ob wir nicht gleich von Seeräubern überfallen werden.«

Er lachte. »Das bliebe sich doch gleich. Wenn sie uns alles Geld nehmen, hat es keine Bedeutung, bei wem die Münzen zuletzt gewohnt haben.«

Aber wir fielen nicht in die Hände von Seeräubern, sondern von Venezianern. Als wir die Spitze der Halbinsel umfahren hatten, die die Bucht von Herceg Novi und Kotor im Norden begrenzt, sahen wir die Galeere, die mitten in der Einfahrt lag.

»Venezianisches Gesindel!« schrie Goran. »An die Taue, ihr Landratten; wir müssen hier weg!«

Velimir verschränkte die Arme und spuckte über die Bordwand. »Zu spät«, sagte er. »Das schaffen wir nicht mehr.«

»Wozu denn auch?« Antonio hatte sich erhoben und betrachtete die Galeere. »Ihr vergeßt, ich gehöre zu dem Gesindel. Sie werden uns nicht fressen.«

»Jakko«, sagte Goran, »komm, nimm dein Geld wieder an dich.« Es klang wie eine dringende Bitte, fast wie ein Flehen.

»Meinst du, die nehmen es dir weg?«

»Die nehmen es mir weg, und dir nehmen sie es auch weg. Wenn du es verlierst, habe ich nichts verloren. Bei nächster Gelegenheit kannst du mich ja von neuem bezahlen. Aber wenn sie es mir nehmen, schuldest du mir nichts, und das wird mich zum Weinen bringen.«

»Krummer Hund«, sagte Velimir. »Ob so oder so …«

Ich weiß nicht, was er weiter sagen wollte; wir hatten uns der Galeere genähert, und vom Achterdeck des Kriegsschiffs wurden wir durch lautes Gebrüll und Gefuchtel mit Arkebusen aufgefordert, beizudrehen und längsseits zu gehen.

Als die Bordwände einander knirschend berührten, sprangen von drüben ein paar Männer zu uns an Deck und machten uns an der Galeere fest. Ein junger Offizier folgte ihnen und musterte uns mit jener überlegenen Anmaßung, wie sie Edle gegenüber gewöhnlichen Sterblichen an den Tag legen, oder Bewaffnete gegenüber Wehrlosen.

»Kroatisches Pack«, sagte er; »Schmuggler, wie? Für Seeräuber seid ihr zu schlecht gerüstet. Was …?«

Er unterbrach sich, als Antonio vor ihn trat und im Tonfall eines weit Höherrangigen sagte: »Was erlaubt Ihr Euch, Herr? Ihr werdet dies lesen« – er hielt ihm ein Papier unter die Nase, das er aus einer der offenbar zahlreichen Innentaschen seiner Jacke gezogen hatte – »und unsere Freunde um Vergebung für groben Unflat bitten!«

Der Offizier knickte förmlich ein, trat einen Schritt zurück und legte die Hand auf die Brust. »Um Vergebung, Herr! Aber das konnte ich nicht wissen.«

»Mangelhafte Kenntnisse sind keine Entschuldigung für schlechtes Betragen.«

»Ja, Herr. Darf ich nach Eurem Ziel fragen?« Er klang nun beinahe unterwürfig.

»Wir wollen nach Castelnuovo.«

»Ah. Zu den Spaniern? Das …« Er zögerte; dann schüttelte er den Kopf und setzte eine Miene des Bedauerns auf. »Das geht nicht, Herr. Ich bedaure es sehr, aber es ist nicht möglich.«

Ich betrachtete die beiden und sagte mir, daß dies wieder ein neuer Antonio war. Jedenfalls einer, den ich nie gesehen hatte. Und da er es sehr überzeugend machte, hielt ich mich nur zu gern zurück. Was immer auf dem Papier stehen mochte – ich hatte derlei nicht vorzuweisen.

»Warum ist das nicht möglich? Wir sind doch verbündet mit ihnen. Heilig verbündet, oder?«

»Vergebt mir, Herr, ich werde den Kapitän befragen.«

»Nichts da«, sagte Antonio. »Mit dem rede ich selbst.« Er wandte sich um, zwinkerte, sagte leise: »Vielleicht hat der Kapitän ja Schulden bei meinem Vater« und folgte dem Offizier auf die Galeere.

Wir warteten. Goran sah aus, als wolle er zetern, unterließ es aber. Velimir zischte ihm irgend etwas zu, und die Männer, die die beiden Schiffe vertäut hatten, machten keine Anstalten, unser Boot zu verlassen. Sie waren gründlich bewaffnet.

Nach einiger Zeit kam Antonio zurück, ohne den jungen Offizier. »Ärgerlich«, knurrte er. »Es gibt Anweisungen.«

»Es gibt immer Anweisungen, die einen daran hindern, das zu tun, was am sinnvollsten ist«, sagte ich. »Was befindet der edle Herr Kapitän?«

»Er befindet, daß er uns von einem Beiboot an Land bringen lassen wird. Dort soll einer der anderen Offiziere entscheiden, ob wir zu Land nach Castelnuovo dürfen oder nicht.«

»Na gut. Was ist mit Goran und den anderen?«

»Ja, was ist mit uns?« sagte Goran. »Sind wir Pack, das versenkt wird, oder geehrte Gäste, die mitkommen müssen? Oder dürfen wir am Ende gar verschwinden?«

Antonio grinste. »Ihr seid Pack, das ganz schnell verschwinden soll, ehe man es sich hier anders überlegt.«

»Dann wollen wir gehorchen.« Goran kam zu mir und klopfte mit der Fingerspitze gegen meine Brust. »Du hast zuviel bezahlt.«

»Ich weiß. Eine Zechine für dich, je eine halbe für Velimir und die beiden anderen, drei für das Boot?«

»Fünf für das Boot.« Er grinste.

»Du übertreibst.«

Er steckte eine Hand in die Hosentasche und kramte.

»Laß das«, sagte ich. »Du hast etwas vergessen bei deiner Rechnung.«

»Was denn?«

»Siebeneinhalb – na ja, sagen wir sieben Zechinen. Das wäre üppig genug. Aber wahrscheinlich hast du mir das Leben gerettet. Und mein Leben ist mehr wert als dreiundzwanzig venezianische Dukaten.«

»Siehst du das so? Du übertreibst, finde ich.«

»Nimm den Rest als Anzahlung. Vielleicht brauche ich deine Hilfe irgendwann noch einmal.«

»Seid ihr fertig?« Antonio hatte seine Waffe und den Beutel aufgehoben. »Los, Jakko, wir sollten.«

Der Kapitän der Galeere blickte mißmutig hinter dem kleinen Segler her. »Ein wenig Zerstreuung ...«, murmelte er.

»Wie wollt Ihr uns zerstreuen?« sagte Antonio.

»Ich will Euch sammeln, edle Herren. Wir werden Euch an Land bringen, dort vorn, in Rose. Von da wird man Euch nach Cattaro geleiten. Der Provveditore soll entscheiden, was mit Euch geschieht.«

»Wo ist mein Freund at-Tahir zur Zeit?« sagte ich.

Der Kapitän musterte mich, als sähe er mich nun zum ersten Mal. »Euer Freund?«

»Waffengefährte. Nennt es, wie Ihr wollt.«

»Ah. Das ist natürlich etwas anderes.« Er winkte einen der anderen Offiziere herbei und gab ihm leise ein paar Befehle.

»Gut gemacht«, sagte Antonio noch leiser, neben meinem rechten Ohr. »Kennst du den wirklich?«

»Ein wenig.«

»Mal sehen, was dabei herauskommt.«

Der Kapitän wandte sich wieder an uns. »Wir werden Euch mit einem Beiboot auf die andere Seite bringen, nach La Bianca. Der Maure wird sich dann um Euch kümmern. Gehabt Euch wohl.«

Während der Überfahrt versuchte Antonio, von dem jungen Offizier – es war nicht der, der uns zunächst so schroff begrüßt hatte – mehr über die Lage an der Bucht zu erfahren. Er sagte, er könne uns schildern, wie es sei, wisse aber nicht, warum es so sei. Dann langte er über die Bordwand, hängte die Hand ins Wasser und begann, mit nassen Fingern auf die Bank zwischen Antonio und mir zu malen. Er malte zunächst zwei Dreiecke nebeneinander, dann zwei weitere darüber, und zwar so, daß die Verbindung der beiden oberen auf der Spitze des rechten unteren Dreiecks lag.

»Ungefähr – ich bin kein guter Maler.« Er lächelte flüchtig. »Von Kartographie gar nicht zu reden.«

Wir saßen fast im Heck des von acht Ruderern und einem Steuermann besetzten Boots. Das kaum gekräuselte Wasser der Bucht schien an uns vorbeizuschießen. Eine Möwe flog träge flappend ein paar Augenblicke neben uns her, begutachtete uns – so sah es jedenfalls aus –, stieß dann einen Schrei aus, der »zu groß und zu schlecht gewürzt« bedeuten mochte, und flog weg.

Das Dreieck unten links sollte die Bucht darstellen, in der wir uns befanden, mit Castelnuovo beziehungsweise Herceg Novi nicht ganz an der Spitze. Unten rechts, wo das zweite Dreieck anschloß, liegt der Ort La Bianca – »Bijela, sagen die Leute hier. Da ist der Maure, zu dem wir Euch bringen sollen.«

Er nannte einige weitere Namen von Fischerdörfern, die am zweiten Dreieck lagen; dann wies er auf das obere linke Dreieck.

»Hier, an der oberen Spitze, liegt Risano, mit einer kleinen türkischen Besatzung, vielleicht hundert Mann, und ein paar Kanonen.« Er sagte, von dort führe eine schmale, oft von Steinen versperrte Straße nach Norden in die Berge und weiter ins türkisch gehaltene Hinterland. »Und hier« – er machte einen Klecks knapp oberhalb der rechten Ecke – »liegt Perasto, eigentlich unsere vorgeschobene Festung. Cattaro, wo der Provveditore und alle wichtigen Leute sind, ist hier unten.« Er wies auf die rechte Ecke des letzten Dreiecks. Inzwischen waren die anderen Kleckse getrocknet und nicht mehr zu sehen.

»Die Durchfahrten zwischen den Dreiecken, ah, den Teilen der Bucht sind schmal. Alles südlich und östlich gehört zum Venezianischen Albanien, der nordwestliche Teil von Castelnuovo bis Risano war osmanisch. Als die Spanier Castelnuovo besetzt und die Burg erobert haben, wollte der Provveditore die Gelegenheit nutzen und hat den Mauren mit einer Kompanie nach La Bianca geschickt. Damit haben wir einen Brükkenkopf auf dem Nordwestufer und beherrschen die Straße zwischen Castelnuovo und Risano.«

Antonio nickte und summte leise; die Ausführungen des Offiziers schienen ihn nicht übermäßig zu fesseln.

»Hat es Kämpfe gegeben?« sagte ich. »Oder ging das einfach so?«

Er lachte. »›Einfach so‹ geht hier nichts. Ein Teil der Türken aus Castelnuovo hat versucht, nach Risano zu kommen. Die meisten, soweit sie nicht gefallen sind, haben sich natürlich nach Norden abgesetzt, über die Straße nach Trebinje. Und die, die nach Risano wollten, haben der Maure und seine Leute bei Zypern aufgerieben.«

»Zypern?« Ich muß wohl ziemlich verblüfft dreingeschaut haben, wenn nicht gar dumm.

Der Offizier lachte wieder. »Ein Hügel. Wißt Ihr, die Namen, die die Leute hier ihren Orten geben, kann ja ein gewöhnlicher Mensch nicht aussprechen, ohne sich die Zunge zu verrenken oder den Rachen aufzureißen. Cherrrtsekkknoovi ... Deshalb haben wir eigene Namen für die wichtigeren Plätze, und die anderen nennen wir entweder so, daß es ungefähr so klingt wie bei den Leuten hier, oder wir geben ihnen andere Namen. Zum Beispiel, weil sie aussehen wie etwas, was wir kennen. Oder, wie bei dem Hügel da, weil seine Umrisse ungefähr die von Zypern sind. Und Zypern gehört ja uns, deswegen kennen wir die Form.«

»Was hält man von dem Mauren?«

Der Offizier zögerte. »Ihr seid Freunde, nicht wahr?« sagte er dann.

»Alte Bekannte. Bis zur Freundschaft ist noch ein weiter Weg.«

Er räusperte sich. »Was soll's? Er weiß das sowieso. Sie haben ihm die Kompanie gegeben, die sonst keiner will. Harte Burschen ... ein paar Venezianer, der Rest Schweizer, Deutsche, Katalanen, Griechen und Kroaten. Er hat sie gut im Griff. Das sollte er, aber weil er es geschafft hat, sind die anderen höheren Offiziere wieder mißmutig. Sie hatten gehofft, daß der Maure scheitert.« Er hüstelte. »Außerdem sind sie neidisch. Er hat die Tochter des Kommandanten von Perasto geheiratet, gegen den Willen des Vaters, als der ein paar Tage fort war. Die schönste Frau an dieser Bucht – und er ist schwarz und häßlich!«

Antonio schüttelte den Kopf. »Mauren sind nicht schwarz, mein Freund. Und häßlich? Ich fand ihn ganz ansehnlich.«

Der Offizier hob die Schultern. »Wir sind gleich da«, sagte er. »Ich habe nichts gesagt, nicht wahr? Und das war nicht das, was *ich* meine, sondern was man so über ihn redet. Fest steht, daß er die groben Kerle gezähmt und mit ihnen die Türken an dem Hügel da aufgerieben hat.«

»Und jetzt sollt Ihr uns zu ihm bringen, damit er entscheidet?«

»So lautet der Befehl.«

Ich blickte über die Schulter und sah, daß wir nur noch wenige Ruderschläge vom Ufer entfernt waren und eine kleine Mole ansteuerten. Ohne den Offizier anzusehen, sagte ich: »Wenn seine Entscheidung falsch ist, seid ihr ihn und uns los, nicht wahr? Und wenn sie richtig ist, hat es keine Bedeutung.«

»So etwa.«

Die meisten Häuser von La Bianca waren tatsächlich weiß; die Venezianer hatten den heimischen Namen Bijela wohl treffend übersetzt. Allerdings mochte es auch anders sein, dachte ich; vielleicht hatte der Ort ursprünglich einen griechischen oder illyrischen oder römischen Namen gehabt, und vielleicht hatte man ihn »das grüne Ufer« genannt, ehe die ersten Slawen oder Venezianer weiße Häuser bauten.

Antonio und der Offizier redeten über Leute in Venedig, die sie entweder beide kannten oder von denen sie feststellen wollten, ob der andere mit ihnen vertraut war. Ich dachte über weiße Häuser und Namen nach und sah mich um. La Bianca hatte nach Nordwesten hin einen Sandstrand, dann kamen zwei Molen, die eine Art Hafen bildeten, in dem ein paar Fischerboote und zwei venezianische Barken lagen. Vom Ufer stieg das Land zuerst flach, dann – hinter dem Ort – steil an, und in der Ferne sah ich die hellen, kahlen Berge, die die verzweigte Bucht vom Hinterland trennten und für Angriffe von dort nahezu unzugänglich machten. Bei den Reisen im Norden, damals, mit Kassem und den anderen, hatte ich die steilen Förden der Küste Norwegens gesehen. Diese Bucht sah ganz ähnlich aus, aber zum Glück war es wärmer.

Der Posten, den der Offizier losgeschickt hatte, kehrte zurück; ihm folgte at-Tahir. Als er uns erreichte, stutzte er kurz, dann setzte er ein schräges Lächeln auf.

»Ach, du«, sagte er. Er wandte sich an den Offizier. »Was ist mit den beiden?«

»Der Kapitän mag nicht entscheiden, ob sie zu den Spaniern gehen dürfen oder nicht. Nach Lage der Dinge an Land sollst du dich darum kümmern.«

Der Maure nickte. »Und wenn es falsch war, ist der scheußliche Schwarze hinterher schuld, ja? Na gut. Du kannst gehen; ich übernehme.«

Der Offizier neigte kurz den Kopf, stieg ins Boot und ließ ablegen.

»Kommt mit.« Der Maure ging voraus, nach Nordwesten, zu einem größeren Haus, etwa eine Meile vom Ort entfernt. Über die Schulter sagte er, an Antonio gewandt: »Und wer seid Ihr, Herr?«

»Einer der Dandolos, der aber getrost mit ›du‹ angeredet werden kann.«

»Das macht den Umgang ein wenig leichter.«

Vor dem Haus standen zwei stämmige Soldaten; sie schienen den Zugang zu hüten, den Weg nach Castelnuovo im Nordwesten zu bewachen – und die zwei Feldschlangen, die hinter einem niedrigen Erdwall standen.

»Ihr müßt mit dem vorliebnehmen, was wir zu bieten haben«, sagte at-Tahir, als wir ins Haus traten. »Der frühere Besitzer … ach was, der richtige Besitzer, der darauf wartet, daß wir wieder verschwinden, hielt nicht viel von überflüssiger Schwelgerei.«

Wir kamen in ein wahrhaft karg eingerichtetes Zimmer; vor dem großen Fenster zur Bucht gab es eine kleine, überdachte Terrasse. Im Raum standen lediglich ein paar Stühle und zwei Tische, darauf Öllampen. Keine Teppiche, keine Gemälde, nichts an Kissen oder Decken oder bequemen Sitzen.

»Habt ihr Hunger oder Durst?« At-Tahir deutete auf den größeren Tisch und die ihn umgebenden Stühle. »Wir müssen vermutlich länger reden; das erledigt man besser ohne Magenknurren.« Er klatschte mehrmals in die Hände; ein Bursche erschien von irgendwo.

»Wein und Wasser«, sagte ich, »und vielleicht ein Stückchen Brot.«

Antonio nickte; at-Tahirs Bursche verschwand und kam mit Bechern zurück, als wir uns kaum gesetzt hatten.

»Was bringt euch her?«

Antonio lehnte sich auf seinem Stuhl zurück. »Achtlosigkeit und Langeweile«, sagte er. »Oder sagen wir, genüßliche Sorglosigkeit. Mein Vater wollte mich nach Alexandria schicken; da das nicht mehr möglich ist, fand er, Ragusa sei auch ein guter Ort, um nichts zu lernen, aber üppige Langeweile zu erfahren. Sie wurde mir allzu üppig.«

Der Maure grinste. »Das Los der Söhne reicher Väter ist wahrlich beklagenswert. Und du, Soldat? Ich hatte nicht damit gerechnet, dich so bald wiederzusehen.«

»Wieso Soldat?« Antonio blickte uns abwechselnd an.

»Es gab einen kleinen Überfall«, sagte at-Tahir. »Er hat mir aus einer Klemme geholfen, und wie er das getan hat, hat mir verraten, daß er Erfahrung mit dem Kämpfen besitzt.«

»Es gab schon wieder etwas ähnliches.« Ich schilderte kurz die nächtlichen Vorfälle. »Deshalb mußte ich verschwinden.«

At-Tahir betrachtete einen Moment lang seine Fingerspitzen. »Ein paar von den bösen Buben in Ragusa kenne ich«, sagte er, »und es gibt ein paar Kehlen ...« Er krümmte seine Finger; dann blickte er auf und schaute in meine Augen. Seine waren fast schwarz. »Hat einer von denen, die du erledigt hast, einen Namen?«

»Mehmet.«

Er nickte. »Krieger – wie heißt du eigentlich? Und wenn du Mehmet töten konntest, sag mir, wo du früher gekämpft hast.«

Antonio gluckste. »Die einen zählen ihre Frauen, die anderen die Liebhaber ihrer Klingen.«

»Jakko«, sagte ich. »Jakob Spengler. Von dir weiß ich nur, daß du at-Tahir heißt.«

»Nabil at-Tahir. Ihr könnt mich aber ruhig Otero nennen, wie die meisten. Wo hast du gekämpft? Sind wir vielleicht schon einmal ... Nachbarn gewesen?«

»In Deutschland«, sagte ich. »Beim Sacco in Rom. In Wien. Hier, da und dort.» Auf arabisch setzte ich hinzu: »Ich habe auch einige deiner Brüder getötet.«

»Wo denn das?« sagte Antonio auf italienisch.

»Verstehst du Arabisch?« sagte ich.

Er zuckte mit den Schultern. »Ich sollte doch nach Alexandria, da bereitet man sich ein wenig vor.«

Der Maure blickte uns abwechselnd an. »Ich weiß nicht, ob man euch reisen lassen sollte.« Er lächelte. »Was habt ihr eigentlich vor?«

»Wir wollen versuchen, nach Priština zu kommen, um dort mit einem bestimmten Mann zu reden.«

»Harmloses Plaudern, wie? Kann ich mir denken.« Er schien ein wenig unschlüssig; dann gab er sich einen sichtbaren Ruck. »Wenn ich mehr Zeit hätte, würde ich mehr Fragen stellen. Und schärfere.« Er räusperte sich. »Da ich aber heute abend in Perasto sein muß ...«

Antonio hob die Brauen. »Die holde Gemahlin, von der wir gehört haben?«

»Der Kommandant, Vater der Gemahlin.« Otero leerte seinen Becher und stand auf. »Kommt; ich gebe euch einen Mann mit, der euch den Spaniern aushändigt.«

»Willst du keine Papiere von uns sehen? Oder eine Unterschrift unter ein Dokument, auf dem wir uns verpflichten, niemandem etwas von den venezianischen Waffen in der Bucht von Cattaro zu erzählen?«

Otero ging zur Tür; Antonio und ich folgten ihm aus dem Haus. Draußen sagte er: »Müßig. Je mehr Papier, desto mehr Fragen hinterher. Ich beschließe einfach, daß mein Mißtrauen euch gegenüber nicht groß genug ist. Wenn ihr heil nach Priština kommt, was ich bezweifle, und wenn euch auch die Rückreise glückt, was ich für unmöglich halte, kommt vorbei und erzählt mir, was ihr wirklich dort getan habt.«

Antonio stieß mich an. »Meinst du ...«, sagte er leise.

»Was denn?«

Antonio gluckste plötzlich; dann wieherte er.

Der Maure blickte ihn an, mit gerunzelter Stirn. »Ein Arzt? Hier ist keiner. Vor allem nicht für den Geist.«

»Mein edler Freund erinnert mich daran«, sagte ich, »daß wir Pferde, Sättel, Zaumzeug und Proviant brauchen.«

Otero rieb sich die Wange. »Könnt ihr bezahlen?«

»Wir können – die Frage ist, habt ihr genug von allem?«

»Mehr als genug. Ihr tut uns gewissermaßen einen Gefallen. Kommt mit.«

Wir gingen ein paar hundert Schritte Richtung La Bianca. Oberhalb der Straße gab es eine Weide, auf der etwa drei Dutzend Pferde grasten. Zwei halbwüchsige Burschen lehnten am Zaun und nahmen eine Art Haltung an, als sie Otero sahen.

Wir feilschten – ein wenig, nicht sehr lange. Es handelte sich um Tiere, die sie den aus Castelnuovo geflohenen Türken abgenommen hatten. Für den eigenen Bedarf hatten sie mehr Pferde als nötig, aber bisher hatten sie sich nicht dazu durchringen können, die überzähligen einfach zu töten. Auch erbeutete Sättel und Zaumzeug gab es reichlich.

Wir kauften vier Tiere – zwei zum Reiten, eines als Packtier, eines für alle Fälle. Falls eines der anderen sich als untauglich herausstellte, falls wir in den Bergen eines verloren, falls wir jemanden mit einem guten Pferd bestechen mußten …

Als wir wieder bei dem kargen Haus waren, pfiff Otero. Aus einem Schuppen hinter Sträuchern kamen zwei Soldaten. Sie liefen nicht, sie schlenderten auch nicht; sie bewegten sich wie Raubtiere, die wissen, wer sie gezähmt hat. Und daß ihm zu gehorchen ist.

»Jannis.« Der rechte der beiden Männer richtete sich stramm auf. »Bring die beiden zu den Spaniern. Sag den Posten dort, Otero läßt grüßen, und sie sollen sie gut behandeln.«

»Danke«, sagte ich. Leiser setzte ich hinzu: »Ich hätte noch ein paar Fragen an dich, Bruder; aber das muß warten.«

Wir ritten die alte Straße am Ufer der Bucht nach Nordwesten. Der Soldat, ein Grieche, verstand offenbar genug Italienisch, um Befehle von Otero zu befolgen, aber nicht genug für ein Gespräch. Es war inzwischen früher Nachmittag. Bis zu der Stelle, wo die Spanier Posten aufgestellt hatten, brauchten wir etwa eine Stunde.

Sie hatten die Straße mit einer Art Verhau gesperrt: Holz, Draht, Stacheln – und die Mündung eines leichten Feldgeschützes. Zwei Männer kamen aus einer Hütte, als Jannis irgend etwas brüllte. Während er mit Händen, Füßen und Wortfetzen aus mindestens vier Sprachen Oteros Grüße auszurichten versuchte, betrachtete ich die Spanier. Sie waren nachlässig gekleidet, von der Sonne verbrannt, stoppelbärtig; einer hielt einen blanken Degen in der Hand, der andere eine Pike.

»Sehen eher wie Wegelagerer aus«, murmelte Antonio.

»Sie sehen aus wie die siebenhundert, ohne die Wien an die Türken gefallen wäre«, sagte ich halblaut. »Wenn das ganze Regiment so ist, wundert es mich nicht mehr, daß sie Castelnuovo nehmen konnten.«

Offenbar hatte Jannis das Gefühl, sein Auftrag sei erledigt. Er grinste uns an und ging, ohne noch etwas zu sagen.

»He, Venezianer«, sagte einer der Spanier. »Was hat der Affe da gesagt? Kein Wort verstanden.« Sein Italienisch war herb, aber verständlich.

»*Compañeros*«, sagte ich auf spanisch, »er hat von Otero den Befehl erhalten, uns zu euch zu bringen und euch zu sagen, ihr sollt uns gut behandeln.«

»*El moro* Otero?« Die Spanier sahen einander an; dann

nickte der, der mit uns gesprochen hatte. »Wenn Otero das sagt … Kommt mit.«

Das alte Kloster rechts der Straße wirkte verlassen; ich verzichtete auf Fragen nach den Beziehungen zwischen katholischen Kämpfern und orthodoxen Mönchen. Die Häuser vor der Stadtmauer schienen ebenfalls verödet; hier und da lugte jemand aus einer Tür- oder Fensteröffnung, zog den Kopf aber schnell wieder zurück. Im Hafen lagen Fischerboote und zwei kleine Segler, Frachtschiffe, soweit ich es beurteilen konnte.

Einer der Posten war am Verhau zurückgeblieben, der andere führte uns eine langsam ansteigende Straße hinauf zum Platz vor einer Kirche. Ich wollte Fragen stellen, aber der Soldat schüttelte den Kopf.

»Schön, daß du Spanisch sprichst«, sagte er. »Aber von mir erfährst du nichts, bis nicht der Hauptmann gesagt hat, was mit euch geschehen soll.«

Je näher wir dem Platz kamen, desto belebter wurde der Ort. Aber wir sahen nur Männer, und nach den wenigen Wörtern, die wir im Vorbeigehen hörten, handelte es sich ausschließlich um Spanier.

»Ob die anderen alle geflohen sind?« sagte Antonio.

»Wahrscheinlich. Und die, die es nicht geschafft haben, dürfen für die neuen Herren arbeiten.«

Die meisten Männer waren unbewaffnet; nur wenige liefen in der gewöhnlichen Rüstung der *tercios* der spanischen Infanterie herum. Die übrigen waren mit Bauarbeiten beschäftigt – wenn man das so nennen will. In der Ortsmitte waren die Häuser unbeschädigt; aus einigen stieg Rauch auf, und es roch nach Essen. Weiter am Ortsrand, den wir hinter uns gelassen hatten, waren die Häuser zerstört, oder sie wurden gerade abgerissen.

»Befestigung«, sagte ich. »Irgendwann greifen die Türken an, und dann …«

Ich sah ein schattiges Lächeln um den Mund des Spaniers, der uns weiterhin wortlos geleitete.

Die eigentliche Festung lag jedoch oberhalb des Orts. Eine schmale Straße, die am Platz vor der Kirche begann, führte hinauf, und als wir den Platz erreichten, verließ ihn eben ein von zwei Pferden gezogener Karren mit Steinen und Balken. Vermutlich stammten sie aus einem der Abrißhäuser und sollten dazu dienen, die Festung auszubauen oder auszubessern.

Vor einem der größeren Häuser an der Ostseite des Platzes stand ein Posten neben dem Mast mit der Regimentsfahne. Wir stiegen ab, banden die Pferde an Fenstergittern fest und sollten warten, aber der Mann, der uns hergeführt hatte, erschien schon nach wenigen Atemzügen wieder und befahl uns, ins Haus zu gehen.

»Und du?« sagte ich.

»Zurück an die Grenze.«

»Besser als Steine schleppen.«

Er grinste und marschierte davon. Wir betraten den Vorraum, wo uns ein weiterer Soldat mit einem Nicken begrüßte und durch einen Gang zu einem großen Raum führte. In der Tür blieb er stehen, legte die rechte Hand auf die Brust und sagte: »*Mi capitán! Los venecianos*.«

An einem Schreibtisch vor dem Fenster saß ein Mann in Hemdsärmeln; zwei weitere – Schreiber – blickten von kleineren Tischen auf.

»Was liegt an?« sagte der Mann, den der Soldat als Hauptmann angeredet hatte. Er würdigte uns allerdings keines

Blicks, sondern beschäftigte sich weiter mit irgendwelchen Listen.

»Ich bin begeistert«, sagte ich.

»Wieso?« Nun endlich hob er den Blick.

»Ich habe noch nie einen Hidalgo in Hemdsärmeln gesehen.«

»Ihr sprecht gut – für einen Venezianer.« Er stand auf und kam uns ein paar Schritte entgegen.

»*Er* ist Venezianer – Don Antonio Dandolo, aus jener edlen Familie.« Ich legte eine Hand auf Antonios Schulter. »Ich bin ein deutscher Untertan Eures Königs, der mein Kaiser ist.«

»Und was wollt Ihr hier in Castillo Nuevo?«

»Wir wollen es schnell verlassen.«

Er nickte und gab einem der Schreiber ein Zeichen. Der Mann stand auf, verschwand hinter einem Gestell in der Ecke des Raums, kam mit dem Uniformrock des Hauptmanns zurück und half ihm, diesen anzuziehen.

»Wenn es amtlich wird …« Der Offizier deutete ein spärliches Lächeln an.

Antonio räusperte sich. »Wer seid Ihr, Herr? Der Kommandant?«

»Ich bin Sancho de Frías, Hauptmann. Der Maestre de Campo, Don Francisco Sarmiento de Mendoza y Manuel, ist in der Burg. Noch einmal: Was wollt Ihr – *señores*?«

»Mach du das«, sagte Antonio. »Mein Spanisch ist ärmlich.«

»Wir haben Ragusa verlassen und sind auf dem Weg nach Priština«, sagte ich. »Don Antonio hat einen *ferman*, den er Euch natürlich gern zeigen wird. Wir wollen nichts als Eure Erlaubnis, die Stadt zu durchqueren und zu verlassen.«

Frías hob die Schultern. »Euer *ferman* mag Euch bei Türken helfen; mich kümmert er nicht.«

»Was kümmert Euch denn?«

»Nichts. Ob Ihr weiterreisen könnt oder als Spione aufgehängt werdet, entscheidet der Maestre del Campo. Ich werde ihn am Abend sehen; vielleicht will er Euch selbst befragen.«

»Was tun wir bis dahin?«

»Sucht Euch Unterkunft in einem der leeren Häuser am Hafen. Morgen früh« – er entblößte die Zähne in einem freudlosen Lächeln – »kommt entweder ein Bursche zu Euch, der Euch sagt, daß Ihr reisen könnt. Oder eine Wache, um Euch zu holen. Und versucht nicht zu fliehen; die Posten werden schießen.«

Ich legte die Hand an den Degengriff. »*Capitán*, von edlen Spaniern und meinen alten Waffenbrüdern hätte ich bessere Behandlung erwartet.«

»Das mag so sein. Erzählt mir von der Waffenbruderschaft; vielleicht …« Er sprach nicht weiter.

»Wien, vor neun Jahren«, sagte ich. »Und später war ich Gast im Haus des Vizekönigs von Navarra – Graf Alcaudete.«

»Wien?« Frías schien zu überlegen. »Ein paar von den Arkebusieren waren dabei. Wir werden sehen.«

SECHZEHN

Ferman, Pfeil und Bogen

Die meisten Bewohner mochten geflohen sein, aber als wir unsere Pferde zum Hafen hinunterführten, sahen wir doch die ersten Einheimischen. Sie schienen ihrem gewöhnlichen Tagewerk nachzugehen, und abgesehen von einigen Seitenblicken kümmerten sie sich nicht um uns.

In den Straßen östlich des Hafens waren einige Häuser leer. Für ein paar Münzen brachte uns ein Junge zu einem Gebäude mit Innenhof, offenbar einem Gasthaus, dessen Besitzer die Stadt verlassen hatte. Im kleinen Stall fanden wir sogar Stroh und Hafer. Wir sattelten die Pferde ab, schöpften Wasser aus dem Brunnen im Hof, versorgten die Tiere und brachten unsere Sachen in ein helles, geräumiges Zimmer.

»Essen, trinken – und wir müssen reden«, sagte ich.

Antonio kniete auf dem Boden und untersuchte Matten und Kissen. Er rümpfte die Nase. »Keine Schwelgerei«, knurrte er, »aber wenigstens kein Ungeziefer.«

»Reden, hörst du?«

Er stand auf. »Natürlich höre ich. Und bei der Aussicht auf angeregte Unterhaltung hüpft mein Herz wie ein Zicklein.«

Ich machte »bä-ä-äh« und ging zur Tür. Sie hatte ein Vorhängeschloß – der Schlüssel steckte –, und die Fenster waren vergittert.

»Komm, laß uns zusehen, daß wir etwas zu essen finden.«

»Henkersmahlzeit?«

»Sie werden uns nicht hängen«, sagte ich. »Du hast deinen *ferman*, das macht dich beinahe zum Gesandten, also unverletzlich ...«

»Beinahe.«

»Beinahe unverletzlich ist schon ziemlich gut, wenn man den Zustand der Welt bedenkt.«

Antonio lachte; es hallte im leeren Hof, und wie zur Antwort schnaubte eines der Pferde. »Was ist mit dir?«

»Ich werde mich schon rausreden, hoffe ich – Waffenbruder und Wien und derlei.«

»Und wenn nicht?«

»Will ich vorher von dir noch ein paar Antworten, damit ich nicht ganz so dumm sterbe.«

Eine der Schänken am Hafen war geöffnet. Die finsteren Blicke, mit denen man uns bedachte, hellten sich auf, als ich auf Kroatisch fragte, ob man hier für Münzen etwas gegen Hunger unternehmen könne.

»Noch«, sagte der Wirt.

»Und danach?«

Er breitete die Arme aus, ließ sie sinken und stützte sich auf den Schanktisch. »Verhungern? Fliehen? Mal sehen.«

Es gab Wein, Wasser, Brot, Fisch – oder ein gebratenes Zicklein. »Zicklein«, sagte Antonio, »wenn es dir recht ist.«

»Paßt zu deinem hüpfenden Herzen.«

Wir setzten uns an einen Tisch, von dem aus wir über der Bucht die Sonne sinken sahen. Außer uns und dem Wirt hockten fünf ältere Männer in der Schänke; da wir offensichtlich keine Spanier waren, achteten sie nicht weiter auf uns.

Wir schwiegen, bis der Wirt uns mit Wein und Brot versehen und mitgeteilt hatte, das Zicklein brauche noch etwa eine halbe Stunde. Antonio füllte unsere Becher, trank aber nicht, sondern legte beide Hände um den Krug.

»Ich harre deiner Rede, o Vortrefflicher«, sagte er, ohne mich anzusehen.

Ich riß ein Stückchen Brot ab, tunkte es in den Becher und steckte es in den Mund. Der Hunger, bisher eine dumpfe Gegenwart im Hintergrund, wurde durch den Geschmack zu dringlicher Anwesenheit geweckt: Lust und Schmerz zugleich. Ich seufzte.

»Ich kannte einen Antonio«, sagte ich dann, »der muntere Spottverse abgesondert und Venedigs Kurtisanen geliebt hat.«

Er unterbrach mich. »Laura ist ja schon vergeben.« Er grinste, ließ endlich den Krug los, trank einen Schluck und griff zum Brot.

»Ich weiß nicht, wo dieser Antonio geblieben ist. Der andere Antonio, der sein altes Leben zurückgelassen hat, mehrere Sprachen spricht und einen Degen trägt, ist mir fremd.«

»Degen und Fechtkunst gehören, wie du wissen solltest, zum anmutigen venezianischen Jüngling. Ich dachte, wir wären so etwas wie Freunde; warum beleidigst du mich, indem du mich für so hohl hältst, wie dieser Krug bald sein wird?«

»Keine Ausreden – mein Freund. Was ist mit deinem alten Leben?«

Er verzog den Mund. »Man sollte nur etwas bewahren, was des Bewahrens wert ist. Langeweile, o Jakko, kann einen auch zum Schwitzen bringen, verschwitzte Kleider muß man wechseln, und was ist ein ödes altes Leben anderes als öde alte Fetzen?«

»Dann laß mich anders fragen. Kannst du verstehen, daß dein alter Freund Jakko verblüfft war, als du mit einem Degen durch die Nebelnacht von Ragusa geschlichen kamst?«

»Nicht geschlichen.« Antonio schüttelte den Kopf; er schien ein Lächeln zu unterdrücken. »Ich bin gegangen.«

»Warum bist du gegangen?«

Er sah nicht mich an, sondern die sinkende Sonne, die Boote, den Hafen oder sonst etwas draußen, als er antwortete. »Es gab da einen Mann, den ich geliebt und bewundert habe, weil er etwas getan hat, statt nur schön zu reden. Er ist aber gerade dabei, mich durch unangebrachtes Mißtrauen fortzustoßen.«

Ich hob den Becher. »Ich weiß nicht, ob ich deine Freundschaft und Bewunderung verdiene, und ich trinke auf deine Klugheit, die dir zweifellos sagen wird, daß ich alle Zuneigung und jegliche Bewunderung verlöre, wenn ich so dumm wäre, nicht zu fragen, warum einer die Aussicht, alt, reich und fett zu werden, für Entbehrungen, Lebensgefahr und Kargheit aufgibt.«

Antonio lachte, hob seinen Becher und stieß mit mir an. »Diesen Satz hätte kein Kanzleischreiber schöner drechseln können.« Er trank, dann setzte er den Becher ab und sah mich an. »Ich hatte eine gewisse junge Dame heimgebracht, in die Obhut all der Drachen, die den Schatz ihrer Tugend hüten zu müssen wähnen. Dann wollte ich im Hause von Meister Nikola noch etwas trinken und vielleicht der Musik lauschen. Ich bin auf der rechten Seite des Platzes durch den Nebel gegangen, als ich dich und Zlatko auf der anderen Seite zum Gästehaus gehen sah. Ihn werden Lauras Lenden locken, habe ich mir gesagt, und Zlatko geht wohl zur Ablenkung mit, und da will ich nicht stören. Ich stand ein wenig unschlüssig herum, unter den Bögen am Palast, und da hörte ich jemanden leise reden. Im Nebel und im Dunkeln hat mich dort niemand entdeckt, aber ich habe zweierlei gesehen: Mehmet, der auf leisen Sohlen hinter euch herging, und Karim Abbas, der sich umgedreht hat und im Nebel verschwunden ist – ich nehme an, er wollte zurück zum Fest.«

Da er nicht weitersprach, sagte ich: »Du erstaunst mich.«

»Inwiefern?«

»Aufmerksames Schleichen durch Nacht und Nebel? Das gehörte nicht zu den Eigenschaften des alten Antonio, der verschwunden ist. Und der neue Antonio ist in dieser Nacht geboren worden?«

»Gezeugt war er schon längst.« Er grinste. »Ich hoffe, der Hügel, der in dieser Nacht kreißte, hat mehr als eine Maus geboren.«

»Mäuse haben keine Degen. Jedenfalls die nicht, die ich kenne. Und weiter?«

»Ich konnte ja nicht beiden folgen, deshalb bin ich vorsichtig Mehmet nachgeschlichen. Er hat eine Weile in der Nähe des Gästehauses gewartet, und als Zlatko allein herausgekommen und gegangen ist, hat er offenbar angenommen, daß du noch eine Weile beschäftigt sein würdest. Jedenfalls ist er irgendwann aufgebrochen. Ich habe mir gesagt, daß er entweder aufgibt oder am Tor auf dich warten wird.« Antonio kaute einen Moment auf seiner Unterlippe; dann fuhr er fort. »Dies war der Augenblick des Kreißens, nehme ich an. Wie glücklich ich mit den Aufgaben gewesen bin, die mein edler Vater, den der Herr bewahren möge, mir zugeteilt hat, weißt du ja. Ich bin heimgegangen, habe meine Sachen gepackt, einen Brief an den Leiter des Kontors geschrieben; und dann bin ich, wie du weißt, zu spät gekommen, um dir zu helfen, aber nicht zu spät, um Goran zu wecken und vorzubereiten.«

Eine kleine Weile betrachtete ich ihn, und er erwiderte meinen Blick. »Der Sprung ins Meer der Abenteuer«, sagte ich dann, »und das Gefühl, einem Freund helfen zu sollen?«

»Beides, ja.«

»Ich danke dir, *carissimo*. Ich kann nur hoffen, daß ich mich irgendwann als deiner Zuneigung würdig erweise. Und …«

In diesem Augenblick erschien der Wirt mit einer großen Platte, auf der alles, was an einem sterblichen Zicklein eßbar ist, köstliche Dämpfe aufsteigen ließ; deshalb redeten wir nicht weiter. Ein wenig später, als der Rest des Zickleins nicht viel größer war als der Rest unseres Hungers, sagte Antonio: »Ich nehme an, deine zweite Hoffnung bezieht sich auf mein Überleben.«

Ich nickte.

»Dann laß mich, nach dem vorhin erwähnten Kreißen, nun eine Entbindung vornehmen und dich von aller Verantwortung befreien. Ich hätte ja Goran wecken und danach in die gesicherte Langeweile des Kontors zurückkehren können.«

»Danke, daß du mich von der Verantwortung entbindest. Von der Sorge kannst du mich nicht entbinden, aber …«

»Sag mir lieber«, unterbrach er mich, »was du Otero fragen wolltest. Hättest fragen wollen, wenn genug Zeit dazu gewesen wäre.«

»Dies und das«, sagte ich. »Zum Beispiel, wie es ist, ein Mädchen zu heiraten, gegen den Willen des Vaters, der auch noch der zuständige Kommandant ist.«

»Lustvoll, nehme ich an.«

»Zum Beispiel auch, was er – Otero, meine ich – neulich in Ragusa zu erledigen hatte.«

»Und du meinst, er hätte es dir gesagt?«

»Vielleicht hätte ich aus der Art seines Schweigens auf die Art seiner Geschäfte schließen können.«

Antonio schob die leere Holzplatte von sich. »Satt«, murmelte er; vielleicht war es aber auch ein Murren. »Ist es nicht traurig, daß man nie so viel essen, trinken und lieben kann, wie man möchte?«

»Da gibt es noch einige weitere Dinge«, sagte ich. »Und ehe wir zu den nächsten Fragen kommen, laß mich dir sagen, daß ich mich freue, dich hier zu sehen. Aber wie verfahren wir weiter?«

Antonio kratzte sich den Kopf; dann klopfte er an den Krug. »Zuerst bestellen wir noch etwas Wein. Und dann – wie sicher bist du, daß wir überhaupt verfahren können?«

Der Wirt kam, räumte die leeren Platten weg und brachte uns einen vollen Krug. Als wir wieder ungestört waren, sagte ich: »Ziemlich sicher. Aber das wird sich morgen erweisen. Laß uns überlegen, was wir tun können, wenn alles so geht, wie wir hoffen.«

»Ich habe den *ferman* …«

»Ich nehme an, solch ein *ferman* schließt zwar keine weiteren Begleiter ein, wohl aber Diener.«

»Vermutlich. Aber – willst du wirklich meinen Diener spielen?«

Ich zuckte mit den Schultern. »Solange jemand uns beobachtet. Warum denn nicht? Vor allem, da es die einzige Möglichkeit ist, nach Priština zu kommen.«

Antonio sog Luft durch die Schneidezähne. »Du hast mir viele Fragen gestellt. Erlaube, o mein hinkünftiger Diener, daß nun auch ich dich frage.«

»Fragt immerzu, Herr.«

»Dann laß mich doch bitte wissen, was du eigentlich in Priština willst.«

Ich seufzte leise. »Das ist eine lange Geschichte. Bist du sicher, daß du sie hören willst?«

»Meinst du nicht, daß ich sie kennen solltet?«

Als wir zu unserem Quartier zurückgingen, war es bereits völlig dunkel. Das heißt, nicht völlig; an einem Strandstück außerhalb des eigentlichen Hafens brannte ein Feuer. Etwas – nennen wir es Neugier – brachte uns dazu, die Straße zu verlassen und durch den Sand zu stapfen.

Wir hatten uns dem Feuer auf etwa zehn Schritte genähert; plötzlich sagte eine rauhe Stimme: »Halt, wenn Leben lieb.«

Da die Aufforderung in schäbigem Kroatisch erfolgt war, antwortete ich in derselben Sprache: »Wir sind harmlose Wanderer, keine Räuber.«

»Waffen?«

»Wir haben Degen.«

»Zeigen. Weglegen.«

»Ist es das wert?« murmelte Antonio.

»Weiß man es?« Ich zog den Degen aus der Scheide, legte ihn in den Sand und bedeckte ihn mit meinem Hut, in der Hoffnung, wenn ich später die Waffe im Dunkeln nicht fände, dann vielleicht über die Kopfbedeckung zu stolpern. Antonio knirschte mit den Zähnen, legte aber seinen Degen ebenfalls ab.

»Kommen Feuer.«

Wir gingen näher. Der Mann mit der rauhen Stimme hatte seitlich oberhalb des Feuers gestanden, so daß es ihn beim Blick auf uns weniger blendete. Nun trat er ebenfalls in den Feuerschein. Er war etwas kleiner als wir, hatte ein runzliges Gesicht, Schlitzaugen und hielt einen gespannten Bogen in der Hand.

»Gut«, sagte er; »jetzt Hand von Messer, dann ich Bogen weg.«

Antonio schnalzte leise. Ich ließ den Griff meines Messers los und zeigte dem Fremden meine leeren Hände. Er senkte den Bogen, nahm aber den Pfeil noch nicht von der Sehne.

»So also habt ihr den Mongolen kennengelernt?« Goran legte das letzte Blatt zu den anderen. »Eine Abendbekanntschaft, von der ich nun am Morgen lesen darf.«

Abends war ich bis zu der Stelle mit den Pfeil und der Sehne gelangt, und da es an diesem trüben Morgen regnete, fanden wir nichts besseres zu tun.

»Wie heißt er noch gleich?«

»Belgutai.«

Goran schob die Unterlippe vor. »Wieder so ein seltsamer Name; aber darüber haben wir ja schon gesprochen.«

»Gar nicht seltsam für Mongolen«, sagte ich. »Ein Bruder oder Halbbruder von Tschingis Khan hieß so, und er war einer seiner besten Heerführer.«

»Hat er dir das erzählt? Belgutai?«

»Dies und vieles andere.«

»Und wie, bei allem, was hienieden wirr und heilig ist, kommt ein Mongole nach Castelnuovo?«

Ich unterdrückte ein Lachen. »Mein Freund, Castelnuovo heißt Herceg Novi; dort wohnen Menschen, die Kroatisch sprechen, sich aber nicht für Kroaten halten; die Stadt war von Spaniern erobert, und am Strand liefen ein Deutscher und ein Venezianer herum. Warum nicht auch ein Mongole?«

»Dessen Leute wohnen doch viel weiter weg als sogar die Spanier.«

»Ja und nein; wie man's nimmt.«

Es war nicht einfach, dem alten kroatischen Fischer etwas zu erklären, was ich selbst nur unvollkommen verstand. Nach allem, was mir Belgutai erzählt hatte, war sein Großvater aus einem Gebiet gekommen, das eigentlich mongolisch war, in dem sich aber immer mehr Chinesen niederließen. Ein Gebiet, das ebenso gut auf der Rückseite des Mondes hätte liegen können und von dem ich nur das weiß, was ich im *Miglione* gelesen habe – ohne die geringste Ahnung davon, wieviel von den darin aufgezeichneten Wunderlichkeiten Marco Polo wirklich gesehen und wieviel er erfunden hat.

Wie auch immer: Belgutais Großvater verließ dieses Gebiet und ritt nach Westen, bis in die Nähe des großen Stroms namens Wolga. Dort fand er Leute, die lange zum Reich der Mongolen gehört hatten und behaupteten, Mongolen zu sein; tatsächlich handelte es sich bei ihnen, so jedenfalls Belgutai, um Verwandte der Türken. Sie bekannten sich zur überlieferten mongolischen Kriegstüchtigkeit und zu Allah. Ihr Teilreich, im Abendland bekannt als das Land der Goldenen Horde – eine falsche Übersetzung von *Altyn Ordu*, Goldenes Zeltlager, wie ich von Belgutai wußte – mit der großen und reichen Hauptstadt Sarai, war von Timur, den wir auch Tamerlan nennen, zerstört worden und in mehrere neue Fürstentümer zerfallen. Der Khan, zu dessen Untertan Belgutais Großvater wurde, lebte in der Stadt Astrachan. Nach geziemender Zeit nahm jener, der noch nicht Großvater war, eine Frau, um irgendwann Großvater zu sein. Er züchtete Vieh und Pferde in der Steppe und übergab später die Tiere und den sonstigen Besitz seinem Sohn, der die Herde vergrößerte, eine Frau fand und mit ihr sieben Kinder zeugte, darunter als drittes Belgutai.

»Schön und gut, aber wie kommt er nach Castelnuovo?«

»Auf langen und verwickelten Wegen. Viel erben konnte er nicht, als dritter Sohn, also ist er in die Stadt gegangen, hat dies und das getan, um zu überleben, und weil er wißbegierig war, hat er viel gelesen und gelernt. Danach wollte er lieber reiten und reisen. Wie wir wissen, kann man dies am besten als Händler oder als Krieger.«

»Ach, wie wahr und wie traurig«, sagte Goran. »Und weil man nicht Händler werden kann, wenn man kein Geld hat, ist er eben Krieger geworden, nicht wahr?«

»So ist es. Irgendwann – die Einzelheiten hat er mir erzählt, aber ich habe sie glückhaft vergessen – kam er so zu den Türken, zu einer der zahlreichen Reitertruppen aus Angehörigen unterworfener Völker. Am Schluß ist er einer von zwanzig Reitern gewesen, die zur Besatzung von Herceg Novi gehörten.«

Goran nickte, beinahe feierlich. »Ich kenne solche Geschichten; die meisten enden furchtbar, indem einer entweder auf dem Schlachtfeld stirbt oder bei lebendigem Leibe geheiratet wird. Ein Vetter von mir, zum Beispiel …«

Er erzählte mir eine lange und einigermaßen undurchsichtige Geschichte über einen Kroaten, Fischer, der als Matrose auf einem Handelsschiff aus Dubrovnik nach England gelangt war, eine Weile im Hafen von London arbeitete, dann zu einer anderen Hafenstadt wanderte, um etwas Neues zu sehen, auf dem Weg dorthin die Tochter eines Schäfers traf, sich in ihre Schafe verliebte, über und über wollig wurde und schließlich als Kroate im Schafspelz heimkehrte, reich an Lügengeschichten, arm an Geld und mit, wie Goran sagte, weitgehend verwester Gesundheit.

»Aber wieso spielt er am Strand herum? Warum ist er nicht mit den anderen geflohen oder gefallen?«

»Als die Spanier gelandet sind, war er gerade krank. Ein böses Fieber. Er hat sich mühsam aufgerafft und seine Kleidung, Pfeil und Bogen zusammengesucht, und als er so weit war, hatten die Spanier die Stadt schon in der Hand und waren dabei, die Burg zu erobern.«

»Ich ahne etwas«, sagte Goran. »Er konnte weder kämpfen noch fliehen, also hat er so getan, als ob er nicht dazugehört. Aber wie geht das, in einer umkämpften Stadt?«

»Da du etwas ahnst, ahne doch einfach weiter. Was hättest du an seiner Stelle getan?«

Goran überlegte einen Moment; dann sagte er: »Ich hätte wahrscheinlich kaum ein Wort verstanden, aber so gut es geht behauptet, ich wäre ein harmloser Reisender, von den Türken ausgeplündert, oder ein zufällig herumlungernder Gesandter des Herrn von, wie heißt die Stadt? Astrachan?«

»Genau das hat er getan. Gesagt, er sei ein Reisender mit besonderem Auftrag, auf der Suche nach Bundesgenossen für seinen Fürsten. Und natürlich sehr wichtig und von altem Adel. Und in dem Durcheinander sei ihm alles abhanden gekommen, außer den Waffen.«

»Und? Haben die Spanier ihm das geglaubt?«

»Ich glaube, sie hatten sich noch nicht entschieden.«

Goran lächelte. »Hast du ihnen bei der Entscheidung dann geholfen?«

»Ein wenig.«

»O Jakko. Mir hast du viel zuviel für das Boot und die kleine Fahrt bezahlt, und dann nimmst du dich eines Fremden mit geschlitzten Augen an? Hast du dir etwa davon etwas versprochen? Dumm genug wärst du ja.«

»Immerhin habe ich genug Verstand, um zuweilen meinen Gefühlen zu trauen.«

SIEBZEHN

Kassem ben Abdullah

Antonio war nicht einverstanden; es war aber eher ein Grummeln denn begründeter Widerspruch. Vielleicht eine Art Eifersucht, sagte ich mir. Natürlich wollte ich ihn nicht verletzen, aber da er nichts gegen meine Gründe vorbringen konnte, blieb ich dabei, den Mongolen mitzunehmen.

Er hätte bleiben können. Das spanische *tercio* wurde verstärkt von ein paar Griechen: einer Kompanie Infanterie und einer Reiterschwadron. Wahrscheinlich hätten sie auch Belgutai aufgenommen. Andererseits – er war Moslem, für sie also Heide. Vielleicht sollte er doch besser nicht bleiben. Er hatte Geld und Pferd und Teile der sonstigen Ausrüstung verloren; genauer gesagt, all dies war nun in Händen der Spanier. Selbst wenn er Geld gehabt hätte, hätten sie ihm kein Pferd verkauft. Pferde waren hier knapp, und nach Lage der Dinge und angesichts der Schwierigkeiten des Nachschubs würden sie später vielleicht als Proviant dienen müssen.

Morgens kamen zwei Soldaten zu uns, ein Fähnrich namens Juan Milló und ein Sergeant, Esteban Salazar. Wir hatten im Innenhof zusammen mit Belgutai Wasser und altes Brot gefrühstückt und seitdem gewartet.

»*Señores*«, sagte der *alférez*, nachdem er sich und den *sargento* vorgestellt hatte. »*Capitán* Frías schickt uns, um alles weitere zu besprechen. Ich würde gern den *ferman* sehen, und während ich ihn prüfe, wird Salazar Euch ein paar Fragen stellen, *señor*, eh, Jakko.«

Antonio gab dem Fähnrich den gefalteten *ferman*. Offenbar las der Offizier Italienisch, wenn nicht gar Türkisch; das Dokument war in beiden Sprachen abgefaßt.

»Frag, *compañero*«, sagte ich zu Salazar.

Der Sergeant war ein paar Jahre älter als ich, knapp über vierzig. Er nahm die vertrauliche Anrede zur Kenntnis, ohne eine Miene zu verziehen.

»Wien«, sagte er. »Es heißt, Ihr wart da. Wo?«

»Unter alten Waffenbrüdern keine Höflichkeiten – von mir aus jedenfalls«, sagte ich. »Meistens war ich in dem Abschnitt rechts von euch. Rechts vom Kärntnertor.«

»Was habt Ihr getan?«

»Gekämpft. Von der Mauer aus und vor dem Tor. Und ich war einer von denen, die Stollen in die Unterwelt getrieben und auch dort gekämpft haben.«

Zum ersten Mal zeigte sein Gesicht eine Regung. »Die Hölle?« sagte er. »Wie kommt es, daß ich mich nicht an Euch erinnere?«

»Bruder, wir waren so viele. Tausende. Da kann man nicht jeden sehen oder wiedererkennen. Ich habe aber mit einigen eurer Anführer gesprochen. Zamora. Und diesem Franzosen, der bei euch war, Castelbajac.«

»Ist Euch an Zamora etwas aufgefallen?«

Ich lachte. »Die Eisenhand, meinst du das? Laß mich aber eine Gegenfrage stellen. Nach dem Ende seid ihr abmarschiert, zuerst nach Deutschland, und dann habt ihr euch geteilt. Warst du bei denen, die nach Italien gegangen sind?«

Er nickte. »Ja, *compañero*«, sagte er. »In die Lombardei,

danach hier und da, dann wieder da oben. Ich war im *tercio de Lombardia*, bis dieses neue *tercio* aufgestellt wurde.«

Milló faltete den *ferman* und gab ihn Antonio zurück. »Der Reisebrief ist in Ordnung«, sagte er. »Und nach dem, was ich nebenher gehört habe, war der Deutsche wirklich in Wien?«

Salazar nickte. »Ein Waffenbruder aus heroischen Tagen.« Dabei lächelte er mich an.

Der Fähnrich hob die Schultern. »Nun denn. Ihr könnt reisen. Salazar wird Euch zum Tor begleiten und dafür sorgen, daß man Euch nicht behindert.«

»Können wir ihn hier mitnehmen?« Ich wies auf Belgutai, der vor dem Stall stand und schnüffelte, als sei der Geruch von Pferdeäpfeln eine unvergleichliche Köstlichkeit.

»Den da?« Milló runzelte die Stirn. »Was wollt Ihr mit ihm?«

»Er kennt die Wege«, sagte ich. »Und er spricht ein wenig Türkisch. Das könnte nützlich sein; wir sprechen nichts davon.«

»Nehmt ihn mit. Wir müßten ihn entweder füttern oder hinrichten.«

Tatsächlich waren dies meine wichtigsten Gründe. Ich empfand eine gewisse instinktive Sympathie für Belgutai, was mich aber nicht allein bewogen hätte, ihn mitzunehmen. Wer die Mühseligen und Beladenen um sich sammelt, häuft vielleicht Schätze im Jenseits an, kommt aber im Diesseits nicht weit. Belgutais Sprachkenntnisse, die Tatsache, daß er die Straßen nach Priština kannte, daß er möglicherweise den einen oder anderen türkischen Offizier zu etwas bewegen konnte, was dieser sonst nicht getan hätte, zählten mehr.

Allerdings fragte ich mich, was die Türken sagen würden,

wenn einer, der zu ihren Reitertruppen gehört hatte, nun plötzlich als Diener und Begleiter eines venezianischen Edelmanns und seines deutschen Pferdeburschen auftauchte. Denn dies war natürlich die vom *ferman* bestimmte Rangfolge. Ich versuchte, mit Belgutai über die Frage zu reden, aber entweder verstand er mich nicht oder wußte keine Antwort. Oder er hielt die Frage für belanglos, weil er einfach nur überleben und aus dem spanischen Brückenkopf entkommen wollte.

Es gab mehrere Möglichkeiten, von Castelnuovo nach Priština zu gelangen, und alle waren gleichermaßen unerfreulich. Zwei von ihnen verhießen halbwegs gangbare Wege, zum Teil sogar breite Straßen, waren aber mit weiten Umwegen verbunden: nach Norden, ins Hinterland von Ragusa, von dort nach Osten, oder weit nach Süden, in venezianisches Gebiet, und von dort über Podgorica weiter zum Amselfeld. Beide schieden für uns aus; nach einigem Bereden und Erwägen gab Antonio mir recht.

»Ragusa könnte gefährlich sein«, sagte er. »Wenn sie dich wirklich suchen, wegen Mehmet, werden sie dich auch im Hinterland suchen. Aber was spricht gegen den Weg nach Süden?«

»Zu weit«, sagte ich. »Der Winter hat schon begonnen, und bis wir Podgorica erreichen, kann es längst zu spät sein für die Berge.«

Belgutai wies nach Osten. »Hügel«, sagte er.

»Die gibt‘s hier überall. Ich hätte gern ein bißchen Flachland, das wird aber nicht angeboten. Was meinst du mit Hügel?«

»Fuß von Burg«, sagte der Mongole, »dann weiter.«

Salazar kaute auf der Unterlippe. »Die Straße nach Trebinje? Nach ein paar Meilen gibt’s da einen Weg, der rechts in die

Berge geht«, sagte er. »Ich weiß aber nicht, ob ich den gehen möchte. Nicht mal reiten.«

»Kennst du die Strecke?« sagte Antonio.

Belgutai nickte. »Selbst gekommen, mit Reiter etwa. Weg manchmal wie Finger« – er hob den Daumen –, »dann wie Finger.« Diesmal spreizte er den kleinen Finger ab.

»In den Bergen gibt's Räuber«, sagte Salazar.

»Ich weiß nicht.« Ich betrachtete die gesattelten Pferde, die ungeduldig wirkten. »Wenn er die Strecke kennt ... Und Räuber gibt's doch eher da, wo Händler durchziehen, oder? Also an den breiten Straßen. Was soll ein einsamer Räuber im einsamen Gebirge? Steinböcke striegeln?«

Antonio lachte. »Aufwendiger Zeitvertreib.«

»Nix Rotbärte«, sagte Belgutai. Zumindest die Erwähnung von Räubern hatte er verstanden; was das Striegeln betraf, hatte ich Zweifel. »Weg zu leer.«

»Ihr müßt es wissen.« Salazar, der neben uns gehockt hatte, stand auf. »Wollt ihr oder habt ihr noch was zu erledigen?«

»Brot und Fleisch kaufen«, sagte Antonio.

Die Burg, an der zahllose Männer mit Ausbesserungsarbeiten beschäftigt waren, ragte über dem Beginn der Straße nach Trebinje auf. Ich fragte mich, wie es den Spaniern gelungen sein mochte, diese Festung zu nehmen.

»Blut, vieles«, sagte Belgutai, als ich ihn fragte.

»Denk ich mir.« Antonio stellte sich in den Steigbügeln auf und drehte sich um. »Sechs Kanonen«, sagte er, als er sich wieder gesetzt hatte. »Für diese Seite, meine ich. Ein bißchen Nägel und gehacktes Blei, dann kommt niemand hier durch.«

»Mal sehen, wo die Türken sind.«

»Weit«, sagte Belgutai. »Vielleicht Kundschafter, mehr nicht.«

Wie sich herausstellte, gab es ein paar Meilen entfernt, am Rand des kleinen Orts Kameno, einen kaum befestigten türkischen Posten; zehn Männer schienen ihn besetzt zu halten, falls nicht noch mehr außer Sicht irgendwo lagerten, aber ich zählte nur zwölf Pferde auf der eingezäunten Weide. Der Ort selbst war verlassen.

Wir hatten abzusteigen; Antonio zeigte seinen *ferman*. Die Türken bestaunten ihn gebührend, fragten in schlechtem Kroatisch nach Neuigkeiten und wünschten uns »gut Reiten und heile Knochen«.

Die Straße nach Trebinje verlief nach Norden; sie war nicht besonders breit, aber hier gab es sicher alle paar Meilen türkische Wachtstationen, und zweifellos würde im nächsten Jahr ein Teil des Heeres zur Rückeroberung von Herceg Novi hier entlangkommen. Am nördlichen Ortsrand zweigte nach rechts ein kleiner Weg ab, in die Berge; er war wirklich sehr schmal und wand sich wie eine verärgerte Schlange.

Wir brauchten dreißig Tage, um Priština zu erreichen. Manchmal waren wir froh, wenn es uns gelang, drei oder vier Meilen an einem Tag zurückzulegen, auf Wegen, die kaum breiter waren als ein Ziegenpfad. Oft mußten wir zu Fuß gehen und die Pferde am Zügel hinter uns herziehen, über Grate, von denen es zu beiden Seiten viele hundert Schritte fast senkrecht hinabging, über Geröllfelder, durch schmale Täler voll herabgestürzter Felsbrocken, wo der Weg unausgesetzt die Richtung änderte, und über karstige Hochflächen, auf denen der nächste Schritt in einem von tausend leeren oder wassergefüllten Löchern enden konnte. Manchmal tasteten wir uns durch Winternebel, so dicht, daß die Kruppe des unmittelbar vor einem gehenden Pferds nur noch zu ahnen war; und fünf Tage lang hielt uns ein Schneesturm in einer Höhle fest.

Aber es gab auch klare, kalte Tage mit Ausblicken über das Land, die einen nach Luft schnappen ließen. Und es gab Dörfer, in denen wir für ein paar Münzen unseren Proviant ergänzen konnten. Räuber sahen wir nicht, und nur ganz selten stießen wir auf Türken. Einmal kam uns auf einem der schmalen Grate eine Gruppe mit Packtieren entgegen, und da sie zu zehnt und gut bewaffnet waren, mußten wir eine halbe Meile rückwärts gehen, um sie vorbeizulassen. Als sie den Grat hinter sich gebracht hatten, ging schon die Sonne unter, und wir lagerten mit ihnen auf einer beinahe kahlen Felsfläche. Sie wollten den *ferman* nicht sehen, fragten nur nach dem Zustand des Wegs und der Lage an der Küste; von ihnen erfuhren wir, wie weit es bis zum nächsten Dorf und zum nächsten türkischen Posten war, und daß wir verwegen oder wahnsinnig sein müßten, zu dieser Jahreszeit von der Küste nach Priština zu reiten.

Zweierlei geschah unterwegs, abgesehen von solchen Begegnungen und Hungertagen und Eisnächten. Belgutais Kroatisch wurde immer besser – zwischendurch brachte er uns dafür ein paar Brocken Türkisch bei –, und Antonio gewöhnte sich an den zunächst ungeliebten Gefährten. Als wir uns etwas fließender unterhalten konnten, stellten wir fest, daß er wilde Geschichten zu erzählen wußte und einen sehr trockenen Witz besaß.

Wahrscheinlich hätten wir es uns einfacher machen können, aber zwischendurch gab es Gründe, bestimmte Strecken zu meiden. Nach etwa zwanzig mühseligen Meilen erreichten wir eine breitere Straße; sie verband die immer noch bemannte türkische Festung von Risano an der Bucht von Cattaro mit dem Norden. Im nächsten Dorf hörten wir, es gebe Räuber, und möglicherweise seien türkische Truppen damit beschäftigt, ihnen zu Beginn des Winters noch einmal gründlich zuzusetzen. Also Bergpfade, um nicht in die Auseinandersetzungen zu geraten. Vor Nikšić erzählte man uns, der türkische Befehlshaber des Orts habe die Anweisung erteilt, alle Reisenden festzusetzen bis zum Frühjahr, weil er keinerlei Verantwortung für die Straßen und die Sicherheit im Winter übernehmen wolle. Also Bergpfade, um das Reich dieses vorsichtigen Mannes zu umgehen. Berge, Täler, Flußläufe, der nächste Paß …

Die letzten Tage vor Priština waren für Antonio und Belgutai möglicherweise die besten, denn wir ritten auf einer auch im Winter gut zu bereisenden Straße ohne Hindernisse, mit größeren Orten und Rasthäusern. Die beiden ritten meistens nebeneinander und unterhielten sich angeregt. Ich bekam kaum etwas davon mit, auch nicht von der Gegend und den Ortschaften. Allerdings war ich wohl auch keine Last für sie; ich war einfach irgendwie nicht vorhanden.

Je näher wir dem Ziel kamen, desto mehr sog mich die Vergangenheit auf. Ich war erstaunt – später, rückblickend; während es geschah, war ich Teil der Vorgänge und unfähig, sie und mich von außen zu betrachten – über die Reichtümer der Erinnerung. Eigentlich kann nicht die Rede davon sein, daß es sich um »Vorgänge« gehandelt hätte oder etwas »geschehen« wäre; ich trieb im Strudel meiner Gedanken, sank durch die Schichten des Gedächtnisses, entsann mich jeder Unterredung mit Kassem, jeder seiner Gebärden, aller Handlungen in allen Städten und auf allen Schiffen, die wir damals gesehen, besucht und benutzt hatten; ich schmeckte jeden Bissen, der mit einem bestimmten Wort, einem Lächeln, einer Belehrung oder Ermunterung Kassems verbunden war, erinnerte mich an jeden Baum, an dem wir vorübergeritten waren. Und während ich all dies, lauter Einzelheiten, die ich längst vergessen zu haben glaubte, wieder und wieder belebte und in Gedanken betastete, befragte ich sie, befragte ich jede Miene Kassems, jedes seiner Lächeln und all seine Worte. Ich suchte in ihnen, hinter ihnen, zwischen ihnen nach einem Hinweis, einer verborgenen Andeutung, einer Erhellung. Er hatte ein ganzes Dorf auslöschen lassen, um meinen Vater zu töten, um Spuren zu verwischen, die mehrere Herrscher nicht hinterlassen wollten, damit keiner aus ihnen etwas lesen konnte. Mein Vater, meine Mutter, die Geschwister, die Nachbarn. Kassem und seine beiden Sklaven, Freunde, Begleiter Jorgo und Avram hatten bei der Vernichtung des Dorfs zugesehen und danach mich, einen fünfzehnjährigen Jungen, mitgenommen, statt mich zu töten. Ich hatte nicht geahnt, daß Kassem etwas mit den Vorgängen zu tun hatte. Ich hatte mir die Gesichter der Hauptleute eingeprägt, um sie zu suchen, sobald ich dazu in der Lage sein würde. Kassem, Jorgo und Avram hatten mich gelehrt, mit Waffen und Menschen umzugehen, zu überleben; Kassem, der Vernichter, hatte mich angeleitet, in die Lage versetzt, die Werkzeuge zu vernichten, die er zur Vernichtung des Dorfs verwendet hatte. Warum all das? Ich kannte die Hintergründe, die zu den Befehlen geführt hatten; ich wußte, daß Kassem, Jorgo und Avram mich zu dem gemacht hatten, was ich war, geworden war, irgendwie immer noch bin.

Und je näher wir Priština kamen, desto klarer wurde mir, daß ich wahrscheinlich gar keine Erhellung von ihm würde erhalten können. Ich hatte nach wie vor das undeutliche Gefühl, wenn ich wüßte, was Kassem gedacht und empfunden hatte, als er alle töten ließ und mich rettete, würde ich endlich begreifen, was die Welt ist. Warum Menschen sind, wie sie sind, und tun, was sie tun. Ordnung … nein, keine Ordnung, aber so etwas wie eine Ahnung von Regelmaß im absurden Chaos des Daseins. Ein Labyrinth mag dem, der darin herumirrt, als absurdes Chaos erscheinen, aber es wurde gebaut, um zu verwirren, es hat einen Zweck und damit auch einen Sinn. Ich wollte wissen, welchen Sinn das Labyrinth von Kassems Denken und Handeln hatte; wenn ich dort eine Regel, eine Gesetzmäßigkeit fände, sagte ich mir, würde ich auch begreifen, warum Kaiser Karl Burgund von König François haben wollte und François die Lombardei von Karl, warum sie hunderttausend Leichen auftürmten, statt die beiden Lande ihres Begehrens einfach auszutauschen; ich würde begreifen, warum Menschen einander antaten, was ich bei der Plünderung Roms gesehen hatte, verstehen, was die Welt zusammenhält (falls etwas dies tut), erfassen, warum Eva von einer Schlange einen Apfel angenommen haben könnte, spüren, ob es jenseits all des Chaos, der Lust, des Grauens, der Wonne, des Entstehens und Vergehens einen Gott gibt.

Heute … aber ich will nicht vorgreifen. Wir ritten nach Priština, und ich ritt durch die fahlen Gefilde, in denen das Diesseits und das Jenseits einander berühren und sich vermischen.

Deshalb habe ich kaum Erinnerungen an die letzten Stücke des Wegs, ebenso wenig wie an Priština. Ein paar huschende Eindrücke, die sich nicht festigen mögen, wenn ich versuche, sie im Gedächtnis zu betrachten. Wir kamen an, begaben uns in ein Rasthaus für Reisende und Fernhändler – eines jener Gebäude mit vielen Flügeln, Anbauten, Stallungen, Lagerräumen und allem, was nötig ist, Geschäfte, Vergnügen und Überleben so zu gestalten, daß man beim nächsten Aufenthalt im jeweiligen Ort nicht lange überlegen muß, ob man das gleiche oder ein anderes Quartier aufsuchen will.

Die erste genauere Erinnerung ist die an einen niedrigen, von Fackeln erhellten Raum, in dem Harz und Holz, Braten, Bier und Wein sich bemühen mußten, mit ihren Ausdünstungen die der Männer und der wenigen Frauen zu überlagern. Wir saßen an einem kleinen Tisch, aßen und tranken und redeten. Belgutai verfolgte eine der Schankmägde mit den Blicken; irgendwann seufzte er leise.

»Lange her?« sagte Antonio; seine Stimme klang nach Mitgefühl und zugleich nach Schwanken. Entschlossenheit vielleicht, dem Gefährten etwas zu gönnen, und Unentschlossenheit, ob er sich beteiligen oder ähnlich betätigen sollte.

»Zu lange.« Belgutai brachte es fertig, gleichzeitig zu lächeln und tieftraurig dreinzublicken. »Erinnerung aus früher Leben. Nicht mehr weiß, wie geht.«

Antonio lachte. »Das geht von selbst, wenn man einmal anfängt.«

Der Mongole stützte beide Ellenbogen auf den Tisch und legte das Kinn auf die Fäuste. »Nicht so einfach.«

»Was ist nicht so einfach?«

»Ich aus eure Tasche lebe«, sagte er.

Antonio runzelte die Stirn. »Ich bin der edle Herr mit dem *ferman*, ihr seid meine Diener, also habt ihr Anspruch auf Bezahlung.«

»Das hätten wir längst klären sollen«, sagte ich. »Haben wir noch genug Geld?«

Antonio schien im Geiste seine Münzen zu zählen. »Ich habe nicht mehr viel«, sagte er. »Wie steht's mit dir?«

»Ein paar goldene Altun, eine Handvoll Asper und ein bißchen Kleinzeug. Banken, die einen Wechsel annehmen, wird es hier ja wohl geben.«

»Tempel, Banken und Bordelle gehören zu den ersten Erfindungen der Menschheit.« Antonio blinzelte. »Wenn es das hier nicht gibt, haben die Türken etwas falsch gemacht.«

Ich weiß nicht, weshalb mich dieser unwichtige Austausch gewissermaßen »weckte«, und auch nicht, warum ich mich an ihn erinnere. Die Beschäftigung mit den Dingen des Lebens und des Alltags nach langem Brüten, wahrscheinlich. Belgutai wehrte sich anständig. Wir hätten ihn aus den Klauen der Spanier gerettet, ihm ein Pferd zu reiten gegeben und ihn unterwegs nicht hungern lassen, jedenfalls nicht mehr, als wir selbst gehungert hätten, und von Diensten könne keine Rede sein. Antonio und ich beschlossen, seine Worte und Gedanken zu achten, nicht jedoch seine Einwände. Wir zwangen ihn förmlich, den Gegenwert von zwei Zechinen anzunehmen, hundertzwanzig silberne Asper. Als er sich immer noch sträubte, sagte Antonio: »Hör auf mit dem blöden Gezappel. Du hast Pferde gefüttert, Wachen übernommen, mit deinen Pfeilen ein paar Ziegen und einen Steinbock erlegt, und weil du mit uns unterwegs warst, konntest du ja nirgendwo anders arbeiten.«

Wir hatten einen sauberen Raum mit drei Matratzen gemietet. Neben den Ställen gab es ein großes Bad, in dem ein Diener heißes Wasser und Tücher verwaltete. Nach dem Essen begaben wir uns dorthin, um den Ruch der Reise, der Pferde und der Berge abzuwaschen. Danach verschwand Belgutai; Antonio und ich beschlossen, wir seien zu müde für größere Unternehmungen.

»Hoffentlich macht er keinen Lärm, wenn er nachher zum

Schlafen kommt«, sagte Antonio. Er zupfte an den Decken herum, in die er sich gewickelt hatte. »Nebenbei – ich weiß nicht, ob es nicht bei uns ebenso lange her ist.«

»Nur zu. Hast du noch genug Geld?«

Er kicherte. »Ich bin zu müde. Sauber und müde. Was hast du morgen vor?«

Ich streckte mich lang aus und schloß die Augen. »Erstens Geld beschaffen. Und dann wollte ich den edlen Herrn Antonio, Besitzer eines *ferman*, kniefällig bitten, mit mir den Ort aufzusuchen, an dem sich der mächtige Kassem ben Abdullah aufhält, wo immer das sein mag. Danach? Weiß ich noch nicht.«

»Was willst du denn tun, wenn wir zu ihm vorgelassen werden? Falls er überhaupt hier ist.«

»Ich will ihm Fragen stellen.«

»Soll ich dabei zuhören? Mitmachen? Bei was auch immer?«

»Ohne dich und deinen *ferman* komme ich nicht zu ihm, fürchte ich. Also wirst du bitte mitkommen, zuhören, mich von Dummheiten abhalten.«

»Ah.«

»Was bedeutet das genauer?«

Er lachte leise. »Jakko macht Dummheiten. Na gut; aber wie soll ich dich abhalten?«

»Notfalls mit Gewalt.«

»Hm. So arg?«

Ich richtete mich auf und starrte ihn an. »Du kennst meine Geschichte. Die anderen, die für das Gemetzel zuständig waren, habe ich getötet.«

»Das wäre … dumm.«

»Du sagst es. Den höchsten türkischen Amtsträger in

seinem Haus umbringen?« Ich seufzte und ließ mich wieder sinken. »Wenn es so sein soll, werde ich eine andere Gelegenheit und einen anderen Ort suchen. Einen, von dem es einen Fluchtweg gibt.«

Belgutai war leise, als er ins Zimmer kam; wir schliefen ungestört bis zum Morgen. Nach einem eher hastigen Morgenmahl – ich hatte keine Ruhe – verließ ich die beiden; der Wirt nannte mir eine Bank, die Geschäfte mit dem Westen machte. Es war nicht weiter schwierig, auf den Brief hin, den mir eine venezianische Bank ausgestellt hatte, hundert Altun in wenigen Gold- und vielen Silbermünzen zu bekommen.

Belgutai kannte von seinem früheren Aufenthalt den befestigten Palast des türkischen Statthalters. Er führte uns dorthin. Auf dem Weg fragte ich ihn, ob er sich nicht bei irgendeinem Offizier melden müßte, als Überlebender der Kämpfe um Herceg Novi. »Wenn ihr in Palast«, sagte er.

»Und? Hast du eine Ahnung, was man mit dir anstellen könnte?«

»Nichts.« Er breitete die Arme aus und lächelte. »Restlichen Sold, wenn Glück haben. Wissen wollen, wie ich übergelebt und herkünftig gelungen.«

»Ah, das war eine Söldnertruppe, zu der du gehört hast?«

Belgutai nickte. »Keine Dienstlichkeit von Leben.«

Mit Belgutais Hilfe fragten wir einen türkischen Offizier, der vor dem Palast eine Wachablösung beaufsichtigte, wo wir den edlen Herrn Kassem ben Abdullah finden könnten.

Der Mann musterte uns einen Moment, dann sagte er in geläufigem Italienisch: »Ein Mongole, ein Venezianer – und du?«

»Deutscher.«

»Und ihr wollt zu Kassem ben Abdullah? Warum?«

Antonio zog zum hundertsten Mal seinen inzwischen etwas abgegriffenen *ferman* hervor. »Ich habe eine Nachricht aus Venedig für den Edlen. Unser Freund« – er legte die Hand auf Belgutais Schulter – »geleitet uns. Und der Mann aus dem fernen Deutschland ist ein alter Freund von Kassem.«

Der Offizier kniff die Brauen zusammen. »Der edle Kassem ist krank, sehr krank. Ich weiß nicht, ob er euch überhaupt noch empfangen kann. Aber wir wollen es versuchen. Kommt mit. Ah, und die Waffen laßt bitte hier.« Er deutete auf einen Tisch, der gleich hinter dem Eingang zum Palast zu sehen war.

Belgutai räusperte sich. »Ich Stadt Begängnis«, sagte er. »Später in Serai etwa?«

»Gut. Verlauf dich nicht.«

Er grinste mich an. »Verlaufen war bei Nacht. Jetzt wieder Sammlung gewaltige.«

Antonio und ich folgten dem Offizier. Nachdem wir unsere Waffen abgegeben hatten, führte er uns zu einer Treppe, hinauf ins erste Geschoß, einen langen Gang hinunter; schließlich blieben wir vor einer zweiflügligen Tür stehen.

Der Offizier klopfte, trat ein, wechselte ein paar Worte mit einem Diener und wandte sich dann an uns.

»Herr Kassem ist schwach. Ihr könnt ihn aufsuchen, aber nicht lange – wenige Atemzüge.«

»Wir danken«, sagte ich.

Er wies auf den Diener, drehte sich um und ging. Der Diener führte uns zu einer zweiten Tür, durch eine Art Vorzimmer, dann durch einen Raum, der eine üppig eingerichtete Schreibstube sein mochte. Aber ich hatte keine Augen für die Möbel und Teppiche; mein Herz klopfte bis unter die Schädeldecke.

Vor der nächsten Tür saß ein weiterer Diener auf einem dicken Lederkissen. Er erhob sich, hörte sich an, was der Mann zu sagen hatte, der uns führte, wackelte mit dem Kopf, seufzte und öffnete die Tür. Über dicke Teppiche gingen wir zu einem Lager, einer Bettstatt, die aus zwei Dutzend geschichteten Teppichen zu bestehen schien. Auf diesen, klein, geschrumpft, bleich, lag Kassem ben Abdullah. Mein Vater. Mörder meines leiblichen Vaters.

Ich trat zu ihm, beugte mich über ihn und sagte leise, auf arabisch: »Vater, dein verlorener Sohn sehnt sich nach deinem Blick.«

Etwas schnürte mir die Kehle zu; ich hatte Schwierigkeiten, die Wörter zu sagen. Ich wollte weinen, Kassems Hand küssen, den Dolch, den ich unten abgegeben hatte, in sein Herz stoßen, ihn zuvor um Vergebung bitten, ihn verfluchen, ihn preisen und peitschen.

Kassem öffnete die Augen. Einen Moment blickte er umher, dann fand er mein Gesicht. Ich sah eine Art Leuchten. Er hob die magere Hand. Sie zitterte, bis er sie an meine Wange legte. »Jakko«, sagte er, kaum hörbar, »Licht und Wohlgefallen.«

Die Hand fiel kraftlos zurück auf die Decke. Kassem seufzte, verdrehte die Augen und regte sich nicht mehr.

Die nächsten Stunden verbrachte ich damit, den Tod zu verfluchen, der mir alle Möglichkeiten genommen hatte, Fragen zu stellen und Antworten zu erhalten. Ich fühlte mich leer, erschöpft, wie nach einem langen Marsch oder einer verlorenen Schlacht.

Antonio versuchte nicht, mich aufzuheitern. Er blieb einfach bei mir, goß mir im Gasthaus den Becher voll, den ich immer wieder leerte. Der Kräutersud schmeckte wie müde

Wolken, die nicht einmal mehr regnen können, und meine Gedanken waren langsame, warzige Kröten.

Dann stand der Offizier vor uns, der uns in den Palast geführt hatte; hinter ihm warteten vier Soldaten.

»Ihr seid festgenommen«, sagte er, mit einem Unterton des Bedauerns.

»Warum?« Antonio stand auf und tastete nach dem Degen, aber der lag in unserem Zimmer.

»Kassem ist gestorben, als ihr bei ihm wart. Man sagt, Kassem sei gestorben, weil ihr bei ihm wart. Deshalb.«

ACHTZEHN

Zwei Degen in Priština

Kommt jetzt der Schandbube ins Spiel?« sagte Goran.

»Hast du noch etwas zu trinken?«

Es war ein scheußlicher Novembertag. Da die äußere Welt unbewohnbar schien, hatte ich tagsüber geschrieben und mich kurz vor dem Untergang der mutmaßlichen Sonne mit den beschriebenen Blättern zu ihm gesetzt. Während er las, hatte ich Wasser getrunken, schales Brot und einen verschrumpelten Apfel gegessen und auf die Meerenge geschaut. Grober Wind peitschte das Wasser schaumig und trieb Schneeregen gegen die Scheibe.

»Immer diese Wünsche.« Goran knurrte leise, stand auf und ging zum Herd. Am Vortag hatten wir versucht, Zimt und einige andere Gewürze aufzutreiben – vergebens; immerhin war es uns gelungen, bei einem Imker einen Rest Honig zu finden. Goran zerstieß eines seiner letzten Pfefferkörner in einem Mörser, streute ein wenig Pfeffer über den Sud aus Kräutern, Wasser und Wein, süßte mit Honig, ließ alles noch einmal kurz aufkochen und zog den Topf dann von der heißen Platte. Mit zwei gefüllten Bechern kehrte er zurück zum Tisch am Fenster.

»Also?« sagte er.

Ich sog vorsichtig viel kühle Luft und wenig heißen Sud durch die Zähne, schluckte und sagte: »Gut.«

»Das meine ich nicht; ich weiß, daß das gut ist. Was ist mit dem Schandbuben? Dem schuftigen Schurken, dem schwarzen Schwein?«

»Kommt bald.«

»Wieso bald?«

»Ich wollte noch etwas über meine Gedanken und Gefühle schreiben. Danach.«

Goran stöhnte. »Wen kümmern deine Gedanken und Gefühle?«

»Mich. Ich weiß immer noch nicht, was Kassems Tod wirklich für mich bedeutet hat. Bedeutet. Ich habe die undeutliche Hoffnung, daß ich es begreifen könnte, wenn ich es aufschreibe.«

»Dann schreib es auf. Aber nicht da.«

»Wo denn?«

Er wischte mit der Hand über den Tisch. »Auf altes Holz oder mürbes Wasser. Schreib, was immer du schreiben willst, und ich wünsche dir Gedeih bei der Suche nach deinem Innenleben. Aber das tut nichts zur Geschichte.«

»Meinst du? Ist es nicht so, daß die Empfindungen, die einen der Beteiligten bewegen, eine gewisse Bedeutung für die Geschichte haben?«

»Ändern sie den Verlauf?«

Ich überlegte einen Moment. »Eigentlich nicht«, sagte ich dann.

»Siehst du! Wenn es für die Geschichte unerheblich ist …«

»So unerheblich wie Tageszeiten und Hitze oder Kälte oder Gerüche.«

»Nein.«

»Noch unerheblicher?«

»Sehr viel unerheblicher. Gerüche und all das helfen mir,

wenn ich es lese, mir ein Bild zu machen. Mich irgendwie an deine Stelle zu tasten, uh, zu fühlen.«

»Und die Empfindungen nicht?«

Goran schüttelte den Kopf. »Nein; wenn sie nichts enthalten, was mich beim Lesen überrascht. Ich meine, ich weiß, wenn ich bis hierhin gelesen habe, was Kassem für dich war, daß du ihn geliebt und gehaßt hast. Wie wichtig es dir gewesen wäre, Antworten zu bekommen. Die hättest du aber, nehme ich an, gar nicht gekriegt, auch, wenn er noch länger gelebt hätte.«

Ich nahm einen nicht ganz so vorsichtigen zweiten Schluck und verbrühte mir beinahe die Zunge. »Warum glaubst du das?«

»Er hat getan, was er tun mußte. Wie wir alle. Dich mußte er nicht umbringen. Er hätte es tun können. Er hätte dich zurücklassen können. Er hätte, ach, was weiß ich denn. Er hat einfach beschlossen ...«

»Die anderen, Jorgo und Avram, haben ihm zugeredet.«

»Na gut, dann hat er eben nicht beschlossen, sondern sich überreden lassen, dich mitzunehmen und aufzuziehen, gewissermaßen. Mit – wie alt warst du? Fünfzehn? Mit fünfzehn ist man ein unfertiges Tier, weißt du. Deshalb aufziehen. Er hat es getan, weil es ihm so gefiel – nachdem die anderen auf ihn eingeredet haben. Es gibt da keine Gründe, die dich zur Erkenntnis führen oder zu Gott oder zum Teufel.«

»Also nichts davon schreiben?«

»Du hast sowieso schon zuviel darüber geschrieben. Ich habe es gelesen, ich habe es behalten, ich weiß, daß es dir wichtig war, ich weiß bei deinem nächsten Schritt, daß es ein Teil deiner Gedanken ist und zu deinen Beschlüssen beiträgt. Mehr muß ich nicht wissen.« Er kicherte. »Mehr will ich nicht wissen. Schreib einfach weiter. Kommt jetzt endlich der Schurke?«

»Wart's ab.«

Sie nahmen uns mit, aber sie brachten uns nicht zum Palast oder zu einem der anderen Gebäude in der Stadtmitte, in denen Verwalter, Befehlshaber oder Richter saßen. Wir gingen vorbei an der großen Moschee nach Süden. Sie hatten Antonio und mir die Hände auf den Rücken gebunden, und alle Versuche, etwas aus dem Offizier herauszuholen, führten zu nichts – Schweigen.

»Wer hat das wohl angeordnet?« sagte Antonio.

»Einer, dem er« – ich wies mit dem Kopf auf den Offizier – »zu gehorchen hat.«

»Vielleicht einer, der gut zahlt?«

Wir redeten laut genug, so daß der Mann alles verstehen konnte, aber er schwieg weiterhin.

»Das glaube ich nicht«, sagte ich. »Die edlen Offiziere des Sultans sind über Bestechung erhaben. Und sie würden keinem gehorchen, der etwas Ungesetzliches anordnet.«

»Meinst du?« Antonio schnaufte. »Dann wüßte ich gern, welcher rechtschaffene Gebieter uns festnehmen läßt, nur weil wir beim letzten Atemzug eines Mannes zufällig in der Nähe waren.«

Inzwischen hatten wir die eigentliche Stadt fast hinter uns gelassen und kamen zu einem Bach oder kleinen Fluß, über den eine Brücke führte, gerade breit genug für einen Karren. Hinter der Brücke bog der Weg nach Südwesten in einen Wald.

Dort warteten drei Männer. Sie waren bewaffnet, trugen aber keinerlei Uniform oder Abzeichen.

Der Offizier blieb am Nordende der Brücke stehen. »Geht«, sagte er. »Und möge Allah euch gnädig sein.«

»Wenn du einen Kadi siehst«, sagte ich, »frag ihn, ob das, was hier geschieht, rechtens ist.«

Ich erhielt keine Antwort, nur einen Stoß, mit dem einer unserer Wächter mich auf die Brücke beförderte; Antonio, ebenfalls gestoßen oder geschoben, stolperte neben mir her.

Die Männer auf der anderen Seite packten uns an den Armen und zogen uns mit sich, den Weg entlang in den Wald. Nach kaum hundert Schritten zerrten sie uns links vom Weg in die Mündung eines schmalen Pfads, der zu einer Lichtung führte. Dort grasten vier Pferde, deren Vorderbeine locker zusammengebunden waren, und an einem Baum lehnte ein Mann. Er hatte die Arme verschränkt und schaute uns entgegen.

»Karim Abbas!« sagte Antonio. »Bist du unter die Wegelagerer gegangen? Oder möchtest du meinen *ferman* sehen und hast keine andere Möglichkeit gefunden als diese?«

Karim Abbas verzog keine Miene. Bisher hatte ich ihn immer dunkel – fast schwarz – gekleidet gesehen; heute trug er eine üppig verzierte dunkelrote Jacke und darunter ein rotes Hemd. Er stieß sich vom Baum ab, mit den Bewegungen des geschmeidigen Kämpfers, und zog die Jacke aus, die er achtlos zu Boden warf. Nun sah ich, daß am Baumstamm zwei Degen lehnten, die er bis jetzt mit dem Körper verdeckt hatte.

»Venezianer«, sagte er mit dunkler, beinahe weicher Stimme. »Hast du deinen *ferman* dabei?«

»Wenn ich mich bewegen könnte, würde ich ihn dir zeigen.«

»Durchsucht ihn.«

Einer der anderen Männer betastete Antonios Oberkörper,

er fühlte offenbar das gefaltete Papier, zog es aus der Innentasche und reichte es Karim.

Dieser entfaltete das Dokument, das seinem Träger freien Zugang zum Osmanischen Reich, Unverletzlichkeit sowie die Unterstützung durch alle Amtsträger verhieß.

»Nett«, sagte er. »Sieht echt aus.« Er hob einen Mundwinkel zu einer Art Lächeln und zerriß den *ferman*. »Bindet den Venezianer los.«

»Was soll das werden?« sagte Antonio. »Zuerst zerreißt du den *ferman* und dann läßt du mich frei? Was ist mit meinem Freund?«

»Um den kümmere ich mich gleich. Zuerst wollen wir sehen, ob du so gut fechten wie reden kannst.« Er bückte sich, nahm einen Degen, warf ihn Antonio zu und zog den anderen aus der Scheide, die er am Baum stehen ließ.

Antonio machte keinen Versuch, den geworfenen Degen aufzufangen; statt dessen bewegte er Arme und Hände, die nach der Fesselung sicher steif waren. Ich konnte meine Finger nicht spüren und nahm an, daß es ihm ähnlich ging. Zugleich begann ich, um Antonios Leben zu fürchten. Ich wußte, daß er mit dem Degen umgehen konnte, wie eben ein vornehmer junger Venezianer dies gelernt hat. Aber ich hatte gesehen, wie Karim Abbas einem Mann das Genick brach; ich sah seine Bewegungen, seine Augen. Und ich wußte, daß Antonio verloren war.

»Wenn es dir um mich geht«, sagte ich, »dann binde mich los und gibt mir den Degen. Laß ihn gehen – er hat nichts mit dir zu schaffen. Auch nicht mit deinem Freund Mehmet.«

»Freund?« Etwas wie eine halbe Gefühlsregung zeichnete sich flüchtig auf Karims Gesicht ab. »Ein Werkzeug. Nützlich, mehr nicht.«

Gleichzeitig sagte Antonio: »Jakko, halt dich raus; das ist meine Angelegenheit.« Er rieb sich noch einmal die Hände; dann bückte er sich nach dem Degen, zog ihn, ließ die Scheide liegen und richtete sich auf.

»Gut so«, sagte Karim. Er hieb zwei-, dreimal ins Leere, schien mit der Klinge und ihrer Biegsamkeit zufrieden und hob die Waffe zu einem Gruß. »Bereit?«

»Bereit.«

Ich weiß nicht, wie lange es dauerte, vielleicht den hundertsten Teil einer Stunde, vielleicht ein wenig mehr. Antonio focht mit Schneid und Anmut, aber bald blutete er aus einer Wunde im Oberarm. Dann zerschlitzte Karim ihm das Hemd vor der Brust, und der Stoff färbte sich auch dort rot. Als der entscheidende Stich ihn traf, wandte er mir eben den Rücken zu, und ich konnte nicht sehen, ob die Klinge in die Brust oder in den Bauch eindrang und auch nicht, wie tief.

Antonio stieß einen dumpfen Laut aus, sackte in die Knie, drehte sich halb zu mir um, dann fiel er seitwärts ins Gras.

»Wir wollen doch keinen Zeugen mit *ferman* zurücklassen, nicht wahr?« sagte Karim Abbas. »Bindet den Mann los.« Er schien völlig ungerührt, atmete ebenso ruhig wie zuvor.

Einer seiner Männer zerschnitt meine Fesseln. Ich hielt den Blick gesenkt, betrachtete Antonio, der reglos vor mir lag, fühlte Trauer um den Freund, fragte mich, ob ich dieses Ende irgendwie hätte verhindern können, fragte mich, wie wir in diese Lage geraten waren und was Karim Abbas eigentlich bewegte. Und während ich die Hände aneinanderrieb und ein erstes Kribbeln und Stechen in den Fingern spürte, schmeckte ich, was ich lange nicht mehr geschmeckt hatte und nie wieder schmecken wollte: Haß.

»Bist du sicher«, sagte ich; dann mußte ich mich räuspern,

weil ich an meinem Haß zu ersticken schien. »Bist du sicher, daß du dein schönes Gesicht aufs Spiel setzen willst?«

Karim zuckte mit den Schultern. »Was kümmert dich mein Gesicht?«

»In Venedig hörte ich, die Damen der Stadt seien ganz verrückt nach dem schönen Fremden. Ich hörte aber auch, sie schmachteten vergebens, da deine Neigungen sich eher auf bartlose Knaben richten.«

Er bleckte einen Moment die Zähne. »Du willst mich mit deinen Lügen aus der Fassung bringen, aber das wird dir nicht gelingen. Nimm den Degen.«

»Du hast einigen Vorsprung«, sagte ich, »was die Beweglichkeit der Gliedmaßen angeht. Während ich meine Finger knete, könntest du mir aber sagen, worum es hier eigentlich geht.«

»Wozu? Nimm den Degen.«

»Ich habe ein paar Feinde getötet, nach langer Jagd, und vor ihrem letzten Atemzug habe ich ihnen gesagt, warum sie sterben mußten.«

»Vielleicht sage ich es dir vor deinem letzten Atemzug. Bist du endlich so weit?«

Ich bückte mich nach dem Degen, hob ihn auf, prüfte Spitze und Schneide und bog ihn. Er war etwas starrer als die Waffen, an die ich gewöhnt war.

»Heil dir, Karim Abbas.« Ich richtete den Degen zum Gruß auf; Karim erwiderte die Geste. »Dein Platz in der Dschehenna ist bereit.«

Er lachte leise. »Was weißt du von der Unterwelt? Aber du wirst sie sehen.«

Dann griff er an. Ich parierte, ließ mich zurückdrängen, spürte seine Kraft, seine Wucht und Erfahrung; und die noch immer nicht behobene Taubheit meiner Finger. Ich mußte mich bemühen, nicht zu denken, sondern Jakko dem Krieger Jakko den Spielmann zu überlassen.

Karim traf mich an der Wange, vielleicht zwei Fingerbreit unter dem linken Auge. »Blut steht dir gut«, sagte er; nun atmete er ein wenig schneller. »Aber dein Gesicht ist ja zum Glück nicht so hübsch wie meines.«

Noch immer beschränkte ich mich auf die Verteidigung. Ich hatte keine Schwächen, keine Mängel bei ihm gefunden. Blut rann mir vom Gesicht in den Kragen. Irgendwann würde es mich schwächen, aber noch …

Ich hätte nicht an Blut und Mängel denken sollen; es minderte meine Aufmerksamkeit, vielleicht nur für ein Zehntel der Zeit, die ein Lidschlag dauert. Den nächsten Stich konnte ich nicht mehr abwehren, nur noch ablenken; er drang mir nicht in die Brust, sondern in die linke Schulter. Er setzte sofort nach. Diesen Angriff fing ich auf, ließ meine Klinge an seiner entlangrutschen und wollte mit jenem Zucken des Handgelenks, das Jorgo mich einst gelehrt hatte, seinen Degenkorb überwinden, aber er kannte diesen Kniff. Immerhin sah ich etwas wie Achtung in seinen Augen flackern.

Der linke Arm, den ich bei den meisten Bewegungen zum Ausgleichen meines Gewichts benötigte, wurde schwerer und schmerzte. Angriff folgte auf Angriff, und noch immer hatte ich keine Lücke bei Karim gefunden. Sein nächster Stich glitt von meiner Klinge ab und traf mich am Oberschenkel – nur ein Kratzer, aber ich sank aufs Knie. Er stach von oben nach mir; mit dem Degenkorb lenkte ich seine Waffe ab, in die Luft über meiner rechten Schulter, und streckte mich in einen Stich, der ihm die Innenseite des Degenarms aufschlitzte, die Achselhöhle durchbohrte und ihn taumeln ließ.

Hinter mir hörte ich das Rascheln von Kleidern, ein Klirren – einer seiner Begleiter riß offenbar den Degen heraus, um sich auf mich zu stürzen. Ich kam wieder auf die Beine, drehte mich halb zur Seite, hörte Karim »Nicht, das ist ehrlos« rufen, sah die erhobene Klinge in der Hand des anderen, und dann bohrte sich ein Pfeil in seine Kehle. Der zweite der drei Männer riß ebenfalls die Waffe heraus; ein zweiter Pfeil blieb mit einem dumpfen Schlag in seinem Bauch stecken.

»Schluß mit Unsinn!« Belgutais Stimme war laut genug, um die dreißig oder vierzig Schritte zu überwinden, die ihn von uns trennten. Sie war aber auch völlig unaufgeregt; und sie war mir kostbar und gewissermaßen voller Verheißungen.

Er kam näher, einen Pfeil auf der halb gespannten Sehne. »Zwei Männer kämpfen«, sagte er, »gut so, aber keiner in Rücken.«

Karim hatte seinen Degen fallen lassen; Blut rann aus Arm und Schulter und tränkte sein Hemd. Er wankte, verdrehte die Augen, sagte »verbinden« und sank auf die Knie. Der dritte seiner Begleiter lief zu ihm und begann, das zerschlitzte rote Hemd zu zerreißen, um seinen Herrn vor dem Verbluten zu bewahren.

Belgutai ließ den Pfeil auf der Sehne und stellte sich so, daß er an mir vorbeischauen und die anderen im Auge behalten konnte.

»Was ist mit den übrigen?« sagte ich.

Belgutai streifte die beiden, die von seinen Pfeilen getroffen waren, mit einem Blick. »Eins tot, eins zuck-zuck«, sagte er.

»Antonio?«

Der Mongole hob die Schultern.

Karim Abbas kniete immer noch. Seinem Diener war es offenbar gelungen, die Wunden einigermaßen zu verbinden.

Nun half er ihm beim Aufstehen. Karim gab ihm den Degen. »In die Scheide«, befahl er; seine Stimme war deutlich, aber leise.

»Warum das alles?« sagte ich.

Karim verzerrte das Gesicht zu einem bemühten Lächeln. »Bei der nächsten Begegnung – am Ende der nächsten Begegnung.«

»Was hindert mich daran, dich jetzt abzustechen, um ein Ende zu machen?«

Er schüttelte den Kopf. »Deine Ehre, Krieger.« Er murmelte etwas; sein Diener stützte ihn, und sie gingen zu den Pferden.

»Was reden?« sagte Belgutai. »Nicht verstand.«

Erst da wurde mir bewußt, daß Karim und ich zuletzt Arabisch gesprochen hatten, seit seinem Ruf »nicht, das ist ehrlos«.

»Gleich.« Ich rief: »Karim Abbas, ehrenhafter Krieger – was ist mit deinem verwundeten Diener?«

Er hielt sich am Steigbügel fest und gab seinem Diener eine für mich unhörbare Anweisung. Der Mann ging mit steifen Schritten, ohne uns zu beachten, zu seinem gestürzten Kameraden, kniete neben ihm, versuchte mit ihm zu reden, schüttelte den Kopf, zog ein Messer aus dem Gürtel und schnitt ihm die Kehle durch. Dann stand er auf, riß dabei den Pfeil aus dem Bauch des Verblutenden, warf ihn Belgutai vor die Füße und ging zurück zu seinem Herrn.

Belgutai zerfetzte das Hemd des anderen Toten; den Pfeil ließ er zunächst in dessen Hals stecken. Mit Hemdstreifen verband er meine Schulter und fertigte eine Schlinge für den Arm; mit einem anderen Stoffstück tupfte ich Blut von meiner geöffneten Wange.

Plötzlich stieß er einen halblauten Ruf aus und kniete neben Antonio nieder. »Finger«, sagte er.

Offenbar hatte er ein Zucken oder sonst eine Bewegung gesehen. So gut ich konnte, half ich ihm, Antonio sanft auf den Rücken zu drehen. Das Gras unter ihm war schwarz.

»Freund«, sagte ich leise, »Bruder, kannst du mich hören?«

Antonios Lider bewegten sich, flatterten, blieben offen. Er sah mich an, aber der Blick ging durch mich hindurch. Er machte einen beinahe schmerzhaft spürbaren Versuch, die Augen neu auszurichten, sah mich wirklich an und lächelte schwach.

»Du lebst«, flüsterte er. »Gut. Sag meinem Vater, ich …« Er röchelte; blutiger Schaum sammelte sich in seinen Mundwinkeln. Ich wartete auf einen weiteren Atemzug, eine Bewegung. Dann seufzte ich und drückte ihm die Augen zu.

Belgutai streckte die Arme aus, drehte die Handflächen nach oben und murmelte etwas. Es wurde zu einem halblauten Singsang. Schließlich ließ er die Arme wieder sinken und sagte: »Was tun? Antonio?«

Ich sah mich um. Karim Abbas und sein Diener waren mit den Pferden verschwunden. Ich kniete wieder neben Antonio nieder und untersuchte mit der unversehrten Hand seine Taschen, seinen Gürtel, löste den Beutel und warf ihn Belgutai zu.

»Geld?«

»Ja.«

Er verzog den Mund. »Ich nicht nimm.«

»Doch«, sagte ich, »du nimm. Geld von einem toten Freund ist gut und sauber, kein Makel.« Die wenigen Papiere, die er in den Taschen gehabt hatte, steckte ich ein; dann reckte ich den Arm, und Belgutai half mir auf die Füße.

Er wog immer noch den Beutel in der anderen Hand, mit einer Miene, in der sich Ablehnung, Begehr und etwas wie heiliges Entsetzen mischten. Wenn ich es richtig deuten konnte.

»Belgutai.« Ich legte ihm die rechte Hand auf die Schulter. »Ich schulde dir mein Leben. Für schnelle Pfeile und scharfes Auge.«

»Beutel so nicht nimm.«

»So nicht? Wie denn?«

Er hockte sich neben Antonio, riß einen Streifen aus dessen blutgetränktem Hemd, stand wieder auf, legte den Streifen über meine Hand und setzte den Beutel darauf. »So mir geben?«

Ich nahm an, daß es sich um eine für ihn und seine Leute heilige oder jedenfalls feierliche Geste handelte. Also nickte ich, verneigte mich vor ihm, hielt die Hand mit Tuch und Beutel hin und sagte: »Mein Bruder, nimm diese schlichte Gabe von einem Toten, der dein Bruder war, und einem Lebenden, der ohne dich tot wäre.«

Als ich ihn anblickte, grinste er. »Nicht ganz richtig, aber fast. Genug.« Er nahm den Streifen und den Beutel, hob sie hoch, berührte seine Stirn damit, verneigte sich und steckte den Beutel ein. Aus einer anderen Tasche zog er einen zerknitterten Streifen eines ehemals feinen, dünnen blauen Stoffs, verneigte sich abermals und hielt ihn mir hin. »Minderwertig«, sagte er. »Aber nehmen, dann …« Er suchte nach Wörtern, spreizte die Arme ab, deutete ein Schwanken an, das in Gleichgewicht endete, und sagte lächelnd: »Wiege gewiegen gleich?«

»Die Waage ist ausgeglichen?«

»So!«

Ich nahm den blauen Streifen, hob ihn an die Stirn und steckte ihn ein.

»Und jetzt?« Er klang beinahe erleichtert.

»Die beiden lassen wir liegen«, sagte ich. »Darum soll Karim Abbas sich kümmern. Aber Antonio sollten wir begraben.«

Er zögerte einen Moment. »Du hier wart«, sagte er. »Kannst du? Oder Hilfe helfen?«

»Ich kann warten. Was hast du vor?«

Er klopfte auf die Tasche, in die er den Beutel gesteckt hatte. »Serai gehen, bezahlen, Pferde und Pack holen, kaufen ...« Er suchte wieder ein Wort, machte dann Schaufelbewegungen.

»Schaufel«, sagte ich. »Gut. Ich fürchte, wir können nicht in Priština bleiben. Ich fürchte sogar, daß wir hier nicht lange warten sollten. Bring Wasser, Brot und Fleisch mit, hörst du?« Aus meinem Beutel nahm ich einen goldenen Altun und reichte ihn ihm. Als er den Kopf schüttelte, sagte ich: »Nimm. Mein Anteil. Sonst warte ich nicht.«

»Wegfliegen?« Er grinste wieder.

»Wie ein Vogel mit einem Flügel, ja.«

»Na schön«, sagte er. »Bald wieder hier.«

Ich sah ihm nach, bis er auf dem Waldweg verschwunden war. Dann setzte ich mich neben Antonio auf den Boden und beschäftigte mich mit meinen Gedanken. Von denen gab es reichlich.

NEUNZEHN

Berge, Schreiber und andere Hindernisse

Ich wußte gar nicht, daß du so gut bist«, sagte Goran, als er mittags meine neuen Seiten gelesen hatte.

»Ich bin nicht gut.« Nachdem ich dies gesagt hatte, lauschte ich in mich hinein. Ich fühlte mich auch nicht gut. Nicht genug geschlafen, etwas Falsches gegessen, zuviel getrunken, beim Schreiben zu gründlich an die Vorgänge gedacht, abermals gerätselt, gelitten, getrauert? »Ich versuche nur, die Dinge zu sehen, wie sie sind, und die Menschen auch. Hin und wieder trifft man einen, den man mag und dem man vertrauen möchte. Dieses Gefühl ist manchmal zutreffend, manchmal muß man später teuer dafür bezahlen. Für mich hat es sich oft als nützlich herausgestellt, dem Gefühl zu trauen; mancher von denen, die ich ›gut‹ behandelt habe, hat mir geholfen und war ›gut‹ zu mir. Sogar gewisse alte Schurken aus Orebić, denen ich zuviel für eine kleine Schiffsreise bezahlt habe.«

»Lange Rede.« Während ich sprach, hatte Goran sichtlich bemüht ein Lächeln unterdrückt; nun ließ er zu, daß es sich auf seinem Gesicht ausbreitete. »Ich wollte dich nicht beleidigen und nicht als gutmütigen Trottel bezeichnen. Das bist du zwar, aber das habe ich nicht gemeint.«

»Was denn?«

»Deinen Umgang mit dem Degen.«

»Ach so. Aber auch da bin ich nicht gut. Ich habe nur eine

gewisse Erfahrung. Wenn es eng wird, lasse ich die Erfahrung kämpfen und schaue gewissermaßen zu.«

»Du hast überlebt. Viele andere sind gestorben.«

»Wer überlebt, hat Glück gehabt.«

Goran schnalzte. »Glück, heißt es, hat auf die Dauer nur der Tüchtige. Und da es bei dir schon ziemlich lange dauert, mußt du ziemlich tüchtig sein.«

»Es gibt sicher Leute, die meinen, daß es bei mir schon unziemlich lange dauert.«

»Karim Abbas, zum Beispiel.«

»Laß uns diesen herrlichen Morgen, an dem es draußen stürmt, das Meer sich übergibt und die Sonne sich in Wolkenwatte wickelt …«

»Ha ba ba.«

»… laß uns diesen herrlichen Morgen nicht durch die Erwähnung schwarzer Namen verfinstern.«

Goran steckte die Hände in die Achselhöhlen. »Es ist kalt hier; ich sollte Holz nachlegen. Und diesen schwarzen Namen werden wir noch oft erwähnen müssen, nicht wahr?«

»Wir können ihn auch verschweigen.«

»Verschweige ihn, soviel du willst. Du weißt genau, der Besitzer dieses Namens …«

Ich unterbrach ihn. »Ich weiß nicht, ob man einen Namen besitzen kann oder von ihm besessen wird. Der Mann, der diesen Namen wie ein düsteres Gewand trägt, wird mich in wenigen Tagen hier aufsuchen, um mich zu töten. Bisher habe ich keinen Anlaß, an seiner Finsternis, aber auch an seiner Ehrenhaftigkeit zu zweifeln. Er wird dich sicherlich verfinstern, wenn er kommt, aber ein bißchen Finsternis wirst du überleben. Und bis es so weit ist, müssen wir ihn nicht dauernd erwähnen.«

Goran stand auf und ging zum Herd. Während er mit Klappern und Knirschen Holz nachlegte, sagte er, eher ans Feuer als an mich gewandt: »Heilige Namen, schändliche Namen, dicke Namen, streifige Namen, dürre Namen, Fischnamen, Schweinenamen … Als ob man durch die Erwähnung eines finsteren Namens die Finsternis beschwören könnte!«

Ich lachte. »Es gibt welche, die fest daran glauben, daß sie durch die Erwähnung eines heiligen Namens Unheil bannen können. Und gibt es da nicht einen gewissen Goran, auf dessen Schiff man den Teufel nicht erwähnen darf, damit er nicht kommt und das Bötchen versenkt?«

Er knurrte und schnaubte, sagte aber nichts. Vom Herd brachte er einen Krug warmen Wassers mit und verlängerte unseren Kräutersud. Dann setzte er sich und starrte mich an, als wolle er mich mit seinen Blicken zermalmen.

»Was ficht dich an?«

Er zeigte mir seine restlichen Zähne. »Es gibt Dinge, die so sind, und Dinge, die anders sind. Du solltest lernen, das eine vom anderen zu unterscheiden.«

»Ich will mich, o Weiser, mit meiner gesammelten Kraftlosigkeit mühen, deine Ratschläge zu befolgen.«

Er nickte. »Gut, gut. Trinken wir darauf. Wann schreibst du weiter? Ich will doch wissen, was als nächstes geschieht.«

»Heute abend – vielleicht. Ich weiß nicht.«

»Warum? Was willst du bei dem göttlichen Wetter bis dahin tun?«

»Etwas, was ich zu lange unterlassen habe.«

Goran schielte zur Truhe, auf der mein Fiedelkasten lag. »Etwa mit Katzendärmen lärmen?«

»Genau.«

»O weh.«

Auf dem Weg nach Priština hatte ich zwei- oder dreimal die Fiedel ausgepackt, abends, in einsamen Bergdörfern, und das hatte geholfen, das Mißtrauen der Bewohner zu mindern und uns halbwegs bequeme Nachtlager zu verschaffen. Natürlich hatte ich schon auf Gorans Schiff den Degen in die Scheide am Gürtel gesteckt und ihn seither nicht mehr in der aufgenähten am Fiedelkasten verwahrt.

Nun, nach Kassems und Antonios Tod und dem Kampf mit Karim Abbas, wäre ein langes, täglich wiederholtes Zwiegespräch mit der Fiedel sinnvoll gewesen. Ich erinnerte mich – fast war es, als erinnerte sich mein Körper – an heilsame Musik nach inneren und äußeren Verletzungen, früher. Aber an Musik durfte ich nur denken. Im Geiste konnte ich sie hören, und vielleicht war bereits die Einbildung Balsam. Wir waren in Eile, und ich wußte, daß es lange dauern würde, bis die Schulterwunde ausreichend verheilt war, um nicht bei der Berührung andere Musik hervorzubringen, nicht aus der Fiedel, sondern aus meinem Mund.

Tatsächlich dauerte es länger, als ich erwartet hatte. Die Wunden an der Wange und am Oberschenkel heilten schnell; die an der Schulter entzündete sich. Da wir nicht rasten konnten, saß ich auch mit Fieber im Sattel. Belgutai stützte mich gelegentlich, und an zwei oder drei Tagen band er mich mit einer Hand am Sattelknauf fest, damit ich nicht stürzte.

Ehe das Fieber einsetzte, hatten wir beraten, wohin wir am besten reiten sollten. Es war nicht ganz einfach, da ich nach Westen wollte, Belgutai dagegen nach Osten, um irgendwann seine Heimat zu erreichen.

»Karim wird dafür sorgen, daß sie uns suchen«, sagte ich.

Belgutai zog die Mundwinkel herab, in einer Miene äußersten Zweifels. »Wenn ehrenhaft, kommt *er* suchen. Allein, nicht suchen lassen.«

»Ich mag mich nicht auf seine Ehrenhaftigkeit verlassen.«

»Besser.« Er grinste. »Nicht verlassen, sonst verloren.«

»Wohin reiten wir? Wie gut kennst du dich aus?«

»Gut hier und da, schlecht da und dort.«

»Wenn wir nach Westen reiten, sind wir auf den Straßen, auf denen man uns suchen wird. Falls man uns sucht.«

Belgutai schaute in das beinahe niedergebrannte Feuer. Wir hatten für die Nacht eine Lichtung gefunden, in einem Waldstück etwa fünfzehn Meilen südlich von Priština, abseits eines Weges, auf dem auch tagsüber nicht viele Menschen unterwegs waren. »Sonnenaufgang reiten?« sagte er.

»Bei Sonnenaufgang oder in den Sonnenaufgang?«

»Du nicht Osten.«

»Aber du. Dort ist deine Heimat.«

Er nickte. »Weit weg, lang her. Nicht weiß, will ich hin oder mehr sehen.«

Es war kalt; als ich versuchte, die Decke enger um mich zu ziehen, rebellierte meine Schulter. Ich stöhnte leise.

Belgutai hob die Augen vom Feuer zu meinem Gesicht. »Du nicht allein reiten«, sagte er.

»Danke, Freund – aber ich kann nicht zulassen, daß du dich ewig um mich kümmerst.«

»Nicht ewig, ewig zu langes Wort.« Er lachte. »Nur bis Heilung prächtig gediehen.«

»Noch einmal: Danke, Freund. Aber wohin reiten wir?«

Er zog die Oberlippe zwischen die Zähne. »Südlich? Ich nicht kenn Wege.«

Ich überlegte. »Skopje?« sagte ich.

Er schüttelte den Kopf.

Nach Skopje, sagte ich mir, mußte eine breite Heerstraße führen, die wahrscheinlich auch im Winter Händler, Reisende und Soldaten nutzten. Vermutlich befanden wir uns etliche Meilen östlich dieser Straße. Weiter südwestlich gab es eine albanische Stadt namens Prizren. Von dort mußte es möglich sein, Scutari zu erreichen, eine Stadt, die lange unter venezianischer Herrschaft gestanden hatte und vor einigen Jahrzehnten von den Türken erobert worden war. Nicht weit von Scutari lag die Grenze der immer noch venezianischen Teile Albaniens, die von Cattaro verwaltet wurden, und irgendwie müßte es möglich sein, durch die Berge und über Ziegenpfade diese Grenze zu erreichen. Vielleicht war inzwischen der Krieg zwischen dem Osmanischen Reich und der Heiligen Liga beendet oder zumindest eingeschlafen, und wenn das so wäre, würden die Grenzen sicher nicht mehr streng bewacht.

Aber zunächst war all dies müßig. Grenzen kann man erst überschreiten, wenn man sie erreicht hat, und davon waren wir weit entfernt. Es ist möglich, daß an jenem Abend mein Fieber begann, denn ich erinnere mich nicht mehr an den Fortgang des Gesprächs. Und bis heute weiß ich nicht, wie es Belgutai gelang, mich abseits von Straßen und Dörfern, im Schnee, gehetzt von eisigen Winden am Leben zu halten.

Wir müssen hin und wieder trotz aller Vorsicht Dörfer berührt haben, jedenfalls erinnere ich mich an Gesichter und Gerede. Es sind keine deutlichen Erinnerungen, eher unscharfe Bilder und vom Rauschen der Winterstürme entstellte einzelne Wörter, selten ganze Sätze. Schärfer und vollständiger werden die Erinnerungen erst an einen Abend, den wir in einem großen Haus in den Bergen verbrachten. In der Erinnerung ist es jedenfalls groß, ein Raum mit hoher Decke und einer Feuerstelle, über der man einen ganzen Ochsen hätte braten können. An diesem Abend – oder vielleicht an einem anderen – erzählte jemand in geläufigem Kroatisch von den Heldentaten des gewaltigen Skanderbeg, der in vielen Schlachten die Türken von Albanien fernhielt, bis sie es schließlich doch eroberten, und Belgutai berichtete von den Feldzügen und Siegen seiner Vorfahren Tschingis und Batu und von den Listen eines Feldherrn namens Subotai, den man den Mann mit dem Eisenkarren nannte, weil er zu fett war, um auf einem Pferd zu sitzen.

Ich glaube, in diesem oder einem ähnlichen Haus begann meine Genesung. Es muß Anfang Februar gewesen sein, also vor etwa zehn Monaten, und da hatten wir noch einen langen Weg vor uns. Der Winter war hart in den Bergen, die Pässe verschneit, die Straßen unwegsam. Es gab Tage, die wir in Höhlen verbrachten, in der Hoffnung auf das Ende eines Schneesturms, oder, wenn wir Glück hatten, in einer Scheune. Ich glaube, wir haben für alles, was über die gewöhnliche Gastfreundschaft der Bergmenschen hinausging, geziemend gezahlt, denn als wir Scutari erreichten, waren unsere Beutel beinahe leer.

»Heute ist der fünfzehnte März«, sagte ich, »und heute vor eintausendfünfhundertdreiundachtzig Jahren wurde in der Stadt Rom ein wichtiger Mann ermordet.«

Belgutai kaute auf einer Brotkruste herum. Es dauerte einige Zeit, bis er damit fertig war, schluckte und antworten konnte. »Wenn heute noch wissen, muß Mann sehr wichtig gewesen.«

Unser letztes Geld hatte für ein Nachtlager, den Stall und Futter für die beiden letzten Pferde gereicht, nicht für üppiges Essen. Eines der vier Pferde war auf dem Eis eines Passes ausgerutscht und in eine Schlucht gestürzt, das andere hatten wir etwa eine Woche zuvor geschlachtet und gegessen, in einem Bergdorf, dessen Bewohner dem Hungertod nah waren.

Ich berührte den neu gefüllten Beutel an meinem Gürtel und genoß das Klirren der Münzen, die Erleichterung in Belgutais Augen und die Eilfertigkeit des Wirts, der den Beutel sah, vielleicht auch hörte und mit einem strahlenden Lächeln fragte, ob uns frisches Brot, ein Stück Braten, eingekochtes Obst und dünner Würzwein den Morgen aufheitern könne.

»Verdünntes Warmbier«, sagte ich.

»Geld und Nachrichten?« Belgutai wartete, bis ich mich gesetzt hatte, dann ergänzte er: »Geld ist gute Nachricht.«

»Ei, fürwahr. Mein Bankbrief gilt auch hier, und eigentlich ist der Krieg vorbei.«

Belgutai nickte. »Jetzt großes Aber.«

»Wie recht du hast. Man bereitet die Rückeroberung von Herceg Novi vor. Deshalb sind alle Straßen voll von Soldaten, die hierhin und dorthin verlegt werden.«

»Von hier nach Herceg Novi, von woanders nach hier?«

»Beides. Und Kanonen und Pulver und Vorräte und Pferde und Karren.«

»Warum von woanders nach hier?«

»Damit Venedig nicht auf dumme Gedanken kommt, wenn die Soldaten des Sultans verlegt werden.«

Irgendwann im Winter, als ich nicht bei mir war, hatte Belgutai beschlossen, er wolle doch nicht heimkehren, sondern mehr vom Westen sehen und wenigstens einmal über das Meer fahren. Die Eltern, sagte er, seien sicherlich längst gestorben, er habe mit dem Bogen und dem Säbel keine Schätze erbeutet, und statt bei einem seiner Brüder als Pferdeknecht zu arbeiten, könne er auch in salzigem Wasser ertrinken, mit großen Fischen plaudern oder jenseits des Meeres Wolken mit

Pfeilen spicken. Nachdem ich wieder zu Kräften gekommen war, keiner Hilfe mehr bedurfte und keine Möglichkeit sah, ihm jemals gebührend zu danken, hatte ich ihm versprochen, in Venedig für ihn Arbeit zu finden: als Bogenschütze, Fischplauderer, Rossetummler, Zureiter, Wolkenschieber oder Verfertiger von vergorener Stutenmilch.

Mit großem Behagen nahmen wir die erste üppige Mahlzeit seit vielen Tagen zu uns. Danach bat ich den Wirt, sich an unseren Tisch zu setzen und uns einige Fragen zu beantworten. Fragen zur Lage der Dinge, zur Nutzbarkeit von Straßen, zu Wegen durch die Berge und zu listigen Männern, die möglicherweise mehr von geheimen Wegen über die Grenze als von übertriebener Gesetzestreue hielten.

Elf Tage später brachten uns Schmuggler auf venezianisches Gebiet. Wie immer, wenn etwas geschieht, womit sich die Verwaltung beschäftigen muß, gab es auch dort mehr neue Hindernisse als Lösungen. Ich wollte heim, nach Venedig, und ich wollte Belgutai mitnehmen.

»Ein – was?«

»Mongole.«

»Wie die aus dem Buch von Marco Polo?«

»Beinahe. Aber er lebt, wie Ihr seht, Herr. Er ist nicht aus Papier.«

Der Schreiber der Nebenabteilung der Unterabteilung des südlichen Zweigs der Verwaltung, dem Provveditore in Cattaro unterstellt, betrachtete Belgutai. Er kniff die Augen zusammen. Wahrscheinlich war dies ein Ausdruck von Zweifel, es sah jedoch so aus, als wolle er feststellen, wie die Welt wirkt, wenn man Schlitzaugen hat.

»Ist er Freund oder Feind?«

»Wie meint Ihr das?«

»Wessen Untertan ist er? Der eines befreundeten Herrschers oder eines, mit dem wir im Krieg sind?«

»Sind wir denn jetzt im Krieg?«

»Nein.«

»Also!«

»Aber zu welchem Land, welchem Reich, welcher Republik gehört er? Und was hat er getan, bevor er mit Euch hier erschienen ist?«

»Ich finde, wir haben das nun lange genug im Stehen erörtert. Dürfen wir uns vielleicht setzen?«

Der Schreiber deutete auf Schemel, die vor einem Regal voller Dokumente standen. Belgutai und ich holten uns die Sitzgelegenheiten.

»Woher kommt Euer, uh, Mongole denn nun?«

»Er wurde geboren als Untertan des tatarischen Khans von Astrachan.«

Der Schreiber nickte, als wisse er genau, wovon ich redete. »Astrachan?« sagte er. »Wo ist das?«

»Wenn Ihr nach Osten segelt, vorbei an Konstantinopel und durchs Schwarze Meer«, sagte ich, »dann …«

»Dorthin können wir nicht fahren.«

»Wenn man könnte.«

»Ich kann Euch aber keine Dokumente ausfertigen, die auf bloßen unbewiesenen Annahmen beruhen. ›Könnte‹ genügt nicht.«

»Ich versuche nur, Euch zu erklären, woher er stammt.«

»Ach so.«

»Schwarzes Meer. Am Nordostrand des Meers gibt es eine Insel oder Halbinsel …«

»Ihr müßt Euch schon entscheiden, was es ist.«

»Halbinsel, die Krim.«

Der Schreiber strahlte. »Bevor die Osmanen uns die Fahrt dorthin unmöglich gemacht haben, hatten wir dort Handelsstützpunkte, nicht wahr?«

»Ich bewundere Eure Kenntnisse, Herr.«

»Ach, ich bitte Euch, das ist nicht der Rede wert. Also von dort stammt er?«

»Nicht ganz; noch ein bißchen weiter weg.«

Der Schreiber seufzte. »Wenn ich nun ›Mongole von jenseits der Krim‹ schriebe?«

»Das wäre zweifellos wohlgetan, und niemand könnte Euch deshalb tadeln.«

Der Schreiber nahm die weggelegte Feder wieder auf, tauchte sie in Tinte, legte sie erneut aufs Papier. »Es wäre aber nicht ganz richtig, nicht wahr?«

Eine Weile später fanden wir uns im Besitz eines Dokuments, demzufolge wir berechtigt waren, venezianische Lande zu bereisen und straflos venezianische Schiffe zu benutzen.

»Aber«, sagte der Schreiber, »das wird Euch nichts nützen.«

Ich hatte mich erhoben, um zu gehen; Belgutai war schon an der Tür. Ich winkte ihn zu mir und deutete auf den Schemel; dann ließ ich mich wieder sinken. »Warum nützt es uns nichts, edler Herr?«

»Weil Krieg ist.«

»Ich hörte doch eben von Euch, daß wir zur Zeit nicht im Krieg sind.«

»Wir nicht, aber andere.«

»Könnt Ihr erläutern, wieso das unsere Reise behindert?«

»Die Türken wollen Castelnuovo von den Spaniern zurückerobern.«

»Ja, wir haben davon gehört. Aber betrifft uns das?«

»O ja, durchaus.«

In den letzten Wochen hatte ich Belgutai ein paar Brokken Italienisch beigebracht, aber für diese Mäander reichte es nicht. »Was will?« sagte Belgutai. »Tür auf, Tür zu, keine Tür, Sattel weg, Sattel da, aber nicht benutzen?«

Der Schreiber verstand natürlich Kroatisch. »Sättel gibt es zu Genüge.« Er klang ein wenig beleidigt. »Auch an Türen herrscht kein Mangel.«

»Das gut.« Belgutai setzte ein breites Lächeln auf. »Tür und Sattel vorhanden, das gut.«

»Nicht wahr?«

»Laßt uns nicht über Sättel reden, Herr«, sagte ich, wieder auf italienisch. »Was hindert uns daran, zur Küste zu reiten und ein Schiff zu suchen?«

»Der Krieg, wie gesagt.«

»Den wir nicht führen?«

»Eben dieser. Da die Türken rüsten, ist nicht auszuschließen, daß sie unsere Grenzen verletzen. Deshalb rüsten wir ebenfalls. Deshalb sind die Straßen verstopft.«

»Ah. Dann werden wir neben den Straßen reiten.«

»Das ist eine glänzende Überlegung! Man könnte es wirklich versuchen.«

»Wir reiten also neben den Straßen zur Küste, nach Bar oder Budva, und …«

»In Budva sind zur Zeit nur Soldaten und Kriegsschiffe«, sagte er.

»Also Bar?«

Er nickte. »Antivari«, sagte er betont.

»Und Ihr meint, von dort aus …«

»Keineswegs.«

»Überhaupt nicht?«

»Unter gar keinen Umständen.«

»Wieso nicht?«

»Die Türken, mit denen wir nicht mehr im Krieg sind, sperren die Häfen. Es könnte ja sein, daß ein Schiff doch nicht nach Venedig geht, sondern Nachschub oder wenigstens Proviant für die Spanier nach Castelnuovo bringen will.«

»Aber Castelnuovo wird doch auch von den Türken gesperrt. Wie sollte ein Schiff es anlaufen können?«

»Tja«, sagte der Schreiber, »das sind die Rätsel, mit denen wir uns jeden Tag zu plagen haben.«

»Wir können es aber versuchen?«

»Versuchen könnt Ihr es auf jeden Fall.«

»Wir danken Euch, Herr, für Eure Zeit und die erhellenden Auskünfte.«

Als wir wieder auf der Straße waren, sagte Belgutai: »Verfinsterung überaus schwangere. Diesen Mann – alle Venezianer so? Diesen Mann Kopf abwärts aufhängen, schneiden und Schweine füttern.«

»Nicht Schweine. Ratten.«

Wir ritten nach Bar/Antivari. Fünfzehn Jahre zuvor war die Stadt von den Türken geplündert worden; hier und da sah man noch Ruinen, aber die meisten zerstörten Häuser waren ersetzt oder ausgebessert worden. In den Hafenschänken erkundigten wir uns nach Schiffen, und wie wir uns gedacht hatten, war es nicht schwierig, eines zu finden, das uns nach Venedig bringen würde. Belgutai weinte beinahe, als wir am Nachmittag vor dem Auslaufen unsere treuen Pferde verkauften. Die letzte Nacht verbrachten wir in einem Gasthaus, nicht einmal hundert Schritte vom Kai entfernt.

In der Schänke war kaum Platz zu finden, so viele Seeleute

und Soldaten drängelten sich dort. Sie würden die Nacht in ihren Unterkünften verbringen, aber vorher wollten sie gründlich trinken. Von einem Neapolitaner, der als Fähnrich mehrere Nachschubzüge zur Bucht von Cattaro begleitet hatte, hörte ich, daß der Maure at-Tahir tot sei.

»Hat es schwere Kämpfe gegeben?«

Er musterte mich über seinen Weinbecher hinweg. »Du klingst … betrübt. Hast du ihn gut gekannt?«

»Nicht gut, aber ich glaube, ich hätte ihn gut kennen mögen. Er war ein guter Mann.«

Der Fähnrich nickte. »Ein Jammer, sein Ende. Nein, es gab keine argen Gefechte. Irgendwas mit seiner Frau; angeblich hat sie ihn betrogen, er hat sie getötet und danach sich.«

Ich dachte an Laura und unser Gespräch über die Einsamkeit des Fleischs. »Trinken wir auf die Frauen«, sagte ich. »Mögen sie uns erhalten bleiben. Und zum Teufel mit der Eifersucht.«

ZWANZIG

Das Ende des Mauren Otero

»Du bist dumm«, sagte Goran.

»Seit wir uns kennen, sagst du mir das jeden Tag mehrmals. Warum in diesem Fall?«

Er schob die Blätter von sich, blähte die Wangen und ließ eine Art Pferdefurz hören. »Ein guter Mann, wahrscheinlich«, sagte er. »Dieser Maure Otero. Er treibt sich in Dubrovnik herum, bewirtet dich in Bijela, läßt dich zu den Spaniern reiten, und jetzt erwähnst du so nebenher, daß er tot ist!«

»Ich kann ihn nicht auferstehen lassen, damit er dir seine Geschichte erzählt.«

»Aber du hast doch bestimmt mehr über sein Ende erfahren, oder?«

»Natürlich. Wenn einem jemand so etwas erzählt, dann fragt man natürlich nach.«

»Und warum schreibst du es nicht auf?«

Ich zuckte die Schultern. »Es ist müßig. Oder kommt mir so vor.«

»Nur, weil er weiter keine Rolle in deiner schwarzen Komödie spielt? Aber er war doch ein bemerkenswerter Mann; dann kannst du seinen zweifellos bemerkenswerten Tod nicht einfach so mit ein paar dürren Worten erledigen.«

»Was willst du wissen?«

»Alles.« Plötzlich lachte er. »Wie immer, wenn es um Blut und Frauen geht.«

Ich lehnte mich zurück und schloß die Augen halb. »Laß mich überlegen.«

»Was mußt du da überlegen?«

»Woran ich mich erinnere. Und was ich dazuerfinden könnte.«

»Hast du das vor?«

Ich setzte mich wieder aufrecht hin und faltete die Hände auf dem Tisch. »Nein. Wenn ich schon fremde Liebesdramen erzähle … Mehr dazuerfinden soll jemand, der das tun mag. Also. Otero war Hauptmann, einer von vielen an der Bucht von Kotor, aber weil er Kenntnisse, Erfahrungen und einen guten Ruf hatte, haben sie ihn zum Feldmeister gemacht.«

»Ist das üblich?«

»Was meinst du?«

»Er war doch Maure. Söldner.«

»Venedig setzt immer Söldner ein.«

»Ja, schon, aber die Hauptleute sind doch meistens Venezianer, wenn ich mich nicht irre.«

»Das stimmt, und vielleicht beginnt da schon das Drama. Die meisten anderen Hauptleute an der Bucht sind Venezianer, die Fähnriche auch, und angeblich gab es ein paar Männer, die sich zurückgesetzt fühlten. Und dann auch noch durch einen Mauren.«

Goran starrte in seinen Becher, der nur noch eine Pfütze lauwarmen Wassers enthielt, entschied sich aber offenbar, jetzt nicht aufzustehen und zum Herd zu gehen. »Bis hierhin habe ich das verstanden«, sagte er.

»Das ehrt dich. Otero war verliebt in die schöne Tochter des Obristen, der die Festung Perast befehligt. Perasto, sagen die Venezianer; die wichtigste in dem Teil der Bucht, weil sie die türkische Burg Risan bewachen, notfalls sperren und beschießen kann. Der Oberst wollte natürlich nicht, daß seine engelsgleiche Tochter einem dunkelbraunen Mietling anheimfällt …«

Goran unterbrach mich. »Ich kann so etwas besser anhören und verstehen, wenn die Leute Namen haben. Der Oberst und die Tochter.«

»Ich glaube nicht, daß ich den Namen des Obristen je gehört habe. Und den der Tochter habe ich vergessen. Ich glaube, ah, jetzt fällt's mir wieder ein, sie hatte zwei Namen, Desideria Damiana.«

»Bei allen Himmeln!« Goran klang erstaunt. »Wer tut seinem Kind so etwas an?«

»Ziemlich aufwendig, das stimmt. Deshalb wurde sie anders gerufen, irgendeine Zusammenziehung beider Namen, Desidama oder so. Nein, das war's nicht – Desdamia? Auch nicht, aber so ähnlich.«

Goran seufzte. »Nenn sie einfach Desi; das kann ich mir für die Dauer der Geschichte merken.«

»Es spielen noch ein anderer Hauptmann und vor allem ein böser Fähnrich mit, aber deren Namen weiß ich wirklich nicht.«

»Dann gibt es keine Hilfe. Mach weiter.«

»Wohlan denn, tugendhafter Goran, so lausche den Verzerrungen, die Heimtücke und Übel …«

Er hob die Hände. »Erspar mir das; das ist ja furchtbar.«

»Ja, nicht wahr? Also, machen wir es kurz. Der Fähnrich, ein braver Venezianer …«

»Gibt's nicht. Alle Venezianer sind Schurken.«

»… war, nein, ist verheiratet, war aber vielleicht ein wenig in die holde Desi verliebt. Außerdem fand er, man habe ihn bei Beförderungen übergangen, eigentlich sollte er längst Hauptmann sein, und dann hätte ihm vielleicht sogar das Kommando zugestanden, das man dem Mauren Otero übertragen hatte. Wie auch immer – er war neidisch und eifersüchtig, und vielleicht wollte er sich auch bei dem Obristen besonders beliebt machen.«

»Bleib bei einer Seite der Geschichte; ich habe das Gefühl, du erzählst gerade alles durcheinander.«

»Das gehört dazu; es ist eine wirre und finstere Geschichte. Der Oberst und seine Frau haben sich ein paar Monate lang in Venedig aufgehalten; der Rest des Haushalts, darunter Desi, ist in Perast geblieben. Und Desi hatte sich in den schneidigen Otero verliebt oder seine Verliebtheit erwidert. Wie auch immer, in Abwesenheit der Eltern haben sie geheiratet. Das schönste Paar an der Bucht, sagten einige; andere fanden es scheußlich, die liliengleiche Venezianerin im Bett des dunklen Mauren …«

Goran lächelte sanft. »Ich sehe schon, es ist eine jener Geschichten, die man besonders gut abends am Feuer erzählen kann. Alle Zutaten sind vorhanden – Männer, Frauen, Schönheit, Liebe, Ungehorsam, Leidenschaft. Und Neid, klar. Und weißt du, was all diesen Geschichten fehlt? Ein Mangel, der sie erst erzählenswert macht?«

»Du wirst es mir bestimmt jetzt sagen.«

Er beugte sich vor und patschte mit der flachen Hand auf den Tisch. »Vernunft! Die Vernunft fehlt. Wenn die auch noch dabei mitgespielt hätte, wäre aus der dramatischen Begebenheit bestimmt nichts geworden. Ja, ja. Mach weiter.«

»Der tückische Fähnrich hat nun überlegt, wie er am besten gegen den Mauren vorgehen könnte. Und er hat sich wohl gesagt, es wäre besser, Otero zu entehren als zu töten.«

»Siehst du«, sagte Goran.

»Was soll ich sehen?«

»Du und deine Ehrenhaftigkeit. Ehre ist genau so ein Laster wie Heimtücke, Neid und der ganze andere Unfug. Entehren, pah.«

»Desi war mit der Frau des Fähnrichs befreundet. Kein Wunder; so viele venezianische Damen, mit denen man plaudern kann, gibt es in Perast wahrscheinlich nicht. Und Desi hatte ein Tüchlein mit maurischen Stickereien, das hatte Otero ihr geschenkt.«

»Wenn das eine gute Geschichte ist, stammt es wahrscheinlich von seiner Mutter, oder?«

»Weiß ich nicht. Das Tüchlein hatte sie immer dabei, wenn sie die Frau des Fähnrichs besucht hat. Und irgendwie hat der es geschafft, das Tüchlein zu stehlen.«

»Ah.« Goran nickte; etwas wie Behagen breitete sich auf seinem Gesicht aus. »Ich sehe, worauf es hinausläuft. Oder läuft es etwa anders?«

»Nur ein bißchen. Jetzt kommt der andere Hauptmann ins Spiel.«

»Welcher andere Hauptmann?«

»Hatte ich den nicht erwähnt? Vergib mir; es ist ja nicht meine Geschichte, deshalb bin ich mir der Einzelheiten nicht ganz sicher. Es gab da einen anderen Hauptmann, der auch fand, als guter Venezianer hätte er den Oberbefehl bekommen sollen, nicht der Maure. Und es war wohl auch so, daß der Oberst und seine Frau diesen Hauptmann viel lieber als Schwiegersohn gesehen hätten. Angeblich hatte er Desi auch schon den Hof gemacht, so daß Otero immer mißtrauisch wurde, wenn der Hauptmann in Desis Nähe kam.«

Goran lauschte ohne weitere Einwürfe. Ich erzählte ihm, was ich in der Schänke in Bar und später auf dem Schiff gehört hatte – gute Geschichten machen gewöhnlich schnell die Runde. Irgendwie gelang es dem Fähnrich, das gestohlene Tüchlein in die Räume des Hauptmanns zu schmuggeln. Der wußte natürlich, wem das Tuch gehörte, und der Fähnrich sorgte dafür, daß Otero mit ihm zusammen gerade dann zu Oteros Haus kam, als der Hauptmann dort mit dem Tuch in der Hand auftauchte, um es zurückzugeben. Was dann im Haus geschah, wußte niemand; es gab nur wilde Mutmaßungen.

Offenbar war Otero nicht nur ein guter und hitziger Kämpfer, sondern auch ein hitziger und eifersüchtiger Gemahl; es kam zu einem Streit mit Desi, und Otero erwürgte seine Frau. Gleichzeitig überfiel der Fähnrich in einer dunklen Gasse den Hauptmann und verletzte ihn; am nächsten Morgen sagte er, er habe den Mauren in der Nähe gesehen. Die Tochter des Obristen aus Eifersucht erwürgt und einen Waffenbruder heimtückisch überfallen …

Goran holte tief Luft. »Und dann haben sie ihn wahrscheinlich festgenommen und gefoltert, nicht wahr? Und Otero, als blöder Ehrenmann, hat geschwiegen, weil er am hellichten Tag alles selbst nicht glauben mochte.«

»So ähnlich«, sagte ich. »Er hat sich dann im Kerker umgebracht. Inzwischen hat aber die Frau des Fähnrichs geplaudert, deshalb weiß man, was wirklich geschehen ist, und der Fähnrich ist zur Aburteilung nach Venedig gebracht worden.«

Goran schwieg einen Moment; dann sagte er: »So, wie du zuletzt geredet hast, gibt's da aber noch etwas, oder?«

»Kluger und scharfohriger Mann! Es ist noch von dem Hauptmann zu berichten, der gewissermaßen neuerdings zu deinen Verwandten gehört.«

»Mein Verwandter?« Goran hob beide Hände und spreizte

die Finger. »Weiche von mir! Ich mag nicht mit Venezianern verwandt sein. Und wieso überhaupt?«

»Der Fähnrich hat ihn ja überfallen und verwundet, und zwar am Bein. Die Wunde hat sich entzündet; man hat dem Hauptmann das Bein unterhalb des Knies abnehmen müssen, und jetzt hat er ein Holzbein.«

Goran drehte sich so, daß er das Holzbein auf den Stuhl neben seinem Bein legen konnte. Er betrachtete es wie einen Fremdkörper – ein ekelhaftes, unbekanntes Tier, das sich irgendwie im Haus eingenistet hat. Dann blickte er auf, sah mich an und grinste. »Wo Holzbeine gehobelt werden, kriegen auch Venezianer schon mal einen Splitter ins Auge. Es ist aber eine blöde Geschichte, und um sie richtig zu erzählen, mußt du noch an ein paar Einzelheiten arbeiten.«

»Das überlasse ich anderen, die das besser können.«

EINUNDZWANZIG

Zurück ins Labyrinth

Ungünstige Winde und Frühjahrsstürme hielten uns auf. Zwei Tage trieben wir vor der Einfahrt zur Bucht von Kotor und sahen die türkischen Schiffe, die Nachschub für die Spanier unterbinden, aber wohl noch nicht nach Castelnuovo greifen sollten. Sie hielten sich außerhalb der Schußweite spanischer Kanonen, beobachtet von den Besatzungen einiger venezianischen Galeeren, die wiederum im Schutz ihrer am Südufer der Bucht in Stellung gebrachten Kanonen blieben.

Erst am achten April erreichten wir Venedig. Nach dem Ausschiffen begaben Belgutai und ich uns zuerst zur Druckerei. Angelo, der Meister, war nicht da; der Setzer Claudio hatte solange die Aufsicht; und er hatte eine Nachricht, die mich zunächst verblüffte, dann entsetzte.

»Die Herrin ist vor siebzehn« – er überlegte –, »nein, achtzehn Tagen nach Ragusa abgereist, um dich dort zu treffen.«

»Ich weiß nichts davon«, sagte ich.

Claudio blickte ein wenig erstaunt drein. »Aber es gab doch einen Brief.«

»Von mir?«

Er überlegte wieder. »Angelo weiß vielleicht mehr«, sagte er zögernd, »aber ich glaube, er war von einem der Handelsherren in Ragusa, und es standen Grüße und Vorschläge von dir darin.«

»Wann ist Angelo wieder da?«

»Irgendwann vor Sonnenuntergang; er hatte etwas auszuliefern.«

»Sind die Zimmer oben benutzbar?«

Claudio wackelte mit dem Kopf. »Ich kümmere mich darum.«

Wir ließen unsere Sachen in der Druckerei. Es war früher Nachmittag; nach kurzem Bedenken beschloß ich, Lorenzo Bellini aufzusuchen. Belgutai hatte die Seefahrt schadlos überstanden, war jedoch nicht traurig, wieder festen Boden betreten zu können.

»Mitkommen«, sagte ich. »Wir werden einen Mann besuchen, der vielleicht zwei Fragen beantworten kann und dafür vier neue Fragen stellen wird. Danach – essen?«

Belgutai murmelte etwas über die Vorzüge von Nahrungsmitteln, die man nicht immer wieder von Planken aufsammeln muß.

Bellini war in seiner Schreibstube – eher ein Saal voller Bücher, Rollen und Dokumente. Er begrüßte mich beinahe herzlich und musterte Belgutai neugierig.

»Mongole?« sagte er, nachdem ich die beiden einander vorgestellt hatte. »Mein erster Mongole … Ich nehme an, es gibt eine längere Geschichte zu erzählen. Setzt euch. Wein?«

»Und vielleicht ein Stück Brot«, sagte ich. »Die längere Geschichte muß warten. Zuerst eine kurze Frage.«

Bellini hob die Hand, schickte einen seiner Schreiber los, um Brot und Wein zu beschaffen, und räusperte sich dann. »Ich weiß nicht viel.«

»Was ist mit Laura? Hat sie …?«

»Sie hat. Ein Brief aus Ragusa; sie hat ihn mir gezeigt. Ich fand, sie solle nicht reisen, aber …« Er hob die Schultern.

»Was stand in dem Brief? Und von wem war er?«

»Meister Nikola. Die üblichen Höflichkeiten, dann die Mitteilung, daß man dich innerhalb der nächsten zwei oder drei Tage erwartet, daß du Laura zu sehen hoffst, daß man gewisse Geschäfte zu einem für alle erfreulichen Abschluß bringen möchte. Mehr nicht.«

Ich schwieg, bis der Schreiber mit Brot, Wein und Bechern zurückgekommen war. Belgutai betrachtete die überfüllten Regale, nahm einen Becher und ein Stück Brot und wartete darauf, daß einer von uns den ersten Schluck tat.

»Trinkt«, sagte Bellini, »eßt. Die Antworten werden durch Fasten nicht besser.«

»Seltsam«, sagte ich, nachdem ich getrunken hatte. »Meister Nikola, wenn er das geschrieben hat, hat er etwas geschrieben, was nicht stimmt und wovon er nichts wissen konnte.«

»Wo bist du gewesen? Warum kann Meister Nikola das nicht wissen? Was hast du gesehen, was ich wissen sollte? Und was willst du wegen des Briefs und wegen Laura unternehmen?«

Belgutai lachte und hob den Daumen. »Italisch ärmlich, aber versteh«, sagte er. »Zwei Fragen du, vier Fragen er, wie gesagen.«

»Was meint er?«

»Ich habe ihm gesagt, daß du auf zwei Fragen mit vier Gegenfragen antworten wirst. Er hat mitgezählt.«

»Kann er Kroatisch?«

»Besser, aber laß uns das ruhig so bereden. Ich war in Priština, Kassem ist tot, die Türken bereiten die Rückeroberung von Castelnuovo vor, und was hörst du aus Ragusa?«

Ich weiß nicht, wieviel Belgutai vom folgenden Austausch verstand. Er saß, trank, knabberte an venezianischem Würzbrot und hielt meistens die Augen geschlossen.

Bellini versicherte mir, die Mitteilung über den französischen Priester habe viele venezianische Schiffe und Leben gerettet; insofern sei meine Arbeit als Spion sinnvoll gewesen. Er füllte einige Lücken in meinen Kenntnissen, was den Verlauf des erstickten Kriegs und der abgebrochenen Seeschlacht anging, und faßte zusammen, was in den vergangenen Monaten in Venedig und auf dem Festland geschehen war.

»Kurz gesagt also«, schloß er, »der gewöhnliche Wahnsinn der Herrschenden. Jedenfalls bei uns; was die Türken machen, erscheint mir höchst vernünftig.«

Nach der Eroberung von Castelnuovo hatte Venedig verlangt, der Kaiser möge die Stadt und damit den Rest der Bucht den Venezianern übergeben. Als Karl sich weigerte, verließ Venedig die Heilige Liga und begann Friedensgespräche mit Konstantinopel. Der Kaiser hatte vier weitere *tercios* bereitgestellt, an die dreizehntausend Mann, die den Brückenkopf ausbauen und Sarmientos Regiment verstärken sollten; inzwischen brauchte er sie anderswo, so daß es bei dem einen *tercio* blieb. Venedig weigerte sich natürlich, die Spanier mit Nachschub und Nahrungsmitteln zu versorgen, und des Kaisers Flotte unter Andrea Doria wurde gegen Frankreich benötigt, konnte also auch keinen Nachschub liefern. Die Osmanen bereiteten mit der nötigen Gründlichkeit die Rückeroberung der Festung vor. Und Venedig hatte einen neuen Dogen.

»Was ist mit dir und dem neuen?«

Bellini rümpfte die Nase. »Er wartet noch ab.«

Ich berichtete von Ragusa, von Katona und Meister Nikola, dem Auftauchen von Karim Abbas, meiner Flucht, der Lage an der Bucht von Cattaro, der Reise nach Priština, Kassems Tod, dem Kampf mit Karim und allem übrigen.

Danach rätselten wir an dem Brief herum, an Beweggründen, an möglichen Absichten, kamen jedoch nicht besonders weit. Bellini sagte, seit Lauras Abreise habe er keine wesentlichen Meldungen aus Ragusa erhalten, könne also nicht einmal sagen, ob sie dort angekommen sei.

»Hör zu«, sagte ich schließlich. »Das ist alles so seltsam … Die brauchen wirklich keine venezianische Druckerei da, das können sie alles selbst in Gang setzen. Ich weiß nicht, was Nikola oder sonst jemand von Laura will. Und weil ich es nicht weiß und mir auch nichts Sinnvolles vorstellen kann, fürchte ich, es handelt sich um eine Tücke, eine Falle – aber wozu?«

Bellini blickte zu Belgutai hinüber, der leise schnarchte. »In vier Tagen geht ein Schiff. Willst du …?«

»Ich will. Was ist es – Händler oder Staat?«

Er setzte ein schräges Lächeln auf. »Beides, könnte man sagen. Was machst du mit dem da?«

»Das muß ich mit ihm bereden. Er will ein wenig vom Westen sehen; ich weiß nicht, ob Venedig ihm westlich genug ist.«

»Gut.« Bellini stand auf. »Ich muß zum Rat; deswegen … Oder haben wir noch etwas zu besprechen?«

»Wenn mir etwas einfällt, komme ich vor der Abfahrt noch einmal vorbei.«

»Das solltest du sowieso. Ich muß dich mit dem Kapitän bekannt machen.«

Ich weckte Belgutai, der behauptete, gar nicht geschlafen zu haben. Zunächst gingen wir zurück zur Druckerei. Angelo war inzwischen eingetroffen. Mehr, als ich von Bellini über den Brief erfahren hatte, konnte er mir auch nicht sagen. Die Geschäfte der Druckerei gingen gut, sagte er; natürlich sollte die Herrin bald wiederkehren, aber einige Zeit werde es wohl noch ohne sie gehen.

Ich erkundigte mich, ob Laura etwas über die Kinder gesagt habe.

»Nur, daß sie bei dieser Tante oder Base sind.«

Beim Essen in einer der teureren Tavernen setzte ich Belgutai auseinander, was ich hatte in Erfahrung bringen können.

»Finsterlich«, sagte er, als ich fertig war. »Aber kein Licht von mir für Erhellung von finster.«

»Was hast du vor?«

Er leerte seinen Becher. »Gut Wein trinken hier«, sagte er. »Essen. Nicht auf Wasser reiten.«

»Das wird dich hemmen. Hier gibt es nasse Straßen, für die man ein Boot braucht.«

»Nasse Straße gut, aber nicht nasse Steppe Adria.«

»Du willst also bleiben und dich umschauen?«

Er schob die Unterlippe vor und wackelte mit den Ohren.

»Was heißt das?«

»Umschau ohne Geld blindlings.«

»Morgen nehmen wir ein Boot und fahren zum Festland. Ich habe dir ja von dem anderen Haus erzählt und von der Papiermühle.«

Er nickte. »Belgutai Papier mahlen?«

»Das wäre eine Möglichkeit. Ich wüßte noch etwas. Wir werden die Kinder besuchen, sehen, wie es ihnen geht, und sehen, ob sie sich an einen mongolischen Seefahrer gewöhnen könnten.«

»Das gut so.« Er lächelte. »Und?«

»Sie sind bei einer Verwandten von Laura, nicht weit von der Papiermühle und dem Haus. Wenn du willst, wirst du ein wenig arbeiten, vor allem aber wachen.«

»Kinder wachen? Haus wachen? Papier wachen?«

»Kinder und Haus. Die Kinder bleiben bei Gianna, aber ich

würde mich viel wohler fühlen, wenn ich wüßte, es ist einer mit Pfeil und Bogen und Messer in der Nähe, falls jemand, den Karim Abbas geschickt haben könnte, dort auftaucht. Und es schadet nicht, wenn das Haus nicht immer leer ist.«

Laurina und Giacomo freuten sich zwar, mich zu sehen, ich hatte aber das Gefühl, daß ihr Kummer ob der Abwesenheit der Mutter größer war als das Vergnügen über die Rückkehr des Vaters. Ich ließ mir von Gianna erzählen, daß sie gute Fortschritte beim Lernen machten und eine Wonne seien; währenddessen erprobten sie Belgutais Sprachkenntnisse, lachten über die Geschichten, die er in seinem bröckligen Italienisch erzählen konnte, und als ich vorschlug, er könnte ihnen beibringen, wie man auf Pferden sitzt, von Pferden fällt und mit Pferden redet, hätten sie ihn am liebsten gleich bei sich behalten.

Wir beredeten die Einzelheiten mit Gianna; danach umarmte ich die Kinder und versprach ihnen, bald mit Mama heimzukehren. Ich ließ Gianna einiges an Geld zurück, nicht nur für die Kinder, sondern auch, um passende Pferde und Zubehör zu beschaffen.

Danach suchten Belgutai und ich die Papiermühle auf, wo alles seinen Gang zu gehen schien. Ezio wiederholte fast wörtlich, was Angelo in der Druckerei gesagt hatte – es werde eine Weile gehen, aber Laura solle nicht zu lange wegbleiben.

»Der hier«, sagte ich, »ist ein Freund. Er heißt Belgutai und hat mir das Leben gerettet. Er wird sich um das Haus kümmern, so lange ich fort bin, und er wird den Kindern das Reiten beibringen. Setz ihn auf die Lohnliste; er wird wie ein Setzer bezahlt, und wenn er etwas braucht, gib es ihm.«

»Wie du befiehlst, Herr.«

Als ich am übernächsten Tag zum Boot ging, um mich nach

Venedig übersetzen zu lassen, war ich einigermaßen beruhigt. Zumindest was die Kinder und das Haus betraf. Ich hatte keinen Zweifel daran, daß Belgutai sie beschützen würde, so gut dies möglich war. Meine Sorgen um Laura minderte das natürlich nicht. Und mir blieb noch eine traurige Pflicht zu erledigen: Antonios Vater aufzusuchen, um ihm die Nachricht vom Tod seines Sohnes zu überbringen.

Sechs Tage später ging ich in Dubrovnik an Land, diesmal nicht heimlich in einer entlegenen Bucht, sondern ganz offen im Hafen. Am Durchgang zur Stadt standen zwei von Katonas Männern. Ob sie lächelten, kann ich nicht sagen; sie machten eine besondere Art Miene, als sie mich sahen, und baten mich, sofort mit ihnen zu gehen. Falls es sich um eine Bitte handelte.

Katona empfing mich mit einem Nicken und einem angedeuteten Lächeln. »Setz dich«, sagte er; nach einem Blick auf meine Sachen setzte er hinzu: »Wieder die Degenfiedel – willst du gleich zu den Musikern?«

»Ich will gleich zu meiner Frau.«

»Du hättest mir ruhig sagen können, wer sie ist, statt nur Grüße ausrichten zu lassen.«

Ich hob eine Braue. »Ich dachte, du wüßtest es sowieso.«

»Wußte ich auch.«

»Warum hätte ich es dir dann sagen sollen?«

»Als Zeichen des Vertrauens.«

Ich lachte. »Vertrauen? Ich bin dir dankbar dafür, daß du mich hast fliehen lassen, nach der Sache mit Mehmet; aber Vertrauen wäre in deinem Gewerbe wohl arg übertrieben.«

»In meinem Gewerbe? Was ist mit deinem?«

»In dem auch. Wenn du aber ohnehin alles weißt, kannst du mir bestimmt auch sagen, wo ich Laura finde.«

Er rieb sich die Augen. »Lausige Nacht mit viel Arbeit«, knurrte er. »Was deine Frau angeht – ja und nein.«

»Wie soll ich das verstehen?«

»Ja, ich kann dir sagen, wo sie ist – nein, ich kann dir nicht sagen, wie du zu ihr kommst.«

Ich hatte das Gefühl, etwas Kaltes kröche mein Rückgrat hinauf. »Was ist mit ihr? Ist sie ins Hinterland gereist?«

»So ähnlich.«

»Komm, spiel keine dummen Spielchen mit mir.«

Er legte die Hände auf den Tisch und schien seine Finger zu zählen. Ohne mich anzusehen, sagte er: »Die Türken haben sie.«

»Welche Türken haben sie wo?«

»Wer? Ich weiß es nicht genau; ich nehme an, dein besonderer Freund hat etwas damit zu tun. Und wo? In Trebinje.«

Ich versuchte, mich auf die Lage der Stadt, der Straßen, der Grenzen zu besinnen. Trebinje liegt nicht mehr als fünfzehn Meilen östlich von Dubrovnik an der alten Handelsstraße, die früher einmal ins Reich der serbischen Könige geführt hatte und heute ins Osmanische Reich führt. Auf dem langen Winterweg nach Priština waren Antonio, Belgutai und ich nicht weit südöstlich von Trebinje durch die Berge gezogen.

»Wenn sie Herceg Novi zurückerobern wollen«, sagte ich, »bietet sich Trebinje natürlich als Hauptlager an. Aber Karim Abbas?«

»Weißt du eine bessere Erklärung?«

Ich zögerte. »Du meinst«, sagte ich langsam, »er hat Laura, um durch sie an mich zu kommen? Um mich zu zwingen, zu ihm zu kommen?«

Katona nickte nur.

»Laß uns über die Zeit und die Abstände reden. Vielleicht gibt es eine andere Erklärung.«

Aber schon, während ich dies sagte, wußte ich, daß Katona recht hatte. Wenn alle Angaben stimmten, hatte Laura um den fünfzehnten März herum den Brief aus Dubrovnik erhalten, vielleicht ein wenig früher. Am fünfzehnten März hatten Belgutai und ich über die Ermordung Caesars geredet, in Scutari, kurz vor der Grenze zum Venezianischen Albanien. Wir hatten uns langsam und vorsichtig bewegen müssen, meine Wunde und das Fieber nicht eingerechnet; für Karim wäre es ohne Mühe möglich gewesen, auf guten Straßen und ohne Heimlichkeit einen Befehl von Priština nach Dubrovnik zu schicken oder die etwa zweihundert Meilen selbst zurückzulegen. Der Brief … nein, es war durchaus möglich. Zehn Tage von Priština nach Dubrovnik, und bei erträglichen Wind- und Wasserverhältnissen vielleicht vier bis Venedig. In der Zeit, die Belgutai und ich gebraucht hatten, um in die Nähe von Bar zu kommen, wäre es möglich gewesen. Vor allem, wenn man über Karims Beziehungen und seine Befehlsgewalt verfügte.

»Also Karim Abbas«, sagte ich. Vermutlich klang ich so matt, wie ich mich in diesem Moment fühlte.

Katona musterte mich aufmerksam. »Was hast du vor?«

»Ich weiß es nicht. Gibt es … hast du irgend etwas bekommen, eine Mitteilung, eine an mich weiterzugebende Aufforderung, so etwas?«

Er schüttelte den Kopf.

»Dann werde ich Meister Nikola befragen. Angeblich war der Brief von ihm.«

Katona preßte die Lippen zu einem Strich zusammen.. »Ich weiß nicht, ob er dich empfängt. Und wenn, ob er dir etwas sagt.«

»Warum nicht? Wenn er den Brief geschrieben hat? Oder hat schreiben lassen …«

»Trotzdem. Wenn du nach Rom kommst, wird dich der Papst nicht gleich empfangen, nur, weil du es möchtest.«

»Ist das so? Ist Meister Nikola so mächtig?«

Katona zögerte. »Tja«, sagte er schließlich, »er hat keine amtliche Macht. Aber … er kennt jeden, weiß von allen, welche Schwächen sie haben und wo sie gepiekst werden müssen, wenn man sie zum Schreien bringen will.«

»Trotzdem«, sagte ich. »Er hat in Valerios Schänke mit mir gesprochen, ich habe in seinem Haus Musik gemacht. Ich will es versuchen. Kann ich meine Sachen solange hierlassen?«

Kaum eine halbe Stunde später war ich wieder bei Katona. Ich hatte mich zu Meister Nikolas Haus begeben, ein paar Worte mit einem Diener gewechselt, eine Weile stumm vor mich hin geflucht, und nun saß ich dem Ungarn wieder gegenüber.

»Meister Nikola ist nicht in der Stadt«, sagte ich.

Katona verschob Papiere auf seinem Tisch. »Seltsam.« Er blätterte und knurrte leise. »Eigentlich weiß ich, wer von den wichtigen Leuten sich gerade wo befindet; man könnte sie ja brauchen. Nicht in der Stadt? Aber wo?«

»Das wollte mir der Diener nicht sagen. Er hat mir aber eine Anweisung übermittelt.«

»Aha.« Katona lehnte sich in seinem Scherenstuhl zurück. »Und zwar?«

»Ich soll bei Valerio warten, bis man mich hinsichtlich der nächsten Schritte benachrichtigt.«

»Dann steckt er also doch dahinter!«

»Offenbar. Aber warum? Fremde Drucker braucht ihr ja nicht …«

Der Ungar lachte. »Und wenn, dann wäre Venedig der letzte Ort, an dem Nikola sie suchen würde.«

»Mag er uns nicht?«

»Wer mag die Venezianer schon? Du bist ja keiner, also nimm es dir nicht zu Herzen. Ich glaube, er hat zuletzt versucht, euch weiter zu schwächen.«

»Wie will er das machen? Dem Dogen Blutegel ansetzen?«

»Er hat gute Verbindungen.« Leiser setzte Katona hinzu: »Auch zum Sultan und dessen Leuten. Vielleicht macht er ihnen Angebote, die sie nicht ablehnen mögen.«

Ich schüttelte den Kopf und sah ihn schweigend an.

»Nun ja«, sagte er. »Den Streifen Küste, den Venedig noch in Dalmatien besitzt, Split und all das da oben, werdet ihr verlieren, wenn ihr mit dem Sultan wirklich Frieden schließen wollt. Ich erinnere mich, daß Meister Nikola hin und wieder gesagt hat, eigentlich sollte man euch von der Insel Korčula verjagen.«

»Hat er so viel Einfluß, daß er die Türken zu so etwas bringen könnte?«

Katona hob die Schultern.

»Oder«, sagte ich langsam, »könnten die Türken ihn zu etwas gezwungen haben? Zum Beispiel dazu, seltsame Briefe zu schreiben?«

Katona lächelte, aber es war kein Ausdruck von Heiterkeit. »Nach Lage der Dinge können sie jeden von uns zu allem zwingen. Sie tun es gewöhnlich nicht, weil sie gut daran verdienen, daß wir unsere innere Freiheit behalten.« Mit dem Kopf wies er schräg hinter sich; irgendwo dort war der Hafen. »Venedig und Florenz haben wie üblich Streit«, sagte er. »Florenz hat sich aus diesem unsäglichen Halbkrieg herausgehalten und liefert den Türken, was sie gerade haben wollen. Alles über Dubrovnik. Hier wird es umgeladen und von unseren Schiffen nach Konstantinopel gebracht. Alle verdienen, keiner außer Venedig wird geschädigt, und solange das so ist, gibt es für den Sultan keinen Grund, uns Daumenschrauben anzulegen.«

»Wären es denn Daumenschrauben für euch, wenn die Türken Nikola zu etwas zwängen? Es muß ja nicht der Sultan selbst sein, der ihn zwingt.«

»Wenn Meister Nikola« – er betonte den Ehrentitel – »zu husten beginnt, sagt man, sollte sich Dubrovnik auf Schnupfen einstellen.«

»Könnte Karim ihn zum Schreiben bringen?«

»Nur, wenn Nikola sich etwas davon verspricht. Oder wenn Karim etwas gegen ihn in der Hand hat.«

»Weißt du inzwischen mehr über Karim Abbas? Hat er einen Auftrag? Handelt er für sich oder für den Sultan? Was für einen Rang hat er innerhalb des türkischen Gefüges?«

Katona seufzte. »Ich weiß es nicht. Nicht mehr jedenfalls, als ich vor ein paar Monaten wußte. Es scheint gewisse Veränderungen zu geben. Der Sultan oder einer seiner Ratgeber ... sie haben in den letzten Jahren viele wichtige Männer an andere Stellen verschoben, sagen wir das mal so. Türken, die sich bestens in Serbien auskennen und dort Familien haben, also eigene Interessen, wurden nach Alexandria geschickt. Und ein Mann wie Kassem – er ist ursprünglich aus Tunesien, nicht wahr? Also, Kassem und andere aus dem arabischen Westen sind in den Osten oder in unsere Nachbarschaft geschickt worden.«

»Und Karim Abbas?«

»Ich weiß es nicht. Er jagt venezianische und kaiserliche

Spione. Er ist in Frankreich und Venedig gewesen, wie du weißt; vorher, glaube ich, in Mailand, vielleicht auch in Savoyen, aber das ist nicht sicher. Er wird noch andere wichtige Aufträge zu erfüllen haben, und offenbar kann er auch hohen Offizieren Befehle erteilen. Aber welchen, sagen wir, amtlichen Rang er hat?« Katona breitete die Arme aus.

Ich stand auf. »Danke für alles«, sagte ich.

»Was auch immer.« Er blinzelte. »Was hast du vor?«

»Ich gehe zu Valerio und den Musikern. Vielleicht gibt es bei ihnen eine Matratze für mich.«

Er nickte. »Wenn ich etwas höre, lasse ich es dich wissen.«

Als ich Valerios Schänke erreichte, war es später Nachmittag, zu früh für Musik. Keiner von den anderen war zu sehen, und Valerio sagte, sie seien da, wo sie immer seien.

Ich ging zu dem Haus. Zlatko hockte auf den Stufen des Eingangs und verfertigte schräge Tongebäude mit seinem Krummholz. Er setzte es ab, grinste mich an und sagte: »Willkommen daheim, Flüchtling. Dein Zimmer wartet auf dich. Und? Hast du genug Türken getötet? Spielst du heute abend mit?«

»Wenn ich darf.« Ich stellte mein Gepäck ab und setzte mich neben ihn. »Gibt es bei euch etwas Neues? Jemand gestorben? Habt ihr neue Tonarten erfunden?«

»Die alten sind schwierig genug für dumme Fremde wie dich. Alle sind noch da. Ah, dein alter Freund Goran nicht mehr. Er ist heimgesegelt. Ich soll dir sagen … warte mal, wie hat er es ausgedrückt? ›Sag diesem Fiedelspieler, falls er wieder auftaucht, daß er mich in Orebić findet, falls er mich sucht. Und wenn er nicht wieder auftaucht, sag es ihm nicht. Wenn er aber auftaucht und mich nicht sucht, erinnere ihn daran, daß er bei mir noch etwas guthat.‹ Oder so. Was meint er damit?«

»Ich habe ihm zuviel gezahlt für eine Bootsfahrt. Wahrscheinlich will er mich noch einmal befördern.«

Wir machten Musik bei Valerio, und danach tranken und redeten wir im Haus, bis das Morgengrauen sich dem Tag ergeben hatte. Es gab Geschichten über Musik und Messerstechereien, über Leute, die ich flüchtig kannte und andere, an die ich mich nicht erinnerte. Irgendwie hatte ich gehofft, einer der anderen wüßte vielleicht etwas über Laura oder Vorgänge in Trebinje, aber keiner von ihnen schien etwas gehört zu haben.

Die nächsten Tage verbrachte ich unterwegs. Ich lief zum Hafen von Gruž, von dort zur Grenze, wo Händler etwas gehört haben könnten: Leute, die aus Trebinje oder von noch weiter weg kamen, die Freunde oder Bekannte in Trebinje hatten, die möglicherweise … Ich erfuhr lediglich, daß die Türken in und um Trebinje ungeheure Mengen an Nachschub, Pulver, Kanonen und Soldaten sammelten, daß um die Sommermitte die Vorbereitungen abgeschlossen sein würden, daß des Sultans Admiral Khaireddin gleichzeitig vom Meer aus Herceg Novi angreifen würde, daß die Spanier allenfalls zwei oder drei Stunden Widerstand leisten könnten. Und daß in Trebinje ein düsterer Araber alles ordne, während der eigentliche Befehlshaber sich mit persischen Versen, ungarischem Wein und serbischen Frauen befasse.

Ich zerbrach mir den Kopf, wie ich nach Trebinje gelangen könnte; zugleich sorgte ich mich um Laura. Am dritten Tag war ich wieder im Hafen von Dubrovnik, hörte mich um und suchte Katona auf, der mir zu Geduld riet und sagte, ich solle mich nicht um die Frau sorgen, der gewiß nichts geschehen würde – zweifellos habe man sie nur mitgenommen, um sie als Druckmittel gegen mich und Venedig zu verwenden. Es beruhigte mich nicht sehr.

Am vierten Tag kam ein Bote zum Haus der Musiker. Er brachte mir einen Brief. Ich öffnete ihn und begann zu frösteln, als ich Lauras Handschrift erkannte.

Liebster – Ich schreibe dies auf Anweisung von Karim Abbas. Der Bote hat einen ferman *für dich. Komm sofort nach Trebinje, wenn dir an meinem Leben liegt. Der Bote wird dich führen.*

Es folgte ihr Name, sonst nichts. Kein Wort zu ihrem Befinden, nichts über das, was Karim Abbas zu tun beabsichtigte. Aber dazu mußte sie nichts schreiben. Ich wußte, daß er mich töten wollte. Mit ein wenig Glück – und Ehrenhaftigkeit – würde er Laura danach freilassen.

Ich schrieb ein paar Zeilen an Katona und bat einen der anderen, ihm den Brief zu überbringen. Dann packte ich meine Sachen und folgte dem Boten. Er war mit zwei Pferden gekommen, edlen Tieren. Offenbar hatte Karim Abbas es eilig.

Ardiana und Zlatko begleiteten mich bis zu den Pferden. Als ich aufgesessen war, sagte Ardiana: »Ich weiß nicht, was dich erwartet, Jakko, aber komm zurück, hörst du? Du mußt weiter mit uns spielen, und vor allem wollen wir hören, was in Trebinje so wichtig ist.«

Zlatko klopfte mir aufs Knie. »Und wenn's nicht anders geht«, sagte er, »komm als Geist zurück. Nächsten Monat Mittwoch um halb drei in der Nacht.«

ZWEIUNDZWANZIG

Ein Harem in Trebinje

Trebinje und Umgebung waren ein einziges Heerlager. In Gedanken befaßte ich mich natürlich mit Laura und Karim Abbas, aber der ehemalige Söldner Jakko konnte nicht umhin, all das zu bemerken, einzuordnen und zu vergleichen, was er beim Ritt durch die aus Zelten bestehende Vorstadt und den eigentlichen Ort sah. Er konnte sich auch eines Staunens nicht erwehren, ähnlich wie damals in Wien.

Ich kannte europäische Söldnerheere, ob diese nun dem Kaiser, dem Papst, den Venezianern, dem französischen König oder sonst einem dienten. Immer gab es bei ihnen Mangel und Durcheinander, um nicht von Chaos zu sprechen. Die Männer hatten sich in der Regel selbst zu versorgen, oft auch selbst zu bewaffnen. Irgendwann gab es den Einsatzbefehl, und eine wilde Horde zog los. Oder sie zog nicht los, sondern hatte, wie in Wien, unter unmöglichen Bedingungen eine Stadt oder Festung zu verteidigen. Um die fünfzehntausend waren wir in Wien gewesen, mit ein paar Rittern und dem harten Kern der zuletzt kaum mehr als siebenhundert spanischen Arkebusiere; der Rest bestand aus Söldnern, Bauernjungen, Totschlägern und ein paar verzweifelten Bürgern, denen man Waffen in die Hand gedrückt hatte.

Die Türken dagegen … Vor Wien, hatte es geheißen, bestand ihr Heer aus über zweihunderttausend Kämpfern und Troß. Es gab Sondertruppen, ausgebildet für Dinge, die seitens der Verteidiger zuerst erlernt werden mußten: Sprengen, das Anlegen von Stollen und Minen. Leute, die im Errichten von Verschanzungen erfahren waren – eine wohlgeordnete Verpflegung – Nachschub – Flußschiffe, die Nahrung und Schießpulver brachten.

Bei Trebinje sah ich vieles von dem, was ich in Wien nur gehört oder, von den Mauern aus, in der Ferne erahnt hatte. Die Zelte bildeten ordentliche Reihen; es gab Feldküchen und Karren, an denen die Soldaten alles bekommen konnten, was sie zum Leben brauchten. Sogar die Latrinen waren sinnvoll angelegt, so daß sie weder unerreichbar weit weg noch belästigend nah waren, meistens windab und nicht in der Nähe von Trinkwasser.

Ein westliches Heer, sagte ich mir, hätte wahrscheinlich längst den Einsatzbefehl erhalten, ehe die Vorbereitungen so weit gediehen waren. Falls sie überhaupt stattfanden. Worauf mochten die Türken warten? Es sah alles so durchdacht, so gründlich ausgearbeitet, so fertig aus. Wann, wenn nicht jetzt, wollten sie nach Herceg Novi marschieren und mit der Belagerung und Erstürmung beginnen? Dort gab es dreieinhalb- bis viertausend Mann, neun Zehntel Spanier, der Rest Griechen, Kreter, Schweizer. Hier, bei Trebinje, mußten mindestens dreißigtausend Soldaten zusammengezogen worden sein; und Kanonen, Pferde, Tragtiere, Zugtiere, Sprengmeister, Heiler, Köche …

Mein Begleiter – ein Albaner namens Bekim – tat so, als verstünde er meine Fragen nicht. »Ich bin kein Soldat«, sagte er. »Ich habe den Auftrag, dich zu meinem Herrn zu bringen; mehr weiß ich nicht.« Aber ich sah, wie er zwei- oder dreimal Männer begrüßte, die er gut zu kennen schien, und bei denen handelte es sich ausnahmslos um Kriegsleute.

»Kann es sein«, sagte ich, als wir in die eigentliche Stadt kamen, »daß alles darauf wartet, Nachricht von den Schiffen des großen Khaireddin zu erhalten?«

Bekim hob die Schultern. »Ich nehme an, es wird einen Angriff vom Wasser und vom Land aus geben. Mehr weiß ich nicht. Komm, wir sind gleich da.«

Wir hatten Trebinje schon fast durchquert, jedenfalls weit genug, um zu sehen, daß auch östlich der Stadt Zelte in abgemessenen Reihen standen. Bekim lenkte sein Pferd zu einem Tor in einer hohen Mauer. Zwei Bewaffnete grüßten ihn, wechselten ein paar Worte auf türkisch mit ihm, öffneten das Tor und ließen uns hindurchreiten. Dahinter erstreckte sich etwas, was vor nicht allzu langer Zeit ein Garten mit Bäumen und Wiesen gewesen sein mußte und nun ebenfalls Zeltlager war. Ich schätzte die Anzahl der hier untergebrachten Männer auf etwa fünfhundert, hauptsächlich Fußsoldaten. Ich sah nur wenige Pferde, die wahrscheinlich den Offizieren vorbehalten waren.

Das Haus in der Mitte des Geländes war weiß und weitläufig, die Fenster vergittert, die Tür – wahrscheinlich gab es mehrere, aber ich sah nur die, der wir uns näherten – wie das große Tor von bewaffneten Posten gehütet. Falls ich bis zu diesem Moment noch gehofft hatte, Laura irgendwie befreien zu können, mit Hilfe von Männern, die nicht unempfänglich für mein Geld wären, eine Art Handstreich durchzuführen, mußte ich mir nun sagen, daß der Träumer besser aufwachen sollte.

Bekim übergab mich einem der Posten. »Wir sehen uns«, sagte er. »Ich muß mich um die Pferde kümmern.«

Der Posten untersuchte mich kurz, aber gründlich; ich hatte meine Waffen abzugeben. Dann betätigte der Mann einen Türklopfer; ein weiterer Soldat übernahm mich und führte mich durch einen langen Gang zu einer Art Empfangssaal. »Hier warten«, sagte er. Er klatschte mehrmals in die Hände.

Der Saal schien für Beratungen genutzt zu werden. Ein langer Tisch mit Stühlen stand in der Mitte; Töpfe mit Pflanzen, bequemere Sitzgelegenheiten, gepolsterte Bänke und feine Truhen hatte man an die Wände geschoben. Dort lagen auch zusammengerollte Teppiche. Durch die Fenster sah ich in einen grünen Innenhof mit Blumenbeeten und einem Brunnen.

Ein Diener erschien, musterte uns, nickte, deutete auf den Tisch und verschwand wieder. Ich ließ mich auf einen Stuhl an der Kopfseite sinken.

Wenige Atemzüge später öffnete sich mir gegenüber eine Tür. Karim Abbas trat ein. Ohne mich anzusehen, ging er zur anderen Kopfseite, setzte sich, blickte den Soldaten an und sagte etwas. Türkisch; ich verstand nichts. Offenbar war es ein Befehl, denn der Mann legte die Hand aufs Herz, drehte sich um, ging zum Ende des Gangs, durch den wir gekommen waren, und blieb dort stehen.

»So viel Aufwand für einen, der entwaffnet worden ist?« sagte ich.

Karim verzog keine Miene. »Manche Skorpione haben mehrere Stachel. Man muß sich vorsehen.«

»Laß uns keine Zeit vergeuden. Was willst du von mir, und wo ist meine Frau?«

»Du wirst sie sehen und sprechen; es geht ihr gut. Zuerst wollen wir klären, was zu klären ist.«

»Ich möchte mich zuerst davon überzeugen, daß es ihr gutgeht.«

Der Schatten eines Lächelns zuckte um seinen Mund.

»Du wirst dich auf mein Wort verlassen müssen. Und meine Ehrenhaftigkeit.«

»Ungern.«

»Das glaube ich. Vor deinem Tod hast du noch etwas zu erledigen.«

Ich lachte leise. Es kostete mich allerdings Mühe. Der finstere Mann in düsterer Kleidung sprach so, als stünde mein Ableben bereits fest, einschließlich der Umstände und des genauen Zeitpunkts. »Mein Tod liegt bei Allah«, sagte ich auf arabisch. »Du kannst ihn weder beschleunigen noch hinauszögern.«

»Er wird mir eine Wonne sein, wann immer er sich ereignet.«

»Warum?«

Er runzelte die Stirn. »Warum er mir eine Wonne sein wird?«

»Ja, Karim. Offenbar habe ich dich gekränkt, deshalb hast du in Dubrovnik dein Werkzeug Mehmet auf mich angesetzt und in Priština meinen Freund Antonio getötet. Deshalb hast du meine Frau in deine Gewalt gebracht. Aber ich weiß immer noch nicht, warum du all das tust. Welchen Vergehens ich mich in deinen Augen schuldig gemacht habe.«

Er nickte. »Du wirst es erfahren. Bei deinem letzten Atemzug, wenn ich in der Nähe bin. Sollte der Schwarze Engel dich ohne mein Zutun holen, erfährst du es eben nicht.«

Ich schwieg; was hätte ich auch sagen sollen?

»Morgen wirst du nach Herceg Novi reiten.«

»Was soll ich dort?«

»Du wirst dem Kommandanten eine Botschaft von mir überbringen.«

»Hast du keinen anderen Boten?«

»Doch, aber keinen, dem die Spanier so glauben werden wie dir.«

»Wieso sollen sie mir glauben?«

»Du bist schon einmal dort gewesen, nicht wahr? Einige Offiziere kennen dich. Sie wissen auch, daß du in Wien gekämpft hast.«

Ich lehnte mich auf dem Stuhl zurück; er knirschte leise. »Also deshalb«, sagte ich.

»Deshalb habe ich dir nicht die Augen verbinden lassen, als du hergekommen bist.«

»Ich sollte alles sehen, eure Vorbereitungen und die Menge an Soldaten und Kriegsgut; ist es das?«

»Du solltest alles sehen, damit du es ihnen berichten kannst. Dir werden sie glauben; einem anderen Boten?« Er zuckte mit den Schultern.

»Gut; vielleicht glauben sie mir. Wie lautet deine Botschaft?«

»Du wirst ihnen sagen, daß es für sie nur zwei Möglichkeiten gibt. Entweder ehrenhafte Übergabe oder Tod.«

Ich schüttelte den Kopf. »Ein spanisches *tercio* ergibt sich nicht.«

»Biete es ihnen an. Sag ihnen, wenn sie die Waffen niederlegen, geschieht ihnen nichts.«

»Ihr würdet sie ohne Waffen abziehen lassen?«

»Wir würden die Waffen behalten und zulassen, daß sie auf eigenen oder fremden Schiffen heimkehren.«

»Und wenn sie nicht zustimmen?«

»Werden wir sie, sobald alle Vorbereitungen abgeschlossen sind, vom Meer und vom Land aus angreifen und vernichten.«

Ich nickte langsam. »Ich verstehe, daß ihr Kosten und Leben sparen wollt. Aber sie werden sich nicht ergeben.«

»Wir wollen es versuchen. Krieg ist teuer – sinnloser Kampf ist noch teurer.«

»Was geschieht mit mir?«

»Wenn du die Botschaft ausgerichtet hast, werde ich dich töten. Danach ist deine Frau frei.«

»Und wenn ich dich töte? Oder willst du deine Ehrenhaftigkeit verleugnen und mich von vielen Männern töten lassen?«

Nun lächelte er – nicht lange, aber es war ein wirkliches Lächeln. »Ich sagte, *ich* werde dich töten. Mit eigener Hand. Nachdem ich dich entwaffnet habe.«

»Was, wenn ich dich töte? Werden deine Leute uns gehen lassen?«

»Zweifelst du an der Ehre türkischer Offiziere?«

»Erlaube mir, an der Beschaffenheit der Menschen allgemein zu zweifeln.«

Er stand auf. »Komm. Du auch.« Das galt dem Bewaffneten. »Ich werde dich kurz mit deiner Frau sprechen lassen. Danach …« Er sprach nicht weiter.

Als Karim den Stuhl verschob, tauchten wie aus dem Mauerwerk zwei Diener auf. Einer ging voraus, einer zwischen Karim und mir, der Wächter bildete die Nachhut. Wir gingen durch einen Korridor, vorbei an mehreren Türen; der erste Diener blieb vor einem Vorhang stehen, wo ich eine weitere Tür erwartet hätte, auf der linken Seite des Gangs. Er zog den Vorhang beiseite.

»Fünf Sätze«, sagte Karim Abbas. Er ging ein paar Schritte weiter und deutete auf den Vorhang.

Auf das, was dahinter lag. Es war keine gewöhnliche Tür, sondern ein verriegeltes Gitter. Ich blickte in einen Raum mit Diwan, Sitzkissen, Blumen und Büchern; auf einem Tisch lagen Papier und Schreibzeug, und durch eine halboffene Tür auf der anderen Seite des Zimmers konnte ich eine Art Bad erahnen.

Laura hatte am Tisch gesessen; nun stand sie auf und kam zum Gitter. Die Abstände zwischen den waagerechten und senkrechten Stäben waren zu klein für eine Hand – zwei Finger, mehr nicht, und mehr konnte ich von ihr nicht berühren.

»Fünf Sätze, für jeden«, sagte Karim. Er verschränkte die Arme und richtete den Blick an die Decke.

Wir sahen einander an, soweit es das Gitter zuließ. Laura wirkte gefaßt; sie schien nicht abgemagert oder mißhandelt zu sein. Sie trug ein weites, weißes, fast durchscheinendes orientalisches Gewand und war barfuß. Gitter und Kleidung erinnerten mich an Bilder, die ich von Frauen in einem Harem gesehen hatte; immerhin war sie nicht verschleiert.

Wir schwiegen; ich überlegte fieberhaft, welche fünf Sätze ich sagen sollte, und ich nehme an, sie tat das gleiche.

»Liebste, wirst du gut behandelt?« sagte ich schließlich.

Sie nickte. Ich sah, wie sich in ihren Augenwinkeln Tränen bildeten. »Die einzige Mißhandlung ist die durch meine Gedanken an meine unsägliche Dummheit«, sagte sie.

»Der Brief hätte ja echt sein können. Den Kindern geht es gut, aber natürlich vermissen sie dich.«

»Drei«, sagte Karim Abbas. »Und einer.«

Laura versuchte ein Lächeln, aber es gelang ihr nicht ganz. »Kannst du tun, was er von dir verlangt?«

Ich nickte.

»Weißt du inzwischen, warum er es verlangt? Ich weiß es nicht.«

»Drei und vier«, sagte Karim.

Laura biß sich auf die Lippen; zwei Tränen rollten ihre Wangen hinab.

Ich seufzte und schüttelte den Kopf.

»Du hast noch zwei Sätze«, sagte Karim. »Sprich schneller, sonst beende ich das hier.«

»Was auch geschieht, du wirst freikommen und heimkehren.« Ich küßte die beiden Finger, die sie durchs Gitter gesteckt hatte.

Laura schloß die Augen; weitere Tränen rannen. »Ich will, daß du lebst, mein Leben.«

»Ich liebe dich.«

»Schluß«, sagte Karim Abbas; der Diener zog den Vorhang zu.

Schweigend drehte ich mich um und ging hinter dem Wächter zurück zum Empfangssaal. Dort blieb ich stehen und sah in Karims Augen.

»Deine Ehre.« Es kostete mich Mühe, die beiden Wörter zu sagen.

Er nickte. »Meine Ehre und dein Leben. Ah, noch etwas. Ich weiß, daß dieser mongolische Bogenschütze deine Kinder bewacht. Sieh zu, daß du lebend aus Herceg Novi zurückkommst. Wenn nicht, oder wenn du fliehst, werden deine Kinder sterben. Und deine Frau auch – nachdem ich mich an ihr gesättigt habe.«

DREIUNDZWANZIG

Steine und Klingen

»Willst du nicht etwas mehr über die Türken schreiben?« sagte Goran.

»Wozu? Und was?«

»Wer sie sind, woher sie kommen, was sie wollen, so etwas. Ihre Ordnung, ihr Glaube, die Janitscharen, die Ulemas, der Sultan, die Eunuchen?«

Ich schüttelte den Kopf.

»Warum nicht?«

»Wenn die Kinder je meinen Bericht lesen, werden sie alles, was sie über das Osmanische Reich wissen wollen, woanders finden können.«

»Nichts über die Knabenlese, damit dein Sohn weiß, was ihm entgangen ist?« Goran kicherte. »Aber vielleicht ist Venedig ja bald türkisch; dann wird auch bei euch die Knabenlese stattfinden, und dein Sohn kann Hofbeamter oder Janitscharenführer werden.«

»So ungnädig werden hoffentlich die beteiligten Götter nicht sein.«

»Und über die willst du auch nicht schreiben?«

Ich seufzte. »Sie sind immer nur Vorwand«, sagte ich. »Danach geht es um Land und Gold und Macht.« Ich griff zur Feder und schob das Papier zurecht.

»Was willst du jetzt schreiben? Wenn nicht darüber?«

»Den Rest der Geschichte.«

»Schon? Du bist doch noch gar nicht so weit.«

»Und wenn du mich noch länger vom Schreiben abhältst, schaffe ich nicht einmal den Weg von Trebinje nach Herceg Novi, bis …«

Er hob beide Hände und stand auf. »Ja, ja, ich weiß schon; alter Trottel, halt den Mund und laß mich in Ruhe.«

»Habe ich dich nicht auch fürs Schweigen gut bezahlt?«

»Ah, was heißt bei Geld schon ›gut‹!«

Es waren nicht viel mehr als zwanzig Meilen, aber wir brauchten zweieinhalb Tage für die Strecke. Bekim begleitete oder geleitete mich wieder, und diesmal war er nicht so schweigsam.

Mittags verließen wir die staubige Straße und rasteten in einem engen grünen Tal. Ich sammelte trockene Zweige und machte Feuer. Bekim reichte mir einen Kochtopf, Salz und den Wasserschlauch; dann spitzte er förmlich die Ohren und sagte leise: »Warte.« Aus einer Tasche seiner Jacke zog er ein langes Lederband – dachte ich; es war jedoch eine Schleuder. Aus einem Beutel am Gürtel nahm er zwei flache Steine; dann ging er langsam, fast geräuschlos taleinwärts.

Wenige Momente später kehrte er mit einem Kaninchen zurück. Der Kopf des Tiers war zerschmettert, und er hatte nur einen Stein gebraucht; den zweiten steckte er zurück in den Beutel.

»Gute Jagd«, sagte ich.

Er grinste kurz, zog das Messer und begann mit dem Abziehen und Ausweiden. »Hütejungen in den Bergen jagen so«, sagte er.

»Wie bist du aus den Bergen zu Karim Abbas gekommen? Knabenlese?«

»Dann wäre ich bei den Janitscharen. Oder in einer Schule.

Ich habe Schafe gehütet. Bei einem Aufstand sind meine Eltern umgekommen ...«

Ich unterbrach ihn. »Sohn von Rebellen? Und dann Diener bei einem Türken?«

»Nein, nein. Den Aufstand haben andere gemacht; dafür wurde ein Dorf niedergebrannt. Mit meinen Eltern. Von den Venezianern.«

»Ah. Falsche Seite der Grenze, wie?«

Er nickte. »Ich bin zu den Türken gegangen. Als Pferdebursche. Dann bei einem Händler, und vor einem Jahr bin ich mit zwei anderen von Karims Oberdiener übernommen worden.«

»Und dann vertraut man dir so einen wie mich an?«

Er blickte an mir vorbei. »Wir sind beide gleich wenig wert. Das kann jetzt gebraten werden.« Er reichte mir das Kaninchen.

Die Straße führte durch die Berge, und sie war überall verstopft von Karren, Kanonen, Tieren und Soldaten. Immer wieder mußten wir warten, bis jemand geruhte, uns vorbeizulassen, oder bis wir eine Stelle erreichten, wo es möglich war, über nicht allzu steile Abhänge auszuweichen. Am Abend des zweiten Tages erreichten wir Kameno, wo Antonio, Belgutai und ich, aus Herceg Novi kommend, die Straße verlassen und den Weg durch die Berge genommen hatten. Der Ort war wohl von seinen eigentlichen Bewohnern immer noch verlassen; aber nun war er ein Heerlager.

Morgens mußten wir uns Zeit lassen; alles war von türkischem Nachschub verstopft. Bis wir aufbrechen konnten, war es fast Mittag, und die letzte, gut ausgebaute türkische Verschanzung erreichten wir nachmittags. Sie sperrte die Straße kaum tausend Schritte von der Festung entfernt – zu nah, als daß die Spanier es hätten gemütlich finden können, zu weit für sinnvollen Beschuß aus den leichten Feldgeschützen.

»Wollen wir hier die Nacht verbringen?« sagte ich. Die Sonne stand schon im Südwesten, über der Festung und der Stadt Herceg Novi, hinter der ich die Bucht sehen konnte. Die Bucht, das Meer und einige Galeeren.

»Mein Herr sagt nein, sofort zu den Feinden.« Ich bildete mir ein, etwas wie Bedauern in Bekims Stimme zu hören.

Er gab dem türkischen Offizier, der die Stellung befehligte, ein Schreiben. Der Mann öffnete, las, schien zu stutzen, las noch einmal und hob das Blatt dann vor Mund und Stirn.

»Wie der edle Karim Abbas befiehlt.« Es klang verblüfft, vielleicht verdrossen.

Ich fragte mich, was Karim ihm geschrieben haben mochte, aber bis wir zum östlichen Tor der Festung gelangt waren, hatte ich keine halbwegs glaubwürdige Mutmaßung zustande gebracht.

Bekim trug eine Lanze, an deren Spitze ein weißes Tuch im Abendwind flatterte. Von der Mauerkrone aus wurden wir angerufen.

»Wer seid ihr? Was wollt ihr?«

»Eine Botschaft für Don Francisco«, rief ich hinauf. »Vom Herrn der türkischen Streitkräfte.«

»Wartet.«

Wir stiegen ab und warteten. Ich sah der Sonne zu, wie sie weiter gen Westen wanderte und allmählich hinter der Mauer verschwand. Ich hatte das Gefühl, sie zögerte.

Schließlich öffnete sich das Tor einen Spalt weit. Fähnrich Milló kam heraus, musterte mich, nickte, drehte sich um und sagte: »Er ist es, *mi capitán*.«

Francisco Sarmiento de Mendoza y Manuel kam aus dem

Tor. Er trug die gewöhnliche Uniform eines Hauptmanns; ich konnte nichts entdecken, was auf seinen Rang als Maestre de Campo hinwies, hatte aber keinen Zweifel, daß er der war, als den Milló ihn vorstellte. Er war groß und breitschultrig, und sein ehemals feingeschnittenes Gesicht war von langen Kriegs- und Lebensjahren verwittert.

»Ihr seid Don Jacobo Espengler?«

»Zu Euren Diensten, Maestre.«

»Was habt Ihr mir auszurichten?«

»Dieses. Bei meiner Ehre als Soldat, der Seite an Seite mit den ruhmreichen Arkebusieren Wien verteidigt hat, versichere ich Euch, daß jedes Wort wahr ist.«

Sarmiento nickte. »Sprecht.«

»Ich kann Euch keine genauen Zahlen nennen, aber nach allem, was ich gesehen habe, sind zwischen hier und Trebinje etwa dreißigtausend Mann Fußtruppen, sehr viele Kanonen, einiges an Reiterei und ausreichende Mengen an Pulver, Kugeln und Vorräten zusammengezogen. Man wird Euch, wenn alle restlichen Vorbereitungen abgeschlossen sind, vom Land und vom Wasser her angreifen.«

»Damit ist zu rechnen.«

»Dies, *caballero*, ist das Angebot der Türken: Ehrenhafte Übergabe der Waffen bei Zusicherung freien Abzugs auf eigenen oder fremden Schiffen und Räumung der Festung. Oder Kampf bis zum letzten Mann und der Tod.«

Sarmiento betrachtete Bekim, aber seine Worte waren an mich gerichtet. »Ihr kennt meine Antwort.«

»Sagt sie mir trotzdem.«

»Ein *tercio* ergibt sich nicht.«

»Ich habe es dem türkischen Kommandanten schon gesagt.«

»Dann wiederholt es für ihn. Geht mit Gott.«

Die Spanier gingen zurück in die Festung; das Tor schloß sich hinter ihnen. Bekim und ich stiegen auf die Pferde und ritten durch die beginnende Dämmerung zur türkischen Stellung.

Der Offizier kam uns entgegen, zu Pferd; neben ihm ritten vier andere Soldaten. »Wie lautet die Antwort?« sagte er, als wir ihn erreicht hatten.

»Wie erwartet. Ein spanisches *tercio* ergibt sich nicht.«

Der türkische Hauptmann seufzte. Im Dämmerlicht glitzerte etwas in seiner Hand. Ohne ein weiteres Wort beugte er sich zu mir herüber und rammte mir einen Dolch in den Oberschenkel.

Bekim stieß einen Schrei aus; ich biß die Zähne zusammen, um nichts zu sagen.

»Ich bedaure«, sagte der Türke. »Dies war die Anweisung von meinem Herrn Karim Abbas. Du, Herr, wirst mit dem da« – er deutete mit dem Kopf auf Bekim – »zurück zu den Spaniern reiten. Die Wunde soll dich an dies und das erinnern, schreibt Karim; und sie soll dich daran hindern, Herceg Novi vor der Schlacht zu verlassen.« Leiser setzte er hinzu: »Befehle, denen ich ungern gehorchen muß.« Er schnalzte, wendete sein Pferd und ritt zurück zur Schanze.

Ich preßte die rechte Hand auf die Wunde; mit der linken wühlte ich in der Satteltasche nach meinem zweiten Hemd. Als ich es gefunden hatte, nahm ich es zwischen die Zähne, zerriß es und sagte: »Bekim, hilf mir.«

Er war bereits abgestiegen und kam zu mir. »Bleib im Sattel«, sagte er. »Laß sehen.« Mit dem Messer trennte er mein Hosenbein auf.

Die Wunde sah beinahe schön aus, glatt und sauber. Das Blut floß, aber es schoß nicht.

»Fleisch«, sagte Bekim. »Keine große Ader. Hast du es am Knochen gespürt?«

Ich schüttelte den Kopf und biß die Zähne zusammen; erst jetzt machte sich der wirkliche Schmerz bemerkbar – bisher war es nur ein zunächst kühles, dann immer heißeres Unwohlsein gewesen.

Bekim wickelte mir die Hemdfetzen um den Oberschenkel. Dazu mußte ich das Bein anheben, und ich tat es nicht gern.

»Und jetzt?« sagte er, als er fertig war.

»Zu den Spaniern.«

Er stieg wieder auf, und langsam ritten wir zurück zur Festung. Bekim murmelte unausgesetzt vor sich hin – albanische Flüche, wahrscheinlich; ich verstand kein Wort. Ich hätte wohl auch keine andere Sprache verstanden, da ich meine ganze Aufmerksamkeit auf das Bein richtete, das höllisch schmerzte.

»Halt«, sagte ich mühsam, als wir das Festungstor erreicht hatten.

Bekim stützte mich, half mir abzusteigen und mich auf den Boden zu setzen. Er band den Pferden schnell die Zügel zusammen.

»Was nun?« sagte er. Dann setzte er hinzu: »Herr.«

»Hast du davon gewußt?«

»Nein. Beim Blut meiner Vorfahren, nein!«

Ich überlegte. Nicht bewegen. Nicht noch mehr Blut verlieren. Aber ich mußte mich bewegen, wenigstens bis zum Fuß der Burg. Ich sagte Bekim, was ich tun wollte; er pfiff leise durch die Zähne und brüllte etwas zur Mauer hinauf.

Einer der spanischen Posten war bereit, den nächsten erreichbaren Offizier zu holen, einen Fähnrich. Nicht Milló; offenbar hatte inzwischen ein Wachwechsel stattgefunden.

Natürlich hatten sich die Übergabeforderung und ihre Ablehnung durch Sarmiento bereits herumgesprochen; der Fähnrich kannte meinen Namen und wußte auch, daß ich in Wien gekämpft hatte.

»Was ist geschehen?« Er hockte sich auf die Fersen.

Ich saß, den Rücken an einen großen Stein gelehnt, am Rand des Weges und bemühte mich, mein Bein nicht wahrzunehmen. »Bei einigen wilden Völkern gibt es die Gepflogenheit, den Überbringer einer schlechten Nachricht zu köpfen«, sagte ich.

»Dann könntet Ihr nicht mehr reden, *señor*.«

»Sagt mir eines, *caballero* – wie ich Eure Gebräuche kenne, hätte der Maestre de Campo doch eigentlich einen Offiziersrat einberufen sollen, ehe er die Forderung ablehnte.«

Der Fähnrich nickte. Im schwachen Licht des eben aufgegangenen Monds sah ich ihn lächeln. »Der Maestre war nicht der Meinung, daß es sich um ein ernsthaftes Angebot handelte. Dazu wäre ein hoher Offizier oder ein Hofbeamter gekommen, mit einem Brief. Deshalb ...«

»Seid Ihr bereit, mit Don Francisco über mich – für mich zu sprechen?«

»Was soll ich ihm sagen?«

»Sagt ihm dies. Meine Frau ist Gefangene des Mannes, der mich geschickt hat; sonst wäre ich nicht gekommen. Er hat dem türkischen Hauptmann, der die Geschützstellung weiter oben leitet, einen Brief geschrieben, in dem steht, daß er mich kampfunfähig und fluchtunfähig machen soll. Ein Messerstich ins Bein ... Ich soll bis zum Ende bei Euch in Castelnuovo bleiben.«

Er nickte. »Er steiler Weg, *señor*. Und?«

»Ich habe nicht vor, Euch zu belästigen. Ich nehme an, die

Vorräte sind begrenzt. Bittet Don Francisco, er möge mir und meinem Begleiter gestatten, die Nacht in einer Wachstube zu verbringen und Gold für Brot, Wasser, Verbände und, morgen, einen Karren zu zahlen.«

»Einen Karren? Wohin wollt Ihr fahren?«

»Zu den Venezianern, Richtung La Bianca.«

Er schüttelte langsam den Kopf. »Das wird nichts, *señor*. Die sind abgezogen. Darf ich Euch einen Rat geben?«

»Ich bitte darum.«

»Schickt Euren Begleiter zum Hafen. Es sind noch genug von den ... Einwohnern in der Stadt. Er soll ein wenig Geld bieten, daß man Euch mit einem Karren oder einer Trage hier abholt. Und laßt Euch morgen oder übermorgen, je nachdem, wie Ihr Euch fühlt, von einem der Fischer über die Bucht bringen, zu den Venezianern nach Rose. Da sind sie noch.«

Bekim hatte natürlich nichts von der auf spanisch geführten Unterhaltung verstanden. Ich gab ihm Geld und bat ihn, zum Hafen zu gehen. Der Fähnrich kehrte zurück in die Burg, schickte aber einen Mann mit Brot und Wein. Ich bemühte mich, wach zu bleiben, bis Bekim mit ein paar kräftigen Männern und einem Handkarren auftauchte.

VIERUNDZWANZIG

Wunde und Wünsche

Zwei Tage später brachte uns ein Fischer zu den Venezianern. Der Preis für die Beförderung war hoch – beide Pferde. Ich nahm an, daß der Fischer sie den schlechtversorgten Spaniern für viel Gold zum Schlachten anbieten würde.

»Wir brauchen sie drüben ohnehin nicht«, sagte ich, als Bekim wieder ellenlange albanische Flüche murmelte.

»Was hast du vor, Herr? Und was wird aus mir?«

»Wir werden das bereden, wenn wir drüben sind.«

Auch auf der anderen Seite der Bucht hatten wir es mit einem Fähnrich zu tun, der sich zum Glück nicht weigerte, ein paar Zechinen anzunehmen und uns dafür ein Dach, ein paar Decken, Nahrung und einen Bader verfügbar zu machen. Der Mann war so etwas wie der Arzt der Festung von Rose und wollte mich zur Ader lassen – wahrscheinlich wußte er nicht viel mehr mit einem Verwundeten anzufangen. Ich gab ihm Münzen für frische Verbände und ein paar Kräuter und schickte ihn weg.

»Gut so, Herr«, sagte Bekim. »Aderlaß und Amputieren, mehr kann der nicht.«

Ich betrachtete die Wunde. Sie war gerötet, der Schenkel angeschwollen, und das Bein schmerzte scheußlich.

»Vielleicht brauchen wir ihn ja noch«, sagte ich. »Laß uns aber nicht über fehlende Beine reden. Angenommen, es heilt wieder. Was hast du vor?«

Er zerrieb die Kräuter, wie der Bader empfohlen hatte. »Die sollen Dreck aus der Wunde ziehen, Herr. Laß mich ...«

Er befeuchtete sie und legte sie auf die Wunde. Während er ein sauberes Tuch um meinen Oberschenkel wickelte, sagte er: »Dein Feind, Karim Abbas ... Er ist mein Herr, aber er hat mich noch nie gesehen. Alle Befehle kamen von anderen Dienern, meistens von Omar, seinem wichtigsten Mann. So, das müßte halten, aber morgen müssen wir das erneuern.«

»Kennst du dich mit Wunden aus?«

»Was man unter Soldaten so sieht. Und vorher hört und sieht, unter Bauern und Schafhütern. Ich kenne mich mit Kräutern aus, Herr, und mit Waffen.« Er lachte. »Nicht nur mit der Schleuder. Aber damit besonders gut.«

»Ich habe es gesehen. Noch einmal – was hast du vor? Zu Karim kannst du nicht zurück; der Befehl, in der Festung zu bleiben, galt ja auch für dich. Willst du zurück zu den Schafen?«

Er hob die Schultern. »Nein, Herr, aber was soll ich sonst tun? Ich habe nichts anderes gelernt als Hüten und Dienen.«

Ich schob ein dünnes Kissen unter das rechte Knie. »Dann sag mir zuerst, was du von der Wunde hältst.«

»Vielleicht wird sie bald brennen. Wundbrand, Herr. Dann bist du in ein paar Tagen tot. Ich glaube, es wäre jetzt schon zu spät, um das Bein abzunehmen; das hätte spätestens gestern geschehen müssen.«

»Ich höre es mit Vergnügen. Du heiterst mich auf. Gib mir ein wenig Wein.«

Er füllte einen Becher und reichte ihn mir. »Ich glaube es aber nicht«, sagte er dabei. »Das war ein glatter Stich, sauber, könnte man sagen. Es könnte ein wenig eitern und dann heilen; vielleicht müssen wir morgen oder übermorgen ein bißchen schneiden, damit Eiter abfließen kann.«

Ich trank. Die Aussicht, hier innerhalb weniger Tage zu sterben, ohne etwas für Laura und gegen Karim Abbas tun zu können, entsetzte mich. Nicht wegen meines Todes; dem Tod war ich oft so nah gewesen, daß ich gewissermaßen seinen fauligen Atem hatte riechen und seine Reißzähne sehen können. Ich dachte an Laura. An die Kinder. Dann schob ich die trüben Bilder, die sich nicht vor, sondern hinter meinen Augen aufbauten und bewegten, beiseite.

»Es wird heilen. In ein paar Tagen will ich nach Dubrovnik, mit dem nächsten erreichbaren Schiff. Und von dort nach Trebinje. Du kannst mitkommen und mir helfen. Du kannst aber auch gehen und tun, was du willst.«

Bekim betrachtete mich; ich glaubte, eine Mischung aus Hoffnung, Zweifel und Ratlosigkeit in seinem Gesicht zu lesen.

»Ich weiß nicht, Herr«, sagte er. »Ich habe noch nie tun können, was ich wollte; ich kenne mich damit nicht aus. Dubrovnik? Warum nicht? Aber was sollte ich dort tun? Ich habe kein Geld, und außer kämpfen und dienen und« – er lachte kurz – »Schafe hüten kann ich nichts.«

»Schafe habe ich nicht. Kämpfen? Das wird sich wahrscheinlich nicht vermeiden lassen, und dienen – sagen wir helfen.«

Er wartete, ohne mich anzuschauen.

Ich überlegte. »Was hat dir Karim gezahlt?«

Er bleckte die Zähne. »Nichts.«

»Ah, das kenne ich von den europäischen Fürsten; ich dachte immer, bei den Osmanen wäre das anders.«

Bekim nickte. »Die Janitscharen werden regelmäßig bezahlt. Aber wir, aus den Sklavenvölkern? Essen, ein Zelt und Waffen, mehr nicht.«

»Das ist mehr als bei uns. Waffen muß man bei unseren Herrschern mitbringen und für das Essen selber sorgen.«

Bekim schwieg wieder.

»Hör zu«, sagte ich. »Im Reich bekommt ein Landsknecht meistens nichts und auf dem Papier einen halben Gulden im Monat – das ist eine halbe Zechine oder ein halber Altun, ungefähr. Im Einsatz gibt es das Achtfache, ›Sturmsold‹. Aber der wird nie ausgezahlt. Du hast also weder dem Sultan noch Karim Abbas Treue geschworen?«

Er zögerte; dann lachte er. »Ich habe ein bißchen geschworen, aber die Fahne, auf die ich geschworen habe, war löchrig, also ist auch das Gelübde voller Löcher.«

»Nahrung, Unterkunft, Waffen und eine Zechine im Monat?«

Bekim rutschte von dem Stuhl, auf dem er gesessen hatte, zu Boden und kniete neben meinem Lager. »Worauf soll ich schwören, Herr?«

»Ich brauche keinen löchrigen Eid. Und keine Löcher im Rücken. Versprich mir, daß du meinen Rücken hütest und mir Bescheid gibst, wenn du gehen willst. Und nenn mich nicht Herr, sondern Jakko.«

»Ja, Herr Jakko.« Er griff nach meiner Hand und wollte sie küssen.

»Laß das«, sagte ich. »Gieß mir lieber noch einmal Wein ein.«

In der Nacht fieberte ich, aber nicht arg. Dabei lag ich wach und dachte an Karims Drohungen; daran, daß ich in Herceg Novi bleiben sollte bis zum bitteren Ende. Aber wie wollte er das überprüfen? Und außerdem hatte ich nicht die Absicht, ihm lange fernzubleiben, sondern etliche andere Wünsche, die nur in seiner unmittelbaren Nähe zu erfüllen waren.

Morgens kam der Bader wieder vorbei, auf der Suche nach Münzen oder meiner Wunde oder beidem. Er entfernte den Verband und die Kräuterschicht, schnüffelte an meinem Bein, nickte dann und sagte mit einem Lächeln: »Du wirst leben, Herr. Vielleicht sollten wir morgen oder übermorgen hier« – er tippte auf eine Stelle knapp neben der Wunde, und ich knurrte – »einen kleinen Schnitt machen, damit gelber Saft abfließen kann. Sonst? Wenig bewegen, Kräuter und ein Verband.«

Fünf Tage später lief ein venezianischer Segler aus, eines der gewöhnlichen Nachschubschiffe. Der Kapitän war bereit, uns mitzunehmen und Ragusa anzulaufen. Mein Bein schien zu heilen, und an der Bucht wurde es ungemütlich: Seit zwei Tagen hörten wir gelegentlich Kanonenschüsse.

Der Fähnrich, der uns die Unterkunft verschafft hatte, geleitete uns zur Mole, an der der Frachter wartete.

»Das da?« Er blickte hinüber, zur anderen Seite, nach Castelnuovo. »Das ist nichts. Noch nicht jedenfalls.«

»Probeschüsse?«

»Zum Ausrichten der Geschütze, ja; und natürlich, um die Spanier zu ärgern.«

»Dann sind die Türken näher an die Burg gekommen, nehme ich an.«

»Ja und nein. Die von oben, aus den Bergen kommen …«

»Über die Straße nach Trebinje? Die sind wir auch gekommen.«

»Ja. Soweit wir wissen, haben sie ihre Schanzen weiter

vorgeschoben, aber siehst du, da drüben?« Er wies zum Nordende der Bucht. »Die bessere Straße, durch das Hinterland von Ragusa; da sind in den letzten Tagen einige Tausendschaften angekommen, mit Kanonen und Kamelen und allem Zubehör.«

»Also von Nordosten und Nordwesten werden sie schon belagert? Und wie, meinst du, wird es weitergehen?«

Er schob die Unterlippe vor. »Khaireddin Barbarossa ist ein erfahrener Mann. Er wird das tun, was sinnvoll ist. Sobald die Flotte kommt, werden sie östlich des Hafens Truppen und Kanonen anlanden. Drei Batterien dann also, und außerdem die schweren Schiffsgeschütze vom Wasser aus.« Er schnalzte leise. »Ich möchte nicht in Castelnuovo sein, wenn das losgeht.«

»Was würdet Ihr machen?«

Er kicherte. »Abhauen. Wie unsere Leute drüben bei La Bianca.«

»Wo Otero zuständig war?«

»Ja. Guter Mann.« Er seufzte. »Guter Mann, und ein dummes Ende. Die Türken werden die Straßen am Nordrand der Bucht bis Risano nutzen, um Vorräte und Nachschub und alles Nötige zu bewegen. Wir stehen wieder da, wo wir vorher waren – auf dem anderen Ufer. Und wir werden zusehen, wie sie die Spanier vernichten.«

»Meint Ihr nicht, daß Sarmiento bei der Übermacht und ohne Nachschub aufgeben muß?«

Der Fähnrich nickte. »Doch, das muß er, aber er wird nicht. Ein spanisches *tercio* …«

»… ergibt sich nicht, ich weiß. Wie lange können sie das denn durchhalten?«

»Drei Stunden, länger nicht.«

»Wie sieht es auf dem Meer aus? Ist die Strecke nach Venedig frei?«

Er lächelte, diesmal beinahe boshaft. »Ihr wißt doch, die Heilige Liga ist aufgelöst. Der neue Doge verhandelt mit dem Sultan, der Kaiser ist dabei, Freundschaft mit dem König von Frankreich zu schließen, der Papst wird wie üblich beten und huren, und die armen Schweine da drüben sind allein. Die Türken werden Euer Schiff nicht aufbringen, keine Sorge; sagen wir es so: Ein furchtbarer Friede ist ausgebrochen.«

In Dubrovnik angekommen, stellte ich zunächst fest, daß ich langsam und mit Beschwerden, aber immerhin wieder selbst gehen konnte. Bekim beschaffte Träger, die unser Gepäck zum Haus der Musiker bringen sollten, während ich abermals zu Katona ging.

Der Ungar blinzelte, als er mich sah; er warf einen Blick aus dem Fenster, knurrte etwas wie »durstige Dämmerung« und goß uns Wein ein. Nach dem ersten Schluck sagte er: »Mein Erstaunen und meine Freude kennen keine Grenze. Aber ich habe schlechte Nachrichten für dich.«

»Sprich. Je schlechter, desto schneller. Nachrichten aus Trebinje?«

»Ah, nein; jedenfalls nichts Neues. Deine Frau ist immer noch in Karims Haus, soweit ich weiß. Nein, aus Venedig.«

»Was ist geschehen?«

»Nach dem Tod des uralten, schlauen Andrea Gritti hattet ihr ja einen neuen Dogen gewählt.«

»Ich weiß«, sagte ich. »Pietro Lando; und?«

»Er hat nach ein paar Übergangsmonaten bestimmte Posten neu besetzt. Bellini ist nicht mehr zuständig.«

Ich brauchte einen Moment, um diese Mitteilung zu verarbeiten. Vor fast vierzehn Jahren, im Herbst 1525, war ich Lorenzo Bellini zum ersten Mal begegnet – wer würde sich nun um die Sicherheit der Serenissima kümmern? »Es ist immer betrüblich«, sagte ich halblaut, »einen guten Mann ausscheiden zu sehen. Wer ist sein Nachfolger? Und was macht Lorenzo jetzt?«

»Bellini haben sie ins Arsenal gesteckt; er darf wahrscheinlich Schiffe zählen, Segel falten und Kanonen putzen. Der Nachfolger ist Bernardo Corner.«

»Edle Sippe. Aus der Hauptlinie?«

Katona schnaubte. »Wahrscheinlich vierter Sohn des dritten Bruders des Haupterben; die aus der Hauptlinie haben vermutlich besseres zu tun. Anderes. Kennst du ihn?«

Ich schüttelte den Kopf.

»Dann kennt er dich wahrscheinlich auch nicht. Das heißt, in Venedig schützt niemand mehr deinen Rücken.«

»Reden wir von Trebinje«, sagte ich nach einer kurzen Pause. »Was sagen deine Quellen über den türkischen Aufmarsch?«

»Er wird in ein paar Wochen abgeschlossen sein. Dann ist auch die Flotte einsatzbereit. Mitte Juli, vielleicht früher.«

»Und Karim Abbas?«

»Ist gerade jetzt nicht in Trebinje. Er ist nach Novo Brdo gereist.«

»Novomonte? Was will er denn da?«

Natürlich kannte ich nur den Namen des Orts jenseits von Priština; ich war nie dort gewesen. Aber als guter Fastvenezianer hatte ich aus dem Mund der edlen Kaufherren oft genug Flüche über den Ort und seine Bewohner vernommen und vor allem über die Händler aus Ragusa, die dort die guten Geschäfte machten, welche früher von Venezianern abgewikkelt worden waren. Gold und Silber und andere Metalle gab es dort reichlich, und wie immer waren die Erze unmittelbar neben den Förderstellen billiger als an der Küste. Angeblich hatten sich dort auch sächsische Bergleute niedergelassen. Aber bekanntlich verdient der Zwischenhändler mehr als der Hersteller, und Bergleute verdienen weniger als jene, die ihnen Hacken, Schaufeln und Brot liefern.

»Was wird er dort wohl wollen?« sagte Katona. »Gold beschaffen für das Heer, das Herceg Novi zurückerobern soll.«

»Dann könnte man ...« Ich sprach nicht weiter; im Geiste zog ich mit einer unzuverlässigen Schar von Söldnern nach Trebinje, um Laura zu befreien – aus dem Haus, das Hunderte von Kämpfern umlagerten und nebenbei bewachten; und ganz deutlich sah ich schon, wie die Männer, die ich bezahlt hatte, mich dort verließen, weil jemand ihnen mehr bot.

»Schlag es dir aus dem Kopf.« Katona runzelte die Stirn. »Wenn ich richtig errate, was du gerade denkst.«

»Ich weiß. Es ist sinnlos. Aber ...«

Mit Pulver und Stahl lassen sich hienieden Dinge bewegen; mit »aber«, »vielleicht« und »könnte« nur selten. Nach dem Gespräch mit Katona begaben Bekim und ich uns zu den Musikern. Dort blieben wir ein paar Tage, bis mein Bein ausgeheilt war; wir tranken und redeten und hörten uns um, aber ich wußte von vornherein, daß es mich keinen Schritt näher zu Laura bringen würde.

Anfang Juli hieß es, Khaireddin Barbarossa habe die große türkische Flotte versammelt und sei außer sich vor Zorn, weil es einem Neffen des alten Andrea Doria gelungen war, überraschend die lockeren Sperrlinien zu durchbrechen und im Auftrag des Kaisers den Spaniern Nachschub nach Castelnuovo zu bringen. Nachschub an Nahrung und Munition, aber keine Verstärkungen. Und das einzig sinnvolle – Sarmientos Leute in Sicherheit bringen und dieses Unternehmen beenden – war offenbar nicht einmal erörtert worden.

Es erschien mir sinnlos, weiter in Dubrovnik herumzusitzen und auf Wunder zu warten; vor dem Fall von Castelnuovo würde sich nichts ereignen, was Laura und mir weiterhelfen könnte. Deshalb gingen Bekim und ich an Bord eines venezianischen Schiffs und fuhren zur Serenissima. Ich kümmerte mich ein paar Tage lang um die Kinder, die von Gianna gehegt und von Belgutai gehütet wurden; danach suchte ich Bellini auf, der in der Verwaltung des Arsenals nichts zu tun hatte, außer sich zu langweilen und mit den Zähnen zu knirschen. Mitte Juli schifften wir uns wieder nach Dubrovnik ein.

Aber wir kamen dort nicht an.

FÜNFUNDZWANZIG

Ein ehrenhafter Handel

»Hu hu«, sagte Goran, als er bis hierhin gelesen hatte. »Kommt jetzt die Geschichte vom Schiffbruch?«

Ich hatte mir Zeit gelassen mit den bisher letzten Blättern. Es war der siebte November, ein kühler, ruhiger Tag, und die Meerenge war nahezu unsichtbar unter und hinter einem satten, dicken Nebel. Ich ging zum Herd, warf ein paar Scheite ins Feuer und schöpfte mit der Kelle Brühe aus dem großen Topf. Kein Wetter für Wein, vor allem nicht zu dieser Tageszeit. Wir hatten Brot und gekochtes Rindfleisch gefrühstückt und dazu die Brühe getrunken; ich fand, Brühe in Bechern sei das geeignete Getränk, sich wider die weiße Brühe vor dem Fenster zu wappnen.

»Die Geschichte vom Schiffbruch?« Ich ging mit den beiden gefüllten Bechern zurück zum Tisch. »Wozu soll ich sie lang und breit erzählen? Schiffbruchgeschichten kennt doch jeder.«

»Sie machen sich aber immer gut.« Goran kicherte und schob die Blätter zur Seite. »Immer, wenn ein Märchenerzähler nicht weiß, wie er den Helden ins nächste Abenteuer stolpern lassen soll, bietet sich ein Schiffbruch an.«

»Oder eine unselige Liebesgeschichte.«

»Ah, da wüßte ich noch mehr.« Goran blies auf die heiße Flüssigkeit in seinem Becher und blickte hinaus auf die kalte Flüssigkeit der Meerenge.

»Zum Beispiel?«

»Ein nächtelanges Würfeln, bei dem der fahrende Spielmann alles Geld verliert, so daß er ganz neu beginnen muß, ehe er mit dem weitermachen kann, was er eigentlich tun wollte. Ein Zweikampf – aber der kommt ja sowieso, in ein paar Tagen, nicht wahr? Ein ruhiger Tag, an dem plötzlich die Saiten der Fiedel reißen und ein tollwütiger Hund durchs Haus tobt und alle beißt. Ein geheimnisvoller Brief, der Nachrichten enthält, die uns auf wunderliche Abwege führen. Oder einfach langes Denken des Helden – sagen wir, Gedankenstraßen, die sich zu Wegen verzweigen, aus denen Pfade werden, die sämtlich nirgendwo hinführen.«

»Langes Denken?« sagte ich. »Helden sollten nicht zuviel denken; das hindert sie am Handeln.«

»Ah, nein, dann lieber ein Schiffbruch. Wo wart ihr, als der Sturm eingesetzt hat?«

»Ungefähr auf der Höhe von Lopud; bei klarem Himmel hätten wir wohl die Türme von Dubrovnik schon sehen können.«

»Und dann?«

»Wir wurden nach Süden getrieben. Zwei Galeeren mit Soldaten und Nachschub für die venezianischen Festungen an der Bucht von Kotor, und ein Frachtsegler. Sie hatten uns – Bekim und mich und ein paar andere, Kaufleute, die nach Dubrovnik wollten – mit Beibooten zum Hafen bringen sollen, aber …« Ich hob die Schultern.

Goran nickte. »Die Tücken des Wassers, ja, ja. Und der Winde. Ihr habt aber Glück gehabt. Da liegt einiges an Felsen knapp unter der Wasserfläche; ein Wunder, daß ihr nicht viel früher aufgelaufen und zerbrochen seid.«

»Mag sein; ich nenne es lieber Zufall. Ich glaube nicht an Wunder.«

»Ganz gleich, wie du es nennst – du solltest es beschreiben. Es macht sich bestimmt gut.«

»Ich fürchte, mir läuft die Zeit davon.«

Er blinzelte mich über den Becher an. »Wieso? Die Zeit steht still oder fließt, manchmal rennt sie, aber was hat das mit dem Schiffbruch zu tun?«

»Ich möchte bis zum Ende kommen, bis zu deinem Haus und der gründlich bezahlten Zuflucht.«

Goran schmatzte leise. »Gründlich bezahlte Zuflucht ... Aber warum soll ich denn kein Geld verlangen, wenn ich weiß, du hast genug davon? Und mitnehmen kannst du es nicht, dorthin, wo du bald sein wirst, wie du selber meinst.«

»Das stimmt schon. Jedenfalls will ich die Geschichte beenden, soweit ich kann. Und wenn ich jetzt langwierige Schiffbrüche beschreibe, könnte es sein, daß Karim Abbas und seine Leute auftauchen, ehe ich auf dem Papier überhaupt an Land gelangt bin.«

Goran wackelte mit dem Kopf. »Na gut«, sagte er. »Dann schreib eben hastig weiter. Wenn noch Zeit bleibt, kannst du den Schiffbruch ja später noch einfügen. Hineinrammen in die Geschichte, gewissermaßen.«

»Ich will es erwägen.«

Knirschende Hölzer, brechende Ruder, das Geschrei der Männer kaum zu hören, vom Sturm zerfetzte, vom schäumenden, krachenden Wasser überspülte Wörter. Ich klammerte mich an die Balken, die einmal Teil der Befestigung eines Beiboots gewesen waren, das einer der letzten Brecher fortgerissen hatte. Ein Frachter trieb mit unseren beiden Galeeren auf die Landzunge zu, die von Norden in die Einfahrt zur Bucht von Kotor und Herceg Novi ragt. Seit Stunden – vielleicht auch nur seit einer halben Stunde, die sich aber anfühlte wie ein ganzer Tag – hatten wir versucht, um die Landzunge, das kleine Vorgebirge herum in die Bucht zu gelangen. Auch dort war das Wasser aufgewühlt, aber wahrscheinlich weit weniger als vor der Küste. Wind und Strömungen und wuchernde Brecher trieben uns immer näher ans Land. Einer der Steuerleute behauptete, sich auszukennen, zu wissen, daß man zwischen den im tosenden Wasser unsichtbaren Felszähnen den Strand erreichen konnte. Er hatte dies jedenfalls behauptet, vor einiger Zeit, als ich nah genug bei ihm gewesen war, um wenigstens Fetzen von dem zu hören, was er dem Kapitän zurief.

Ein Sommersturm, von dem, wie wir später hörten, weiter landeinwärts nicht viel zu spüren war. Er unterbrach die Kämpfe um Herceg Novi nicht, aber wir, kaum drei Meilen entfernt, sahen die Pulverschwaden nicht, hörten nicht einmal den Donner der schweren Geschütze. Was wir jedoch hörten, mit ungeheurer Erleichterung, war das Knirschen, mit dem der Rumpf unserer Galeere auf ein flaches Stück sandigen Strands rutschte. Auch die zweite Galeere schaffte es; ihr Steuermann wußte, daß der unsere sich auskannte, und war ihm einfach gefolgt. Der Segler wurde gegen Klippen getrieben, Felsen, deren Spitzen man bei ruhigem Wasser hätte sehen können. Er wurde aufgerissen, zerbrach, die Teile wurden von Brechern weiter zertrümmert, aber – Wunder? Zufall? Glück? – die meisten Männer erreichten schwimmend, zuletzt watend den Strand. Vier Ertrunkene von über vierhundert; als der Kaplan, der auf der zweiten Galeere gewesen war, später dem Herrn für Schutz und Gnade dankte, war ich fast bereit, mitzubeten und mitzudanken.

Wir befanden uns auf einem Landstück, von dem nicht ganz klar war, ob es zur Republik Ragusa gehörte oder unmittelbar zu osmanischem Gebiet. Es hatte eigentlich auch keine große Bedeutung, da Ragusa dem Sultan unterstand und Venedig sich nicht mehr mit ihm im Krieg befand. Natürlich hielten sich hier überall türkische Soldaten auf; Nachschub, Packtiere, ein Krankenlager und ein paar Männer, die von einer kleinen Burg auf dem Vorgebirge die Wirkung des türkischen Feuers auf Herceg Novi beobachteten.

Es war Bekim und mir gelungen, alle Habseligkeiten von der gestrandeten Galeere an Land zu bringen. Ich ließ Bekim mit unseren Beuteln zurück und ging mit dem Kapitän unserer Galeere zum nächsten höheren Offizier der türkischen Belagerer. Der Kapitän wollte vor allem herausfinden, unter welchen Bedingungen er und die übrigen Venezianer auf die andere Seite der Bucht gelangen konnten, sobald das Wetter es zuließ. Ich hatte ein anderes Anliegen.

»Sagt, Herr: Wer befiehlt an Land?«

Der Türke – ein Hauptmann der Artillerie – betrachtete mich forschend. »Warum wollt Ihr das wissen?«

»Ich suche nach einem alten Bekannten, der vielleicht einen Teil der Truppen leitet.«

»Wie heißt er?«

»Karim Abbas.«

Der Hauptmann verzog kaum merklich das Gesicht. »Er ist weiter vorn, bei der ersten Batterie. Seid Ihr sein Freund?«

Ich beschloß, ein kleines Wagnis einzugehen und anzunehmen, daß ich die Miene des Artilleristen richtig gedeutet hatte. »Es wäre übertrieben, von Freundschaft zu reden«, sagte ich leise, so daß außer ihm keiner es hören konnte. »Wir sind … enge Feinde, wenn es so etwas gibt.«

Der Offizier ließ die Mundwinkel zucken; es war kein Lächeln, aber auch keine Grimasse. »Er ist nicht besonders beliebt«, sagte er, ebenfalls leise. »Anmaßend, unbeherrscht, finster. Der Admiral Khaireddin hat den Oberbefehl, und an Land ist der General Ulamen zuständig, ein Perser. Karim Abbas ist ihm unterstellt. Was habt Ihr vor?«

»Kann ich Euch vertrauen?«

Nun lächelte der Offizier tatsächlich. »Vertrauen? Im Krieg? Eine seltsame Frage. Wenn ich wüßte, worum es geht, könnte ich leichter ja oder nein sagen.«

»Karim Abbas hat meine Frau entführt, um mich zu etwas zu zwingen. Ich möchte die Lage ... ändern.«

»Eure Frau? Die eines Venezianers?«

»Sie ist Venezianerin; ich bin in Venedig nur geduldeter Gast.«

Der Hauptmann verdrehte die Augen. »Frauen!« sagte er; es klang wie ein halb lustvoller, halb entsagender Seufzer. »Ihr Westler und Frauen ... Venezianerin, sagt Ihr? Hm. Ist sie wichtig? Nicht nur für Euch?« .

»Sie ist die reiche Herrin einer Druckerei und einer Papiermühle. Und sie hat Freunde und Verwandte in hohen Stellungen in Venedig.«

»Laßt mich überlegen. Vielleicht fällt mir bis morgen etwas ein.«

Abends war der Wind so weit abgeflaut, daß vom Südufer der Bucht, von der Festung Rose, einige Ruderboote zu uns herüberkommen konnten. Bis zum Einbruch der Dunkelheit hatten sie die ersten hundert Offiziere, Händler, Seeleute und Soldaten auf die andere Seite gebracht und die Zurückbleibenden mit Decken und Nahrung versorgt.

Bekim hockte neben mir an einem Feuer, das wir uns mit sechs anderen teilten. Wir hatten Brot und einige Fetzen

Fleisch gegessen; Wein gab es reichlich. Der Wind kam vom Meer; zwar konnten wir den Lärm der türkischen Geschütze hören, die immer noch die Spanier in der Festung beschossen, aber durch den Seewind wurde alles gedämpft. Bekim stand auf, um sich die Beine zu vertreten und eine Weile die blitzenden Mündungsfeuer zu betrachten. Dann setzte er sich wieder zu mir und berührte mich am Arm. »Herr?«

»Jakko.«

Er lächelte; im Feuerschein sah ich seine Zähne. »Herr Jakko«, sagte er. »Ich habe viele Fragen.«

»Frag.«

»Warum willst du nicht Herr genannt werden?«

»Ich weiß, daß ich dich bezahle und also dein Herr bin; und da ich es weiß, mußt du mich nicht unausgesetzt daran erinnern.«

»Gut – Herr. Was hast du mit dem türkischen Offizier besprochen? Geht es um deine Frau?«

»Ich habe ihn nach Karim Abbas gefragt. Er wollte wissen, ob wir Freunde sind. Er scheint ihn nicht zu mögen.«

Bekim nickte. »Wer ihn nicht kennt, mag ihn achten; wer ihn kennt, kann ihn nicht lieben. So heißt es jedenfalls. Hat er etwas dazu gesagt?«

»Er will überlegen. Bis morgen.«

»Es wird Geld kosten.«

»Ich habe Geld.«

»Meinst du denn, daß Karim deine Frau noch nicht … beschädigt hat?«

»Ich hoffe es. Er wollte, daß ich bis zum Ende in Herceg Novi bleibe, nicht fliehe. Ich bin nicht geflohen – die Spanier haben mich nicht eingelassen.«

»Wird er das glauben?«

»Wir werden sehen.« Ich seufzte leise. »Bei dem Beschuß … Wer weiß, wie viele Spanier noch leben. Wer weiß, ob ich noch leben würde, wenn ich in der Stadt oder in der Festung gewesen wäre. Als Toter kann ich Laura nicht helfen.«

»Kennst du dich mit den Türken aus?«

»Nein. Aber mit Kriegern.«

»Ah.« Bekim schwieg einen Moment. Dann sagte er: »Es kann sein, daß das hilft. Es ist aber nicht sicher.«

»Was hast du vorhin gemeint – ›es wird Geld kosten‹?«

»Wenn du dich mit Kriegern auskennst, weißt du, daß sie immer schlecht bezahlt werden, nicht wahr? Wenn man sie also bezahlt, könnte es sein, daß sie Dinge tun, die sie sonst nicht täten.«

»Du klingst, als ob du mir einen Rat geben wolltest. Sprich.«

Er schien zu zögern; schließlich sagte er: »Du wirst dem Hauptmann Geld geben; er bringt dich zu einem höheren Offizier. Dem wirst du auch Geld geben, aber du wirst nicht bis zum General kommen.«

»Ich muß es versuchen.«

»Gewiß, Herr. Jakko. Aber wenn du nicht bis zu diesem Perser kommst, der das Landheer befehligt, was willst du tun?«

»Ich weiß es noch nicht. Vielleicht fällt mir bis morgen etwas ein.«

Aber es gab keine großartige Lösung. Jedenfalls fiel mir keine ein. Die türkischen Geschütze feuerten, spuckten Blei und Steine und Tod in die Stadt und die Burg von Herceg Novi. Ich konnte mir nicht vorstellen, daß dort noch viele lebten, aber offenbar hatte sich bis zu diesem Morgen noch niemand ergeben oder um Verhandlungen ersucht. Ein spanisches *tercio* …

Der Hauptmann sah zu, wie die nächste Gruppe der Schiffbrüchigen zu den Booten aus Rose ging; als er mich erblickte, winkte er mich zu sich.

»Ich kann Euch zu einem Vorgesetzten bringen«, sagte er leise. »Aber dazu muß ich einige andere Offiziere … beeinflussen.«

Ich nickte. »Damit habe ich gerechnet. Wie viele sind zu beeinflussen?«

»Fünf.«

Ich zog sechs goldene Altuns aus der Tasche und gab sie ihm.

»Wartet hier.«

Er verschwand und kam nach kurzer Zeit zurück. Wortlos nahm er mich am Arm und zog mich mit sich. Wir stiegen vom Ufer den Hang hinauf, wo eine schmale Straße verlief; dieser folgten wir nach Osten, dorthin, wo die breite Straße aus dem Hinterland von Ragusa zur Bucht und nach Herceg Novi führte. Aber von der Küste und den Straßen war kaum etwas zu sehen; alles war ein großes türkisches Lager, Labyrinth aus Zelten, Pferden, Karren, Kamelen, Soldaten, gestapelten Vorräten, Pyramiden von Kanonenkugeln, Waffenschmieden und Werkstätten, in denen zertrümmerte Lafetten wieder hergerichtet wurden. Es stank nach Schießpulver; der Wind hatte sich abermals gedreht und wehte die Schwaden von den Batterien übers Lager. Immer noch wurde geschossen, und es kam mir wie ein Wunder vor, daß da drüben, in Herceg Novi, überhaupt noch Steine heil geblieben waren. Nicht zu reden von Menschen.

Der Hauptmann führte mich durch das geordnete Chaos

des Lagers, aber ich hatte keine Augen für die bunten Gewänder, die vielen unterschiedlich geschnittenen Uniformen und Gesichter, die leichten und schweren Waffen; keine Ohren für die vielen verschiedenen Sprachen und auch nicht für die Schreie und das Stöhnen der Verwundeten. Es gab viele Verletzte, das bemerkte ich wohl, und auf einem Platz am Hang oberhalb der Straße sah ich Leichen. Viele Leichen. Die Spanier, hoffnungslos unterlegen, mußten heftigen Widerstand geleistet haben, der immer noch andauerte. Einen Moment versuchte ich mir vorzustellen, wie die Hölle von Herceg Novi ausgesehen haben mußte, türkische Truppen, die Sturmangriffe unternahmen, während ihre eigenen Geschütze feuerten und vermutlich auch sie trafen, und Spanier, die ihre wenigen Geschütze und vor allem ihre Arkebusen einsetzten und Ausfälle machten, um die Gegner zurückzuschlagen. All das im Feuer dreier Landbatterien und der schweren Schiffsgeschütze.

Aber dann befaßte ich mich wieder mit den Gedanken und Hoffnungen. Gedanken an Laura. Hoffnungen auf irgendeinen zugänglichen höheren Offizier. Der Hauptmann übergab mich einem anderen, der wiederum andere »beeinflussen« mußte und selbst beeinflußt werden wollte; und der übergab mich dem nächsten, dem nächsten, dem nächsten. Und plötzlich – wenn etwas, das sich nach Stunden des Redens und Zahlens und Fragens ereignet, »plötzlich« stattfinden kann – stand ich zwischen besseren Zelten, die durch einen hohen, mit Flechtwerk und Palisaden verstärkten Erdwall gegen Beschuß geschützt waren. Der Mann, bei dem meine Bemühungen endeten, wurde Selim Effendi genannt, trug eine prachtvolle Uniform mit zahlreichen Abzeichen und hatte zwar keinen Rang – jedenfalls wurde mir keiner genannt –, war aber offenbar einer der wichtigsten Adjutanten des Persers Ulamen, von dem es hieß, er sei zum Hafen gegangen, um dort mit einem Adjutanten des Admirals Khaireddin zu sprechen.

Selim Effendi sprach Kroatisch und Italienisch; meine Bitte um Nachsicht, daß ich des Türkischen nicht mächtig sei, beantwortete er mit einer wischenden Handbewegung.

»Es gibt eine Schwierigkeit mit einer hochrangigen Venezianerin, hörte ich«, sagte er. »Setzt Euch.« Er wies auf ein dickes Kissen; ein Diener oder Offiziersbursche reichte mir einen Becher mit einem dampfenden Kräuteraufguß. »Wer seid Ihr, und um was geht es?«

Ich nannte meinen Namen. »In Wien habe ich gegen Eure Brüder gekämpft, Herr«, sagte ich. »Und später auch gegen Spanier und Franzosen. Nun bin ich geduldeter Gast Venedigs, wo meine Gemahlin eine Druckerei und eine Papiermühle betreibt und für die wichtigen Familien Dokumente herstellt.«

Er nippte an seinem Becher. »Weiter.«

»Aus Gründen, die ich nicht kenne, hat der Edle Karim Abbas beschlossen, mich zu hassen und zu töten. Wir haben in Priština gefochten und einander verwundet. Es ist ihm gelungen, meine Frau zu entführen und gefangenzusetzen. Damit hat er mich gezwungen, für ihn nach Herceg Novi zu reiten und die Übergabe der Festung zu verlangen.«

Selim Effendi setzte den Becher auf den niedrigen Tisch und starrte mich an. »Was hat er?«

Ich wiederholte die letzten Sätze.

»Dazu … es steht ihm nicht zu, solche Forderungen zu erheben. Das kann nicht einmal mein Herr Ulamen, nur der Admiral. Wir werden Karim herbeiholen und hören, was er dazu zu sagen hat.«

»Um Vergebung, aber es gibt noch mehr.«

»Sprecht.«

»Er hatte mir einen Bewacher oder Begleiter mitgegeben und diesem ein Schreiben an den Hauptmann, der zu jenem Zeitpunkt die vorderste Schanze an der Trebinje-Straße oberhalb der Burg leitete. Als ich von dem Gespräch mit den Spaniern zurückkam, die die Übergabe verweigert hatten, hat mir dieser Hauptmann, wie offenbar in Karims Schreiben befohlen, ein Messer ins Bein gestoßen und mich zu den Spaniern zurückgeschickt. Dort sollte ich bis zum Ende bleiben.«

Selim Effendi runzelte die Stirn und beugte sich vor. »Und?«

»Die Spanier wollten mich nicht aufnehmen. Ein Fischer aus dem Hafen der Stadt hat mich auf die andere Seite gebracht, nach Rose; von dort bin ich nach Venedig gereist und nun zurückgekommen.«

»Ihr sagt, Karim Abbas hat all das getan oder veranlaßt, nur um Euch zu einem späteren Zeitpunkt zu töten?«

»So ist es, Herr.«

»Unwürdig. Und … vollkommen unzulässig.« Er klatschte in die Hände. Als ein Diener erschien, befahl er ihm, Karim Abbas herbeizuschaffen – jedenfalls nehme ich dies an; verstehen konnte ich es nicht.

Wir schwiegen eine Weile; dann sprachen wir über die Wechselfälle des Krieges und den Fortgang der Belagerung, die binnen weniger Stunden enden würde, wie er sagte; dann schwiegen wir wieder. Bis Karim Abbas ins Zelt trat.

Etwas mehr als eine gehobene Augenbraue hatte ich durchaus erwartet. Dann sagte ich mir, daß der Diener meinen Namen aufgeschnappt und weitergegeben haben mußte. Karim neigte den Kopf vor Selim Effendi; die Neigung des Haupts entsprach ungefähr der Hebung der Braue – als Bekundung von Achtung oder gar Unterordnung war sie bestenfalls symbolisch.

Selim Effendi forderte ihn mit keiner Gebärde und offenbar auch nicht mit Worten auf, sich niederzulassen. Es gab einen schnellen Austausch auf türkisch; Selim klang herb, Karim gelassen. Das Gespräch zwischen den beiden dauerte nicht lang. Dann wandte Selim sich wieder an mich; er sprach Italienisch.

»Es scheint sich ein wenig anders zu verhalten«, sagte er. »Karim verweist auf eine Sache der Ehre und der Familie, in die ich mich nicht einzumischen habe.«

Ich glaubte, in Karims Miene ein wenig Hohn zu sehen. »Er hat die hohe Kunst des Lügens gemeistert«, sagte ich. »Und Ihr, Effendi, habt natürlich keine Möglichkeit, seine und meine Fassung zu überprüfen.«

»So ist es. Was sollen wir Eurer Meinung nach nun tun?«

Draußen schien sich der Wind zu drehen; das Grollen der Kanonen wurde lauter, und ich bildete mir ein, im Zelt den scharfen Ruch von Schießpulver wahrzunehmen. Ich dachte an andere Geschütze zu anderen Zeiten und daran, was ich hätte tun müssen, um einen europäischen Feldhauptmann von der Ehrbarkeit meiner Absichten zu überzeugen.

»Bittet ihn, ein Weilchen vor dem Zelt zu warten«, sagte ich. »Es gibt da noch etwas, wovon ich bisher nicht gesprochen habe.«

Selim Effendi schien einen Moment zu zögern; dann sagte er etwas zu Karim Abbas und bewegte die Hand, als wolle er ihn fortwedeln. Diesmal war Karims Blick anders – Feuer, Schwert und Haß statt erhabenen Hohns. Er ging wortlos hinaus.

»Was habt Ihr mir zu sagen?«

»Dies. Zweifellos habt Ihr Kassem ben Abdullah gekannt, der sich nun im Paradies der Gläubigen an Allahs Gunst erfreut.«

Selim Effendi neigte den Kopf. »Er war einer der Großen unter uns, und sein Tod hinterläßt eine schmerzliche Lücke.«

»Kassem hat mir das Leben gerettet und mich gelehrt, mit Waffen und Worten umzugehen. Er war mein Vater, wenn auch nicht im Blut«, sagte ich.

Selim wirkte einen Moment verblüfft; dann nickte er und sagte: »Fahrt fort. Ich lausche.«

»Kassem hat mich aber auch gelehrt, daß edle Metalle den edelsten Worten mehr Gewicht verleihen können, und daß daran nichts zu tadeln ist.«

Selim hob einen Mundwinkel. »Was wollt Ihr?«

»Nur dies. Die Zusicherung, daß Ihr als Fürst, dessen Ehre über jeden Zweifel so erhaben ist, daß schon der bloße Gedanke, es könnte anders sein, eine tödliche Beleidigung wäre ...«

»Die Ihr gewiß zu meiden versteht.« Er lächelte kurz.

»Daß Ihr, Selim Effendi, als ehrenhafter Fürst und Freund des Sultans, dem Allah noch viele Jahre des Glücks geben möge, darauf achten wollt, daß Karim Abbas alle Vereinbarungen, die wir in Eurem Beisein treffen werden, getreulich einhält.«

»Warum nicht? Wenn Ihr Euren wohlgesetzten Worten mehr Gewicht verleihen mögt ...«

»Ein Wechsel auf eine venezianische Bank«, sagte ich.

»Das wäre eine Möglichkeit. Ich nehme an, Ihr reist nicht mit großen Schätzen durch gefährliche Gebiete.«

»Fürwahr; ich ziehe es vor, nur das bei mir zu tragen, was

nötig ist, um die Tage nicht allzu finster werden zu lassen und die Nächte gelegentlich zu erhellen.«

»So sollte ein kluger Mann verfahren.«

»Fünfhundert Zechinen«, sagte ich.

Selim Effendi runzelte die Stirn. »Ihr wollt mich zweifellos nicht absichtlich beleidigen.«

»Nichts läge mir ferner. Aber vielleicht könnt Ihr mir helfen, indem Ihr mich wissen laßt, durch welche Art von Geschenk ich mich als Eurer Gunst würdig erweisen könnte.«

Selim lächelte, etwas länger als zuvor. »Fünftausend«, sagte er.

»Herr, ich hatte nicht die Absicht, eine Karawane schöner Frauen zu erwerben. Siebenhundert?«

Wir feilschten eine Weile. Schließlich bat ich um Schreibzeug und stellte ihm eine Zahlungsanweisung über zweitausendfünfhundert Zechinen aus. Er nahm sie, hob sie an die Stirn, faltete sie, steckte sie ein und klatschte in die Hände. »Karim!« rief er.

Als Karim Abbas wieder vor uns stand, sagte Selim auf italienisch: »Setz dich; es ziemt sich, Geschäfte in Ruhe und Gelassenheit zu erörtern.«

Karim blickte ihn an, dann mich, dann wieder ihn; er ließ sich auf ein Kissen sinken und sagte: »Ich lausche in gespannter Erwartung, Herr.«

Selim nickte mir zu. »Sprecht.«

»Ich habe«, sagte ich langsam und überdeutlich, »Selim Effendi, den ruhmreichen Hüter der Rechtschaffenheit, darum gebeten, über die Einhaltung von Absprachen zu wachen. Er war so gütig, mir diese Bitte zu gewähren.«

Karim preßte einen Moment die Lippen zusammen.

»Wir werden eine Zeit und einen Ort festsetzen, an dem

wir unsere Angelegenheiten bereinigen. Einer, dem Selim Effendi vertraut, wird dann bei uns sein und dafür sorgen, daß alles in der geziemenden Ordnung verläuft.«

»Bis dahin« – Selim räusperte sich – »wird die Gemahlin als Geisel des Sultans, den Allah behüten möge, behandelt. Gut behandelt, Karim. Sie wird dich und meinen Vertreter an den Ort begleiten, der noch zu bestimmen ist. Wenn ihr eure Angelegenheit bereinigt habt, und ganz gleich, wie das Ergebnis aussehen mag, ist sie frei und kann heimreisen.«

Karim Abbas schwieg. Er schien auf etwas zu kauen; vielleicht knirschte er auch unhörbar mit den Zähnen. Schließlich sagte er mit flacher, mühsam beherrschter Stimme: »So sei es. Wo und wann?«

»Sobald wie möglich«, sagte ich. »An einem Ort, von dem aus Laura schnell heimkehren kann. Oder jedenfalls schnell in Sicherheit gelangen kann.«

»Was schlägst du vor?« sagte Selim; er wirkte beinahe erheitert.

»Orebić«, sagte ich. »Von dort kann sie mit einem Boot binnen einer Stunde im venezianischen Korčula sein.«

Karim und Selim wechselten Blicke. Karim rümpfte die Nase; Selim drehte die Handflächen nach oben.

»Nichts spricht dagegen. Nicht wahr, Karim?«

»Ja, Herr.«

Nie, glaube ich, habe ich ein Ja gehört, das so deutlich ein Nein war. »In einem Monat?« sagte ich.

»Zu früh.« Selim rieb sich die Nase; dann zählte er etwas an seinen Fingern ab. »Die Festung Herceg Novi fällt, heute oder morgen. Danach ist hier Ordnung zu schaffen. Das Heer muß versorgt und jede Einheit heimgeführt werden. Dazu benötigen wir alle guten Männer. Sagen wir, in sechs Monaten?«

»Zu lang für eine schmachtende Gefangene, Herr«, sagte ich. »Zwei Monate?«

»Fünf. Nach christlicher Rechnung ist heute der sechste August, nicht wahr? Sagen wir, irgendwann in den ersten zehn Tagen eures neuen Jahres?«

Zu spät, dachte ich. Noch fünf Monate. Zu spät, viel zu lang für Laura, für die Kinder, für alles. Ich versuchte, die Spanne zu verkürzen. Selim blieb zunächst hart, ließ sich aber schließlich auf die Zeit zwischen dem ersten und dem zehnten November festlegen. Karim Abbas sagte kein einziges Wort. Als er diesmal das Zelt verließ, warf er mir nicht einmal einen Blick zu. Oder sollte ich sagen: Er verzichtete darauf, mir einen Blick ins Gesicht zu werfen?

»Sagt mir noch eins, Selim Effendi«, sagte ich, als er mich aus dem Zelt geleitete und einen Fähnrich anwies, mich zurück zum vorläufigen Lager der Schiffbrüchigen zu bringen.

»Was wollt Ihr wissen?«

»Wie kommt es, daß Ihr mir und meiner Zahlungsanweisung vertraut? Und wenn Ihr mir vertraut, warum glaubt Ihr dann trotzdem den Lügen von Karim Abbas?«

»Das sind zwei Fragen.« Er nahm meinen Arm und zog mich zurück in den Zelteingang; der Fähnrich blieb draußen stehen. Leise sagte Selim: »Karim ist wichtig; ob er lügt oder nicht. Es hat keine Bedeutung. Ich kann ihn zu gewissen Dingen zwingen, aber nicht zu allem. Ich brauche ihn noch.«

»Ich hatte es befürchtet. Und was die Zahlungsanweisung angeht?«

Er lachte und schob mich wieder ins Freie; dabei sagte er: »Katona und Bellini werden für Euch bürgen.«

SECHSUNDZWANZIG

Der Untergang des Regiments

Bekim und ich gehörten zu den letzten, die am nächsten Vormittag über die Bucht gebracht wurden. Zum ersten Mal sah ich nun, ungehindert durch Bäume, Felsen, Zelte, Landvorsprünge und Nebel, die gewaltige Flotte des Sultans, gelenkt und geleitet von Khaireddin, den man im Westen Barbarossa nannte. Ich konnte die Schiffe nicht zählen, aber es müssen weit über einhundert gewesen sein. Ein Wall von Schiffsrümpfen, ein kahler Wald von Masten ohne Segel. Inzwischen habe ich gehört, allein die Schiffsgeschütze hätten in den letzten drei Tagen der Belagerung über zwölftausend Geschosse auf Herceg Novi abgefeuert, die Batterien an Land mindestens ebenso viele. Wir waren zu weit entfernt, um die Schiffe unter dem Rückstoß schaukeln und tanzen zu sehen, aber wir sahen die Schwaden und hörten den Donner.

»Ein prachtvoller Anblick, nicht wahr?« sagte ein Venezianer neben mir.

»Ihr seid kein Krieger?«

Er musterte mich verwundert. »Nein; ich bin Handelsherr. Warum fragt Ihr?«

»Weil mich bei diesem Anblick etwas anderes bewegt.«

»Laßt es mich wissen.«

»Gott sei denen gnädig, denen dieser Beschuß gilt.«

Aber bekanntlich ist mehr Verlaß auf Gottes (oder der Götter) Gnadenlosigkeit. Dies ist, was geschah.

»Bei Preveza wollte der Kaiser, mittels der Schiffe und Soldaten der Heiligen Liga, die türkische Vormacht zur See brechen und an Land einen Brückenkopf erobern, um von dort später ein größeres Heer gen Konstantinopel zu schicken. Der Versuch zur See scheiterte; dennoch ging ein paar Tage später das *tercio* Sarmientos an Land und nahm Castelnuovo/Herceg Novi ein. Es bestand aus fünfzehn Kompanien; verstärkt wurde es durch hundertfünfzig Mann leichte Kavallerie und fünfzehn Kanonen. Hinzu kam ein kleines Kontingent griechischer Fußsoldaten und Reiter. Insgesamt war das *tercio* etwa viertausend Mann stark. Ferner ging ebenfalls an Land der genuesische Kaplan von Andrea Doria namens Jeremias mit etwa vierzig weiteren Geistlichen und Schreibern; hinzu kam die übliche Menge an Marketendern, Burschen, Dienern und Frauen.

Zwar gab es in Castelnuovo starke Befestigungen – die höher gelegene Burg wie auch die eigentlichen Stadtmauern –, aber gegen den Angriff einer Landmacht würde sich die Truppe nur mit Hilfe einer Flotte behaupten können.

Sarmiento nutzte den winterlichen Stillstand dazu, seine Stellung auszubauen: Er verbesserte die Stadtmauern und legte neue Türme an. Und um seinen Mangel an Verstärkungen und Munition zu beheben, schickte er gegen Ende des Winters Hauptleute nach Spanien, Sizilien und Brindisi, erhielt jedoch keinerlei Zusagen.

Die Anwesenheit der Spanier auf ihrem Territorium beunruhigte die Türken sehr, und um schlimmeres Unheil zu verhindern, waren sie entschlossen, dieser so bald wie möglich ein Ende zu machen.

Während des Winters wies Sultan Suleyman Khaireddin Barbarossa an, die Flotte wieder zu versammeln, sie neu auszurüsten und sie im Frühjahr 1539 bereitzuhaben. Zu diesem Zeitpunkt sollten zehntausend Mann Infanterie und viertausend Janitscharen an Bord gehen, um Castelnuovo anzugreifen. Insgesamt sollte Khaireddin über etwa zwanzigtausend Mann verfügen, um die Stadt von Meer aus zu blockieren. Hinzu kamen die Truppen, die Castelnuovo vom Land aus belagern und angreifen sollten; diese (etwa dreißigtausend Mann) sollten ebenfalls Khaireddin unterstehen, und der türkische Gouverneur Bosniens, ein Perser namens Ulamen, sollte sie aufbieten. Die Türken mobilisierten also an die fünfzigtausend Mann, um nicht ganz viertausend Verteidiger zu besiegen.

Dies zeigt, welche Gefahr ihrer Meinung nach von einem kaiserlichen Brückenkopf dem gesamten osmanischen Balkan drohte.

Im Juni 1539 wollte sich Khaireddin der Schiffe bemächtigen, mit denen Andrea Dorias Neffe Gianettino Castelnuovo zu Hilfe gekommen war, doch gelang es ihm nicht, da dieser die nötigen Operationen – Ausladen von Vorräten und anderem Nachschub – sehr schnell durchführte. Es war dies der erste Nachschub seit Beginn des Unternehmens im Oktober 1538.

Khaireddin ließ nun einen seiner Stellvertreter mit sechsunddreißig Galeeren die Küsten, Häfen und Buchten erkunden und die Landung vorbereiten. Dies geschah am Morgen des 12. Juli 1539. Eine Vorhut von dreißig Galeeren schiffte bei Castelnuovo eintausend Soldaten aus, um Wasser zu nehmen, Nachrichten zu sammeln und die eigentliche Flotte zu erwarten. Aber noch vor Mittag wurden sie von drei Kompanien unter dem Kommando des Basken Machín de Munguía und der Kavallerie von Lázaro de Corón zurückgeschlagen. Nachmittags versuchten sie es mit mehr Leuten, wurden aber erneut zurückgeschlagen und verloren dreihundertdreißig Mann (dreihundert Tote und dreißig Gefangene).

Am achtzehnten Juli kam der Rest der Flotte unter Khaireddin an. Wenige Tage später trafen auch Ulamen und seine Soldaten über Land ein. Um den Belagerungsring zu schließen, brachten sie vierundvierzig Geschütze in Stellung.

In dieser ganzen Zeit griffen die Spanier immer wieder die türkischen Truppen an, machten Ausfälle, um sie zu stören und zu behindern, und sorgten für hohe Verluste.

Die Vorbereitungen konnten so erst am dreiundzwanzigsten Juli abgeschlossen werden; die Türken hatten bis dahin drei Batterien in Stellung gebracht: eine auf einem Berg, die zweite an der Straße nach Kotor, die dritte am Hafen.

Die eigentliche Belagerung begann am dreiundzwanzigsten Juli mit einem ununterbrochenen Beschuß der spanischen Stellungen. Noch am Abend des Tages schrieb einer seiner Stellvertreter in Khaireddin Barbarossas Auftrag an Sarmiento und forderte ihn auf, sich zu ergeben und das Land dem Sultan zu überlassen, der ihm Schiffe zur Verfügung stellen würde, um mit allen Truppen und ohne jede Beeinträchtigung nach Apulien zu segeln.

Der Maestre de Campo rief alle Hauptleute zur Beratung zusammen, und nach einiger Zeit beschloß die Mehrheit, Widerstand zu leisten. Sarmiento ließ dem türkischen Offizier mitteilen, er denke nicht daran, sich aus welchem Grund auch immer zu ergeben, sondern werde eher bei der Verteidigung des Landes mit all seinen Leuten für Gott und den Kaiser sterben.

Khaireddin entsandte daraufhin einen Renegaten zu Sarmiento, um die Frage erneut zu erörtern. Aber Sarmiento schickte lediglich seinen Fähnrich Garci Méndez, der die neuen Vorschläge entgegennahm. Man würde ihnen den Abmarsch nach Italien mit wehenden Fahnen und sämtlichen Waffen außer Kanonen und Schießpulver gestatten und außerdem jedem Soldaten zwanzig Dukaten zahlen.

Der Fähnrich erwiderte, er wage nicht, diese Vorschläge zu unterbreiten, denn er glaube, man werde ihn dafür töten, und auch Sarmiento selbst werde nicht wagen, es seinen Soldaten mitzuteilen, denn diese würden sogar ihn dafür umbringen.

Khaireddin schickte seinen Unterhändler abermals los und ließ ihn ausrichten, er sei bereit, bis zum Einbruch der Nacht auf jede vernünftige Forderung einzugehen.

Wieder ließ Sarmiento die Hauptleute beraten; sie wiederholten ihre frühere Entscheidung und ließen diese von Garci Méndez übermitteln.

Nun kam es zu zahlreichen Scharmützeln, Ausfällen der Spanier und Einzelkämpfen, bei denen die Türken schwere Verluste erlitten.

Am vierundzwanzigsten begann der Hauptangriff mit Artillerie und Fußtruppen; er dauerte den ganzen Tag an und setzte sich am fünfundzwanzigsten fort. Die Türken verloren an die sechstausend Mann; auch bei den Spaniern gab es Verluste, aber selbst die Verwundeten kämpften weiter.

Die Rückschläge der Türken waren so schwer, daß Khaireddin jedes weitere Gefecht untersagte und beschloß, nur noch seine mächtige Artillerie einzusetzen. Die Wirkung des Dauerbeschusses war beträchtlich; Häuser stürzten ein, in den Mauern entstanden Lücken, die Anzahl der Verwundeten wuchs. Aber die Spanier besserten die Lücken aus, warfen neue Wälle auf und zogen neue Gräben; bei alledem unternahmen sie unausgesetzt Ausfälle, was das Vorrücken des Gegners behinderte.

Bis zum ersten August, neun Tage nach Beginn des Angriffs, waren tausende Türken (vor allem Janitscharen) gefallen, darunter auch einer der wichtigsten Hauptleute Khaireddins.

Am vierten August kam es zum ersten Sturmangriff. Es gelang den Türken jedoch nicht, in die Stadt einzudringen, und sie zogen sich zurück unter schweren Verlusten, vor allem durch den mörderischen Beschuß seitens der Arkebusiere. Abermals zeichnete sich Machín de Munguía aus.

In der Nacht kamen drei Deserteure zu Khaireddin und nannten ihm die Schlüsselstellungen, die zu nehmen seien: die Burg und die Kasematten.

Am fünften August richteten die Türken daher zwölf schwere Geschütze auf diese Punkte. Nach zwei Tagen unausgesetzten, gutgezielten Feuers gab es in den Mauern Breschen, die groß genug für einen direkten Angriff waren. Khaireddin stellte fest, die Informationen der Verräter seien sehr wertvoll gewesen; dann ließ er die Männer hängen, weil sie ihre Ehre und ihre Pflichten verraten hatten.

Am sechsten August abends war die Mauer kaum noch vorhanden. Die Verluste bei den Spaniern waren so hoch, daß zum Beispiel in der Kompanie Sotomayor von ursprünglich zweihundertachtzig Mann nur noch zwölf imstande waren zu kämpfen.

Im Verlauf des Tages kam es zu zahllosen Angriffen und Gegenangriffen an der Burg, die sechsmal den Besitzer wechselte. Die Verteidiger konnten ihre beste Waffe – die Arkebusen – nicht nutzen, weil strömender Regen das Pulver naß gemacht hatte. Außer drei Hauptleuten und einem Fähnrich waren alle Offiziere der Burg gefallen.

Am Morgen des siebten August konnten die Türken endlich die Burg nehmen, indem sie über die von den Leichen ihrer Gefallenen gefüllten Gräben stürmten. Don Francisco de Sarmiento wurde am Oberschenkel verwundet, kämpfte aber weiter an der Spitze seiner Truppen.

Als schließlich kaum noch sechshundert Mann lebten (wiewohl keineswegs unverletzt), gab der Maestre den Befehl, sich in eine zweite Burg zurückzuziehen, unten in der Stadt. Sie versuchten dies in guter Ordnung, konnten aber nicht hineingelangen, weil die Bewohner der Stadt die Zugänge vermauert hatten.

Die Lage wurde immer verzweifelter. In den Trümmern um die untere Burg kämpften die Männer bis zum bitteren Ende.

Einige Offiziere, darunter der mehrfach ausgezeichnete Hauptmann Machín de Munguía, wurden gefangengenommen und zu Khaireddin gebracht. Er befahl den letzten Spaniern, sich ihm zu ergeben; dafür zahlte er den Janitscharen, die an ihnen blutige Rache nehmen wollten, fünfzehntausend Dukaten.

Von den Soldaten, Marketendern, Frauen und Burschen lebten noch etwa achthundert, darunter vierhundert Soldaten, die meisten verwundet. Khaireddin versprach dem die Freiheit, der ihm den Kopf von Sarmiento brächte, aber dieser war unter so vielen Toten nicht zu finden. Zuletzt hatte man ihn gesehen, wie er allein zu Pferde den Feind angriff, mit drei Pfeilwunden in Kopf und Gesicht.

Die wichtigsten Gefangenen waren die Hauptleute Luis de Haro, Masquefá, Machín de Munguía und Cerón, dazu Fähnrich Garci Méndez und der zum Bischof der Stadt erhobene ehemalige Kaplan des Andrea Doria, Jeremias.

Unter den Gefangenen bewunderte Khaireddin den

Hauptmann Machín de Munguía besonders; dieser hatte sich in der Seeschlacht von Preveza und nun bei der Verteidigung von Castelnuovo ausgezeichnet. Khaireddin pries sein Verhalten, forderte ihn auf, zu den Türken überzutreten und bot ihm einen hohen Posten in seinem Heer an. Der Wortlaut von Machíns Antwort ist nicht bekannt, aber Khaireddin ließ ihm noch am selben Abend den Kopf abschlagen. Ohne Beimengung von Bewunderung geschah dies auch dem zum Bischof erhobenen ehemaligen Kaplan des Andrea Doria und allen anderen Geistlichen.

Insgesamt fielen bei der Belagerung von Castelnuovo um die dreitausendfünfhundert Spanier und fast zwanzigtausend Türken.«

Dies, ungefähr jedenfalls, ist der Bericht, den ein französischer Gesandter verfaßte. Ich hege den Verdacht, daß es sich um einen Priester handelte, aber das ist nicht sicher. Abschriften waren wenige Tage später bereits in Dubrovnik zu lesen, und sie werden wohl auch nach Rom, Venedig, Neapel, Wien und Valladolid gelangt sein. Bekim und ich stellten in Dubrovnik Mutmaßungen über die Worte an, mit denen *capitán* Machín de Munguía seinen Kopf gegen Khaireddins Angebot setzte, aber es wäre müßig, die harmlosen niederzuschreiben, und unziemlich, die groben aufzuführen.

Überdies gab es wichtigere Fragen zu erörtern. Bekim trieb sich durch jene Teile der südöstlichen Vororte, in denen einige Albaner und Griechen lebten; ich ließ mich wieder bei den Musikern nieder, spielte abends mit ihnen im Haus oder bei Valerio und bat sie um Hilfe bei der Beantwortung einiger Fragen. Tagsüber irrte ich durch das rechtwinklige Labyrinth von Ragusa, suchte Katona auf, stellte fest, daß Meister Nikola noch immer nicht heimgekehrt war, was zu merklicher Besorgnis in seinem Haus und bei anderen Edlen und Reichen führte, und befragte alle, die vielleicht antworten könnten und würden. Einer der Diener von Meister Nikola war nicht abgeneigt, ein paar Münzen anzunehmen und viel Wein in einer Schänke außerhalb der Mauern zu trinken.

»Der Herr ist zu einem Landgut gereist«, sagte er, nachdem seine Zunge befeuchtet und schon recht schwer war.

»Wo ist dieses Landgut?«

»In einem Tal in den Hügeln, nicht weit von Makoše.«

»Wo ist das?«

»Ein Dorf, ein paar Meilen südlich der Straße nach Trebinje. Der Weg geht ungefähr eine Wegstunde vor dem Paß und der Grenze rechts ab.«

Ich erinnerte mich an die Straße und an Wege, die von ihr wegführten. »Karge Gegend«, sagte ich. » Man schaut über die karstige Hügellandschaft aufs Meer. Aber was tut man da außerdem auf einem Landgut?«

»In dem Tal gibt es fruchtbaren Boden. Der Meister will dort Wein anbauen.«

»Man kann sich auch sehr gut mit allen möglichen Leuten treffen, mit denen man weder in Trebinje noch in Dubrovnik gesehen werden will.«

Der Diener nickte. »Der Herr ist dort aber nicht angekommen – heißt es. Niemand weiß, wo er sich aufhalten könnte.«

Einige Tage später tauchte Bekim – nicht zum ersten Mal, aber nach längerer Pause – bei Valerio auf. Als wir die Musik unterbrachen, um zu trinken, zu essen und neu zu stimmen, bat er mich, ihm vor die Tür zu folgen, und dort zog er mich ein paar Schritte beiseite.

»Morgen«, sagte er leise, »werde ich mit etwas Glück einen

Mann treffen, einen Eseltreiber, der oft zwischen Dubrovnik und Trebinje unterwegs ist. Jemand bei den Albanern hat gesagt, der wüßte etwas.«

»Worüber? Falls du das schon weißt.«

Er zögerte; schließlich murmelte er: »Wenn es stimmt, ist es so heiß, daß jeder sich daran die Zunge verbrennt. Ein Seitental, in dem kleine Karawanen manchmal rasten. Es gibt dort einen Brunnen. Nicht weit davon sind neuerdings ein paar Steine aufgetürmt. So, als ob man da jemanden bestattet hätte.«

»Sieh dich vor«, sagte ich. »Brauchst du Geld?«

»Nicht für mich, aber vielleicht …«

Ich gab ihm zehn Zechinen. »Das sollte genügen, um einen Eseltreiber zu erheitern. Weißt du, wo Orebić ist?«

»Am Ende der langen Insel? Gegenüber von Korčula?«

»Ja. Nur für den Fall, daß du länger brauchst: In ein paar Tagen breche ich auf; ich werde dort einen alten Schiffbauer namens Goran aufsuchen. Komm nach, sobald du kannst.«

Velimir war bereit, mich für ein paar Zechinen – »weniger, als du dem alten Schuft für den Ausflug zur Bucht gezahlt hast« – nach Orebić zu bringen. Er brauchte aber noch einen Tag, um sein Boot seeklar zu machen und drei oder vier Seeleute aufzutreiben. »Am besten«, sagte er, »kommst du morgen abend und schläfst in meiner Hütte. Vielleicht ist der Frühwind günstig, dann segeln wir vor Sonnenaufgang los, und ich muß dich nicht erst holen.«

Morgens sagte ich den anderen Musikern Lebewohl. »Es war gut bei euch und mit euch«, sagte ich. »Und diesmal weiß ich nicht, ob ich wiederkomme.«

»Das wird zur Gewohnheit.« Ardiana umarmte und küßte

mich. »Beim letzten Mal hast du auch so düstere Dinge gesagt. Oder sichtbar gedacht. Gibt acht auf dich, hörst du?«

»Wenn du überlebst«, sagte Zlatko, »schreib uns, damit wir wissen, wie es ausgegangen ist.«

Konstantinos grinste. »Und wenn du nicht überlebst, schreib uns trotzdem – bloß wegen unserer Neugier.«

»Ich will's versuchen. Wenn es euch hier und bei Valerio irgendwann einmal zu langweilig wird, könnt ihr ja in Venedig nachschauen, ob es mich noch gibt.«

»Gibt's da Schänken, in denen wir Musik machen könnten? Mit oder ohne dich?« sagte Tomislav.

»Wenn es irgendwo an diesem Meer einen Hafen ohne Tavernen und ohne Musik gäbe, wüßten wir das wohl. Die Götter der Töne und Leitern mögen euch bewahren – und die Herren der Spione auch!«

Boboko begleitete mich auf dem Weg zu Velimirs Hütte. Er behauptete, er habe in Gruž etwas zu erledigen; da könne er auch meinen Fiedelkasten tragen, daß ich unter der Last der übrigen Dinge nicht zusammenbräche. Als wir weit genug vom Haus entfernt waren, sagte er: »Hör zu, Jakko. Ich weiß nicht, ob es dir hilft, aber ich habe da etwas gehört.«

»Sprich, Bruder.«

»Unter Zigeunern ...« Er grinste. »Alle Musiker sind Zigeuner, oder? Jedenfalls – unter Zigeunern erzählt man sich manchmal Dinge, die andere nichts angehen.«

»Unter Musikern auch. Und unter Albanern, Venezianern, Taschendieben, Soldaten und überhaupt. Was hast du gehört?«

»Sagt dir der Name Bayard etwas?«

»Der Ritter ohne Furcht und Tadel?«

»Ja.«

»Natürlich; ich habe ihn nie gesehen, aber wer kennt ihn denn nicht?«

Boboko nickte. »Frankreichs größter Held, von den Feinden geehrt und von den Freunden geliebt.« Er lachte. »Klingt fast zu schön, oder? Jedenfalls – bei seinem Tod an der Sesia vor fünfzehn Jahren soll er dem Herzog von Bourbon ein kostbares Wehrgehänge überlassen haben.«

»Na ja«, sagte ich. »Bourbon war sein Gegner, oder? Hat sich vom französischen König schlecht behandelt gefühlt und ist zum Kaiser übergelaufen. Ob Bayard ihm einen Gürtel geschenkt hätte? Wahrscheinlich haben die Sieger ihn einfach genommen und behalten, als Bayard tot war. Aber ... sprich weiter.«

»Angeblich hatte Bourbon diesen Gürtel bei sich, als er bei der Plünderung Roms umgekommen ist. Und ebenso angeblich hat ihn dann ein Landsknecht an sich genommen.«

Ich seufzte. »Ach ja, eine dieser Geschichten. Durch tausend Hände gegangen und jetzt irgendwo teuer zu kaufen?«

Boboko gluckste. »Nicht ganz, aber fast. Ich sag ja, ich hab was gehört, aber hab ich denn gesagt, daß alles wahr ist?«

»Hast du nicht. Red weiter.«

»Ein Händler hat ihn angeblich hier gehabt, in Dubrovnik. Hat ihn verkauft und vor ein paar Wochen oder Monaten zurückerhalten.«

»Soll ich ihn jetzt kaufen, oder warum erzählst du mir das?«

»Was willst du damit – als Musiker? Nein, aber du hast doch irgendwann einmal nach diesem Mauren gefragt, Otero oder so. Angeblich hat ein Maure ihn gekauft, und warum er wieder zurückgegeben wurde oder jedenfalls zurückgekommen ist, weiß keiner.«

»Wie heißt der Händler?«

»Weiß ich nicht. Aber, hm, Katona kennt ihn. Vielleicht solltest du mit ihm reden. Falls du vor deinem Aufbruch noch mit jemandem reden willst.«

»Will ich. Danke, Bruder.«

»Und schreib uns, was dabei herausgekommen ist, ja?«

Als ich meine Sachen bei Velimir untergebracht hatte, ging ich nach Dubrovnik, um mit Katona zu sprechen und ihn zu bitten, eine Botschaft nach Venedig zu übermitteln, und zwar an …

Ich muß abbrechen. Karim Abbas ist eingetroffen. Wenn nicht mehrere Wunder geschehen, werde ich nicht weiterschreiben können. Vielleicht beendet ein anderer diesen Bericht für mich. Oder nicht.

SIEBENUNDZWANZIG

Die Schlangengrube von Orebić

Nach all den Tagen des Wartens und Schreibens ist es köstlich, schmerzende Wunden an der linken Seite des Brustkorbs zu spüren, kaum einen Körperteil ohne Pein bewegen zu können (außer der Schreibhand), heißen Kräutersud mit Fruchtstückchen und ein wenig Wein zu trinken und aus dem Fenster über die Meerenge zu blicken – von Korčula nach Orebić. Oder, da ich nun wieder auf venezianischem Gebiet bin, von Curzola nach Sabbioncello. Goran würde mich jetzt wahrscheinlich auffordern, über die Köstlichkeit des Schmerzes zu schreiben, Beweis für Leben nach langer Todeserwartung. Und wenn ich es ohne seine Forderung geschrieben hätte, vielleicht geschmückt mit Erörterungen über die Wonne des Dürstens angesichts des vollen Bechers, der gleich die Wonne mehren und den Durst töten wird, zöge ich mir gewiß seinen Tadel und das Ansinnen zu, derlei zu unterlassen. Nun ja, Goran … Aber zu ihm später.

Eigentlich wollte ich dies gar nicht mehr schreiben. Da es als Mitteilung des Toten an seine lebenden Kinder gedacht war, ist es durch mein bloßes Überleben überflüssig geworden. Andererseits widerstrebt es mir, etwas Begonnenes nicht zu beenden. Und da ich es niemandem aushändigen muß, kann ich es später getrost verwenden, um im Winter von Mestre den Ofen anzuzünden und, wohlig gewärmt, den Kindern keine blutigen Mordgeschichten zu erzählen, sondern solche von heiteren Seeungeheuern, munteren Magiern und edlen Fürsten. Wer an edle Fürsten glaubt, wird mit den anderen genannten Figuren auch keine Schwierigkeiten haben.

Wohlan denn – nicht schreiben, um zu schreiben, sondern beenden, um etwas Neues beginnen zu können.

Karim Abbas stand auf dem sandigen Weg, am Fuß der fünf Stufen, die zu Gorans Haus führen. Er hatte die Arme verschränkt und starrte mich durchs Fenster an. Hinter mir, am Herd, hörte ich Goran Töpfe verschieben.

»Er ist da«, sagte ich.

»Wer?« Das Scheppern und Klirren endete.

»Karim Abbas.«

Ich hörte Gorans Schritte näherkommen und seine Stimme, nicht weit hinter mir, als er sagte: »Dann sollten wir wohl hinausgehen.«

»Willst du ihn nicht hereinbitten?«

Goran antwortete nicht. Jedenfalls nicht sogleich, und zunächst nicht mit Wörtern. Ich spürte etwas Kaltes an der Kehle. Eine Klinge.

Er räusperte sich. »Steh langsam auf, Jakko. Dann gehen wir zur Tür und … zu ihm. Und denk daran, daß ich mit einem Messer umgehen kann.«

»Warum?« Ich legte die Feder aufs letzte begonnene Blatt und erhob mich. Vorsichtig.

»Zur Tür.«

»Warum, alter Mann?«

Er bewegte das Messer an meinem Hals. »Ein Fremder unterscheidet sich von einem anderen nur durch sein Geld. Je mehr er zahlt, desto weniger ist er fremd.«

»Das meine ich nicht.«

»Mach die Tür auf; langsam. Was meinst du denn?«

»Was du hier tust, ist doch vollkommen sinnlos.«

»Das ganze Leben ist sinnlos. Der Krieg war sinnlos, die Spanier sind sinnlos gestorben, wie alle anderen, du bist sinnlos hinter deinem Kassem hergeritten; warum sollte ich nicht auch etwas Sinnloses tun?«

»Er hat meine Frau«, sagte ich; »wir haben eine Verabredung; meine Frau wird nur leben, wenn ich die Verabredung einhalte. Wozu also das Messer?«

Er gluckste leise. »Damit du die Verabredung ganz sicher einhältst.«

»Was sollte ich sonst tun?«

»Fliehen. Dich im Haus verschanzen. Beschließen, daß ihr Leben doch nicht so kostbar ist. Ein Messer irgendwo an dir verbergen.«

Wir traten hinaus. Auf den Weg, der zu den Stufen führte. Auf die Stufen, die zu Karim Abbas führten.

»Hier?« sagte ich, als ich fast vor ihm stand.

Karim nickte. »Ein guter Ort. Für dich und mich. Für den Todesengel sind alle Orte gleich.« Er klatschte dreimal in die Hände.

Nach rechts fiel der Weg ein wenig ab, zu den Häusern von Orebić und zum Hafen. Vor uns, jenseits des Abhangs mit seinen Büschen und der Meerenge, sah ich Korčula; ein Strahl der Novembersonne fiel auf das Segel des venezianischen Kriegsschiffs, das langsam nach Westen glitt. Ein paar Fischer aus Orebić waren auf dem Wasser; ein anderes Boot lag am Ufer. Links von uns standen Bäume neben einem Felsen, den ein Riese dort vergessen haben mochte. Hinter dem Felsen traten ein paar Männer hervor – zuerst drei, dann weitere sieben. Laura ging in der Mitte der Gruppe, flankiert von zweien. Die Männer waren bewaffnet, trugen aber keine Uniformen.

»Du kannst sie begrüßen – kurz«, sagte Karim Abbas. Er klang ein wenig herablassend. Wie einer, der einem Hund einen fast kahlen Knochen hinwirft und sagt: »Da, nimm.«

Ich ging Laura und den Männern entgegen. Mein Herz klopfte, und während ich versuchte, mich an Lauras Anblick sattzusehen, schwirrten mir all die Vorkehrungen, Vorgänge und Fragen der vergangenen Tage durch den Kopf. Bekim, den ich mit Geld und einem Brief nach Korčula geschickt hatte. Der flache weiße Stein, den ich vorgestern früh auf der obersten Stufe gefunden hatte. Die Dinge, die ich nicht zu Papier bringen mochte, damit Goran sie nicht lesen konnte. Die Zweifel an Karims Ehrenhaftigkeit und die Fragen hinsichtlich meiner eigenen.

Und ich dachte an einen Traum. Genauer: die Fortsetzung eines Traums. Vor Monden hatte ich von einer Grube geträumt, in der Flammen züngelten, die zugleich Schlangen waren. Über der Grube stand oder schwebte eine Eule; dann rüttelte sie wie ein Raubvogel, öffnete den Mund, sagte etwas, das für mich bestimmt war, aber ich konnte es nicht verstehen. Sie stürzte sich in die Flammen, löste sich aber auf, ehe sie den Knäuel der Schlangenflammen erreichte. Und in der vergangenen Nacht war mir die Flammenschlangengrube wieder im Traum erschienen. Am Rand hatte Karim Abbas gestanden, der aber zugleich ein anderer war, den ich nicht erkannte. Und die Eule hatte Meister Nikolas Züge und brannte schon, während sie mir etwas zurief. In der Grube hatte Laura gestanden, und in der Scheußlichkeit des Traums war es ein Trost gewesen zu sehen, daß sie nicht brannte, daß ihr die Schlangen nichts anhaben konnten.

»Liebste«, sagte ich, als ich vor ihr stand. »Haben sie dich gut behandelt?«

Sie nickte nur, sagte nichts. Sie schien die Zähne zusammenzubeißen, und ihre Augen waren trocken.

»Dann ...«, sagte ich. In diesem Moment packten mich zwei der Männer, rissen mich herum und zerrten meine Arme auseinander. Karim Abbas hielt einen Degen in der Hand und machte zwei schnelle Bewegungen. Eine Art Flammenspur fraß sich von meiner linken Achsel abwärts bis fast in Höhe des Nabels, und ehe ich Lauras erstickten Schrei hörte, sah ich die blutige Spitze des Degens nicht weit vor meinem Gesicht, wie im Triumph erhoben.

»Ich war lange unterwegs und bin müde. Du hast geruht. Wir wollen die Nachteile ausgleichen.« Karims Stimme war lauterer Hohn. Ich hörte sie wie durch ein Rauschen; wie durch etwas, das Nebel gewesen wäre, wenn man es sehen könnte.

Er hatte mir das Hemd seitlich aufgeschlitzt; aus dem langen, oberflächlichen Schnitt sickerte Blut, das den zerfetzten Stoff schnell sättigte.

Plötzlich ließen die Männer meine Arme los. Eigentlich hätte ich ein Zischen und zwei dumpfe Einschläge hören müssen, aber durch das Rauschen in meinen Ohren nahm ich nur Pferdegetrappel wahr, Hufschläge, die vom Ort schnell näher kamen.

Karim stieß einen Fluch aus. Zwischen den Büschen, die den Hang unterhalb des Wegs bis zum Ufer sprenkelten, tauchten weitere Männer auf. Bellini war bei ihnen, Bekim mit seiner Schleuder, Belgutai mit dem Bogen. Die Männer, die mich gehalten hatten, lagen am Boden. Der Schleuderstein hatte dem einen die Stirn zertrümmert, dem anderen steckte ein Pfeil in der Kehle. Eine Gruppe türkischer Soldaten, mit einem Hauptmann an der Spitze, kam vom Ort her angeritten; ich sah noch, daß die Pferde schweißbedeckt waren, hörte einen Warnruf, fing mit der rechten Hand den Degen auf, den mir Bellini zuwarf, duckte mich und entging knapp einem wuchtigen Hieb Karims.

Stimmen, Schreie, zwei oder drei Schüsse – aber alles ringsum nahm ich nur wie aus der Ferne wahr, wie durch dicke Tücher. Ich sah Karims Augen und die Spitze, dann wieder die Schneide seines Degens. Jakob Spengler der Spielmann fragte sich, ob es sinnvoll gewesen war, Bellini zu schreiben, daß man auf keinen Fall Karim angreifen, sondern ihn dem anderen überlassen sollte, Jakko dem Soldaten, der jetzt den Spielmann übernahm. Nichts rauschte mehr, die schnellen Bewegungen wurden zu einem langsamen Gleiten, das aus einem vergessenen Tanz oder dem Wogen der Dünung weit unter uns stammen mochte. Oder aus dem Dreck des Wegs und der Kriege – kein Grund mehr für ehrenhaftes Fechten, nur noch dreckiges, hartes Kämpfen. Karim hatte von Ehrenhaftigkeit geredet und alle Ehre geschändet. Karim war ein glänzender Fechter, aber Jakko hatte die Erfahrung des Drecks. Dreck im Bauernkrieg, Dreck in der Hölle des Sacco di Roma, Dreck zwischen den zertrümmerten Mauern Wiens. Ich wehrte Karims Angriff ab, duckte mich, griff in den Sand, warf Karim eine Handvoll ins Gesicht, wich dem nächsten fast blind geführten Stoß aus, drehte mich, trat zu, brach seine Kniescheibe mit dem Absatz, tauchte unter einem Stich weg, zog die Klinge über die Finger seiner Degenhand, trennte ihm ein Ohr ab, führte einen Stich gegen sein Herz, traf auf eine Rippe und öffnete ihm den Bauch. Er ließ die Waffe fallen, preßte die verwundete Hand auf den Leib, taumelte und stürzte.

Plötzlich war der rasende Tanz zu Ende. Ich hörte wieder

Stimmen und mein eigenes Keuchen, spürte die Verletzungen, sah Karim vor mir auf dem Boden. Und wußte, daß er leben würde. Der Stich, von einer Rippe abgelenkt, war nicht tief eingedrungen; sickerndes Blut, kein wildes Spritzen, keine Eingeweide. Ich setzte die Spitze des Degens auf sein Herz.

»Warum?« wollte ich sagen, aber es kam nicht als Wort, sondern als Keuchen heraus.

Karim öffnete den Mund, schloß ihn wieder, blinzelte zwei-, dreimal und sagte kaum hörbar: »Stich zu. Mach Schluß.«

Ich holte tief Luft, räusperte mich. »Warum, Karim?« Diesmal waren es vernehmbare Wörter.

Der türkische Hauptmann sprang von seinem erschöpften Pferd und trat zu mir. »Empfehlungen von Selim Effendi«, sagte er. »Wir sollten dafür sorgen, daß alles anständig zugeht, aber Karim ...«

Sie hatten in Stano gewartet, am Beginn der langen Halbinsel Sabbioncello, doch waren Karim und seine Männer nicht wie vereinbart erschienen, sondern mit einem Boot nach Orebić gefahren.

»Warum?« sagte ich noch einmal.

»Wißt Ihr denn nicht, wer er ist?« sagte der Hauptmann.

»Karim Abbas?«

»Karim ben Kassem.«

Ich starrte hinunter, auf den Boden, ins Gesicht des Finsteren. Das Gesicht von Kassems Sohn. Das des anderen am Rand der Flammengrube. Und plötzlich sah ich die Ähnlichkeit, die ich längst hätte erkennen müssen.

»Mich hat er gezeugt«, sagte Karim durch die Zähne. »Dich hat er geliebt. Von dir immer geredet. Stoß zu, Mann!«

Ich spürte Laura neben mir, fühlte ihre Hand auf meinem rechten Arm.

»Kassems Sohn«, sagte ich. Meine Stimme war schwach, so schwach wie meine Hand am Degengriff. Aller Haß, alle Feindseligkeit war verschwunden, verdunstet, versickert. »Ich … kann ihn nicht töten.«

»Aber ich.« Lauras Hand fing den Degen auf, den ich losließ.

Die Türken wickelten Karims Leichnam in eine Lederdecke und nahmen ihn mit. »Er war ein Schurke«, sagte der Hauptmann, »aber einer der Großen. Wir werden ihn bei seinem Vater bestatten.« Dann lächelte er plötzlich. »Ich hätte es beinahe vergessen, *ser* Jakko. Ich soll Euch ausrichten, daß man zuweilen nur spielt, um festzustellen, wie hoch der Einsatz des anderen ist und wie ernst seine Absichten.«

Er zog ein Papier aus der Ledertasche an seinem Gürtel und reichte es mir; dann verneigte er sich, berührte Brust, Mund und Stirn mit der Hand, stieg auf sein Pferd und gab den Befehl zum Aufbruch. Sie waren einen halben Tag und eine Nacht geritten; ich weiß nicht, ob die Pferde sie noch tragen konnten, aber es kümmerte mich nicht weiter. Meine Wunden schmerzten, ich fühlte mich leer, und auch der Anblick der Zahlungsanweisung über zweitausendfünfhundert Zechinen, die Selim Effendi mir zurückgeben ließ, erheiterte mich nicht.

Goran würde jetzt vermutlich sagen, ich sollte mich kurz fassen und einen schönen Schluß finden. Oder, wenn nicht schön, dann wenigstens gründlich schlecht. Wir haben ihn fortgeschickt, zu seinen Söhnen, und die Nacht in seinem Haus mit Beratungen und dem Austausch von Kenntnissen verbracht. Morgens gingen wir zum Boot, mit dem Bellini und die anderen von Korčula herübergekommen waren. Bekim wollte Goran in kleine Stücke schneiden und diese Belgutai zum Rösten geben; ich sagte, sie sollten ihn leben lassen, aber ich habe mich nicht von ihm verabschiedet.

Lorenzo Bellini hatte mir irgendwann im Lauf dieser Nacht des Redens und Trinkens und Beratens gesagt, er habe mir gern beim Kämpfen zugesehen und wolle noch lieber auf jede Wiederholung verzichten. Ferner solle er mir von Katona ausrichten, man habe die von Bekim gefundene Leiche von Meister Nikola in Dubrovnik ehrenhaft bestattet, obwohl der »alte Schuft« derlei nicht verdiene.

»Was hat er denn eigentlich gemacht, und wie ist er gestorben?« sagte ich.

Bellini zuckte mit den Schultern. »Er hat mit Kenntnissen gehandelt.« Dann kicherte er. »Wie gewisse Musiker. Karim Abbas war sein … sagen wir, Geschäftspartner. Einer seiner Geschäftspartner, besser.«

»Und sein Tod?«

»Wir wissen es nicht genau.«

»Wer ist ›wir‹?«

Bellini zwinkerte. »Katona und ich, beispielsweise.«

»Du bist doch gar nicht mehr für die Ordnung und Sicherheit zuständig.«

»Hängt alles zusammen, mein Freund. Übrigens auch mit dir und deinen letzten zwei Schreiben.«

»Erklär es mir bitte so, daß ich es auch müde noch verstehen kann.«

»Ich will es versuchen. Mein Nachfolger …« Er rümpfte die Nase. »Netter Kerl, aber ein wenig einfältig. Glaubt an offene Worte und die Ehrbarkeit der Herrschenden.«

Ich versuchte zu lachen, was die Wunde am Brustkorb aber gründlich verhinderte. »Au. Einer von denen, ja?«

»Genau, einer von denen, die glauben, mit ein paar guten Worten einen tollwütigen Keiler beschwichtigen zu können. Ich habe ein paar wirre Zustände im Arsenal beschwichtigt, um es mal so zu sagen; Katona hat sich zunächst weiter an mich gewandt, ein paar andere, hm, anderswo, auch; und dann kamen deine beiden Schreiben. Mit denen bin ich zu meinem Nachfolger gegangen und dann mit ihm zum Dogen. Dem habe ich von Karim Abbas erzählt, und als mein Nachfolger sagt: ›Karim wer?‹, schickt der Doge ihn weg und setzt mich wieder als *capo* ein. Die Möglichkeit, Karim außerhalb unserer Lande zu erwischen, also ohne Verwerfungen zwischen Venedig und der Pforte, fand der Doge so hübsch, daß er mir ein Schiff und ein paar gute Leute bewilligt hat.«

»Das freut mich«, sagte ich. »Jetzt weiß ich aber immer noch nicht, woran Meister Nikola gestorben ist.«

»Wahrscheinlich an einem Messer. Wahrscheinlich in der Hand von Karim Abbas.«

»Und warum?«

Bellini seufzte. »Da gibt es nur Vermutungen. Nach dem Ende der Heiligen Liga … du weißt ja, wir verhandeln mit den Türken über einen dauerhaften Frieden, und der wird schrecklich werden. Und schrecklich teuer. Wir werden wohl alles aufgeben müssen, was sie uns sowieso genommen haben – Cefalonia, zum Beispiel –, und noch ein paar andere Dinge dazu. Curzola werden wir wohl behalten können, den Streifen dalmatinische Küste nördlich von hier aber nicht. Ich fürchte, danach werden wir keinen einzigen Stützpunkt mehr auf der Peloponnes haben; aber das nur nebenbei. Wir – Katona und ich – vermuten, daß Meister Nikola den Frieden für uns noch ein bißchen teurer machen und ihn hinauszögern wollte. Du weißt ja, wie sehr man uns Venezianer in Ragusa liebt. Karim hat für Selim Effendi gearbeitet – unter anderem; ich weiß nicht, für wen noch, außer natürlich für sich selbst. Also, wahrscheinlich ist es so gewesen, daß Meister Nikola mehr Zeit gegen uns und mehr Geld für sich wollte und Karim das Gegenteil, und vielleicht hat Nikola ihm auch gedroht, irgendwem was auch immer über Karims Geschäfte zu erzählen, wenn er nicht zustimmt.«

»Deshalb das Messer.«

»Ein sauberer Stich reinigt die Luft, wie wir wissen. Deiner Anweisung entsprechend …«

»Es war eine Bitte.«

»Sagen wir, ein Vorschlag. Jedenfalls habe ich Belgutai geholt – ein guter Bogenschütze, für den Fall, daß Meinungsverschiedenheiten aus größerer Entfernung beigelegt werden müssen. Bekim und seine Schleuder waren uns auch willkommen, als er mit ihr in Curzola aufgetaucht ist. Und der flache weiße Stein als Zeichen, daß wir alles begriffen haben, kam aus Bekims … Munitionsbeutel.«

Es gäbe noch viel zu erörtern. Ich bin noch nicht dazu gekommen, Bellini zu fragen, was er von Otero weiß – *el moro* Otero, der Schulden machte, um seinen ergrimmten Kommandanten und unwilligen Schwiegervater mit einem kostbaren Wehrgehänge zu besänftigen, das dieser nach dem trüben Ende dem Händler zurückverkauft hat. Aber die Sonne sinkt; von unten, aus der Küche des Gasthauses, steigt der Duft eines Bratens zu mir empor und erinnert mich an meinen Hunger. Ich werde gleich hinuntergehen; ich mag nicht mehr schreiben.

Oder nur noch dies. Laura … Nach Karims Ende war sie still. Sie hat mich schweigend verbunden. Als wir allein waren, in Gorans Haus, am Nachmittag, begann sie plötzlich zu zittern. Ich konnte sie nicht in die Arme nehmen, konnte sie nur berühren. Sie ist nicht zusammengebrochen, wie ich es bei vielen Männern erlebt habe, die zum ersten Mal getötet hatten; sie hat nicht einmal geweint. Zuerst ganz leise, dann immer kräftiger hat sie von der Gefangenschaft erzählt. Und von der Folter. Karim – »Ob er immer schon finster war? Oder erst finster geworden ist, weil Kassem von dir geredet hat? Dann müßte ich ihn ja fast bedauern« – hat sie nicht angerührt. Aber man kann auch mit Worten foltern, mit Schilderungen dessen, was mit einem anderen, mit mir, demnächst geschehen würde, danach mit ihr …

»Ich wollte ja ein wenig mitspielen«, sagte sie schließlich. »Ich habe mitgespielt, bin mitgespielt worden, wenn man das sagen kann. Es war gut. Es war schrecklich. Es ist genug.« Dann küßte sie mich und sagte: »Wir sollten bald heimkehren, zu den Kindern.«

Heute nachmittag kam sie mit einer Magd des Gasthauses, mit warmem Wasser und frischen Tüchern für Verbände. Sie hat die Magd weggeschickt und gesagt: »Ausziehen, Jakko.«

»Ein Jammer.« Ich warf den Umhang ab; ein Hemd kann ich noch nicht wieder tragen.

»Was denn? Welcher Jammer?«

»Ausziehen … Die schönste der Frauen fordert mich zum Ausziehen auf, und ich kann mich kaum bewegen.«

Sie betrachtete die weiten türkischen Hosen und die Schärpe, die ich statt eines Gürtels trug. »Bauscht da etwas? Eine Geschwulst?«

Ich stöhnte leise. »Dieses Lächeln habe ich auch vermißt. Neben anderen Dingen. Aber …«

»Kein Aber.« Sie begann sich auszuziehen. Ihr Anblick war

kostbarer als alle Erinnerungen, und am liebsten hätte ich geweint. Oder gekreischt.

»Ich kann mich doch nicht bewegen.«

»Du wirst einfach geduldig liegenbleiben, wie ein armer Kranker. Habe *ich* diese Schärpe so fest verknotet?«

»Ich ergebe mich«, sagte ich. »Wie hast du das genannt? Mir wird mitgespielt? Ich werde mitgespielt worden sein? Und wie soll ich das beschreiben?«

»Gar nicht. Hüte dich.«

Ich höre und gehorche.

Ein farbenprächtiger historischer Roman, der in den Wirren des 16. Jahrhunderts spielt

„Gisbert Haefs bietet eine rechte Labsal auf der Wanderung durch die Berge historischer Romane. Überaus einfallsreich.“
Die Zeit

416 Seiten
ISBN 978-3-442-47543-8

www.goldmann-verlag.de
www.facebook.com/goldmannverlag

GOLDMANN
Lesen erleben